破天荒フェニックス

オンデーズ再生物語

田中修治 著

NEWS PICKS × GENTOSHA 幻冬舎
NEWSPICKS BOOK

破天荒フェニックス　オンデーズ再生物語

目次

第1話　トラックのハンドルを握るのは誰だ!?

２００８年1月

東京では新幹線のぞみの喫煙車両廃止に続いて、タクシーでも全国で全面禁煙が実施され、世の愛煙家たちには一段と肩身の狭い時代に入りつつあった。

僕は自慢じゃないが、超が付く程のヘビースモーカー。

そんな世間の風潮など、どこ吹く風とばかりに、ポケットの数だけタバコを洋服に詰め込んで、禁煙ブームなど「我関せず」といった態度で、途切れることなく狼煙《のろし》のような煙をあげながら、この日も忙しく仕事をしていた。

「えええ！　オンデーズを修治さんが、個人で買収するって言うんですか？」

六本木の交差点にある有名な喫茶店「アマンド」の2階の窓際席で、奥野さんは悲鳴のような大声をあげると、ずり落ちたメガネを直しながら「まるで信じられない」という顔で目を丸くして、驚いた。

「そう。結局、誰に話しても反対ばかりされるしさ、もう面倒だから自分で買うことにしようかなと思って」

そう言いながら吸っていたタバコを消すと、すぐさま次のタバコに火をつけ、美味そうに煙を両胸いっぱいに吸い込んでは吐き出す僕に、タバコを吸わない奥野さんは、その煙を迷惑そうに手で払いながら言った。

「それは絶対にやめといた方が良いですよ。何度も説明したように、オンデーズは年間の売上が、たったの20億円しかないのに、銀行からの短期借入金が14億円もあるんですよ！　借入金の回転期間はわずか8ヶ月、約定返済額は月に8千万円から1億円にものぼる。それなのに毎月、営業赤字が2千万近く出ているという、異常な資金繰りに陥ってしまっている会社ですよ。買収したとしても、これを再生するなんて、まず無理ですよ！」

（さすがは金融のプロ、数字が全部頭に入っているんだなぁ。ひょっとして奥野さんは、寝言までが数字なんじゃないのだろうか？）

そんなことを考えながら、僕は奥野さんの意見に、ふんふんと耳を傾けていた。

この椅子から落ちそうになっている細身でメガネの男は「奥野良孝」、41歳。

奥野さんは、上智大学を卒業後、3大メガバンクの一つ、穂積銀行に就職し、所謂《いわゆる》「優秀な銀行マンの出世コース」を順調に歩んでいたが、大手銀行同士の合併に伴う派閥闘争や、薄汚い裏切り合いばかりの業界に嫌気がさして辞めた後、大手の再生ファンドを経て、投資コンサルティングの小さなベンチャー企業に転職したばかりだった。

僕の名前は「田中修治」、30歳。肩まで伸びた髪の毛を金髪に近い茶色に染め、破れたジーパンに黒いジャケットを羽織ったスタイルをトレードマークに、早稲田の住宅街の片隅で、数名の社員たちと、小さなデザイン企画の会社を経営している。

この物語は、そんな流行《はや》りの若手IT社長を気取る僕のもとに、仕事を通じて交流のあったビジネス誌の編集者が、全国に60店舗を展開する低価格メガネのチェーン店「オンデーズ」の創業者で、会長職に就いていた松林氏を紹介してきたところから始まった。

なんでも面白そうなことにはすぐ首を突っ込みたがる性分の僕は、松林氏とオンデーズの支配権を握っていたリードビジネスソリューション（以下RBS）との内紛に巻き込まれるような形で「株式売却」、所謂オンデーズの身売り案件にどっぷりと関わっていた。

当初は松林氏から「オンデーズの経営の実権を自らの手に取り戻したいので、スポンサー探しに協力して欲しい」と懇願され、彼の側の支援者として、RBSとの交渉を図っていたが、詳しく内情を聞いているうちに、従業員や関係者の気持ちを無視した松林氏の我儘な態度や傲慢な自己主張に次第に愛想を尽かしていった僕は、いつしか敵だったはずのRBS側の「味方」として彼らの相談に乗るようになっていた。

オンデーズはこの2年ほど前、創業者の松林氏の乱雑な経営の末に実質債務超過に陥り、大株主であったRBSが見かねて、松林氏から経営権を取り上げ再生に乗り出したものの、有効な手立てを打つことができず事態は更に悪化していき、とうとう破産寸前の状態になっていた。

2期連続で赤字を計上することが確定し、このままでは銀行からの融資も受けられず、翌月の給与の支払いもまともに手当てするのが難しい状況になることが、もはや既定路線となりつつあったオンデーズの扱いに困り果てたRBSは、「民事再生」か「売却して撤退するか」のどちらかを選択せざるを得ない状況にあったのだ。

そこで僕は、自分のネットワークを駆使して、知人の経営者たちにこの案件を紹介し、手頃な引き受け先を見つけ出した後は、オンデーズ売却の仲介に入り、手数料を稼ごうと考えて、当時、本業だったデザイン会社の仕事の傍ら、オンデーズの再生計画を自分なりに練り上げ、大っぴらに身売りを公言できない当時の経営陣に代わり、様々な企業の社長や担当者を相手に秘密裏に売却先を探し歩いていたのだった。

奥野さんは、財務会計の知識に疎い僕が、このオンデーズ売却案件の協力を依頼した知人のベンチャー投資会社から、金融のプロとして僕のもとに派遣されてきており、一緒にオンデーズのデューデリジェンス（投資対象となる企業の資産評価をすること）を手伝ってくれていたパートナーだった。

「修治さん、とにかくいいですか、20億の売上しかないのに14億の負債を抱えているということは、2tトラックの荷台に1・4tの砂利が載っかっているようなもんです。そんなトラック、重くてスピードは出ないし、運転も難しい。カーブだって曲がりきれない。いつひっくり返って大事故になったっておかしくないんですよ！」

奥野さんは、よく上手いたとえ話をする。僕は感心したように言った。

「ハハハ。なるほど。２ｔトラックで１・４ｔの砂利を積んでいたら、そりゃまともに走らないか」

「そうですよ！　そんな貧乏くじを引くような真似は、やめた方が絶対に良いですよ！　14億もある借金を背負い込むぐらいなら、ゼロから自分で新しく事業を立ち上げた方が、余程マシだと思いますよ」

奥野さんは、本当に僕がオンデーズを買おうとしていることを察したのか、まるでオモチャを欲しがる子供を諭すような感じで、半ば呆れた表情を浮かべながら、僕にこの買収計画を思いとどまるよう強く説得した。

しかし、僕は負けずに反論する。

「うーん、しかしだよ、仮にその砂利を全部降ろせたとしたら、凄い身軽に感じるんじゃない？　もし重いトラックでも、安全に運転できるテクニックを身につけることができたとしたら、軽くなったトラックなど自由自在に操れるようになる。それに、借金をきれいさっぱり返せたとしたら、それまで銀行への返済に充てられていた数千万ものお金が、今度は毎月そっくり会社に残るようになるんだよ。そう考えると少し興味が湧いてこない？」

自分で言ってても（ちょっと楽天的すぎるかな）と思っていた僕に、奥野さんは、メタルフレームのメガネのブリッジ部分を人差指で押し上げながら冷静に言った。

「とにかく、自分は財務の専門家ですし、前職から沢山の企業再生案件に関わってきました。その経験から忠告しておきますけど、修治さんがオンデーズを買うのは絶対に考え直した方がいいですよ。14億という負債はあまりに重すぎます。大企業で資金に相当な余裕があるとか、多少なりともオンデーズに利益が出ているならまだしも、言っちゃ悪いが修治さんの会社は、資金力も信用もないただのベンチャー企業だ。まともな増資にも応じられない。こんな状態でオンデーズを買収するだなんて、さすがに無理ですよ。やめといた方が良い。まるで自殺行為だ！」

「ハハハ。そんな、きっぱりと否定しないでよ。さすがに俺も、みすみす失敗する気なんてないよ。最初は人に仲介しようと思って作成していた自分なりの再生計画をね、こう毎日朝から晩まで眺めていると、なんだか自分のこの考え方で、ちゃんとオンデーズを動かすことができれば、再生できるんじゃないかなって、そんな気がしてきたんだよね。それに、オンデーズの店舗を色々と見て回ってるうちに、この会社はそんなに皆《み》んなが言う程、腐ってないんじゃないかなって思ったんだ」

「腐ってない……ですか？」

「そう、会社の資金繰りは火の車なんだけど、各地のお店を覗いてみると、結構、生き生きと誇りを持って働いてるスタッフの子が沢山いるんだよね。店内は掃除も行き届いてて、見えないところも、ちゃんと整理整頓されていたりとか。本来、会社が腐ってくると、こういうところに如実に表れるもんなんだけど、さっきのトラックのたとえで言えば、過積載でも、エンジンや足回りは、割とまだしっかりしているなぁと……」

「つまり、ダメなのは運転手で、運転手さえ交代したら、会社は良くなるはず……そう言いたいんですか？」

「ハハハ。そう！　その通り！　それに俺自身も、30歳を迎えるにあたって、経営者として、この辺でひと勝負かけたいという気持ちも強くあるんだよね。でも俺みたいに、会社も小さくて資金も信用もない若い経営者が、大きなチャンスを摑む為には、皆んなが嫌がるような案件、ちょうどこのオンデーズみたいな、燃え盛る火の中に自ら進んで手を突っ込んでいくようなことでもしないと、なかなかそんなチャンスは摑めないでしょう？」

僕は目の前の灰皿を吸い殻でいっぱいにしながら、タバコの煙を肺に送り込んでは、熱っぽく奥野さんを説得した。

ここでまず、目の前にいる財務会計のプロの一人くらい説得できないようでは、どうせ先はない。

奥野さんは目の前を漂う煙を大袈裟に両手で払いながら目をしばしばさせて言った。

「もう。タバコは嫌いなんですから勘弁してくださいよ。なるほど、まあなんとなく解りました。なら、一つ質問させてください。なんでそんなにオンデーズに固執するんですか？　他にも買収話は沢山ありますし、M&Aの案件や相談だったら、今ならいくらでも見つかりますよ」

折しも、アメリカではサブプライムローンが破綻し、記録的な株安から世界同時不況が叫ばれ始め、先の見えない経済状態が続いていた。

さらに世界中を騒がせた、リーマンショックはここから約半年後に世を襲うことになり、日本も未曽有の大不況に陥ることになるのだが、その前兆はすでに始まっており、あちこちから倒産や民事再生などの暗い話題が、毎日のように経営者仲間の間から聞こえてくるようになってきていた。


僕は、少し姿勢を正すように座り直しながら言った。

「オンデーズにこだわる理由は『業界』だよ。オンデーズがいるのが『メガネ業界』だからさ。居酒屋チェーンやアパレル、カフェ……どの業界にも普通はすでに超強力な№1が存在してるでしょ？　例えばカフェならスターバックス、アパレルならＺＡＲＡとか。

せっかく企業を買収して大きく勝負をかけるなら、まずはその業界で世界一にならなきゃいけない。実現可能かどうかはおいておいて、嘘でもいいからまずは世界一を本気で目指さなくちゃいけない。でも、ほぼ全ての業界では、すでに世界的な大企業がしっかりとシェアを持っていて、且つ、それらの大企業は圧倒的なビジネスのノウハウやサービスを更に進化させ続け努力を重ねている。

だから、なんか『世界一を目指す！』と宣言したとしても『どーせ無理でしょ……』って大言壮語すぎちゃうというか、まわりの皆んなが口だけのように感じて本気になってついてこないと思うんだよね。

でもメガネ業界を調べてみると『これだ』っていう圧倒的な会社が、まだ存在してなかった。一応、日本のメガネ業界で最大手と言われてるお店を見に行ったんですけど、なんていうか、よくある『街のメガネ屋さん』だったんだよねぇ。素人目に見ても、ハッキリと解るような『圧倒的な差』が他のチェーン店と比べて、あまりないっていうか。

これくらいの完成度で業界トップになれるというのなら、なんとなく自分でも勝てそうだなぁって。漠然とそう感じちゃったんだ」

奥野さんは、なんとなく合点がいったような顔をしていた。

「なるほど。そういうことですか。まだ圧倒的なNo.1が不在のメガネ業界で、ひと勝負したいという感じなんですね？」

僕は、さらにまくし立てるように話を続けた。

「それに負債の14億ばかりでなく、売上の20億にも目を向けてみてよ！　この20億は誰が稼ぎ出しているかといえば、今オンデーズにいる全国のスタッフたちなわけで、少ないとはいえ、それでもかなりの数のお客様が全国でこのスタッフたちのサービスと商品に対して20億ものお金を支払ってくれている。つまり、現在のオンデーズのスタッフたちは、少なくとも年間20億の価値を生み出す力を持っているということになるんじゃない？」

「まあ、確かに言いたいことは解ります。メガネは単なる物販と違って、視力測定やレンズ加工といった、人が生み出す『付加価値』の部分が大きいし、粗利率は6割から7割にも達すると言われてます。仮に粗利率が7割なら14億もの価値を、現在のオンデーズのスタッフたちは生み出していることにはなりますね」

勢いのついてきた僕は、奥野さんを説得すべく、畳み掛けるように話し続けた。

「そう！　年商20億ということは、10年間なら200億だ。200億に対して14億なんてたったの7％に過ぎないじゃないか！　たった7％の借金にビビッて、10年で200億の価値を生み出す可能性のある会社を、むざむざ潰してしまうなんて、あり得ないでしょ？」

「まあ、確かにそう考えれば一理あります。でも、よく考えてください。今の経営陣はその『毎年20億の価値を創り出す会社』をたったの3千万足らずで売ろうとしているじゃないですか？　恐らくは、14億の負債以上の何か大きな問題を抱えていると考える方が普通ですよ」

僕の決意を試すかのように奥野さんは鈍色に光るメガネの奥から鋭い眼光を向けて強く不安を煽った。

単なる不安なんかではなく、この推測は、その後まさしく的中し、買収直後から、僕らを何度も地獄の釜の入り口まで追いやることになるのだが。

「とにかく、俺はオンデーズの買収に名乗りを上げることにするよ。だから、奥野さん、これからは俺がオンデーズを買収するために、汗を流してね！　そして買収が成功した暁には一緒に再生に入ろう！」

「え？」

僕は、半ば押し切るように話をまとめた。

この唐突な申し出に、奥野さんはメガネの奥で目を白黒させ、上手く言葉の意味が呑み込めない様子でいた。

「だってさ、オンデーズの買収と再生にはその財務内容を熟知していて、且つメインバンク不在で11行にも及ぶ銀行団と粘り強く交渉できるＣＦＯ（最高財務責任者）が、絶対に必要でしょう？　その適任者は奥野さんしかいないわけで、だから奥野さんには買収後に、そのままオンデーズに俺と一緒に入ってもらって財務と銀行交渉を担当してもらいたいんだよね。ということで宜しくお願い！　頼みましたよ！」


投資コンサルタントとして、客観的にオンデーズを調査していたはずの自分が、いつの間にか、この買収劇の当事者になろうとしている。

それが嫌なら、僕の申し出を即座に断れば良いのだが、奥野さんは断ろうとしないでいた。

それが、奥野さん自身も不思議でならないようだった。何か逃れられない運命の糸に手繰《たぐ》られ、激しい嵐の真っただ中に引き込まれていくような感覚に、奥野さんも包まれていたのかもしれない。

僕は奥野さんからの返事を待たず、最後は一方的に要望だけを伝えると、コートのポケットにテーブル上のタバコの箱を押し込みながら、さっさと店を出て行き、この日のミーティングを終了した。

２００８年2月

僕は奥野さんへの宣言通り、オンデーズを買収した。

某外資系ファンドもオンデーズの買収に名乗りを上げていたが、決算の内容があまりに酷《ひど》い為、具体的な再生計画が描けずに、最後には自ら降りてしまった。

その為、最終的に手を挙げていたのは僕一人だけになり、僕が個人で3千万円の増資を引き受ける形で、オンデーズの株式の70％以上を取得し、新しい筆頭株主となり、代表取締役へと就任した。

これを受けて奥野さんは、投資コンサルティング会社からの出向という形式で、オンデーズに合流し、財務会計の責任者として、オンデーズの銀行交渉を担うことになった。


今にも雪に変わりそうな雨がしとしと降る寒い夜。

六本木交差点にあるアマンドの2階の片隅で、全国のスタッフたちがまだ誰も知らないうちに、オンデーズの命運を預かる、新しい社長とＣＦＯはひっそりと誕生した。


この時から１００人が１００人「絶対に倒産する」と言い切っていた、僕たちオンデーズの快進撃は静かにその幕を開けることになったのである。

第2話　新社長は救世主なるか？

２００８年３月１日

東京都内は、１ヶ月前の大雪が嘘のように晴れ渡り、気温はすでに20℃を突破し、季節外れの陽気に公園の陽だまりでは、朝から猫の親子が昼寝をし、その鼻先を身軽な雀がピョンピョンと飛び跳ねて行く。そんな穏やかな雰囲気とは対照的に、オンデーズの本社オフィスでは、朝からかなり白けた、なんとも言えない、どんよりとした重たい空気感が全てを呑み込むかのように支配していた。

池袋の東口を出て明治通り沿いに新宿方面へと向かい、５分ほど歩いた所にある築数十年の古びた茶色いレンガで覆われた10階建ての小さな雑居ビル。その名も「ぬかりやビル」。地下の居酒屋からは夕方になると、油の匂いが立ち上り、共用部分の電球は所々切れていて、薄暗く陰気な雰囲気が漂っている。そんな、お世辞にも立派とは言えないこのビルの４階にある30坪程の小さなオフィスがオンデーズの本社だった。

午前９時

オンデーズの社員たちには一切極秘のまま行われた株主総会で、粛々と増資の手続きを終え、代表権の交代を済ませた僕は、奥野さんと共に、ＲＢＳの小原専務、オンデーズの甲賀龍哉総務部長の二人に連れられて、本社へと初出社した。

突如入ってきた、見慣れない男たち。

明らかにいつもとは様子の違う上役たちの雰囲気に、社内に不安と緊張がはしる。

(誰だよ、あれ?)

(は? もしかして新社長って、この人が?)

(若いな……ロン毛で茶髪だ……)

「みなさん、ちょっと仕事の手を止めてこっちに注目してくださーい!」

小原専務が大きく声をかけ、本社の社員全員に注目するように促した。

全員の視線が僕に集まったことを確認すると、無事に旧経営陣となり、重たい責任から解放された小原専務は、まるで憑き物が取れたかのような晴れやかな笑顔で「新社長」の僕を意気揚々と紹介した。

そして、社長交代と同時に新しく増資も行われて、この若い新社長はRBSサイドの雇われ社長ではなく、株式の大多数を所有する大株主でもあり、オーナーシップも同時に持ったことを説明した。

しかし、いきなり「大株主で新社長」として紹介された30歳の若者を見て、この時に集められた20名程の本部社員たちは一様に激しい落胆を感じていたのは明らかだった。

会社の売却が検討されているという噂はなんとなく漏れ伝わっており、更にここ半年間の旧経営陣の様子からも、本部社員たちは会社の大幅な体制転換が行われる可能性を少なからず察してはいたのだろう。

そんな中、買収に名乗りを上げる人物が突如現れ、新社長としてやって来るという。本部スタッフたちは少なからず「立派な経営者」もしくは「大企業のエリート担当者」みたいな、所謂「経営のプロ」っぽい人の颯爽とした登場を予想して、少しは期待に胸を膨らませていたのかもしれない。

ところが、そんな彼らの目の前に現れたのは、黒いジャケットに破れたデニム。スニーカーに茶髪のロン毛。六本木によくいる「遊び人風」のチャラい若造だ。

この時に居合わせた本部社員の面々が、社長どころか社会人としても、僕と一緒に働くことに首を捻《ひね》りたくなったのも無理はないだろう。

（うわぁ、終わったわ、うちの会社……）

本部社員たちは一様に、絶望というか、落胆というか、とにかく激しく失望した表情で、力なく僕を見つめていた。

しかし、どうせそんな風に反応されるだろうなと、買収を決めてから何回も初出社のシーンをイメージしては想像していたので、僕の方は本部スタッフたちの、そんな冷ややかな反応も（やっぱりこんな感じか）といった程度にしか感じておらず、想定の範囲内といったところで、特に落胆はしていなかった。

僕は、皆んながこれから先のオンデーズに、できる限りの希望を持てるように、自分なりの

「救世主・ヒーロー像」みたいな立ち居振舞いをイメージして、目一杯、明るく爽やかに挨拶をした。

「皆さん、初めまして！　田中修治と申します。この度、縁あってオンデーズの新しい社長として、この会社の経営を任せて頂くことになりました。正直、僕はメガネに関しては素人同然です。だけど、この会社を必ず大きく成長させて日本一、いや世界一のメガネチェーンにしていきますので、皆さん、一緒に力を合わせて頑張っていきましょう！　宜しくお願いします！」

僕は今回の買収に至った簡単な経緯や、会社が危機的な状況になりつつあること、それを踏まえてのこれからの再生計画やビジョンなどについて、できるだけ爽やかに明るく話をした。初めて会う社員の皆んなに好印象を持ってもらえるように、そしてこれからの未来に明るい希望を持ってもらえるように。

挨拶が終わり、軽く頭を下げた僕に、少し遅れてパラパラと、乾いたまばらな拍手がおくられた。僕に対する激しい落胆、不服の気持ちを表していることは明らかだった。古参社員と思われる中年の管理職の中には、口をへの字に結び、腕を組み、あからさまに軽蔑の視線を投げかける者も何人か居た。

事前に旧経営陣から買収話を聞かされていた甲賀さんは、総務部長という立場で、買収交渉の期間中、ずっと僕らと旧経営陣との繋ぎ役を担当しており、事前に資料のやりとりや情報交換などで度々顔を合わせていた。

もちろんそれらの動きは社内ではトップシークレット扱いで、いわばスパイのような仕事を半年間ほどやらされていたわけだ。

この新社長就任の日の朝、甲賀さんが、これまでのプレッシャーから解放された喜びなのか、妙に明るく晴れやかな表情で、一人だけ大きな拍手を僕に向けて力強く送ってくれていたことだけは、今でも鮮明に覚えている。

就任の挨拶がひととおり終わると、皆んな力なく自分の席へと戻っていった。僕に声をかけてくる者は一人もいない。静まり返った薄暗いオフィスには、明治通りを凱旋する出会い系サイトの宣伝カーから流れてくる能天気な音楽と、下品な音声だけが虚しく響き渡っていた。

こうして僕のオンデーズライフは、祝福されることも応援されることもなくひっそりと始まった。

一方、僕と共に、オンデーズに乗り込むことになった奥野さんもまた、着任早々本格的にその実態を目の当たりにして言葉を失っていた。

財務内容は危機的状況であるにもかかわらず、旧経営陣は会社売却の手続きが済んだ後は「我関せず」という態度を決め込んでいた。

早速、最初の月末には1千万の資金ショートが迫ってきているというのに、銀行交渉は何一つ手つかずのまま放置されていたのだ。

財務経理のスタッフは入社してまだ1年足らずで小さな会計事務所出身の石塚忠則ただ一人だけ。ハードな銀行交渉など望むべくもない。石塚の置かれたその様子は、突然、親鳥に見放された雛鳥のようであった。

（このままでは再生に腕を振るうどころか、来月にもすぐに倒産してしまうじゃないか……）

奥野さんは「売却したら、ハイ終わり！」とばかりの、旧経営陣の無関心さに、やり場のない怒りを感じつつも（それが企業を買収して経営権を譲り受けるということか……）と、厳しいビジネスの現実を改めて実感していた。

そして、膨大な資料の整理と、先の全く見えない資金繰り、11行に及ぶ銀行とのリスケ（リスケジュール／返済猶予）交渉、これら全てに自分一人で立ち向かわなくてはいけないという地獄のような現実に、激しい目眩《めまい》と、吐きそうな程のプレッシャーで押し潰されそうになっていた。

さらに、追い討ちをかけるように奥野さんを酷く落胆させる事態が起きた。

それは、奥野さん自身が籍を置いていて、僕と一緒に買収交渉に携わっていた、ベンチャー投資コンサルティング会社の若手社長とのこんなやりとりだった。

このコンサルティング会社の社長も、当初はオンデーズの取締役として一緒に経営に参画する予定だった。しかし買収後、オンデーズでの打合せの後に急に翻意し、奥野さんに陰でこんなことを告げてきた。

「やっぱり私は役員では入らない。あの若い田中が能天気に盛り上がっているのを見ていて、凄く不安を感じた。あれではオンデーズの再生などまず無理だ。奥野さんだけが、財務のヘルプで行ってきてくれ」

この社長は、オンデーズの詳しい経営状況を知るやいなや、その約束をあっさりと翻して、自分はこのプロジェクトからさっさと離れていってしまったのである。

しかも「オンデーズには力を入れることなく、適当にやっておいて、抜ける金があれば抜いてこい」とまで言いだしていた。

（これじゃあまるで、線路に転落した子供を見ても、適当に助けるそぶりでもしていろ、と言われたのと同じじゃないか）

奥野さんは激しく失望し、それから数日後、半ば衝動的にその投資コンサルティング会社の社長に辞表を突きつけていた。

「辞めてオンデーズに行くだなんて。面白そうだからと簡単に移られたら困るよ！」

「そんな理由じゃない。あなたが信用できなくなったからだ！」

イラつきながらそう言い切ると、奥野さんは辞表をバン！　と叩きつけて、踵《きびす》を返して会社を後にしてきたらしい。

初出社から2週間ほど経った日の夕暮れ時。

ビルの外にある非常階段の踊り場に設けられた喫煙所。手すりのすぐ隣にある排気ダクトからは、焼き魚の匂いが立ち込めてくる。

薄暗く肌寒い空の下で、一人でタバコをふかしていた僕のところに、奥野さんがふらりとやってきた。

「社長、ちょっといいですか？」

「お、タバコ吸わないのに珍しいね」

「会社、さっき辞めてきました」

「え？　マジで？」

「ハハハ。こうなったら、もう私も最後まで付き合いますよ」

「ハハハ。奥野さんも俺に負けず破天荒だなぁ。じゃあよろしくね！」

僕は、まるで居酒屋の予約でも頼むかのように、ヘラヘラと軽いテンションで返した。

奥野さんは僕の返事を確認するとメガネのブリッジを人差し指で押し上げながら「じゃあ」と言って、社員たちの帰った薄暗いオフィスの片隅にある自分のデスクへと帰っていった。

きっと、奥野さんも僕も「こんなの大したことじゃないさ」とばかりに、軽薄に振舞ってでもいないと、自分たちが勢いだけで突っ込んできてしまったことの重大さと、プレッシャーにすぐにでも押し潰されてしまいそうで怖かったのだと思う。

こうして奥野さんは、ベンチャー投資会社からの出向という形から、オンデーズの常勤取締役財務担当に自分から名乗りをあげ、正式に新たなＣＦＯとして就任することになった。

しかし、この直後。

僕と奥野さんは11行にも及ぶ取引銀行団とのリスケ交渉で、最初から想像もしていなかったほど、厳しい現実と大きな試練を迎えることになる。

第3話　目指すはメガネ界の「ZARA」

2008年3月

初出社から3週間後。

本社のほど近くにある回転寿司店で、僕は、長尾貴之と、近藤大介の3人で、少し遅い昼食をとりながら話していた。

長尾と近藤は、僕が20歳の時に埼玉県の片田舎で、小さな喫茶店を始めた時から一緒に仕事をしてきた創業メンバーで、買収以前に経営していたデザイン会社の残務を整理してから、オンデーズに合流してきていた。

この二人の他にも、10名程のメンバーを一緒にオンデーズに引き連れて入社させており、起業時から苦楽を共にしてきた彼らは、当時、招かれざる客としてオンデーズ内で孤立する僕にとって、数少ない大事な応援団だった。

僕はレーンを流れる寿司を見つめながら呟《つぶや》くように言った。

「オンデーズを再生するには、この回転寿司店と同じようにならないとダメだな……」

「回転寿司のお店と同じにですか？」

長尾は少し不思議そうな顔をしている。

「そう。寿司っていうのは昔、俺たちが子供の頃は高級品だったろ？　特別な時にしか食べられない贅沢品だった」

「まあ今でもカウンターだけの高級な鮨屋なんかは、社長と違って自分たち庶民にはなかなか行きづらいですけどね」

長尾は回転寿司店ばかりでなく、たまにはカウンターの高級な店にも連れて行けと暗にリクエストするが、オンデーズの再生で余裕のない僕は、無視を決め込んで話を続ける。

「それが数十年前、回転寿司店が登場したことによって、一皿１００円で誰でも気軽に食べられるようになった。単純に高かったものが安くなると、それだけでそこには大きなビジネスチャンスが生まれてくる。年に数回しかお寿司を食べなかった人が毎月のように食べるようになったり、安くなった分、今までよりも、もっと多くの量を食べるようになる人も出てきた。その結果、売上が伸び、市場全体も大きく拡大させることになっていく。今では回転寿司店という業態は、それ自体が昔ながらの職人が握る鮨屋とは全く別の、新しい業態として成長して、世界中に展開されるビッグビジネスになった。回転寿司業界の上位３社の売上の合計は２千億円以上にものぼるらしい。おい、ちょっと、話聞いてんのか？」

こんな理屈っぽい話より、もっぱら目の前の寿司に集中したそうな長尾と近藤を制すかのように、寒ブリの皿を取ろうとした二人の右手を堰き止め、僕は更に自分自身の考えを整理するかのように二人に向かって話し続けた。

「これは俺たちが新しく挑戦するメガネ業界にも言えると思うんだ。お寿司と同じように、俺たちが子供の頃はメガネがとても高かっただろ？　うっかりメガネを割っちゃったりすると、『あー3万円が！』みたいな。その頃のメガネはどちらかというと、医療器具としての側面がかなり強かったから、値段がいくら高くても、視力が悪くてメガネが必要な消費者は黙って買ってくれていた。ところがバブルが崩壊した後、不景気になり、デフレが始まってからは、メガネの世界にも、どんどん価格破壊の波が押し寄せてきて、ＺＡＰＰを筆頭にジェイムズや眼鏡一座などの、価格の安さやファッション性を武器にしたメガネチェーンが凄い勢いで台頭するようになった。そして、俺たちがこれから手がけようとしているオンデーズもその中の一社だ」

「そういえば、メガネが安くなったお陰で、メガネを何本も持つ人や、頻繁に掛け替える人が増えて、一本あたりの販売単価は下がっても全体の本数が増えたので、市場規模はむしろ増えているとかいう話を、前にどこかのニュースで耳にしたことがあるなぁ」

近藤は、一見するとプロレスラーに間違えられそうな鍛え上げられた巨体を、窮屈そうにボックス席に押し込みながら、テンポよく寿司をつまんでいる。

僕の話に納得したように返事をしながらも、殺し屋のような鋭い眼差しは、流れてくる寿司の群れを睨みつけて、次の獲物を狙っている。

僕は流れて来たかんぴょう巻きの皿を取り、一貫だけつまみ、お茶で喉を潤すと話を続けた。

「回転寿司店が儲かるとなれば、ライバル店もまたどんどん現れる。市場が拡大している間は、新規参入する企業が沢山現れても、そこそこ皆が儲けていられるからな。しかし、人間の胃袋は無限じゃない。やがて市場の拡大はどこかで限界を迎える。そうなると、一転して今度は淘汰の局面を迎えることになる。ただ安いだけではダメで、美味しさはもちろん、駐車場が広くて停めやすいとか、常に新しいメニューがあるといった、様々なこともお客様から比較されるようになり、面白みがなく、経営努力の足りない店は、次第に消費者から飽きられて敬遠され、潰れていく」

「そういえば、ここの回転寿司もネタの鮮度が悪いですね。このマグロなんてゴムみたいな味してますよ」

長尾は魚の鮮度に文句をつけ始めたが、寿司を取る手を緩めることはない。この二人には「遠慮」という2文字が欠けている。

僕も食事中の二人に遠慮なく話を続けた。

「この『淘汰の段階』に差し掛かろうとしてるのが、丁度まさに今のメガネ業界なんじゃないかなと俺は思うんだよね。新興チェーン店の参入によってメガネの価格が大幅に下がり、市場の拡大が一気に進んだ。その成功を見て、多くの大手メガネチェーン店が安売り路線の別業態を作って参入してきた。しかし、市場の成長が止まるやいなや、たちまちオーバーストア状態になり、弱いところから淘汰が始まってきた。まさに今がそんな感じ」

「なるほど。オンデーズも『安さ』を武器に事業を拡大してきたけど、ここにきて足踏み状態に陥った。それは危機感を覚えた大手チェーンが続々とこの業界に参入し、なりふり構わぬ安売り攻勢をかけてきた影響が大きくて、まさに『安さは安さに負ける』という格言通りになった。そんな感じですかね？」

寿司をひとしきりつまみ終え、十分にお腹を満たした長尾は、ようやくまともな返事をよこしてきた。

近藤は、フンフンと頷《うなず》きながら、まだ黙々と寿司を口に運び続けている。

「そう。そして、圧倒的な勝者がまだ出ていないこの業界では、これからも当分は生き残りをかけた新興メガネチェーンを中心とした激しい戦国時代が続いていくと思う。オンデーズも、このままの状態では必ず淘汰される。回転寿司業界と同様、まずは上位3社には最低入らないと生き残れないと思う」

〆の玉子を食べ終えた近藤が、目の前にうずたかく積まれた皿を色毎に整理しながら、怪訝《けげん》な顔つきで聞いてきた。

「でもさあ、正直言って今のオンデーズに、まず真っ先に淘汰されるようなポジションにいるじゃん。社長が再生に乗り出したのは、何か具体的な策があってのことなの？」

僕は少しだけ身を乗り出して、この想定内の質問に、少し自慢気に答えた。

「俺はねぇ、ZARAみたいな路線がいいんじゃないかと思うんだ」

普段はユニクロしか着ない長尾も少し興味深そうに身を乗り出す。

「ZARAみたいな路線ですか？」

この時期、ZARAは日本進出から数年を経て、六本木ヒルズや表参道などへ立て続けに大型店を出店しており、迎え撃つユニクロやGAP、後に続いて進出してくるH&Mなどとの熾《し》烈《れつ》な競争の様子が『ファストファッション戦争』などと言われ、連日のように各メディアを賑わしていた。

「今ではアパレル業界で世界一になったZARAも、当初は価格を武器に店舗を増やして行った。しかし、ある時から安さは変えずに品質やファッション性を追求し始めた。有名ブランドのコレクションをいち早く研究して、どこよりも早く流行をキャッチしてすぐに商品開発に反映させていき、売り場をどんどん変えて行く。その結果『低価格なのにお洒落で品質が良い』というイメージを消費者に持たせることに成功して、世界のアパレル業界を席巻してシェアを一気に広げていった」

「安さって慣れますからね。消費者に飽きられない為に、ただ安いだけじゃなくて、デザイン性、高品質という武器を追加していったっていうことですね」

「そう。これにより、ライバルはいなくなった。低価格の市場ではデザインや機能性で勝てるし、デザインや品質を求める市場では価格で勝てる。つまり、低価格帯市場と、中価格帯市場の両方のニーズを一挙に取り込むことに成功したわけだ。似たような市場でも、ポジションを少し変えれば、新しい市場が生まれるケースがある。うまくそこのニーズに合わせて新しい立ち位置をつくることができれば、莫大な成功を摑むこともできる。まあ俗に言うブルーオーシャンだな」

「ブルーオーシャン？」

「戦いのない青い海という意味。ちなみに競争が過熱してる市場をレッドオーシャンという。これくらい勉強しとけよ」

「なるほど。上手いこと言いますね。レッドオーシャンは嫌だなぁ……聞いただけで大変そうだ」

僕はつい先日読んだばかりの本の内容を、さも自分の知見かのように長尾に説明した。

「例えば、宅配便も最初はブルーオーシャンの好例だったと言える。運送業界は、もともと個人よりも企業の荷物を重視していた。企業の方が荷物の数も単価も大きいし、集荷も配達もルーティン化できてオペレーションも楽だからね。そこへヤマト運輸が個人用の小さな荷物を配達する市場の開拓に乗り出した。まさに誰一人目指さなかったブルーオーシャンに漕ぎ出したわけだ。しかし当時の運送業界の常識では、非効率的な個人向けの市場を取りに行くというのは、まったく馬鹿げた戦略で『とうとうヤキが回ったか』と業界中から笑われていたらしい。しかし、蓋を開けてみれば巨大な需要がそこにはあり、今までになかった新しい市場を出現させて、今ではヤマト運輸は押しも押されもしない運送業界のエクセレントカンパニーだ」

「なるほど。誰も漕ぎ出していない海に一番乗りするということには、大きな価値があるということですね！」

長尾はこの手の解りやすいサクセスストーリーが昔から大好きだ。

「そう。でも、アパレルにしても宅配便にしても、ブルーオーシャンに漕ぎ出すには相当の勇気がいる。なかなか真似のできる戦略じゃない。だからこそ、一度その市場のリーディングカンパニーになれれば、ライバルが現れにくく、独占状態を比較的長く維持できるわけだ」

食後のデザートに、クリームの載ったメロンとプリンを一口で平らげた近藤が、ぶっきらぼうに聞いてきた。

「ふむ。なんとなく方向性は分かった。つまり社長はオンデーズをメガネ業界のＺＡＲＡみたいにしようってわけだ」

「その通り。俺はもっと思い切ってメガネをファッションアイテムに寄せていこうと思う。アパレル雑貨としてのカテゴリーでメガネを売るんだ。お店もグッとお洒落にして、店員もスタイリッシュにさせてさ。言うなればファストファッション アイウェア……、そう、オンデーズをファストファッション アイウェアブランドとして生まれ変わらせられれば、オンデーズにしかないブルーオーシャンを見つけられると思う」

メガネを医療器具じゃなくファッションアイテムと位置付けて、戦略を根本から練り直したら、今までにない魅力的なお店ができ、メガネ業界の誰も漕ぎ出したことのないブルーオーシヤンがそこには広がっているに違いない。このプランなら、オンデーズは割と簡単に立ち直れるかもしれない。

僕は自分で考えた再生プランを、自信満々に創業時から苦楽を共にしてきた二人に披露することで、心を覆っていた分厚い雲をぬぐおうとしていたのかもしれない。

「でも、はっきり言ってこのオンデーズをお洒落にするなんて、かなり難しくないですか？店舗はお洒落とは程遠くセールチラシで埋め尽くされた安売りのバッタ屋みたいだし、スタッフは統一した制服もなければ美意識も低い。若くてお洒落な今時の子だったら、まず今のオンデーズではメガネは買いませんよ」

長尾の言う通り、この当時のオンデーズは業績もさることながら、ブランドイメージも最低だった。

ただ「安い」だけで商品の品質はお世辞にも良いとは言えない。店舗のデザインはバラバラ。スタッフのほとんどは男性で、寝癖のついた髪、フケのついた服で店頭に立つ人も当たり前のようにいた。

業績が悪いだけでなく、お洒落でもなければ、技術もないし、品質も悪い。

『ただ安いだけのメガネのディスカウントストア』と言われてメガネ業界では鼻で笑われる存在。それがこの当時のオンデーズだったのだ。

（ダサいこのオンデーズをファストファッション　アイウェアブランドにする）

お洒落になれば、働く人たちはもっとプライドを持てるようになるから、モチベーションも上がるはず。お店やスタッフが生まれ変われば、売上だってすぐにV字回復して、急成長企業になれるはず。

全てが仮定と希望的観測だけで埋め尽くされた、幼稚な再生プラン。

今になって思い返すと、高校生でもすぐに考えつくような、この程度のアイデアだけで、破綻寸前の企業を簡単に再生できると、最初は本気で思っていたのだから恥ずかしくてしょうがない。若さ故の無知と勢いというのは本当に恐ろしいものである。

そもそも、この時点でのオンデーズはお洒落に生まれ変わるも何も、月末の給与支払いにすら窮している始末で、店舗の改装も、新しいお洒落な制服も、センスの良い新商品を仕入れるのも、肝心の「資金」がほとんどないのだから具体的に行動を起こすこと自体がどれも困難だというのに。

しかし無知だからが故、この時は、この幼稚な発想が、エクスカリバーの如く光り輝く強力な武器だと妄信することができ、沈没しかけているオンデーズを引き連れてブルーオーシャン目掛けて荒れる海へと飛び込んでいくキッカケになったことも、これまた事実なのだから、人生というのは本当に奇妙で面白い。

しかし、やはり商売というものはそう甘くなかった。

早々に僕のこの「オンデーズをお洒落にすれば全て上手くいく」という幻想は、もろくも崩れ去ることになる。

第4話　突きつけられた「死刑宣告」

2008年3月末日

奥野さんは、ウォーミングアップする間もなく、いきなり月末の資金繰りとの格闘の場に放り込まれていた。

「どうすんだよこれ……いきなり1千万円以上足りないじゃないか。今からこの金を用意するのなんか、どう考えても無理だろ……」

社員の帰った薄暗いオフィス。引き継いだ稚拙な資金繰り表をシュレッダーに投げ込みながら、奥野さんは自分のデスクでため息まじりに呟いた。

話を少し前に戻そう。

今回のオンデーズM&Aの計画について、実は各取引銀行や大口の債権者たちには、その一切を知らせずに全てが水面下で極秘裏に進められていた。

なぜならこの時のオンデーズの借入金は、ほぼ全てが無担保・無保証で行われていたからだ。

つまり連帯保証人や担保の差入が一切されていなかったのだ。これは銀行にとっては、貸付金が焦げ付いても有効な回収手段を持たず、即座に不良債権化してしまう可能性が高い「危険な融資」であることを意味していた。

そんな危険な融資の付いたオンデーズを、RBSが売ろうとしている。しかもその相手は、わずか30歳の「チャラついたガキ」だ。更に資金も担保もない、胡散臭い小さなベンチャー企業の社長ときている。

こんな相手に会社を売ろうとしていることが、事前に取引銀行に知られてしまえば、会社売却の計画そのものに対して猛反対に遭い、RBS本体や社長個人の連帯保証まで強く求められるか、厳しい返済を迫られることになるのは、火を見るよりも明らかだった。

その為、RBSと僕たちは電光石火の早業で、秘密裏に増資の実行と経営陣交代の登記手続を終えた後、「既成事実」として各銀行へ株主の交代を通知すると同時に、慌ただしく引き継ぎの挨拶まわりの日程をねじ込んでいったのである。

全ての銀行にとって、このタイミングでの急なオンデーズの身売り報告は寝耳に水の話であった。

(こんな、どこの馬の骨ともわからない若造に、いきなり会社を売るなんて勘弁してくれよ……ひょっとして前期に続いて今期もオンデーズは赤字になるんじゃないだろうな?)

どの銀行担当者の面々も、このタイミングでの電光石火の会社売却劇にあからさまな不信感を募らせてはいたものの、あまりの急展開に差し障りのない対応に終始するしかなかった。

僕は、引き継ぎ挨拶の席上で各銀行の担当者たちを前に、自己紹介を交えながら今後の再生計画を必死に説明したが、彼らの耳には、まるで何も入っていない様子だった。

こうして銀行関係の引き継ぎと状況説明をかなり強引な形で終えて、RBSから僕たちに経営のバトンが完全に渡されたわけだが、その時点で3月の末日まであと10日を切っていた。そして予想される初月の資金ショートの額はおよそ1千万円。しかし今から銀行に融資の申し込みをしたとしても、月末に間に合う可能性はかなり低いし、新体制のドタバタを露呈することにもなりかねず得策ではない。

僕と奥野さんは、最初の月末の資金ショートを覚悟し、まずは月末の全ての支払い予定を一覧にし、各部署の部長たちにヒアリングを行いながら、支払いを待ってもらえそうな取引先をピックアップすることにした。

支払い繰り延べの指示を聞かされた営業部の山岡部長は、顔を真っ赤にして怒鳴り声をあげながら会議室に乗り込んできた。

「冗談じゃない！　『会社の経営が苦しいから支払いを待ってください』なんてお願いができるか！　何で私らが取引先に頭を下げて回らなきゃならないんですか！」

「支払いを待ってもらえるよう交渉してきてほしい」という僕の突然の指示に対し、山岡部長だけでなく、他の各担当者たちも皆、露骨に不満の表情と非協力的な態度を見せた。

僕は、極力感情的にならないように、淡々と事情を説明した。

「山岡さんが、怒る気持ちはよく解ります。今まで発注していた取引先に対し、急に恥も外聞もなく頭を下げて支払いを待ってくれるようにお願いしろと言われても、そんな仕事を進んでやりたがる人などいなくて当然ですから」

「それなら、なんとかしてくださいよ！　あなたは社長なんでしょう！」

「俺もできる限りのことは勿論やりますよ。しかし、資金がショートする事態が避けられない以上、一部の取引先への支払いを待ってもらわなければ、今度は社員たちへの給与がいきなり未払いになってしまう。全国の従業員一人一人が、オンデーズ再生の重要な鍵なのに、給料が遅れて会社に不信感を持たれてしまったら再生できるものもできなくなってしまいます」

「だからって、いきなり取引先の支払いを遅らせろなんて、あまりにも横暴だ！　どの支払い先にもキチンと決められた期日に支払いをしなければいけないのは当然の責任だし社会のルールだろう！」

「そんなことは重々承知していますよ。でも企業経営は綺麗事だけでは上手くいかないことも多いんです。特にお金が絡む非常事態では、支払う順序とタイミングを、どう判断して乗り切るかが、生死を分けることになるんです」

「なら最初に銀行への支払いを止めてくださいよ！　私たちが取引先に頭を下げるのはそれからでしょう？」

「銀行には早いタイミングで返済計画についての交渉を開始します。ただ、経営陣が交代してまだ間もない、このタイミングで、いきなり返済計画の交渉を持ち掛けても上手くいくものもいかない。各銀行とは、必ず俺の責任で交渉をしますから、今月はとりあえず協力してください。お願いします！」

こうして、まさに一触即発のやりとりの末、苛立つ部長たちを説き伏せながら「支払いを延ばす先」「すぐに支払う必要がある先」と、一つずつ、慎重に一円単位で資金繰りにあたっていくことになった。

さらに僕と奥野さんは、同時進行で銀行以外にも、資金調達ができそうな先にも方々《ほうぼう》手を尽くして当たることにした。藁にもすがる思いであらゆるツテをたどり、ベンチャー企業へ積極的に投融資を行っている企業を駆けずり回った。

六本木ヒルズや恵比寿ガーデンプレイスといった大都会の中心にそびえ立つ煌《きら》びやかなビルにオフィスを構える会社の応接室で、僕たちは、必死にオンデーズ再生計画のプレゼンを繰り返す。しかし、倒産寸前のオンデーズにリスクマネーを入れようとする奇特な相手は登場せず、結局、全ての企業から冷たく断られた。

しかも更に追い討ちをかけるように、複数の取引先から担当者のもとへ「経営者が変わった直後に支払いを待ってくれだなんて、到底受け入れられない」と拒絶する回答が次々に返ってきており、期待していた取引先のほとんどが支払いの延滞に応じてくれる気配はなかった。

最初の資金ショートが目前に迫ってきた月末。

奥野さんがオフィスの片隅で吠えた。

「とりあえず店舗の工事代金と社会保険料を1週間だけ強引に遅らせる！　それから売上金を銀行へ入金しに行く店舗へは『朝イチに必ず入金しろ』と電話をかけて徹底させて！　半日でも遅れるとアウトになるかもしれないぞ！」

只ならぬ緊迫感に包まれ、経理の石塚も必死の形相で店舗に電話をかけまくる。

そして、末日まであと1日と迫った日の深夜、奥野さんから僕の携帯電話にメールで連絡が入った。

「今月末は、どうやらなんとかなりそうです」

「良かった。それで、全部支払った後、月末の預金残高はいくらくらい？」

「20万です」

「残高が20万……」

結果としては、当初予定に入れていなかった閉店店舗の敷金の戻りが突然200万円、入金されてきたのと、いくつかの大型店の売上が想定よりも高かったことがあり、なんとかギリギリで最初の月末を乗りきることができた。

僕は、どうにか1回目の資金ショートを回避できたという事実に胸をなでおろし、安堵しつつも、僕の普通預金よりも少ない残高と、これから待ち受ける長いイバラの道を暗示するかのように赤色の数字しか並んでいないオンデーズの資金繰り表を見ながら、頭を抱え、なかなか寝付くことができなかった。

2008年4月

喫煙所でタバコをふかしている僕のところに、奥野さんは、寝不足で疲れ果てた顔をしながら、報告にきた。僕はタバコを吸う手を止め、奥野さんに話しかけた。

「しかし、最初の月末から、いきなりこんな調子とはね。解ってはいたつもりだったけど、いざ実戦となると想像以上にキツイね。ハハハ」

「はい……今のウチの経理は、あんな店舗の敷金の戻り予定すら、まともに把握できていないのが現状です。そして、私のシミュレーションだと、今月末は少なく見積もっても2千万、売上によっては5千万近く足りなくなる可能性があります……」

「え……そんなに……」

蒼白する僕を支えるように、奥野さんは意を決した厳しい表情で言う。

「オンデーズの決算月は2月です。この場合、銀行に決算書を提出するのは5月頃になります。銀行は新しい決算書に基づき、6月末を目処《めど》に我々の査定と格付け作業を行います。オンデーズは、今回の決算で2期連続の赤字になることが確定しているため、6月以降には、ほとんどの取引銀行がオンデーズを『要注意先』もしくはそれ以下に格下げするでしょう。融資担当者によっては、実態の債務超過を見抜いて『破綻懸念先』まで一気に叩き落とすかもしれません。そうなると新規の借入には一切応じてもらえなくなります。その時に備えて、正常先の格付けで融資の検討を行うであろう今から2ヶ月の間に、いくら借りておけるかが勝負です」

僕は銀行内の詳しい仕組みがよく分からないので、下手に銀行交渉に口を挟むのをやめて、全てを奥野さんに任せることにした。

「了解。銀行交渉は奥野さんに全部任せる。とりあえず従業員の給与だけは確実に遅延しないで支払えるようにしといて。後の売上は俺がなんとかするから」

奥野さんはメガネのブリッジを人差し指で押し上げると、覚悟を決めたような表情で答えた。

「わかりました。ただし最初に断っておきますが、自分は嘘が嫌いです。粉飾は絶対にしませんよ。これまでの経営陣が残していった膿《うみ》も、今判明しつつあるだけで相当出てきています。これらも時機が来たら、全て解明してオープンにしていくつもりです」

「わかった。任せる」


そして、奥野さんは不眠不休で詳細な資料を作り上げ、宣言通りに融資を引き出していった。

僕が新しく社長に就任してから、前経営陣の最後の決算書が提出されるまでの3ヶ月間。この期間で11ある取引銀行は各行、新生オンデーズに対するスタンスを明確にし始めていた。そして、その対応には、銀行によってかなりの温度差があった。

借入残高が上位にあった四葉銀行と由比ヶ浜銀行は、僕たちの再生計画に、一定の理解を示してくれ、引き継ぎの挨拶以降も支店長や副支店長が、僕との面談にできる限りの時間を割いてくれ、応援する姿勢を示してくれた。

その結果、この2行から向こう3ヶ月間だけ折り返し融資（銀行から借りていた金額の返済が一定の額まで進んだ時に、最初に借りた金額を新たに借り入れること）を引き出すことに成功した。これでなんとかその場凌ぎではあるが、地獄のような資金繰りは一旦、落ち着きを見せることができた。

しかし、これらの新規借入には全て、僕個人の連帯保証を求められた。

奥野さんは念のため事前に僕の覚悟を尋ねてきたが、僕は躊躇することなく銀行の求めに応じてサインをし、印鑑を押していった。

他行が及び腰になっている状況で、この2つの銀行だけは親身になって頑張ってくれたので、その恩に報いたいという気持ちもあったし、新しい社長は個人保証を入れた上で本気で再生に取り組む覚悟がある、という明確な意思がきちんと伝わらなければ、このタイミングでの融資実行は成立しなかったと思う。

『借入残高14億円、無担保・無保証。営業赤字、債務超過』

当時、多くの人から「社長個人の連帯保証が無いのなら、何で民事再生を申請しないのか？敢えて全てに個人保証を入れるなんて、お前は馬鹿じゃないのか？」と言われた。しかし結局、僕は、最後までその道を選択しなかった。

民事再生を申請しなかったのは、銀行出身者の多いＲＢＳとの買収交渉の中で「債務カット等、銀行に迷惑をかけるようなことをしない」という約束を交わしていて、ＲＢＳサイドも、その約束を信じて、資金も実績もない僕にオンデーズを託してくれたという経緯があったからだ。もちろんその約束に法的な拘束力は無いのだが、仁義を破ることに対して、僕が強く精神的に縛られていたというのが一番大きな理由だ。

いずれにせよ、自分がオンデーズの再生に人生を懸けていることを示す覚悟を込めて、僕は軽々しく民事再生という手段を選べなくなるリスクを受け入れながら、全ての借り入れの連帯保証人のハンコを押していったのだった。

２００８年5月15日

前経営陣時代の最後の決算書が仕上がった。予想通り、最新の赤字の決算書を提出すると、新規融資の申し込みをハッキリと拒絶する銀行が次々と現れ出し、最終的には全ての取引銀行がオンデーズの格付けを落とし「担保なしでは新規の融資は行わない」という方針を明確に伝えてきた。

毎月の銀行の約定返済が最低８千万円、多い月は1億２千万円。しかしオンデーズは、営業利益の段階で既に毎月２千万円近い赤字が垂れ流され続けている状態。このままでは、毎月の売上収益からの返済は到底見込めない。銀行の返済を銀行の融資に依存する金繰り返済をしてもまだ運転資金が足りないような状態にもかかわらず、今後一切の融資は認められないことが確定した。

それは全ての銀行から僕たちに突きつけられた「死刑宣告」だった。

第5話　全国店舗視察ツアー

２００8年5月下旬

「社長、社長、起きました？」

長尾が、ハンドルを握りながら僕に声を掛けた。

「おう、いまどの辺？」

僕は寝起きの目をこすりながら、タバコに火をつけて一服ふかすと、飲みかけの缶コーヒーをグッと渇いた喉へと流し込んだ。

「さっき蔵王《ざおう》を過ぎたので、もうすぐ仙台に着きますよ。もう一眠りしますか？」

僕と長尾は、朝から茨城と福島で３店舗を視察した後、更に北上して、次の目的地、宮城県の仙台市に向かって夕暮れの東北道をひた走っていた。

ドタバタの社長就任劇から早くも２ヶ月あまりが過ぎようとしていたこの頃、僕はデスクワークの合間を縫っては、長尾の私物の軽自動車に乗り込み、北は秋田から南は宮崎まで、全国のあちこちに点在している58店舗のオンデーズを一店舗ずつ視察していた。

この当時、長尾は僕の秘書兼運転手でもあり、生活のほぼ全ての時間を一緒に過ごしていた。

「いや、大丈夫。あー、すっきりした！」

僕は両手を突き上げて背伸びをすると、ゴキ、ゴキと首を鳴らした。

「車内、寒くないっすか、少しエアコンの温度上げましょうか？」

「いや、大丈夫。このままでいいよ」

「それにしても社長も頑張りますね。オンデーズに乗り込んで以来、連日連夜、ぶっ続けで社員たちと飲み会続きじゃないですか。社長あんまり酒好きじゃないから、体でも壊すんじゃないかと、いつもヒヤヒヤしながら見てますよ」

「ハハハ。まだ若いから酒で体を壊すほど弱くもないさ。でもさぁ、オンデーズって、社員たちの雰囲気が、なんだか暗いよな」

「僕も、地味で覇気がないなぁというのが第一印象でしたね」

「長尾もそう思ったろ？　俺たちはメガネというファッションアイテムを売っている会社なんだからさ、まずは社員が元気で明るく、カッコよく仕事をしていないと話にならないと思うんだよね」

「それで明るく元気な社風に変えるために、皆んなを飲みに連れ出してるというわけですか？」

「そう。とにかく、ベロベロになるまで酔わせて、羞恥心を取り払って大きな声で腹の底から笑えばさ、少しは社風も明るくなるんじゃないかなと思って。それに酔いに任せて本音を吐き出させれば、会社が抱えてる問題の本質にも辿り着きやすくなる。小難しい顔で説教を垂れるよりは、はるかに効果的で手っ取り早いじゃん」

「ハハハ。泥酔するまで酒を飲ませるのも、社長の再生計画の一つだったんですね。でも、確かに若手社員を中心に笑顔も増えてきたし、活き活きとした社風に多少は変わってきたような気もしますよ。ちょっと破天荒で彼らには刺激が強すぎるところもあるみたいですけど、社長の考えとか方針を、強く支持しているような若いスタッフもチラホラ出てきてるみたいですし」

「そう。話してみると、みんな結構いいやつらだよ。最初は遠慮して当たり障りのない話をしていたけど、酔いが回るにつれて、まあ愚痴や不満が、沢山出てくること出てくること」

長尾は、少し困った様子で言った。

「そう、本当、みんな愚痴ばっかりですよね」

「でも悪いことじゃないよ」

「え、何でですか？　会社に関して愚痴ったり不満を言ったりしてるのが良いわけないじゃないですか」

「いや、そうでもないよ。本当にもうこんな会社なんてどうでもよくって、さっさと辞めるつもりなら無関心になるだけだ。愚痴や文句がこれだけ沢山出てくるっていうことは、ポジティブに捉えれば、少なくともまだ『オンデーズで働いていたい。だから良い方向に変わってほしい』という願いの裏返しだと思うんだよね」

「まあ確かにポジティブに考えればそうかもしれませんけど……」

「だから、まずはその皆んなが抱えてる不満や、愚痴をしっかりと聞いて、何から順に改革していけば良いか参考にしようと思ってるんだよ。会社が良くならないと自分の暮らしも良くならないってことは、誰もが心の底では理解しているから、みんな本質的な問題をきちんと見抜いている。でも今までは、そういう熱い想いを持っていても内に秘めて誰も声には出せずに、ただ上からの指示を待っているだけだった。だから、オンデーズはダメになった。そんなことを発見できただけでも、この2ヶ月間飲み歩いた甲斐があったってもんだよ」

「でも、それなら何も、こんなに無理なスケジュールを組んでまで、いきなり全部のお店を回る必要なんてないんじゃないですか？　とりあえずは関東の近場のお店だけでもガッチリと入り込んで、スタッフたちと営業のやり方を見直した方が良いような気もしますけど」

「まあ、確かにそうなんだけど、色々と手をつける前に、最初にちゃんと全部のお店の状態を見て回っておきたくて。あとまあ言ってみれば、これは義務みたいなもんでもあるし」

「義務、ですか？」

長尾がルームミラー越しに意外そうな顔で僕の次の言葉を待っている。

僕は多少、勿体付けるように寝起きの一服を味わいながら、ゆっくりと話し始めた。

「そう、俺を含む新しい経営陣はオンデーズで最もオンデーズを知らない人間たちだろ。このままでは再生はおろか、まともな経営なんて勿論できるわけはない。メガネに関してもド素人だ。そして社内も決して一つにまとまっていない。二人の前任の社長たちが残したバラバラな経営方針が、今なお、まだらに広がっているせいだ。これらの実態を正確に、しかも短期間で把握するには、実際に現地を回り、お店をこの目で見て、働いているスタッフたちの生の声を聞く以外にないだろ？」

「確かにその通りですね。でも、それならせめて、もう少し時間とお金をかけて回りましょうよ！　せっかく全国を旅して回っているというのに、こんなにバタバタなスケジュールじゃあ、各地の名物料理も楽しめやしない。近藤さんに聞いた話だと、本部の連中なんか、僕たちが会社を留守にしてる間に『新しいバカ社長は会社の金で全国を遊びまわってやがる』とかって、陰口を叩いている人たちもいるらしいっすよ。こっちは遊ぶ金どころか、寝る時間すらないってのに！　メシはすぐに食える牛丼か立ち食いソバ、風呂と宿泊はサウナかカプセルホテル。それなのに、そんな言われ方までされて、全くやってらんないっすよ！」

長尾は、憤慨してハンドルをバシンと叩きながら、本部の社員たちに届けとばかりに、大声で叫んでみせた。

「あ〜、仙台でゆっくり牛タン食いてーなー、あっ！　仙台に着いたら、前に社長が言ってた、牛タンの名店『利久』でしたっけ？　ねえ、あそこ行きましょうよ！」

僕は子供のように駄々をこねる長尾を、たしなめるように言った。

「まあ、言いたい奴には言わせとけよ。今の俺たちには、そんな奴らに構ってる時間もお金もないんだから。とにかく全国のお店のスタッフが、毎日あと1本。たった1本だけでいいから多く売ってくれるようにモチベーションを上げていかなきゃいけない。そしてあとあと『たった1本』を多く売るだけで、今のオンデーズが抱えてる、ほとんどの問題は解決するはずなんだ」

「え、1本多く売るだけで、全部解決するんですか？」

長尾は、少し眉をひそめて疑わしそうな目をしている。僕は自信有り気にニッコリと笑みを浮かべて言った。

「そうだ。綺麗に全部解決する。全部な」

「ん？　どういうことっすか？」

「今、オンデーズの年間の売上は約20億だろ？」

「そうですね。それは皆んな知ってます」

「じゃあ、一ヶ月にするといくらだ？」

長尾が暗算を苦手なのを知っていながら、僕はわざと勿体つけるように長尾に質問をした。

「えっと12ヶ月だから、イチ、ニィ……約1億6千万くらいですね」

「はい。正解。じゃあ一日にするといくらだ？」

「一日ですか。えーっと……30日で計算すると、だいたい530万くらいですかね」

「いいね。正解。じゃあ今ある58店舗で割ると一店舗あたり一日いくらの売上になるでしょう？」

「まだ続くんすか？　勘弁してくださいよ、暗算苦手なんですから。えーっと、530割る58ですか……ちょっと運転中なんで、もうわかりません！」

「ハハハ。まあいいよ。正解はざっくり言うと約9万円くらいだな」

「9万円。一店舗の一日の売上がですか？　へぇ、そう聞くと、なんか意外に少ないですね」

「そう。簡単に言うと今のオンデーズの一店舗あたりの一日の売上は平均9万円。そして客単価が約1万円だから、客数にすると9人だな。営業時間はどこのお店もだいたい12時間だから、平均すると一時間に一人も売っていない計算になる。だから、昨年の今日と比べて一時間あたり、スタッフの皆んなが『あと1本売ろう！』って頑張って、実際にその通りになればオンデーズの年商は約2倍の40億円になる」

「なるほど。まさにチリも積もればってやつですね」

「そう。いきなり『この会社を再生させる為に、あと20億円の売上を上げましょう』って言われたって金額がデカすぎて、皆んな思考停止になるだけだから、そんな言い方しても効果なんてない。20億円なんて金額をいきなり稼ぐための具体的なアイデアなんて浮かぶわけないだろう」

「確かにそうですね。『今の時間、あともう1本だけ売れる方法を考えよう！』だったら、なんだか簡単にできそうな気がします」

「そう。それに、今よりもあと1本多く売るだけなら特別に人員を増やしたり、何か大掛かりな設備投資なんかをしなくても十分に対応できるはずだ。そしてそれを全部の店舗で、全員のスタッフが本当に実行に移してくれれば、一年が終わる頃にはオンデーズの売上は倍の40億円になっている。そうすれば借り入れ金の返済、新しい商品の開発、お店の改装、給与のアップが、簡単に全部賄《まかな》える。いっちょ上がりだ。だからとにかく今は、一人でも多くの社員と直接話をして、お客様にあともう1本、多く買ってもらえるように一生懸命セールスすることで、どれだけ自分たちにとって多くのメリットがもたらされるかを理解してもらう必要があるというわけだ」

「確かに。今のオンデーズのスタッフのほとんどは、ろくに店内に入ってきたお客様に営業もしないし、店頭での呼び込みなんて絶対にしてないですもんね。買う気で入店してきた人に売ってるだけの待ちの営業しかしてない。店の前には沢山の人が歩いてるんだから、チラシでも撒きながら大声で呼び込みすれば、そりゃあと1本くらいは当然、売れるようになりますよね」

「そう。まだ当たり前のことをちゃんとやってないお店がほとんどだから、そこを直すだけでも、結果は絶対に出るんだよ!」

この最初の店舗巡回で、突然、店舗に現れた僕に対する全国の社員たちの反応は様々だった。とても好意的に、まるでヒーローのように出迎えてくれるスタッフもいれば、逆に老舗《しにせ》のメガネ店出身のスタッフなどは、僕の姿を見ても遠巻きに嫌悪の視線を向け、露骨に反抗的な態度を示してくる人も多かった。

店舗視察ツアーの中盤戦、大阪の旗艦店である近鉄あべの橋駅店で、僕は中年のベテラン店長に明るく声を掛けた。

「まずは、昨年の今日より1本でいいから多く売れるように頑張ろう！　暇な時間は、どんどん店頭に立って。ほら見てよ、店の前にはこんなに人が歩いてるんだから、大きな声を出して呼び込みすれば、もっと多くのお客様に、ここにメガネ屋があるって気づいてもらえるし、店内にだって入って来てもらえるかもしれないでしょ？」

するとそのベテラン店長は、ふてくされたような冷笑を浮かべながら言った。

「あのねぇ、社長は現場を知らんから軽く言いますけどね、そんな簡単にいきませんよ。大声で呼び込みしろとか、八百屋じゃないんやから、メガネ屋が店頭で呼び込みなんてやったら逆に不審がられてお客さんは逃げていってしまいますわ」

僕は口角泡を飛ばしながら力強く説明したが、このベテラン店長は、頭から否定的な態度で頑《かたく》なに営業スタイルを変えようとしない。

見かねた僕と長尾は、そんな店長の存在を無視するように、店頭に立つと、スタッフたちに見せつけるように大声でビラ配りを始めた。

「どうぞ！　良かったら見ていってくださーい！　メガネ一式5千円からお作りできます！　時間がなくても大丈夫！　たったの20分でメガネをお持ち帰り頂けますよ！」

駅の構内中に響き渡らせんばかりに、大声を張り上げ、お客さんを呼び込んでいく。するとその活気に吸い寄せられるように、すぐに店内に数組のお客様が来店してきた。

僕と長尾は、メガネのこともよく解らないまま、冷めた目で見つめるベテラン店長をよそに、すかさず接客につき、口八丁で2本、3本と売って見せた。

するとスタッフたちは、その場では一応、渋々と一緒に呼び込みを始めて、後に続いて接客についていくが、僕らがいなくなると、またカウンターに引っ込んで、いつもの「待ちの営業」に戻っていく。そんなことの繰り返しだった。


更に、スタッフとの飲み会の中ではこんな話も聞かされた。

「売上が厳しいから、今月は自分で3本買わされましたよ。せっかく働いたのに、毎月の小遣いは全部メガネで消えてきますよ……」

なんと売上目標達成の為に、社員は自腹での購入を半ば強制させられることが横行しているというのだ。

これは小売業にとって一番やってはいけないことで、無理やり自分の会社の社員に商品を買わせて、売上を作るなんて、どんなに赤字でもダメに決まっている。

僕はすぐに管理職全員に対して「部下に対して自分買いを強制したものは厳罰に処し即刻、解雇する。自社の商品を買う場合は、必ず自分の自由意思でやること」と、きつく通達を出した。


こうして全国を巡回しながら、気づいたアイデアや改善点をその場で発信しつつ、緊急性が高いものはその場で対処して、時間のかかりそうなものは、後日、本社に持って帰って幹部会議にかけて対策を練っていく。

さらに毎日ブログにその改革の様子を書き綴って、全国のスタッフに向けて実直に発信して経営改革の透明性を出していく。

こういう日々を地道に繰り返して行くうちに、店舗巡回が終わりに近づくにつれ、改革に共感してくれるスタッフが一人、また一人と増えていき、だんだんと各店舗の営業現場でも、その後の飲み会の席でも、社員と僕の間に、自然と笑顔が溢れる回数が多くなっていった。


モチベーションが上がり始めた一部の店舗では、早速店頭で積極的に呼び込みを始めるようになったり、自分たちで閉店後にセールストークを考えて勉強会を開くグループなども出てきたりして、売上も少しずつだが確実に上がり始めてきていた。

（よし、大丈夫。オンデーズの改革は、着実に良い方向へ進みつつあるぞ）


この段階では、奥野さんが掻き集めてきた最後の融資と、僕個人の今までの蓄えを吐き出し、取引先への支払いを待ってもらいながら、オンデーズを一日単位で延命しているだけに過ぎなかったのだが、不安とプレッシャーに押し潰されそうになりながらも、僕の胸には微かな手応えが、池に投げ込んだ小石の波紋のように、静かに、でも確実に広がり始めていた。

第6話　スローガンに不満爆発

社長就任から3ヶ月、池袋にある本部では、一触即発のような、ひりついた空気が漂っていた。

事の発端は、僕が就任早々に打ち出した一つの改革のスローガンにあった。

「目立ったもん勝ち！」

社長に就任してすぐに、僕は一人でオフィスの壁の一番目立つところに、A4のコピー用紙に1文字ずつ「改革のスローガン・目立ったもん勝ち！」と書いてデカデカと貼り紙をした。

しかし、このスローガンに、当時の幹部であった部長たち数名は、真っ向から反対してきた。特に、一番納得のいかない表情をしていたのが、営業の山岡部長だった。

「何じゃぁ？　お前、やるのか！　やらんのかぁ！　一体どっちやぁあぁ！」

山岡部長は事あるごとに、こんな感じでドスの利いた声で顔を真っ赤にしながら電話口で、店長たちを怒鳴りつけていた。

この一喝で、大半の若手社員は雷にでも打たれたかのように、思考停止し、ロボットのようになり慌てて指示通りに仕事をする。そんな光景が毎日のように見られていた。

日本有数の巨大小売企業ダイエー。そのダイエーで部長職に就いていた山岡部長ら営業の数名は、その鍛え上げられた営業手腕を買われ、オンデーズへと転職してきていた。

山岡部長は、部下が少しでもたるんでいると、声を荒らげて怒鳴りつけ、成果を出すと「ようやった！」と満面の笑みで褒め称える。

まさにアメと鞭を巧みに使い分けながら、軍隊のような絶対的上下関係を植え付けて仕事を進めていく、所謂「昭和の猛烈サラリーマン」を地でいくような人だった。

しかし、こういう上下関係の構築の仕方は僕が一番苦手なタイプの方法だった。

ある時、見かねた僕は、電話口で怒鳴りつける山岡部長を目にすると注意を促した。

「今時そういうやり方は古いし、それじゃあ、オンデーズの社員から個性や覇気を奪う大きな要因になってしまいますよ。山岡さんにとっては御しやすい部下に仕立てられるので、都合が良いかもしれないが、俺が作りたい会社のカルチャーには合ってないのでやめてくれませんか？」

僕よりも一回り以上も年長で、誰もが知る大企業の部長職を経験して、オンデーズに転職してきていた山岡部長は、突然上司として現れた年下の僕に、自分の仕事の仕方を注意されプライドを傷つけられたのか、明らかに面白くないといった様子で、僕に喰って掛かってきた。

「わかりましたよ。部下に対する態度はできるだけ気をつけますよ。それはまだええとして、あの改革のテーマ『目立ったもん勝ち！』あれは一体何なんですか？　ほんま意味わからんわ。

子供に聞かせる運動会のテーマやないんだから、もう少しまともな改革の指示を出してくださいよ！」

山岡部長は、明らかに不満を爆発させていて、丸太のような腕を組んで僕を睨みつけている。

「はっきり言っときますけど、私は騙されたと思ってるんですよ。『上場に向けて体制を強化して欲しい』と前の経営陣にお願いされたから、数ある大企業のオファーを蹴って、こんな小さな会社に来てやったというのに、いざ来てみれば、会社の中身はボロボロ、誘ってきた経営陣たちは1年もしないうちに逃亡。突然現れた若い社長は、訳もわからず無邪気に『目立ったもん勝ち！』とか言うてるし。こんなふざけたテーマに、一体どんな経営方針があるっていうんですか？　そんなこと言うてる間に、この会社は潰れてしまいますわ！」

さすがにスパルタで有名な全盛期のダイエーで、部長として幾千の相手と渡り合ってきた40代半ばの不惑男には、全身に凄みが漲《みなぎ》っている。

ただ、僕もこの時、30歳と世間的には若い社長だったかもしれないが、それでも20歳から会社を経営していて、10年間、死屍累々の世界をくぐり抜けて、それなりに修羅場も数多く経験してきていたので、この手の「高圧的な、わかりやすい威圧」にはもう慣れっこだった。

僕は、なるべく山岡部長の感情を逆撫でしないように、淡々と自分の主張を諭すように語った。

「このスローガンは俺なりに、きちんとした考えと信念があって決めたことなんで変えるつもりはありませんよ」

「ふん。『目立ったもん勝ち』のどこにそんな、まともな信念がある言うねん！」

「世の中の全てのお店は、お客様に『存在』を知ってもらわないといけませんよね。せっかくお店を開いていても、誰にも気がついてもらえなければ、お客様は来てくれませんよね？」

山岡部長は口をへの字に曲げたまま、うなずきもせずに睨みながら聞いている。

「何か欲しい、あれを食べたい、と思った時に『確か、あの辺にお店があったな』と思い出してもらえなければお客さんはやって来てくれません。逆にその時に、思い出してもらうことさえできれば、来店してもらえる確率はかなり上がる。すなわち、商売は目立たなければ何も始まらないということです。この考えに異論ありますか？」

話を返されると、一瞬、山岡部長は返答に詰まりながらも答える。

「そりゃそうでしょう。それやからこそ、ウチは目立つ場所にお店を出しているし、5・7・9千円というスリープライスで『解り易い安さ』の目立つ看板を掲げて商売しているわけや。もう十分やってますよ」

「目立つ場所と、目を引く安ささえあれば、お客さんがやって来て商売は成功するんですか？それならなんで今、閑古鳥が鳴いて閉店してしまうようなオンデーズのお店が、あんなに沢山出てるんですか？」

不快そうに顔を歪めながら山岡部長は、渋々と答えた。

「それは総合力でしょう。モノが売れるかどうかは商品力、値付け、接客が全部揃って初めて上手くいく。そのどれかが欠けただけでも、商品は上手く売れませんからね」

「そう。まさに、その通りのことを俺も思っていたんです。つまり、接客の大切さを指摘したいんです。接客は誰がするんですか？　もちろん、店頭に立つスタッフですよね。そのスタッフが目立とうとしてくれなかったら、どうなります？　お店も目立たなくなってしまうじゃないですか。世の中の会社同士は、常に『目立つ為の競争』をしているわけだから、その会社を動かしている社員たち自身が『目立つこと』から逃げてしまっていたら、その企業は、企業同士の目立つ為の競争には絶対に勝てないんですよ。どんなに良いサービスや商品を用意することができたとしても、お客様に自分たちの存在に気づいてもらうことができなければ全部が無駄になってしまう。そうは思いませんか？」

僕は、山岡部長を感情的に刺激しないように、低いテンションを保ちつつ、さらに話を続けた。

「それに、このスローガンの『目立つ』という言葉には『もっと自己主張をしなさい』っていう意味も込められているんです。困ったり、悩んだりしていても、誰かが気付いてくれるのをじっと待っているだけではだめなんです。自ら解決しようとして行動に移さなければ、誰も手を差し伸べてくれないし、その人も成長しない。世の中とはそういう厳しいものでしょう？それに、皆んなが目立つことを避けていたから、今まで会社に対して不満や意見が沢山あったのに、誰も自己主張も問題提起もしようとしない風潮が蔓延していたんじゃないんですか？だから、会社がここまでガタガタになってしまったんでしょう？」

この最後の一言が、癇に障ってしまったのか、山岡部長は顔を真っ赤にして猛然と声を荒らげた。

「なんや、その言い方は！　そんな若者の理想論、現実のビジネスじゃそんな簡単に通用なんてしないいんですよ！

私らは、実際に今のやり方で年間20億円を売っているんや！　この数字は決して悪くはない。営業の状態だけ見れば本来ならば、買収されるような会社なんかじゃないんだ。悪いのは、その売上からきちんと利益を出せなかった、経営能力のない今までの経営陣たちでしょう！　ならば、新しい経営者のアンタは、あらゆるコストをカットして、利益の出る財務体質作りに着手するのが、今真っ先に取り組まんといけないことやないんですか！

とにかく、営業部は今までのやり方を急に変えさせられるのは心外だ。長い経験を積み上げてようやくできあがりつつある今のシステムを、昨日今日来た、素人の思い付きで引っ掻き回されたんじゃ、たまったもんじゃない。自分で考えてどんどん自己主張しろだ？　その結果、命令系統が混乱して組織がバラバラになって、売上が落ちたらどうするつもりや！　社員の個性や自己主張を、とやかく言う前に、社長ならもっと経費を削減して、安定した利益を出すことだけを考えて行動してくださいよ！」

この時、僕は（そうかもしれない）と思った。決して良くはないが、曲がりなりにも安定した売上を維持しているのも事実だ。

（でも、やっぱり違う……）僕は自分の考えを曲げそうになるのを踏み止《とど》まると、強い口調で反論した。

「山岡部長は、そもそも大事なことを忘れてますよ」

「はぁ、大事なことぉ？」

山岡部長は、濁った眼をギロリと僕に向けた。

「オンデーズは、もう実質的に倒産しているんですよ。山岡部長たちは、俺を目の敵《かたき》にして馬鹿にしてますけど、もしも、俺が買収に手を挙げなかったら、今頃この会社は良くて民事再生。悪ければ破産ですよ。そうなっていたら、山岡部長が言う『統率の取れた組織も、20億の売上』も、もうとっくに消し飛んでいたんですよ。違いますか？」

一瞬、返答に詰まる山岡部長を一瞥して、僕はさらに話を続けた。

「つまり、昔のオンデーズはもう死んでいるんです。現在のオンデーズは新体制のもとに新しく生まれた全く新しいオンデーズなんです。新生オンデーズには、守るべきものなんて何もありません。俺たちが、ゼロから創る全く新しい会社です。過去にとらわれず、時代に合わせて、より良い会社を作る必要があるんです」

山岡部長は、納得するどころか、さらに語気を荒らげて感情的に怒鳴った。

「若い人が利いた風なことを言わないでもらいたい！　それじゃ、まるで俺たちがオンデーズを潰した張本人みたいやないですか？　冗談やない！　私たちは、アンタが六本木あたりでチャラチャラ遊んでいた時から、ガムシャラに働いてきたんだ。私らから見たら、アンタは出来上がった家に後から土足で上がり込んで来て、雨風を凌いでもらいながら『あそこが悪い、ここがダサい』と偉そうに文句ばかり垂れているようにしか映らない。まったく、苦労して建てた家を乗っ取られた気分ですよ。本当に不愉快だ！　私はハッキリ言ってアンタがこの会社を再生させられるとは到底思えない。悪いが引き継ぎが終わり次第、スグに辞めさせてもらいますよ」

こうして、結局この山岡部長は最後まで、僕の考え方を理解しようとはせず、この翌月に退社していった。更にその動きと前後して山岡部長と仲の良かった管理職や中堅社員たちも、立て続けに辞表を僕に提出してきた。多分、僕が来たときからすぐに転職活動を始めていて、次の就職口が決まった順に辞めていったのだろう。

当人たちは、僕に辞意を告げに来る際に、

（ふん。どうだ？　会社の運営の中核を担っている俺たちが辞めていって、お前はさぞ困るだろう？）

といった雰囲気だったが、僕と奥野さんは、特に意に介してはいなかった。

「人件費が自然と削減できて良かったねぇ。これで改革に非協力的な人がまた一人減ったから、改革が進むなぁ」

そんな気持ちで、積み上げられた辞表の束を前に、安堵したという気持ちの方が大きかった。

資金繰りに困窮しきっていて一円のお金でも惜しいこの時期、僕の方針に賛同してもらえない幹部陣を社内に抱え、高い給料を支払いつつ、討論をのんびりと戦わせている余裕など僕たちにはなかったからだ。

第7話 「利益は百難隠す」を信じて

２００８年６月頭

池袋駅東口を出て、明治通り沿いにあるジュンク堂書店の４階にあるカフェ。

ここの喫茶店は、書棚を抜けた隙間から、控えめな入り口を申し訳なさそうに覗かせており、まるで秘密基地のようにひっそりと佇《たたず》んでいる。その為、一見すると外からこの喫茶店の存在は解りづらく、ジュンク堂書店の常連客しか入ってこない。

この当時、内密の話がある時や、一人きりで静かに考え事をしたい時に、僕は社員や関係者と絶対に出くわさない、この喫茶店まで足を延ばしてコーヒーを飲みにくることが多かった。

この日も僕と奥野さんは、丁度ぬかりやビルにあるオンデーズの本社が見える、この喫茶店のテラス席に座ってコーヒーを飲んでいた。

午後の陽気がポカポカと気持ち良い。木々の葉の甘いにおいと爽やかな花の香りがほのかにしみこんでいる。向かいの明治通りから聞こえて来る雑踏の音をＢＧＭに、テラス席で心地よい風を受けながら、奥野さんは、ＭａｃＢｏｏｋの画面に並んだ数字の羅列から一旦、目を離すと、メガネのブリッジを人差し指で押し上げながら、静かに話を向けた。

「昨日まで気を揉みましたけど、今月の資金繰りもギリギリ何とかなりました。ところで、全国視察の手応えはどうでした？」

「かなりの強行軍だったけど、全店を一気に回って本当に良かったよ。お店のスタッフたちも、以前は本社の人間や社長なんかと気軽に食事したり話したりする機会なんてなかったらしくて、喜んでくれた人も結構いたよ。お陰で今や、本社の中で、俺が唯一全ての店舗をくまなく見て、各店舗の置かれてる状況について一番詳しく知っている人になれたと自負できるようになったかな。財務経理関係は、奥野さんが一番よく知っているから、二人が揃えば、今一番オンデーズの現状を正確に把握できていることになる。これでようやく、経営者として少しは、やるべきことの方向性が見えてきたような気がする」

「それは良かった。それで、具体的な課題とか売上アップのヒントは何か見つかりましたか？」

「ハハハ。見つかったというよりは、もう全部を根本から変えないといけないという感じだね。とにかく売り場作りが驚くほどバラバラなところ。これはすぐにでも整備しなくちゃいけない。戻ってきてすぐ営業部の管理職たちに『どういう風に店頭ディスプレイを運用してるのか？』って聞いてみたんだよ。そしたら『地域ごとに競合店との関係性や文化も違うので、店頭の演出や細かいディスプレイに関してはチェーン全体で共通のものは用意してなくて、その都度、地域のマネージャーの裁量で勝手にやるようになってる』っていうんだよ」

奥野さんは、飲み干したコーヒーのおかわりを頼みながら、深刻な顔つきで言った。

「それって、一見理屈が通っているようですけど、本部が本来の仕事を放棄しているだけなんじゃないですかね。それなら、全国一律のイメージで展開しているユニクロやZARAなんかが、なぜ繁盛しているのか、合理的に説明してほしい」

「そう思うでしょ。これだけインターネットが進んだ今の時代に、お客様の感性に東京も地方もないと思うんだよね。だから、しっかりとブランディングされたお店は、地方でもお客様にしっかりと支持をされている。この点は一刻も早く修正して、業界一お洒落なメガネ屋さんとして、ブランディングを確立してイメージを全国で統一していかなければいけないと思う」

「なるほど。確かにそうですね。ところで、店舗巡回の合間に、メガネの一大産地である福井県の鯖江《さばえ》にも寄ったのですよね？」

「うん。鯖江のフレームメーカーさんのところにも何社か訪問してみた。実はそこで、ある事実を知ってね。もう、かなり驚いたよ……」

「何を知ったんですか？」

「オンデーズの商品部は、メーカーのところにほとんど足を運んで会いに行っていない」

「え、メーカーのところに顔を出していないって？　それは、どういうことですか？」

「つまり、今のオンデーズは完全に『受け身』なのさ。鯖江市や中国でメガネのフレームを製造しているメーカーのところまで、こちらから足を運んで直接仕入れ交渉に出向くことはせず、本社でドンと構えて、地方や海外から売り込みに来る問屋の担当者にサンプルを持参させて、その中から値段の合う商品をただ仕入れているだけなんだよね。こんなのSPA（製造小売）ブランドでもなんでもなく、ただ安売り商品を仕入れて、右から左に売るだけのバッタ屋だ」

奥野さんは、イスに深く腰掛け直すと、眉をひそめて言った。

「そうですか……しかもウチみたいな弱小チェーンのところにまで、売り込みに来るようなメーカーや問屋は、その分の営業コストを上乗せしているだろうから、仕入れも割高になるはずですよね？」

「そう。しかも問題はそれだけじゃないんだ。東京に来るメーカーさんたちは、他の取引先にも当然営業に行く。そして真っ先に顔を出すのは業界大手のメガネチェーンや優良顧客だ。すると、品質の良い売れ筋の商品は先に大手に押さえられてしまって、ウチに来る頃には売れ残りの在庫処分みたいな商品しか残っていない。これじゃあ競合他社に比べて品質やデザインが劣ってしまってるのも納得だ」

「売れ残った在庫処分品みたいなものを割高で仕入れてるってことですか……それも売上減少が続いてきた一つの大きな要因でしょうね。実は私もこの前とんでもないことに気がつきました。大量に売れ残った、もう絶対売れないような商品が、商品センターの奥にうずたかく積み上げられて放置されていたんです。こんな不良在庫が未だに簿価ベースで数億円、棚卸資産としてそのまま計上されていますす」

「それはマズイな。商品の実態もどこかのタイミングでちゃんと決算に反映させて処理しないと、膿がどんどん溜まっていく一方だ」

「不良在庫の件は、次回の決算までになんとかしましょう。まずは早急に仕入先との関係を見直す必要がありますね」

「ああ。そこはかなり改善の余地がある。取引先を数社に絞って大量発注すれば、仕入コストも抑えながら格段に良い商品を店頭に並べることができるようになると思う。それだけで10％はコストが削減できるんじゃないかな？」

「確か、ウチが今、各メーカーへ支払っている取引の総額は、年間で6億円近くあったはず。これを10％下げられれば年間6千万、月に500万は浮くことになる。この500万があるかないかで、資金繰りは相当違って来ますよ」

「ああ。それにこの商品の改革が上手くいけば、何よりもスタッフが一番喜ぶよ。お客様と直に接するスタッフにとって、品質の悪いものを売らなければいけないこと程、苦しくて仕事が嫌になることはない。商品の品質を改善してあげることができれば、スタッフの販売に関するモチベーションは必ず上がると思う」

「商品クオリティの低下を、現場のスタッフは痛切に感じているってことですね」

「そう。だから次の幹部会議で、早速、商品部の改革を最優先課題の一つに挙げようと思う」

「それはそうと社長、社内の雰囲気があちこちの地域で対立気味になっているのは知っていますか？　このままではマズイかもしれません。社員たちの気持ちが一致団結しないで、店舗の売上なんて上がるはずもないですし、競合他社になんて勝てるわけもありません。これも一日も早くなんとかしないと」

そう言うと、奥野さんはパソコンの画面を僕の方に向けると、全国の売上集計表と資金繰り表を見せながら嘆息した。

「そうなんだよね。明らかに改革賛成派と反対派の対立が激しい地域ほど、売上が落ち込んできてる。反対派の連中も賛成派も『会社を良くしたい』という思いは皆んな同じなのに、どうしてこうも皆んなが対立してしまうのか、ほんと現実はそう簡単に理想通りにはいかないね」

「はい。会社は今、売上を一円でも落としてしまったら、すぐにでも倒産してしまいかねないような状態で、皆んなくだらないことで言い争ってる場合なんかじゃないというのに……」

奥野さんは、空になったコーヒーカップを店員に渡し、おかわりを頼むと、吐き捨てるように言った。続けて僕もコーヒーのおかわりを頼むと、声のトーンを明るく変えて、湿った空気を吹き飛ばすように言った。

「そこでなんだけどさぁ、一つ、どうしてもスグにやりたいことがあるんだよね！」

「……やりたいこと……ですか？」

奥野さんは、少し嫌な予感がしたのか、急にテンション高く話し始めた僕を怪訝そうな表情で見つめた。

「うん。思い切って、新しい店舗をオープンさせようと思うんだ！」

「に？　新しい店舗を、オープンする？」

売上も思うように上がらない上に、明日の資金繰りすらもままならない今の状況で、新店舗をオープンする。

この突然の僕の提案に、目を白黒させている奥野さんの胃袋が、キリキリと痛み出す音が聞こえてくるようだった。

僕はお構いなしに、意気揚々と話を続ける。

「今、オンデーズに一番必要なのは、目に見える結果だ。それも圧倒的な結果が必要なんだよ。俺が打ち出した新しい戦略、新しいイメージのオンデーズで、実際に売上が伸びることを証明してみせたら、誰も反対なんてしなくなるし、社員たちも一つにまとまるはずだ。『利益は百難隠す』という言葉があるでしょ。儲かってさえいれば少々の問題は乗り越えられるという意味。だから、ここで今までのカタカナの『オンデーズ』じゃなくて、英字の『ＯＷＮＤＡＹＳ』、新しい未来を象徴するような、新店舗をオープンさせて、俺の考えてるコンセプトやブランディングの正しさを目に見える形で、会社のみんなに証明してみせようと思うんだよね！」

僕は自信満々に考えを披露すると、新しく注がれたコーヒーを、ぐいっと一気に飲み干した。

こういうテンションになると、僕はもう誰の反対意見も聞かない。しかし、この時の奥野さんは間髪を容れずに、声を荒らげて猛反対した。

「何考えてるんですか？　今はそんな時期じゃないですよ。今はまだ財務的な体力を慎重に見極めて強化すべき段階です。オンデーズは言うなれば集中治療室に入って昏睡状態のようなものので、何か一つでも処置を間違えたら、たちまち心肺停止になってしまいます。こんな状態で新店を出店するなんて、私は断固反対ですよ！」

普段温厚な奥野さんの口調があまりに決然としたものだったので、僕は内心驚いた。それほど、オンデーズの財務状況は逼迫《ひっぱく》しているということなのだろう。しかし、それで簡単に引き下がる僕でもない。

「確かに財務内容が危機的状況なのは理解している。でも社内に不協和音が流れた結果、売上が思うように伸びていないのも事実だ。このまま売上を上げることができなければ、財務内容は一層悪化するだけでしょ。新店の成功体験で、新しい戦略の正しさを示して社内の不協和音を取り除き、全社一丸となって売上拡大を目指す。この好循環の起爆剤になるのが、全く新しいコンセプト、これからのオンデーズを具現化させる新店舗なんだよ！」

奥野さんは少し唸《うな》った。

なるほど、確かに新店舗が成功すれば一石二鳥、いや三鳥の効果が現れるかもしれない。しかし、失敗したらどうだろうか。社長の僕は成功を信じて疑っていないが、現実問題として失敗する可能性も相当高い。万が一ここで新店舗が大失敗したら、恐らくオンデーズは即倒産だ。あまりに危険な賭けだと奥野さんは考えていたのだろう。

「社長、これは財務担当の役員としてハッキリ言わせてもらいます。新店舗を出店する意義はよく理解しました。しかし、その前にやるべきことが沢山あります。まず第一に出血を一日も早く止めるべきです。今、オンデーズは重体の上に出血が続いているような状態です。不採算の店舗が全体の3分の1以上も占めている。この赤字を一刻も早く止めることが、最優先課題なんです」

確かにそうだ。いくら新店舗を成功させて売上を上積みできたとしても、一方で赤字を垂れ流していては何にもならない。奥野さんの言う通り、不採算の店舗を黒字化するか、もしくは閉店させて赤字を止めることこそ、喫緊の課題であることは間違いない。

「それはまあその通りだよね。ここは急いで出血を止めるのが先決か。それで、奥野さん何か具体的な手は考えてるの？」

「まぁ、セオリー通りなら不採算店舗の閉店とスタッフのリストラでしょうね。半年ぐらいかけて閉店とリストラで大胆なコストカットを進めながら、売上を増加させる手を地道に打つのがセオリーですね」

「それはダメだ！　絶対にダメ！」

この提案に僕は即座に反対した。

「コストカットの大前提に、従業員の解雇や賃金カットを置いたら絶対にダメだ。そんなことをしたら、立ち直れるものも立ち直れなくなる」

「しかし社員を抱えたまま店を閉めたら、売上だけがなくなり、キャッシュの流出は止まりません。それじゃあ赤字の削減にはなりませんよ」

「奥野さんが言ってることは解るけど、会社が生き残るためにスタッフを大量にリストラして解雇するのは、今のオンデーズでは絶対に悪手だ。全国のお店を見てまわって解ったけど、俺たちのメガネ屋っていう商売は『人』の要素が半分以上をしめてるんだ。接客や視力測定にレンズの加工、それらがちゃんと提供できて初めてお金が頂ける。言うなればスタッフも商品の大切な一部だ。だからその大切な商品を失ってしまったらお店の商品を半分以上捨てることと同じになってしまう」

「でも、リストラしなければ赤字は止まりませんよ？」

奥野さんは（できることなら自分だってリストラなんてしたくはない。でも会社を存続させていく為に、詰め腹を切るのは止むを得ないだろう）とでも言いたげに、苦虫を嚙み潰したような表情で吐き捨てるように言った。

「いや、要は赤字が黒字にさえなればいいんでしょ？　全体で見れば赤字額は莫大だけど、ひとつひとつのお店で考えれば、月にほんの数十万円程度の赤字がほとんどだ。ということは、一日にしたら、たった3～4本多くのメガネを今より売れば赤字はなくなるんだよ。たったそれだけなんだ。そっちの方が閉店して行くよりよっぽど簡単だし建設的でしょう？」

「しかし、実際には今その3～4本が売れてないんですよ。今よりもあと少し多く売るための、何か具体的な案でもあるんですか？」

「ある。まずは目標を細分化することだ」

「細分化ですか？」

「そう。いきなり各店舗に『月間100万円、今よりも多く売上を上げろ！』なんて言うから駄目なんだ。今の営業部は目標の立て方が大雑把過ぎる。月に100万売上を上げるということは、一日に3万円多く売れればいいだけだ。3万円というと、現在のオンデーズの客単価だとメガネ3本分だ。

営業部には時間毎に小さく目標を設定させて、目の前のあと1本を、多く売ることだけ考えて皆んなが行動するように、具体的で細かな指揮をとらせていけばいいんだよ。

そして、それに加えて、今考えている新コンセプトの店舗を成功させて、そのノウハウを全店に水平展開すれば、一日3本どころか、10本も20本も多く売ってみせるよ」

僕がここまで言い切ったとあっては、もはやどうしようもない。奥野さんは、半ば諦めたような顔になったので覚悟を決めたようだった。

「わかりました。そこまで言うのならやってみましょう。但し、リストラもせずに財務を立て直すなんて、こんな破天荒なやり方は前代未聞です。ますます無理難題に挑むということをちゃんと認識しておいてくださいね！」

「ああ。無理難題を言ってるのは重々承知してる。けど、リストラをせずに売上拡大で再生に挑むというやり方は絶対に間違ってないはずだ。ちょっとの間だけ信じてみてよ」

(よし。大丈夫だ。売上目標を細分化する。新店舗を成功させる。この2つが上手く機能すれば、必ずオンデーズはV字回復を果たせるぞ)

奥野さんの心配もよそに、僕の心は逆境を打開する一筋の光明を見出したような気がして、高く空の上へ引き上げられるように興奮していた。

2008年6月初旬

東京都内は、初夏のねっとりと肌に絡みつくような蒸し暑い日が連日続いていた。

僕は、フランチャイズなどの法人営業を担当していた長津君と一緒に、高田馬場の駅前に居た。新店舗の物件開発を命じて早々、長津君が見つけてきた新店舗用の物件の下見に来ていたのだ。

「どうです、高田馬場駅の目の前という希少な物件ですよ！」

少し顎のしゃくれた不動産屋の営業マンが、満面の笑みで物件を指差しながら得意げに説明をする。

僕も、自分の理想通りのロケーションにある、この空き物件を前に満足していた。

「うん。確かに場所は申し分ないね。ここなら学生も多いし、ビジネスマンや学生も大勢通る。お洒落に敏感な層を狙うには、願ってもないロケーションだよ！」

長津君が、胸を張って誇らしげに言う。

「私も一目見て、この物件は新生オンデーズを象徴するのに相応《ふさわ》しい物件だと思ったんですよ！」

この時、紹介された物件は、最近まで携帯量販店が入っていた6坪ほどの小さな貸店舗だった。店舗正面の上部に、高田馬場駅のホームからはっきりと視認できるほど巨大な看板スペースもあり、店内の広さに不釣り合いなこの巨大看板も同時に確保できるという点でも、かなり魅力的な物件だった。

「でも、どうなんですか？　メガネ屋さんにしては、少し狭いような気もするのですが」

この物件を紹介してきた不動産屋の営業マンは、笑顔を浮かべながらも探るような目で僕たちの反応をうかがった。

「いや、我々がイオンさんのような、ショッピングモールで出店している店舗の中には、6坪や8坪でも十分な売上を叩き出しているお店が沢山あるんですよ。オンデーズは、高度に進化した最新の機械を駆使して少ない坪数の店舗でも十分に売上も利益も確保できるビジネスモデルを持っているんですよ」

僕は、不動産屋の営業マンを相手に、かなり誇張気味にそして自信たっぷりに説明してみせた。

しかし、実際はまだそんな、人様に自慢できるようなノウハウなど全然有していなかった。

この当時、たまたまイオンモールにある数店舗が6～8坪程度の小スペースで月に600万円を超えるような売上を叩き出していたので、単純に「売り場が狭くても店の前の人通りさえ多ければメガネは生活必需品だから自然と売れていくんだろう」といった程度に考えていただけだった。

そこまで聞くと、営業マンは僕を少し品定めするような顔つきで言った。

「そうですか。それなら安心しました。実は今さっき、大手の金券ショップさんからも引き合いが来ていましてね。一応、この場で1万円でも申込金を入れていただけますと、御社との契約を優先的に進めることができるんですが、どうしますか？」

（煽りだな……）と僕は思ったが、立地・広さともに非常に気に入ったので、即決で仮申し込みを入れることにした。

僕は自分の財布から1万円を取り出すと、その場で申し込み用紙に簡単な必要事項を記入して、お金と一緒に営業マンに渡した。これで仮契約は成立だ。

翌日
僕は幹部たち全員を会議室に呼び出し、意気揚々と新店舗の計画について話を切り出した。

「皆んな、ちょっとこれを見てほしい。高田馬場駅から徒歩5分の超掘り出し物件なんだけど……」

おもむろに図面を見せられた奥野さんが、目を丸くして言った。

「こ、これは新店舗の図面ですか？　もう探して来ちゃったんですか？」

「ピンポーン!!　正解。高田馬場は学生だけでなくビジネスマンやOLも沢山いるでしょう。お洒落に敏感な若者をターゲットにした新コンセプトの『OWNDAYS』を展開するには、まさに絶好の場所だと思うんだ！」

僕は自信満々といった顔で図面を眺めながら話した。

それに反し、居並んだ幹部たちは、皆んな一様に押し黙ると、苦虫を嚙み潰したような表情で僕を見つめていた。

「ははーん。さては皆んな、路面店なんか無理だと言いたいんでしょ？　だけど、ここをよく見てよ。ほら、坪数はたった6坪なんだ。家賃は流石《さすが》に高くて坪あたり12万円もするんだけど、何せたった6坪しかないから72万円で済む。72万円で駅前の超一等地に路面店が出せるんだよ。しかも巨大看板もあるから広告効果もある。それに、ちょっとこれを見てみてよ！」

そう言うと、僕はエクセルで作った新店の収支計画書を見せた。

「イオンモールのこのお店は、たったの6坪だ。それで月商600万以上を売っている。高田馬場なら駅前の路面店だから、それと同等の月商600いや、700万は堅いはずだ。客単価1万円として一日平均20客ちょっとだから、人員も2名体制で十分に回せる。家賃、光熱費、人件費などの販管費（販売費及び一般管理費）は200万以下に収まるはずだから手堅く黒字が見込まれる。というか、超ドル箱店舗にもなり得る計算だ。出店費用にざっと2千万円かかったとしても、1年で十分に元が取れる。どう？　完璧な計画でしょ！」

僕は得意満面に収支計画書を差し出した。

幹部陣は皆んな、開いた口が塞がらないような様子だった。それもそのはず、この時点ではまだ資金繰りは火の車で、銀行交渉も、文字通り血ヘドを吐くほど苛烈なものだった。そんな綱渡りの状態を続けているというのに、目の前の僕は、嬉々として新店舗をオープンするつもりでいる。皆んなの胃がキリキリと痛み出すのも、しょうがないだろう。そんな最中にあっけらかんと僕は発言を続ける。

「どう？　たったの2千万円でいいんだよ。この出店資金を何とか捻出して新店を出すんだ！」

すると、それまで押し黙って僕の話に耳を傾けていた奥野さんが急に堰を切ったように声をあげた。

「わかりましたっ！　もうわかりましたよっ！　2千万は私が何とかしてきますよ。やりましょう！　しかし、万が一にも失敗は許されませんから、これは肝に銘じておいてくださいね！　ここでこの社長のイメージする新コンセプトのお店が失敗したら、財務の面では完全にアウトです。しかも、社長の戦略も間違っていたことを白日の下に晒《さら》すことになる。そうなったら、社長の求心力は完全に失われ、オンデーズは空中分解するかもしれません。つまり、瀕死のオンデーズにとどめを刺すことにもなりかねませんからね。その危機感を十分に持って、この新店に懸けてください。私も、この会社と心中する覚悟を決めてるんですから」

危機的状況にもかかわらず、お構いなしに前だけを向こうとする僕の態度を見ているうちに、奥野さんの曲がったへそにも火がついてしまったようだ。

多分、奥野さんも僕と同じで、困難であればあるほど、その困難に挑みたくなってしまう、なんとも損な性分なのだろう。

思わぬ奥野さんの言葉に、僕の顔から笑みは消えていた。僕は表情を引き締めて言った。

「新店舗を出すのは、なにもこの1店舗だけじゃない。これはあくまでも始まりだよ。オンデーズは現在60店舗にも満たないが、1年後には100店舗を達成する。チェーン店として生き残っていくためのバイイング・パワーを持つためには最低100店舗までは店舗数を増やさないと絶対にダメなんだ！」

新規出店に続いて、一気に100店舗にまで店舗を増やすという計画を突如聞かされた幹部たちは、更に困惑した表情を見せた。

「前年は数軒しかオープンできていないのに、いきなり1年で四十数店舗って……」

「何考えてるんですか？　そんな資金など逆立ちしたって出てこない！」

幹部たちは次々に不安を口にした。

僕は諭すように続けた。

「新しいコンセプトのモデルを直営店で作ったら、そのノウハウを元にしてフランチャイズ展開をする。全国で加盟店を募って、店舗網を拡大するんだ。資金がない今のオンデーズが一気に売上を拡大して借入金の返済を楽にしていくにはそれしかない。ただし創業者の時に広げていた、いい加減なフランチャイズのやり方とは根本的に全てが違う。加盟店と本部、双方が、それぞれの役割分担をしっかりとして、戦略的に機能するかたちのパートナーシップ型のフランチャイズモデルを作るんだ！

フランチャイズ展開を使って、早期に100店舗体制にする計画は、事前の再生計画として銀行にも提出して、理解は得ている。もう進んでいくしかないんだよ。その為にも、モデル店舗となるこの高田馬場店をオープンさせて成功させる必要があるんだ」

苦笑いしながら奥野さんは、意気揚々と計画を発表する僕を見ていた。

こうして新生オンデーズの、まさに社運を懸けた高田馬場店の出店計画は、僕と幹部陣の気持ちに小さくない溝を作ったまま、梅雨入り前のジメジメとした空気の中、静かに、しかし激しく動き出したのだった。

第8話　絶対にコケられない新店舗

２００８年６月中旬

新店舗のオープンが遂に決まった。

ここから「ＯＷＮＤＡＹＳ」の華々しいスタートがいよいよ切られる。このお店がオープンすれば全てが上手くいく。社内のスタッフも一つにまとまり、全国の店舗の売上も上がる。フランチャイズ展開だって順調に始動するし、財務は一気に健全化され、瞬く間に高収益企業へとＶ字回復だ。

僕は、ちょっとでも気を抜けばすぐに頭に覆いかぶさり奈落の底へと引きずり込もうとする靄《もや》のような不安を取り払うかのように、新店舗が上手くいくイメージを具体的に想像しては、自分自身に暗示をかけて、文字通り寝る間を惜しんで「ＯＷＮＤＡＹＳ」のコンセプト作りに取り組んだ。

睡眠時間は一日5時間を切ることも珍しくなくなっていた。暇があれば少し寝て、目が覚めればまたそのまま仕事をする。毎日がそんな感じだった。しかし置かれた危機的状況とは裏腹に「新しいものを産み出す」というこの仕事に、疲労感が溜まれば溜まるほど、反比例するように、言葉では言い表せない充足感も同時に味わっていた。

「ＯＷＮＤＡＹＳ」のキーカラーは白と黒に決めた。

キーカラーの白には「始まりを感じさせる。気分を一新する」という意味がある。反対色である黒には「高級感を与える。自己主張を強くする」といった意味がある。

簡素でシックなモノトーンで、時間が経っても飽きのこないシンプルさにこだわった。そして何よりも大切なのは、「『ＯＷＮＤＡＹＳ』の創出する空間に色を付けるのは、商品と人だけである」という想いが込められている。

キーカラーに合わせてロゴマークも新しくデザインした。今に続く「ＯＷＮＤＡＹＳ」のシンボルとなるお馴染みの四角いロゴマークは、この時に産み出された。

ロゴマークは、２つの四角で描かれ、それぞれが「ＯＷＮＤＡＹＳ」の「Ｏ」と「Ｄ」を表している。そしてこの四角は同時に扉にも見え、メガネにも見える。

「全ての人に『ＯＷＮＤＡＹＳ』のメガネで、扉を開いて新しい世界を見て欲しい」

そんな想いを込めてデザインした。

新コンセプト1号店の設計では、僕が20歳の時に小さな喫茶店を創業した時からのメンバーである民谷亮が図面を描いた。

店内には、天井まで届く特注の棚を入れ、メガネを圧倒的なボリューム感で並べた。店頭に並べた商品の数は1千本以上。20坪の店と変わらないので選ぶ楽しさは十分なはずだ。店舗の外壁に取り付けた巨大看板には「メガネ一式　5000円!」とデカデカと表示し、価格の安さもアピール。店内にはノリの良いEDM系のクラブミュージックを流した。

物件の申し込みからオープンまでの期間は僅か1ヶ月半。再生の為の全体の事業構造の見直しも行いつつ、不眠不休で全てを同時進行させながら新店舗の準備を進めていった。

2008年7月18日

新店舗、オープン前日。

工事の仮囲いが外された高田馬場店の前で、僕は心地の良い達成感に包まれていた。オンデーズを買収した当初から思い描いていた「ファッションアイテム」としてのメガネを売る店が、遂にその姿を現したのだ。

お店の前には、続々と関係者や友人たちからの祝いの花が届けられてきている。店頭が賑やかになるにつれ、店の前で足を止め、店内を覗き込む通行人も目に見えて増えてきた。

(すごい期待感だ!　大丈夫。これはいけるぞ!)

僕は、新店舗の成功を確信すると、明日のオープンに並んだお客様に配る記念品の数を200個から500個に増やすように長津君に指示を出すと、店舗を後にして本社へと戻っていった。

２００８年7月19日
午前7時
低血圧な上にヘビースモーカーで、物心ついた時から寝起きの悪さは自他共に認めるところだったが、この日の僕はいつもよりも早く目が覚めると同時に、自宅のベッドから飛び上がるように跳ね起きた。
なにせ今日は「ＯＷＮＤＡＹＳ」が遂に産声をあげる輝かしい一日だ。急いでシャワーを浴び、手早く身支度を整えると、寝ぼけた脳みそを叩き起こすように濃いブラックコーヒーを一気に流し込む。そして、栄光が始まるその瞬間をこの手で収める為に、愛用の一眼レフカメラと三脚を担ぎながら、迎えに来た長尾の車に飛び乗り、高田馬場の駅前にある新店舗へと向かった。

午前8時
高田馬場駅の周辺は、まだ人も車も少なく凛とした静けさが漂う。
僕はわざと新店舗のある場所から一つ手前の角で車から降りることにした。角を曲がった瞬間に現れる、長蛇の列の劇的な光景を目とカメラに焼き付けようと思ったのだ。
カメラをセットして、録画のボタンに手をかけながら、心を躍らせ、すこし軽快な足取りで角を曲がる。

するとそこに繰り広げられていた光景は……

明石《あかし》と、長津君、民谷の3人が、手持ち無沙汰気味に店の前に立っていただけだった。

「OWNDAYS」の開店を心待ちにしているお客様は、ただの一人もいない。

開店を待つお店の前にはいつもと変わらない高田馬場の風景が、何事もなく、いや、まるでその存在すらも認めてくれてはいないかのように、ただ静かにゆっくりと流れていただけだった。

僕は血の気が一気に引くのを感じた。フワフワと、地に足がつかない感じで、気を抜けば地面の中に体ごと沈んでいってしまいそうな感覚に陥りながら、店舗前にいる明石に近づくと、力なく声を掛けた。

明石拡士は僕よりも一つ年下で、現場から若手のリーダー的な存在として慕われていたので、山岡部長が退職した後、後任の営業本部長として抜擢し、今回のオープン準備を一緒に取り仕切っていた。

「どう？　お客さんはまだ一人も来てないの？」

明石は、すこし困った様子で答えた。

「ええ。でも、オープンまでにはまだ1時間半もありますから、こんなもんじゃないですかね。

これからだとは思うんですが……」

「オープンのチラシは撒いたんだよね？」

明石が眉間に神経質な皺《しわ》を寄せながら答える。

「それはもう。業者さんにも大量に発注してありますし、そのほかにもこの数日間、手分けして駅前や周辺のマンション、事業所にも配って歩いてます。折り込みチラシで8万枚、通行人に大量のティッシュも配布しましたから、告知不足ということはないと思います」

僕は焦って狼狽《うろた》える気持ちを悟られまいと必死に感情を抑えて平静を装っていたが、動揺が止まらない。

奥野さんからも、「絶対に失敗は許されない」と何度も釘を刺されていたというのに、オープン1時間半前にもかかわらず、まだ一人のお客さんすら並んでいないのだ。

（これは、取り返しのつかない大失敗を犯してしまったのかもしれない……）

やがて、オープン予定時刻の30分前になった。しかし、依然としてお客さんは誰一人として現れる気配はない。僕は、オープンに携わってくれた社員たちの顔を次々と思い浮かべては絶望的な気持ちになって行った。


そこへ、奥野さんから僕の携帯に電話が入った。

「もしもし……」

「社長、おはようございます。もうすぐオープンですね！　今、お客さんは何人ぐらい並んでますか？」

いつになく陽気な奥野さんの声が、今日は妙に疎ましい。

「うん、それが……まだお客さんは、その……来てないかな……。まだ朝だしね」

そう答えるのが、この時の僕には精一杯だった。

いつも饒舌で、まくしたてるように話すクセに、変に言葉に詰まっている僕の様子から、奥野さんは全てを察知したようだった。

何事にも慎重な奥野さんは、今回も新店オープンに前のめりになる僕とは対照的に、淡々とオフィスで日常業務をこなしていた。僕と顔を合わせる度に、口では「新店が失敗したら、二人でホームレスですからね」と冗談を言っていた奥野さんだったが、まさか本当に失敗するなどとは思ってもいなかったのだろう。奥野さんは僕との電話を力なく切った。

午前10時
「いらっしゃいませ！『ＯＷＮＤＡＹＳ』オープンしましたー！」

明石と長津君の威勢の良い声と共に、僕の思い描いていた「ＯＷＮＤＡＹＳ」がオープンした。

しかし、誰一人として店内に入ってくるお客さんはいない。

「ＯＷＮＤＡＹＳ」を象徴する高田馬場店の船出は、これからの荒れる海での航海を不気味に暗示するかのように、誰一人お客様が並ぶことなく、道行く人たちの群れに、その存在を認めてもらうことすらなく始まった。

「いらっしゃいませ！　いらっしゃいませ！　メガネ一式5千円。『OWNDAYS』、本日グランドオープンです！　お洒落なメガネが続々入荷しています！　さぁ、皆さんお気軽にご覧になってください、いらっしゃいませー」

明石と長津君が、お店の周囲に漂う、ぎこちない静けさを取り払うかのように、明るく元気に大声を張り上げて呼び込みを始めた。

二人の呼び込みに煽られて、意気消沈していた僕も、我に返って二人に続き大声を張り上げて呼び込みを始め、通行人にチラシを配り始めた。折れそうになる気持ちを奮い立たせるかのように精一杯の笑顔を作りながら。

しかし、誰一人として足を止めてはくれない。皆んな忙しい朝の時間帯なのだから当然と言えば当然だ。

僕たちの場違いな呼び込みの声は、朝の高田馬場の駅前に、ただ虚しく響き渡るのみであった。

やがて、お昼時に差し掛かり、日差しは一段と厳しくなってきた。炎天下で声を嗄《か》らす僕たちとは対照的に、店内にいるスタッフたちは、エアコンの利いた店内で涼しい顔で外の様子を、冷ややかに眺めていた。

（少なくとも年齢の近い、若手のスタッフたちとは心が通い合っていると思っていたけど、そうでもないのか。自分が甘かったのか……）

僕は暗然とした気持ちに襲われた。

本当に気持ちが通い合っているのなら、こうやって社長以下、管理職が汗まみれで呼び込みをしているのを見て、自分たちだけ涼しい店内にいようとは思わないだろう。つまり、まだまだ心が通い合ってなどいなかったのだ。

人心掌握に多少なりとも手ごたえを感じていただけに、スタッフたちが、僕に向けている冷めた視線の方が、お客様が来てくれないことよりも、遥かに大きなショックだった。


さらに追い討ちをかけるように「招かれざる客」も現れた。

店舗から少し離れたところで、数人のスーツ姿の男たちが、遠巻きにこちらを観察するように様子を窺っている。目を凝らして見てみると、彼らは見下すような視線を僕に向けながら、ニヤニヤと嫌味な笑顔を浮かべている。どうやら同業のメガネ店の人たちが、様子を探りに来たようだ。

しかも、よく見ると、その中に見た顔があった。山岡部長だった。

「あんたみたいな人が社長をやるようでは、もうこの会社に将来はない！」

そんな嫌味を吐き捨てながら退職していったのだが、その後、子飼いの管理職たちを連れ、業界大手のメガネチェーンに転職したという噂は聞いていた。

まるで「素人が、遊び半分でやるからこうなるんだ！　ざまぁみやがれ！　やっぱり早々とオンデーズに見切りをつけて正解だったぜ」とでも言わんばかりの顔つきで、落胆する僕を嘲笑っているようだった。

僕は屈辱感に打ち震えていた。

汗の混じった悔し涙が、すこし僕の頬を伝った。

午後3時
ようやくポツリポツリと店内にお客様が吸い込まれ始めた。それでも、立ち止まって店内を覗いては、そのまま通り過ぎるお客様の方が、圧倒的に多い。僕は堪《たま》らず、学生風の若者を呼び止め、質問してみることにした。

「あの、すいません。調査会社の者なんですが、今、どうしてお店に入るのをやめたのですか？」

突然呼び止められ、一瞬怪訝な表情を浮かべた若者だったが、気さくな感じで答えてくれた。

「うーーん、なんか、お洒落過ぎて気後れしたんですよね」

僕は後頭部をバットで殴られたような思いだった。僕自身が最もこだわった「お洒落さ」が、逆にハードルを高くしてしまっていたというのか。

「それに、狭いから気まずい感じもするよね。入ったら最後、何か買わないと出られないような圧迫感が凄いある」

この言葉も、僕を激しく打ちのめした。そう言われてみれば、出入り口が1ヶ所しかないため、店の中は袋小路状態だ。ショッピングモール内のインショップの場合、間口は広く開放されていて、2方向ないし3方向に出入り口がある場合もあるから、お客様は気軽に入って気軽に出ていける。しかし、路面店では1ヶ所しかない出入り口が、圧迫感と入りにくさを感じさせてしまっていたのだ。6坪以下と小さく、閉ざされた路面店で、お客様が気まずさや圧迫感を覚えるのは無理もない。

「あと、だいたい今日は特に何も買うつもりはなかったんで」

最大の勘違いはここだった。大事なのは、店前の通行量よりも、店の前を歩く人たちの「ショッピングモチベーション」なのだ。つまりどれだけ沢山の人が店の前を歩いていようが、買い物をするつもりで歩いていない人たちに財布を開いてもらい、お金を出してもらうには、とてつもなく高いハードルがあったのだ。

ショッピングモールや商店街に来る人たちの多くは、予め何かしら買おうと思って歩いている。つまりショッピングモチベーションが高いのだ。お客様は、その日は何かしら「買おう」と思って歩いているのだから、いわゆる財布の紐が緩い状態にある。

一方、高田馬場の駅前は通行量こそ多いが、そのほとんどは通勤や通学で、買い物をする目的で歩いている人たちはほとんどいない。ショッピングモチベーションがほとんどない人たちの波に向かって僕らはメガネを買ってくれと、むやみやたらに叫んでいただけだったのだ……。

(何故、こんな簡単なことにすら気づけなかったんだろうか……)

次々と覆される想定とはかけ離れた現実の数々を突きつけられて、僕は今更ながらに自分の迂闊《うかつ》さに無性に腹が立っていた。

結局、オープン初日の売上こそ何とか30万円を確保したものの、2日目以降は一日数万円と地を這い続けた。それも連日、僕や明石以下、役員たちが声を嗄らして呼び込みを続けた結果の数字である。

その後1ヶ月間の売上はわずかに150万円に留まり、期待の新店舗はドル箱どころか連日大赤字を垂れ流す、新たなお荷物店舗を産んでしまっただけという無残な結果となってしまった。

社運を懸けた高田馬場店は、いきなり最初から大失敗に沈んでしまったのである。

この大失敗で、僕自身は完全に自信を吹き飛ばされ、自分を見失ってしまった。限界まで精力を注ぎ込み、練りに練り、満を持して産み出した、全く新しいコンセプトのメガネ店が、お客様から、ことごとく否定されてしまったのだ。

メガネのことには素人だが、消費者としての感覚、商売人としての嗅覚には自信があった。日本中のお店を回って店舗のことも全て理解したつもりでいた。あとは自分が「良い！」と思う店を作りさえすれば、必ずお客様が殺到するという揺るぎない確信があったのだ。

しかし、それは大いなる勘違い、ただの思い上がりであったことを、まざまざと思い知らされたのだ。

2008年7月末

「いよいよ来月にでも民事再生して、俺は自己破産かなぁ」

オープンから10日間が経過して高田馬場店の最初の月商予測がでた頃、僕は、いつもの蕎麦《そば》屋の奥座敷で、更科《さらしな》蕎麦をすすりながら言った。

奥野さんは無言で蕎麦をすすっている。

「新店は見事にコケてしまった。一から十まで俺の思い通りに作った店が失敗したんだ。言い訳は何もない。全部、俺が責任を背負って会社を民事再生にかけて、自分自身は自己破産することにするよ。勿論、社員にはちゃんと給料は払うし、メーカーさんにも一切迷惑はかけないつもりだ。銀行だけはワリを食う形になるが、元はと言えば俺自身が借りた金じゃないし、恨まれる筋合いはないでしょう。これで、みんなハッピーだ。奥野さんもこれで、苦しい資金繰りに胃袋が痛むこともなくなるだろうし。ハハハ。かえって気が楽になってきちゃったなぁ」

無理して明るく振舞う僕をよそに、奥野さんは黙々と蕎麦をすすっている。やがて会話が途切れ、二人の間に気まずい沈黙が流れ始めた。奥野さんはメガネのブリッジを人差し指で押し上げると、冷静な顔をしながら言った。

「残念ながら、そんな簡単に民事再生や自己破産は裁判所に認められませんよ」

「え？　新店だ失敗したらテンデーズは倒産すると言ったのは奥野さんでしょ？　俺が自己破産しようがしまいが、今月末の資金繰りが間に合わずに潰れることには変わりはない。後処理をスムーズにするために自己破産するだけなんだから、認められるも何もないでしょう」

僕は、蕎麦を食べ終わり、食後のタバコに火をつけると、不思議そうに奥野さんの顔を覗き込んだ。奥野さんはいつものように迷惑そうにタバコの煙を両手で払いながら言った。

「いや、あれから少し状況が変わったんですよ。実は、商品部の改革が機能し始めていて利益率が上がってきています。それから売上上位の店舗から、日々の売上も順調に伸び始めてきています。ギリギリなのには変わりませんが、新店分の赤字を飲み込んでも、今月いっぱいは、まだ何とか資金繰りが回りそうなんです」

「ほ、本当?」

「それに、今まで広告宣伝を担当していた高橋さんを、新しく商品部の部長に就任させましたよね? その高橋さんが、各メーカーさんと強烈に交渉を始めていて、その効果で取引先の態度も少しずつ軟化してきています。最初は、支払いサイトを延ばしてほしいと頼み込んでも30日間が限界でした。それ以上は断固として拒否されていたのですが、先日、数社から60日まで なら延ばしてもいいと条件緩和がありました」

「それはありがたいな。高橋部長の交渉粘り勝ちか。あの人の目力と迫力に加えて理詰めで粘られたら、大抵の人は根負けしてしまうだろうな」

僕は思わぬ朗報に、たまらず笑みがこぼれた。

話を少し前に戻そう。

僕がオンデーズの社長に就任してから2ヶ月がたった頃。

この高橋部長は、寡黙で酒癖が悪くヘビースモーカー、オールバックをビシッと決めて、細身の体にいつもお洒落なスタイルと、真面目を絵に描いたようなオンデーズの本部社員の中では、異色の存在だった。前職は大手アパレル企業でバイヤーとして長年活躍しており、その後オンデーズでも商品を担当したくて転職して来ていた。しかし前経営陣や、旧営業幹部とソリが合わず、商品には思うように携わらせてもらえず、広告宣伝部長のポジションについていた。しかし、この当時のオンデーズには広告宣伝費など当然皆無なので、これといった仕事もなく、いわば窓際族のような状態に追いやられていた。

そんな高橋さんが、喫煙所でタバコをふかしている僕のところに唐突にやって来た。

静かに僕の隣に並ぶと、ポケットからタバコを取り出しておもむろに火を付け、軽く一服ふかすと思い詰めたような表情で声を掛けてきた。

「ちょっとよろしいですか？」

大きな目をギロッとさせながら睨むような表情とは裏腹に、やけに丁寧な言葉遣い。その空気感で僕は思わず悟った。

（この人も会社辞めるって言いに来たんだな……）

「ちょっとお話ししたいことがあるんですが……」

「はい。はい。どうしました？　なんか良い転職先でも見つかったんですか？」

僕は少し嫌味を混ぜながら返事をした。「別にあなたが辞めると言っても困らないよ」という虚勢も含んだ感じで。

「は？　いや、そんなんじゃなくて、商品部のことなんですけど」

「え？　商品部……？　商品部がどうかしたんですか？」

僕は思わぬ返答に少し拍子抜けした。どうやら退職の相談ではなかったらしい。

「いいですか、今の商品部は全然なってないですよ。あんなんじゃ全然ダメだ。売れ筋商品の在庫予測も発注数字の管理もまるでできてやしない。私はもともと商品がやりたくてこの会社に入って来たんですよ。社長、私に商品部を任せてくださいよ！　私は前職でバイヤーだったんで中国で生産するノウハウもある。業者さんとの交渉だって生ぬるい。もっとやりあえるはずですよ！」

普段はほとんど喋らず、正直何を考えているのか解らない高橋さんが、こんなに熱い思いを持っていたのが驚きだった。しかもそんな経験者が眠っていたなんて、まさに渡りに船だ。僕は間髪を容れず快諾した。

「いいですよ！　やってください！　それだけ今までやりたいことがあったんなら、もう好きにやっちゃってくださいよ」

「は？　いいんですか？　本当に……」

「いいよ。じゃあ今から高橋さんが商品部の部長ね。早速、仕事にとりかかって下さい」

「あの、いや、なんか幹部会にかけてからとか、人事発令とか、そういうのはいいんですか？」

「何で？　社長の俺が、今ここで良いって言ってるんだから、良いんですよ。そんな悠長なこと言ってる時間なんてないんですから、もう今この場で部長に任命しますよ。すぐに商品部長の名刺を作って好きに動いてください」

僕は「そんな会社ごっこ的で儀礼でしかない手順など面倒臭い」と言わんばかりに、高橋さんの申し出に即答した。

すると、高橋さんはそれまで見せたことがないほど顔をしわくちゃにして笑顔を見せながら握手を求めてきてこう言った。

「こういうの！　こういう展開！　こういうスピード感を、私はまさに待ってたんですよ！　私やりますから！　任されたからには全力でやりますから。じゃあ私が商品部の部長ということで良いですね！」

高橋さんは吸いかけのタバコを灰皿に押し込めると、時間が勿体ないとばかりにオフィスへと駆け足で戻っていった。僕は思わぬ隠れた人材の登場と、自分の改革にまた一人賛同してくれる同志を見つけたようで、なんだか少し胸がワクワクしたのだった。

話を、先ほどの蕎麦屋に戻そう。奥野さんはお茶をすすり、デザートに頼んだわらび餅をつつきながら続けた。

「鯖江での社長に対する信頼感も少しずつですが出てきたみたいですよ。最初は社長に対するイメージはとにかく酷かった。業界に飛び交った噂も最低のものでしたからね。ところが、軽自動車で全国の店舗をくまなく巡回したり、鯖江のメーカーさんたちのところに頭を下げて回ってるのが耳に入ったのか、少し見直され始めてるみたいですよ。『意外とマトモな奴だ』って。それで頑なだったメーカーさんたちも次第に態度を軟化させ始めたというわけです」

「何が幸いするか分からないね。普通のことをしただけなのに、見直されるなんて。不良少年が猫を助けると必要以上に優しく見えるアレと一緒かねぇ。ハハハ」

こうして、最初の新コンセプト店は大失敗。そして最初の大きな資金ショートの危機は、なんとか首の皮一枚だけ、僅か数ヶ月程度だが猶予ができて、即倒産という最悪の事態は避けることができた。

とはいってもまだ、何も根本的に解決したわけではないのだが、延命処置を施され、もう少しだけ対策を立てる猶予期間を手にいれた僕たちは、次の改革へと息つく暇もなく突入していった。

奥野さんは「まだもう少し諦めるなよ」とでも言いたげな顔をしながら話を続けた。

「それと、例のプロジェクトがいよいよ佳境に入りました。予定通りにいけば、来週には、次の大勝負が始まります。落ち込んでなんかいる場合じゃないですよ。諦めずに、次の打席に立ちましょう。まだまだこれから更にメチャクチャ忙しくなりますよ！」

そう。実はこの時、僕らは新店舗のオープンと同時に、極秘裏に、更にもっと大きなプロジェクトを無謀にも進行させていたのだ。

また新たな会社を、買収する。

それもオンデーズと同じ規模の会社を。

第9話　血みどろの買収劇

新店舗のオープン準備や社内の制度改革、既存店の売上向上の為に東奔西走しながら、僕たちは同時に2つの大きな作戦も進行させていた。

一つはフランチャイズ加盟店の再編・拡大だ。

当時、オンデーズの店舗は直営7対FC3の比率だった。この直営店を、運営力の高いフランチャイズ加盟企業へ売却し、多くの店舗をフランチャイズ化させることで、資産をオフバランスし、財務を立て直しながら直営3対FC7と、逆の比率に持っていこうという計画である。店舗の管理は各地の優良企業に担当してもらい、負担を軽減することで余ったリソースを、本部機能の強化にもっと集中させる狙いがあった。

そこで、僕は知り合いの会社から、個人的に親交の深かった、ある人物を、オンデーズに引き抜いた。某ＦＣ本部に勤めていて、ＦＣ運営に関する豊富なノウハウを持っていた「小松原徳郎」だ。オンデーズの持つ可能性を熱く語りながら連日飲みに誘い口説いた。

小松原は、計算高くクールに物事を進めて行く、俳優の柳葉敏郎似のナイスガイだ。営業マンとしての手腕もすこぶる高く、前職で親交のあったフランチャイズ加盟店の社長たちに、オンデーズを紹介しては加盟を促したり、豊富なノウハウと人脈で、順調に新規加盟店を開発し、獅子奮迅の勢いで、直営店の売却と新店舗の拡大に乗り出していった。


そして、もう一つの作戦は、雑貨販売のチェーン店「ファンファン」の買収だった。

２００８年６月下旬
「ちょっと、前職で取引のあったコンサル会社から、面白いＭ＆Ａ案件の話がきましたよ」

オンデーズを買収してまもなく４ヶ月が経とうとする頃、入社したばかりの小松原は、奥野さんへ分厚い資料を手渡しながら言った。

突然、話を振られ、まだ話の意図が上手く呑み込めていない奥野さんに、小松原は柔和な顔で丁寧に説明を始めた。

「ファンファンという雑貨の店舗をチェーン展開している企業が、先月初めに民事再生を申請して、事業を引き受けてくれる再生スポンサーを探しているみたいです。このブランドはショッピングモールからの受けも凄く良いし、きっと伸びる業態だと思います。オンデーズで買収して一緒に経営したら面白いんじゃないですかね？」

ファンファンは、ピンクとハートをテーマにした３００円均一の雑貨ショップだった。

その独特な世界観が評判となり、特に10代後半から20代前半の女性の人気を博していた。しばしばテレビ番組や雑誌にも採り上げられていて、表参道にある本店には芸能人が頻繁に来店する等、マスコミへの露出も多かった。

２００５年に1号店をオープンしてから、約2年で全国40店舗以上に急拡大。売上高35億円に従業員数２５０名と、オンデーズとほぼ同程度の規模の会社であった。

この（株）ファンファンは、大規模な循環取引（架空取引）を中心とした粉飾決算で多額の融資を引き出した後に負債総額３００億円で大型倒産したブレインビート社のグループ会社であり、親会社の破綻に連鎖する形で民事再生を申請していたのだった。

「これは、興味ありますねぇ。ちょうど良いタイミングかも……」

ざっと資料に目を通した奥野さんは唸った。ちょうど銀行からの新規借入にも限界を感じ始めていて、次の一手を模索していた状況でもあった。

小松原は言った。

「裁判所から選任されたＦＡ（フィナンシャル・アドバイザー）は、エンデューロ社というコンサルティング会社で、私の前職の同僚が今このコンサル会社にいるんです。すぐに奥野さんに紹介しますね」

数日後、エンデューロ社の林田氏と接触した奥野さんは、僕をいつもの喫茶店へと呼び出した。

「先日、小松原さんの紹介でエンデューロ社の林田氏から詳細を聞いてきました。これが上手くいけば、まさに一発逆転もありえますよ。早速ファンファン買収を軸としたオンデーズの新しい再生プランを作成したので、見てもらえますか?」

奥野さんは、そう言いながら少し興奮気味に書類の束を僕へと手渡した。

民事再生したファンファンの事業を譲り受けることができれば、リース以外の債務は引き継がせずに売上が倍以上に増え、借入の対売上高比率が大幅に改善する。早期の黒字化も可能な体質になる。

手渡された再生プランの内容に僕も一気に引き込まれた。

「なるほどね。ファンファンを買収することで一気に売上を倍にしてしまうってことか。まさに『火事を消すなら爆弾を』って感じだね。ハハハ。面白い!」

僕は、興奮気味に手を叩いた。

奥野さんは、細かい数字と買収までの手順を僕に説明し終えると、覚悟を決めた表情で、最後にこう言った。

「この3ヶ月、四葉銀行と由比ヶ浜銀行の融資で何とか凌いできました。しかし、昨日遂に、みそら銀行から最後の融資をはっきりと断られました。各銀行の融資に対するスタンスは、これから益々厳しくなると思います。銀行返済のリスケを行うならば今です。もうこのタイミングしかないでしょう。

しかし銀行にとって、返済リスケは絶対的な『悪』です。普通にお願いしても、そう簡単にOKはもらえません。なので、ファンファンのM&Aを柱とした再生プランを最初に出すこのタイミングで、返済リスケの要請を一気に行うべきです。順調にいけば、7月下旬に裁判所のスポンサー決定が出ます。確定後すぐに、銀行へ返済リスケの協力をお願いしに行きましょう。今のままでは業務に支障のない範囲での返済の目処はもう立ちません。やるしかありません！」

2008年7月4日

僕たちはエンデューロ社に対して「スポンサー意向表明書」を提出した。

ファンファン事業の譲渡希望額は1億円。

別途エンデューロ社に対するFAの手数料が3千万円必要なため、総額1億3千万円の投資だ。エンデューロ社の林田氏も「たぶんこの金額で大丈夫だと思います」と事前に言っていた。

それから1週間後。

六本木ヒルズからほど近い場所にあり、小ぶりだがセンスの良い5階建てのビルに入居する(株)ファンファンの本社を僕たちは初めて訪問した。裁判所が選任した管財人弁護士と面会する為だ。

ファンファンの中沢社長他、経営陣との顔合わせを終えた後、管財人弁護士から開口一番に告げられた言葉に僕たちは、一瞬耳を疑った。

弁護士は、表情を変えずに淡々とこう告げたのだ。

「1億では足りません。譲渡希望金額は2億円にあげて下さい。他にも数社がスポンサーの意向表明を行っています。ファンファンが欲しいならば、2億円が最低ラインです」

(エンデューロ社の林田さんが言っていた話とまるで違うじゃないか！　それも倍額の2億って……!?)

想定していた買収金額が一瞬にして倍増してしまった現実に、僕たちは言葉も出ず、会議室は重苦しい空気に包まれた。

当初の1億ですら新規に調達できるかどうかギリギリのラインだったのに、ここにきて倍の2億が必要となると、この買収計画は完全に頓挫する可能性が高い。そうなると銀行の返済リスケ交渉の作戦も根底から崩れてくる。最悪の場合はオンデーズ自体が完全に資金ショートに陥り民事再生だ。

しかし、本社に戻る帰りの道中、僕の肚《はら》は完全に決まっていた。

（いや、2億円で再度提示する。ここで引くわけにいかない。何が何でもファンファンを手に入れる）

ファンファンは人気ブランドであり、デベロッパー各社からの評価も高い。この人気雑貨チェーン店を手にすれば、ショッピングモールを運営する大手デベロッパーへの発言力も大きく増すことが期待できた。

当時のオンデーズは、過去に酷い運営状態が長く続いていたため、デベロッパー各社からの評価は地の底まで落ちていた。契約満期に従い黒字店舗でもモールからの撤退を迫られるなど、僕が買収した後も出店区画の確保は困難を極めていた。

さらに、ファンファンはブランディングやマーケティング戦略が巧みで、中小企業ながら広報やマスコミ対策も抜群に上手い。それらの様々なノウハウを吸収できるのもとても魅力的だ。当時のオンデーズに欠けていた要素をいくつも補完できる為、シナジー効果は高い。ファンファンを知れば知るほど、僕はどうしてもこの会社を手に入れたいと強く思うようになっていたのだ。

弁護士からは、「裁判所のスポンサー決定には民事再生を申請した会社側の経営陣や社員の意見が色濃く反映されるから、直接、経営陣と話し理解を得たほうが良い」というアドバイスを得ていた。

僕は早速、ファンファンの本社に足繁く通い、中沢社長と面談を繰り返し、食事にも出かけながら、再生への思いや、具体的な計画を熱く語りあった。

中沢社長は、僕の父親と同世代の60歳。大手商社を脱サラしてファンファンを仲間たちと起業していた。可愛いピンクの雑貨を扱うファンファンのイメージには不釣り合いな大柄な体軀に日に焼けた黒い肌、少し白髪交じりのオールバックが印象的なベテラン経営者然としていた。

中沢社長は、息子程に歳の離れた僕の話に熱心に耳を傾けてくれると、僕の提案した再生計画にも強く賛同してくれ、「田中さんのオンデーズを是非スポンサーにして一緒に再生に臨みたい！」と管財人弁護士へ熱望してくれることになった。

2008年7月15日
「社長！　やりましたよ！　決まりました。ウチがファンファンのスポンサーに指定されました！」

お昼を少し過ぎた頃、会議室で一人、ビッグマックにかぶりつきながら仕事をしていた僕のところに、奥野さんが満面の笑みで報告にきた。

無事に管財人から、オンデーズがファンファンのスポンサー最終候補先として指定されることが決まったのだ。

この決定を受けて、すぐに僕と奥野さんは各銀行に大至急のアポを取り、ファンファン買収を含めた新しいオンデーズ全体の再生プランの説明と、半年間を金利支払のみとする旨の返済リスケの交渉に回った。

しかしながら、予想していたとおり、すんなりと返済リスケの申し出を承諾してくれる銀行は皆無だった。

各銀行の担当者たちは皆んな、再生プランを一瞥すると、呆れたような表情を浮かべながら否定的な言葉を浴びせかけてきた。

「はあ？　また会社を買収する？、それで、買収の資金はどうするのですか？」

「ベンチャーキャピタルや投資家から調達の努力をしますが、最悪の場合、僕の親族から借入をしてでも用意する予定です」

「社長さん、あんたねぇ、親族から、そんな資金が手当てできるアテがあるのなら、買収資金なんかに使わず、まずは当行への返済に回してくださいよ！」

「借金の返済に回したところで、2億程度の資金では完済できるわけでもないし、売上がすぐに上がるわけでもなく、その場凌ぎにしかならないじゃないですか！　僕が今、個人で調達できる全ての資金を、目先の返済の為だけに溶かしてしまったら、もう後には何も残りませんよ。僕の個人的な資金は、あくまでもオンデーズが成長できることだけに使います。長い目で見れば、その方が銀行さんにとっても必ず良い結果になるはずです！」

「知りません。とにかく当行はこの再生プランには反対しますし、リスケにもすぐには応じられません！　まずは7月末の返済は約定どおり履行してください！　話はそれからです！」

まるで、「お前にオンデーズの再生なんて無理だ。とにかく目先のお金を1円でもいいから返済に回せ」とでも言わんばかりの銀行の反応にショックを受けながら、会社への帰り道、僕は奥野さんに愚痴をこぼした。

「何で銀行は理解してくれないんだよ。今ここで、なけなしの金を目先の返済に強制的に回させても、結果的にオンデーズが潰れてしまえば、全額回収できなくなるだけなのに」

「銀行は、稟議の決裁が下りない限り、絶対にその場で応諾はしませんよ。そういうもんです。事情を理解してくれてたとしても『わかりました。でも返済は履行して下さい』と言うことしか立場上、できないんですよね。事情も理解しようとせずに、ただ一方的に非難してくる銀行もありますから、それよりはまだ全然ましですよ」


こうして3日間をかけて全ての取引銀行を回ったものの、結局、一部の銀行にはアポ入れと説明が間に合わずに7月の末日を迎えることとなってしまった。

2008年7月31日
遂にその日がやってきた。

「本日、銀行の返済をストップします」

朝9時の始業前に臨時の朝礼が行われた。静まり返った社内で、奥野さんが重たい口を開いた。

「皆さん、よく聞いてください。本日、全ての取引銀行への借入れ返済をストップします。銀行からの電話が殺到すると思われますが、全て『奥野から折り返し電話します』とだけ返答して、他の人には絶対に繋がないで下さい」

本部の社員たちは、これから何が起こるのか今ひとつ想像できていないようであったが、奥野さんを筆頭に経営陣の緊張した面持ちと「銀行返済を止める」という言葉に、只事ではない事態の片鱗を感じ取っていて皆一様に不安にかられていた。


朝9時、業務開始。

案の定、銀行の開店時刻である9時前後から、銀行からの電話がひっきりなしに鳴り続けた。奥野さん一人で電話の応対を行ったが、各々の電話が長時間となるため、電話を折り返すこともままならない。奥野さんのデスクはすぐに伝言メモで埋め尽くされていった。

真っ先に電話をかけてきたのは、前日までに説明を終えていた七六銀行だった。

「残高不足で返済が落ちてませんけど、どうなってるんですか！」

「昨日お話ししたとおり、本日の返済分から猶予のお願いをしております」

「まずは本日分の約定返済を履行してもらわないと、話が進められません」

「折り返し融資が否決され、返済できる資金がありません。しっかりとした再生計画を準備した上でのリスケのお願いですから、どうかご協力をお願いします」

「承諾できません。まずは返済を行って下さい」

「今日の返済を行うと、来月以降の従業員への給料が支払えなくなります」

「それは知りません。当行への返済分ぐらいできる資金はあるでしょ？　ウチだけでも返済して下さい」

「特定の銀行さんにだけ返済すると、リスケ計画自体が成り立ちません」

「いや、とにかく入金して下さい」

「できません。お願いします。ご理解ください」

禅問答のように、糸口の見えない堂々巡りが延々と続けられた。

前日までに説明ができなかった銀行には、状況の説明がイチから始まるため、更に時間がかかる。

奥野さんが電話を切り、初めて「ふ〜」と息を吐いて背伸びをした時は、既に午後の3時を回っていた。

電話の応対が一段落をすると、今度は突然に借り入れ残高5位の琵琶銀行の課長がアポなしで本社に直接押しかけてきた。

青天の霹靂《へきれき》とも言える突然のリスケ要請に、琵琶銀行の担当者は殺気立っていた。

「とにかくすぐに社長の個人保証を入れて下さい!!」

「返済リスケに応じて頂ければ個人保証も差し入れます」

「まずは誠意を見せなさい！　それでなければリスケの検討も何もできません！」

「御行だけ特別扱いはできません。全ての銀行さんに対して、個人保証の差し入れはリスケの条件とさせて頂いています」

またもや堂々巡りが続いた。しかし奥野さんの毅然とした態度に対し、もう埒《らち》が明かないと思ったのか、琵琶銀行の課長はイラつきながら言い放った。

「我々は金貸しですから、甘く見ないほうが良いですよ。このままだと、8月末が期日の借入手形を交換に回しますよ！」

この課長の脅迫を聞いた奥野さんは、次の瞬間、憤然として立ち上がるなり大声で怒鳴った。

「要件はわかりました。もう話すことはありません。お帰り下さい！」

ただならぬ雰囲気に駆けつけた僕は心配して尋ねた。

「奥野さん、どうしたの？ そんな怖い顔して……」

「あの課長はちょっと酷すぎます。銀行が融資用の手形を交換に回すことなど、通常の延滞対応ではあり得ません。たぶん僕が銀行出身だということを知らずにあんな脅しをかけているんでしょうけど、虚偽が悪質すぎます！」


この琵琶銀行の課長は、翌日も朝から電話をかけてきては「社長の個人保証をすぐに入れろ。誠意を見せろ！」と怒鳴り散らした。さらにＲＢＳの小原専務にも電話を入れると「騙したのか！ 旧経営陣のＲＢＳがなんとかしろ！」と狂ったようにわめいてきたらしい。

僕は奥野さんから報告を受けると頭を抱えた。

「困ったもんだね……」

「はい。このままやりたい放題されると、リスケ計画全体にも影響が出る恐れがあるので、思い切った手を打ちます」

「どうする？」

「私個人名で支店長宛に抗議文を出します。それも配達証明付き内容証明郵便で」

「抗議文て……大丈夫なの？」

するとと奥野さんは、８月３日に本当に抗議文を発送してしまった。抗議文にはこう綴られていた。
・銀行の守秘義務に抵触する疑義。
・借入手形を交換に回す旨の脅迫。
・自分（奥野さん）は、一般の銀行員よりも〝衡平性〟の解釈は深い。優良銀行である琵琶銀行の対応としては驚愕の念を禁じ得ない。紳士的な対応を求める。

「こ、こんなの出しちゃって大丈夫なの……？」

内容を見た僕が慌てて尋ねると、奥野さんはメガネのブリッジを人差し指で押し上げながら、意を決したように答えた。

「この程度のクレームなら大丈夫ですよ。でも、今回は私の個人名で通知していますので、『奥野が勝手にやった』ことにして下さい。ただし、個人保証の要求に対しては『奥野の承諾が必要』で必ず押し通して下さい」

「いや、いいよ。奥野さんは自分の責任の中で、俺と会社を守るためにやったことなのだから責める気なんて別にないよ。人に下駄を預けた以上は、滑ろうが跳ねようが文句は言わないよ。

ハハハ。もうここまできたら、思う存分やって。そして必ず乗り切ろう」

僕はそう答えて、これからも繰り返されるであろう銀行との血みどろの交渉に、真っ向から立ち向かっていく決意を更に強めたのであった。

2008年9月

裁判所の正式な決定を受けて、オンデーズはファンファンを遂に傘下に入れることができた。買収を決め入札に参加してから僅か2ヶ月でのスピード決着である。

しかし、無謀にもこの時点でもまだ、肝心の買収資金の目処は立てられていなかった。入札に参加した時点ではオンデーズ自体の売上や収益が改善しつつあったことから、新しい企業の買収であれば、個人投資家やVC（ベンチャーキャピタル）、銀行などから新規の資金を調達できるだろうと、強気の戦略に出ていたのだったが、その後、僕が陣頭指揮を執った高田馬場店が失敗したことや、リーマンショックなどが重なり、オンデーズを取り巻く環境は悪化。資金調達は思ったようには運ばなかった。せっかく買収に成功したものの、実態はまだ買収資金の具体的な目処すらまるで立てられていない状態だったのだ。

結局、アテにしていた新規の資金調達は全くできず、僕個人の全財産と貯金を全て切り崩し、この頃、急死した父親から母親が相続した資産を全て売却してもらい、そのお金を借り、更に個人投資家からの短期のつなぎ融資も高金利で個人で借り入れて、なんとか買収資金の2億円をギリギリで用意することができた。

こんな場当たり的な力技で、無理やり買収を成功させたまではいいが、その結果、オンデーズの資金繰りは前にも増して酷い綱渡りの状態、更なる火の車に追い込まれてしまった。

遂には、明日にも社会保険料や税金の滞納を検討しなくてはいけないような始末だった。

そして一発逆転をかけて挑んだファンファンのグループ化だったが、喜んだのも束の間。

事態は新店舗の失敗が、まだ子供の可愛い悪戯《いたずら》であるかのように見えてくるほど、思わぬ形で最低最悪の状況に向かって転げ落ちて行くのである。

第10話　悪意は悪意をよぶ

（奥野さん、顔色悪いな……）

僕は、奥野さんの顔色がすぐれないのを気づかい、少し申し訳なさそうに声を掛けた。

「奥野さん、大丈夫？」

「さすがにきついですね……毎日会社の帰りにホームに立つと電車に飛び込みたくなる……」

この頃の資金繰りでは、日々数万円単位でコントロールしていて、なんとかやりくりしつつも、出口は一向に見えてこず、奥野さんの心理的な疲労はピークに達しつつあった。

銀行に対し一斉に借入の返済リスケを要請したのは7月末だったが、8月中は「今後の見通しに対して回答しろ」と各銀行から、五月雨《さみだれ》のように浴びせられる口撃を凌ぎつつ、9月1日のファンファンの事業譲渡実行に向けた金策に奔走していた。

事業譲渡資金の支払いをギリギリでどうにか済ませると、奥野さんは精細な基礎データとシミュレーションを整える作業に入り、9月24日にようやく取引銀行の担当者を全員集めた『バンクミーティング』を開くことができた。

バンクミーティングで全銀行へ報告した新再生計画案にはこう書かれていた。

〝この年の決算に与える影響としては、負ののれん（買収額が被買収企業の時価純資産額を下回る場合に発生する差額）が5億円以上発生することから、繰越損失の解消と債務超過へ転落する危機を脱することができる。ファンファン買収のための代表田中個人からの借入金2億円は、後にDES（Debt Equity Swap＝債務の株式化）することにより、自己資本が厚くなる〟

しかしこのバンクミーティングに参加したほとんどの銀行員は、このようなトリッキーなケースの企業再生に立ち会った経験がなかった為か、理解の範囲を超えていたようで、前向きな質問も意見もなく「具体的な返済計画を早く出してくれ」の声しか出てこなかった。

２００８年10月

依然としてどこの銀行からもリスケへの前向きな応諾を得ることはできていなかった。それどころか、入金口座の変更手続が間に合わなかった売上金については、口座に振込されると同時に、容赦なく次々と引き落とされ、強制的に返済へと回されていってしまった。その強制回収の金額の累計は、この時、既に８５００万円を超えており、一部の銀行への返済が進行してしまうことにより、各銀行へのリスケのバランス調整の難易度が益々高まるとともに、資金繰りにも重篤な影響をもたらしていた。

事業譲渡後からしばらくは、ファンファンの売上金によりオンデーズ全体の資金はギリギリだがなんとか順調に回っていた。ファンファンの商品仕入に係る債務は民事再生により引き継ぎしていないため、当座の仕入れ支払いがなかったのも大きかった。

しかしやがてその効果も薄れ、事業譲渡により新しく倍増した管理コストや、社員の社会保険料の負担が重くのしかかってきていた。

「奥野さんには、資金繰りで苦労ばかり掛けて、本当に済まないと思ってるよ。ただでさえ、苦しいのに高田馬場店でも大失敗してしまったし……」

「超楽天主義の社長らしくもないですね。まあ資金繰りで苦労するのが私の仕事です。金の苦労が要らない会社なら、自分なんて必要ないでしょう。たくさん仕事を作ってもらってありがたいくらいですよ、ハハハ」

奥野さんは、冗談でも言っていないと正気でいられないとばかりに、自虐的に現状を笑いながら語った。

しかし、僕は笑えない。

「そんな嫌味、言わないでよ。俺は、心底反省しているんだから」

「別に嫌味なんかじゃありませんよ。私は昔から苦労をするのが、嫌いじゃない性格なんですよ。それに時々失敗する人間の方が私は好きです。何でもソツなくこなして抜け目なく世渡りしている人間は、どうしてもイマイチ好きになれない。少しおっちょこちょいで、何を始めるのか予測不能。破天荒なくらいの方が人間らしくていいじゃないですか。味がある。だから私は社長を嫌いになれない」

「ハハハ。喜んでいいのか、悲しんでいいのか、わからないことを言うなぁ」

２００８年11月
ファンファンを傘下に収めてから、早くも２ヶ月が経過していた。

この頃、僕は、乃木坂にあったファンファンのオフィスと、池袋のオンデーズ本社を毎日何往復もし、全国の店舗を駆け巡り、両方の事業の再生へと、まさに文字通り寝る暇もなく東奔西走していた。

（ああ……。すっげー、寒いな……）

オンデーズ本社で、フランチャイズの進捗《しんちょく》に関する会議を終え、ビルを出た途端、凍るような冷たい風が全身を包み込み、吐く息が白く立ち上った。あたりを見渡せば、街行く人々は皆んなコートやダウンジャケットを羽織っている。僕はTシャツの上にジャケットを着ただけで、ぶるぶると寒さに凍えて初めて、冬がもうすぐそこまで迫ってきていることに気がついた。

そして、僕たちを取り巻く環境でも、この冬の到来と足並みを合わせるかのように、思わぬ方向から厳しい風が、吹き付け始めていた。

「社長、大変です！　ちょっといいですか！」

ファンファンのオフィスに入るやいなや、難しい顔をして溝口雅次が僕のところにやってきた。溝口はファンファンの西日本全店舗の営業統括担当者だ。

「どうしたの？　深刻な顔をして」

「実は、ファンファンの納入業者さんたちが、皆んなで一斉にデポジットや現金での決済を要求して来ました。しかもすぐに支払わないと店頭にある商品まで全て引き上げると言ってきてるところもあります……」

「デポジット」とは、預り金のことで、溝口の報告によると、今までずっと信用取引をしていた納入業者たちが軒並み、発注している商品に対して、最低でも30～50%の預り金をすぐに入金するように要求して来たというのだ。これまでのファンファンは多くの雑貨メーカーと、一般的に言われる「信用取引」を行っており、商品の発注や納入時には費用は発生せず、一定の支払いサイトが経過した時点で決済すれば良かったのだ。

つまり、商品が売れ、一部、もしくは半分以上が現金化された後に支払いが発生するため、仕入れ資金を全額事前に用意することなく、商品を店頭に並べることができていたのだ。

「え?? デポジットを入れろって? つまり、ウチとはもう信用取引はできないと言ってきたようなものだってこと?」

「はい。そういうことでしょう。まったく腸《はらわた》が煮えくり返るような思いです」

溝口は、唇を嚙みながら、悔しそうに吐き捨てた。

「しかし、なぜそんな、いきなり喧嘩を売るようなことを取引先があちこちで同時多発的に言い出したんだろうか。溝口、何か思い当たる節はない?」

「いいえ。詳しくは皆さん教えてくれないのですが、どうやら、オンデーズが破産寸前だという噂が流れていて、支払いが滞るんじゃないかという強い不信感があるようなんです」

「はあ? オンデーズが破産する不信感? まぁ確かにオンデーズに金がないのは事実だけど、少なくとも取引先に迷惑を掛けたことなど、ウチが親会社になってからのファンファンでは一度もないはずだし、細かい財務内容も公開されてるわけじゃないから、いきなりそんな信用不安の噂を起こされるような理由はないんだけどな。なんでそんな噂が急に出回るんだ? とにかく、もう少し詳しく調べて情報を集めてみてくれ」

僕は、少し不審さを感じたものの、起こってしまったことは仕方ない、(多分、誤解されてるだけで、きちんと話せば解ってもらえるだろう)と楽観的に考えていた。

しかし、事態はそれほど単純なものではなかった。新しくファンファンの親会社となったオンデーズと、その社長の僕に対する悪評は、瞬く間に日本中の雑貨業界のあらゆるところに広まっていった。そして既存の取引先が皆んな一斉にオンデーズや、僕個人に対して公然と批判を始め、遂には営業中の店舗から強引に商品を引き上げようとする業者まで現れ始めたのだ。

さらに、その炎はファンファンの社内にいるスタッフたちにもすぐに飛び火していった。

その結果、僕が新しくファンファンを生まれ変わらせる為に各地で開催していた新方針を説明する店長会議の席上では、店長たちは皆ろくに僕の話を聞こうともせずに、反対意見や経営批判を嵐のごとく浴びせかけてきた。

「私たちのファンファンを、勝手に壊さないでください!」

「新社長の方針には、絶対についていけません! 商品ラインアップを拡大するのも反対です!」

「売上の為に茶色や、緑色の商品なんて、絶対にお店に置きたくはありません。売れるか売れないかは私たちには関係のないことです!」

東京、大阪、福岡。各地で開催した店長会議では僕が何をどう話しても、全てがこんな感じであった。「皆んな反対。皆んな不安。社長のあなたのやり方にはついていけない」

何を一生懸命話しても、社員たちはこの一点張りで、しまいには感極まって泣き出す女子社員まで出てくる始末だった。

誰がどう見ても、まともな再生計画に加え、働くスタッフの給与体系、待遇、どれも、この時点では最良のものを用意して業績立て直しの改革に臨んでいるつもりだったにもかかわらず、とにかく「新社長のやり方にはすべて断固反対」「言ってることは何も理解できない」と、まるで思春期の子供が親や先生に、理由もなく反抗するかのような、意味不明な態度の経営批判が判で押したように全国各地の店舗や社内の会議上で連日繰り返されていった。

この事態に、僕と奥野さんは困り果てていた。

「ファンファンの連中の頭は大丈夫なんでしょうか？　この再生計画に、そんな強硬に反対する理由が見当たらないと思うんだけど、なんであんなに、何を話しても『反対』しか言わないんでしょうね？」

奥野さんは、まるでまともに話の通じない、社員や取引先とのやりとりに、ただ困惑する日々だった。でも、僕はその裏で、言葉に言い表せないキナ臭い何か「嫌な臭い」をずっと感じていた。

取引先からたてられた信用不安の噂の影響は、もろに全国の店舗の売上に直撃した。

新商品の補充が滞った売り場からは、日を追うごとに商品がみるみる消えて行き、売り場は荒れ、空き棚が目立つようになり、全国の店舗の売上は、前年同月比で80％、70％と、まるで坂を転がるように急落していった。

雑貨の商品回転率は25％程で、粗利も眼鏡よりかなり低い。

この頃のオンデーズでは月に1千万円程度の売上が限界だったのに対してファンファンは客単価900円前後にもかかわらず、2千万円近い売上を計上する店舗も存在していた。

ファンファンの全ての店舗の売上を立て直すだけの商品を店頭に戻す為には、民事再生を申請してから4ヶ月間仕入れがストップしていた分に加えて、突然の現金取引の要求で納入をストップされた分を再開してもらう前払金も含めて、最低でも合計約1億円の仕入れ資金が新たに必要な事態に陥ってしまっていた。

この時期、オンデーズを買収して再生している真っ最中に、僕たちが1億円という金額を新たに追加で調達するのは不可能に近かった。

しかも、果たして本当に商品を1億円分仕入れたとしても売上が期待通りに回復する保証はない。もし回復しなかったとしたら、ファンファン買収に借り入れた2億円に加えて、さらに1億円も回収不可能な負債が増えてしまう。オンデーズが存続していくことはもう絶望的になる。

歯車が回り始めると思ったら、逆に狂ってきた。

しかし、ファンファンの元社長、中沢部長は連日、経営会議の席上で「とにかくもっと商品が必要だ！」「商品がなければ売上は戻らないぞ！」と迫ってくる。

まずは何としても商品の仕入れを再開させ、店頭の品揃えを元に戻すことが急務だ。

僕は、早急な事態の収拾を図る為に、そして「火元」である取引先の理解と協力を得る為に、取引先の担当者を全て本社の会議室に呼び集め、経営方針説明会を開催することにした。

2008年12月4日
池袋駅前にあるオンデーズ池袋西口店の2階に新しく作った会議スペースで「ファンファン取引先説明会」が開催された。

説明会には、数十社を超える取引業者、納入メーカーの面々が約60名程集まった。

しかし、会場は開始前から異様な雰囲気で殺気立っていて、その様子はさながら債権者集会のようだった。

「えー、本日はお忙しい中、新生ファンファンの経営方針説明会にお集まり頂き、心より御礼申し上げます」

普段、着慣れないスーツをきちんと着て、僕は一人で前に出ると、折り目正しく挨拶を始めた。

「マネーゲームならさぁ、よそでやってくんないかなぁ」

「ホストはさっさと水商売に帰ったらどうなんだー！」

会場の中からは、わざと僕らに聞こえるような大きな声で、悪口を言ってくる者がチラホラいる。

　そのどれもが、あまりにも低レベルで、曲がりなりにも企業の経営者が口にするようなレベルの内容ではなく、聞く価値もないような幼稚な、ただの誹謗中傷だった。

　僕は下唇を噛んで、今にも怒鳴り散らしたい気持ちをぐっと堪《こら》えて淡々と説明を開始した。

「我々、株式会社オンデーズがファンファンの再生を請け負ってから、はや3ヶ月が過ぎようとしています。本来であればもっと早く、新しい経営方針について説明する場を設けるべきでしたが、多忙にかまけて今日になってしまったことを、心よりお詫び申し上げます」

「かわいい女子社員漁りに忙しかったんだろー」

　下卑た笑いが、会場に沸き立つ。自分たちは命を削るようにして、オンデーズとファンファン、2社の再生に東奔西走しているというのに、あまりにもくだらないヤジに、頭に血が上り、今すぐ胸ぐらを摑んで殴ってやろうかと本気で思った。

「分かりました。どうやら、私たちと皆様との間には大きな誤解が横たわっているようです。それでは、代表の方と一問一答形式で、質問にお答えしたいと思います。どなたか代表して質問に立っていただけませんか？」

　ガヤガヤと代表を押し付け合う声がしばらく続いた後、40代前半くらいの男が立ち上がって、マイクを受け取った。

　よく見ると、その男は、数週間前に一番最初にデポジットを要求すると「社長を出せ！」と断りもなく会社に乗り込んできて、偉そうに会議室のテーブルにドカッと座り込み、オンデーズへの批判を一方的に始めて、聞く耳も持たずに帰っていった中小メーカーの経営者だった。

「クエストコーポレーション社長の曽根畑と申します。先日はどうも。それでは早速、納入業者を代表して質問させていただきます。まず、田中社長、失礼ながらオンデーズさんは今、資金繰りが火の車だと聞いてます。なんでも社員の年金保険料の支払いにすら四苦八苦している有り様だそうじゃないですか。そんな財務内容にもかかわらず、なんでファンファンの買収になんて、あなたは乗り出したんですか？」

「そうだ！　そうだ！」という怒声にも近い声が会場のあちらこちらから上がる。僕らはスポンサーとしてファンファンの再生を支援する立場で説明しているのに、雰囲気は、まるで債権者集会で吊し上げられている債務者のようだ。

「お答えします。オンデーズとファンファンは、ショッピングモールを中心に出店するインショップ業態で、ターゲット層も近く、メガネと雑貨2つの業態を持つことでスケールメリットとシナジー効果が生まれると判断しました。加えてオンデーズと出店地域が被っている店舗も多く、店舗の管理業務を統一して行うことで管理コストも抑えられ、更なる利益率の改善もできると考えています」

僕はできるだけ冷静に、ゆっくりと分かりやすく質問に答えた。

「あのねぇ、小難しい横文字は、よくわかりませんけどね、聞きたいことはもっと単純なんですよ。要は、金、金、金!!　お金の話をしてるんですよ！　金もないのにファンファンをなんで買ったんですか？　私のような商売人は、お金に余裕がないなら余計なものを買おうとは思わない。何か別の狙いがあるんじゃないんですか？」

「別の狙い……ですか？」

「ずばり言いましょうか。あんたの狙いはマネーゲームじゃないんですか？　弱った会社を安値で買い叩いて、頃合いを見計らって高値で売り逃げる計画なんじゃないんですか？　そして私たちのような中小の納入業者は踏み倒され、泣き寝入りだ。違いますか？」

「そうだ！」

「大人を舐めるのもいい加減にしろ！」

怒号にも似た罵声が会場のあちこちから、横並びに立った僕たち経営陣に浴びせられる。

「ちょっと待ってくださいよ。ファンファンを高値で転売して売り抜けるなんて、そんな夢のような方法があるのなら、むしろぜひ教えてくださいよ。ファンファンには、すぐに売却して現金化できるような資産なんてほとんどないんですから。経営を立て直して、きちんと収益が出る会社に生まれ変わらせない限り、次の売却先なんて見つかりませんよ。僕たちのしてることがマネーゲームだというのなら、曽根畑社長に経営権をお譲りしますから、どうぞ売り払ってみてください。恐らく曽根畑さんの全財産は消えてなくなるはずですから」

僕は呆れながらも、冷静に反論した。

「ふん……。まあ、とにかく『そういう噂がある』ということを言ったまでです！」

曽根畑という社長は言葉を濁して、中途半端なまま質問を終えた。

（なんだこいつら……？　何がそういう噂だよ……）

しかし、僕はこの曽根畑氏の言葉で察知した。

（恐らく悪意を持った何者かが内部情報や、根も葉もない噂を意図的にあちこちに流している可能性がある）

結局、2時間あまりの経営方針説明会は、オンデーズと僕個人に終始一方的な批判と誹謗中傷だけが浴びせられる形となり、僕たちの再生計画を理解してもらうどころか、余計に関係を悪化させ、殺気立った雰囲気のまま終了した。

しかし説明会が終わった後も、数名の大口納入業者の社長たちは「まだ納得ができない」と憤り、会場に居残ると、僕たちを更に問い詰めてきた。

大手雑貨メーカーの2代目だと名乗る細身の若い社長は、偉そうに足を組み、精一杯、威嚇するような態度で、僕の前の席に座って話し始めた。

「とにかく、私たちは、ファンファンに対して信用取引をしてきたわけで、あんた方、オンデーズに対する信用なんて、これっぽっちも持ってない。従って、今後商品を納入する際には必ず先に全額を前払い、現金で購入していただく以外に選択肢はない。これが今日ここに集まった納入業者全員の総意ですから！」

（この人は一体、何を言っているんだ？　こんな一方的な言いがかりで、オンデーズと喧嘩して取引を打ち切ってしまったとして、自分たちにどんなメリットがあるというんだよ？）

僕は理解に苦しんだ。ここに集まった人たちは明らかに誤った判断をしている。というかまるで経営者とも思えない。素人集団のようだった。

（なんだかこの人たちは、集団催眠にでもかかっているみたいだな……）

僕は何か釈然としないものを感じていた。

次に別の社長が自分にも話をさせろとばかりに口を開いた。

「田中社長、あんたにちょっと質問したいんだけどね？」

禿げ上がった頭をつるりと撫でながら、60代後半と思《おぼ》しき年配の痩せた男がしゃべり出した。

「田中さん、あんた本当は資産を沢山持っているんでしょう？　何しろ、あんたのお父さんはひとかどの企業の社長さんだそうじゃないか」

「ほう……」という驚きの声が、居並んだ他の社長たちから上がる。

「聞くところによると、社長であり資産家だったお父さんが先ごろ亡くなられて、田中社長は莫大な遺産を相続したという話だ。ふふふ。とにかく、アンタには本当は唸るほど、お金があるはずだ。本気でファンファンの経営を再建する気があるなら、そのお金を少しばかり注入すれば簡単に再建できるはずじゃないんですかね？　しかし、いまだ両社とも崖っぷちを行ったり来たりしている。これは本気で経営再建をする気がないとしか思えないんですが、違いますかね？」

僕は今まで経験したことのないくらい激しい怒りに包まれて、自分が抑えられなくなるのを必死で堪えた。

（なんで今日初めて会った、見ず知らずのこの男が、つい最近起きた、俺の個人的な相続に関する具体的な話まで知ってるんだ？　どう考えても内部情報と悪意に満ちた噂が何者かによって流されているとしか考えられない。しかも俺個人を意図的に窮地に追い込むために……）

確かに僕の父親は経営者だった。

そしてこの時、58歳の若さで急逝した父から母親が相続した遺産を個人的に借り受け、ファンファン買収に要した2億円の一部にあてていた。

「確かに、亡くなった父親が、社長だったのは事実です。しかし、多少の遺産はありましたが、残念ながら莫大な資産などありませんよ。僕は自分と仲間の力だけで事業を立ち上げてここまでやってきたんです。

ところで皆さんは、事業は資金さえあれば成功すると、本気でお考えなんですか？　資金は確かに大切ですが、それ以上に重要なのは人ですよ。人を再生することなく、いたずらに資金ばかりを注入しても企業は絶対に再生などしませんよ。

私が今、オンデーズで行っているのは『人の再生』なんです。ファンファンの前経営陣である中沢社長を筆頭に、全員をそのままオンデーズで再雇用させて頂いたのも、そこに狙いがあるからなんです」

僕は、長い時間をかけて、自分の経営理念や、ファンファンの再生計画をじっくりと説明した。

しかし結局、何時間もかけて真摯に説明をしても、居並んだ取引先の社長たちとの話し合いは、なおも平行線のまま物別れに終わった。

（やはり何を聞いても、理解しようとすらしてくれない。恐らく誰かが悪意を持って噂を流しているのは、もう間違いないだろう。しかも、かなり内情に詳しい内部の人間……）

僕はオフィスの自分の席に一人で戻ると、なんともやり切れない気持ちで、バンッと資料をゴミ箱に投げ捨てた。次々と色んな人の顔が、浮かんでは消えていく。

しかし、いたずらにファンファンの事業再生を頓挫させてしまうような妨害をして、この場面で一体誰が得をするというのだ？

それとも、誰かが意図的に悪い噂を流してるというのは、単なる僕の妄想で、単純に自分の色んな面を見られた上で、スタッフにも、取引先にも人間性を疑われて不信感を持たれているのだろうか……？

全ては僕自身が原因で、引き起こしていることなのだろうか……？

色んな憶測が頭の中を、ぐるぐると回っていく。一体何が真実で、何が虚構なのかすら解らなくなってくる。

しかし、この時の僕はまだ甘かった。
人間は同時に複数の顔を持つことができる。この世の中には、自分個人の目的達成の為なら、己の考える正義だけを基準に、人の人生を平気で踏み台にして謀略を巡らそうとする人がいる。

噂を流している黒幕たちは、確かにいたのだ。しかも自分のすぐ隣の席に。

第11話　裏切り者はアイツだ！

２００８年12月中旬
定例幹部会での席上、奥野さんは深いため息を吐き出しながら皆んなに報告をした。
「ファンファン事業ですが、商品のボリュームが減ってしまった結果、今月はさらに売上が下がってしまってます。この調子だと前月を大きく下回って、単月の営業利益は完全にマイナスになる見込みです」
会議室の空気は鉛のように重たく沈み込み、四方から圧《お》し縮まってくるような息苦しさで幹部陣を包んでいた。

ファンファンの再生は事業譲渡を受けてから、4ヶ月近くが経っても一向に進まず、それどころか売上は、まるで坂を転がるかのように落ち続けていき、気がつけば、月に数千万円もの赤字を垂れ流す事態にまで陥ってしまっていたのだった。

「オンデーズの方は、今月の数字はどう？」

沈み込むファンファンとは打って変わって、オンデーズの営業を統括している明石が、自信を漲らせながら答える。

「幸い、オンデーズの方は順調に伸びています」

明石に続いて、商品部長の高橋さんが不満を露《あら》わにしながら割って入って発言した。

「社長、ファンファンはどうにかならないんですか？　せっかく一丸となって私たちがメガネを売って利益を出してるというのに、アイツらに、はじからその利益を溶かされてしまってるような今の状況は、もう我慢ができませんよ！」

この頃、オンデーズでは、商品の改革も順調に進み、スタッフたちのモチベーションが徐々に上がっていくのに比例して、全店の売上もみるみる上がってきていた。

しかし、ようやくオンデーズの売上が急上昇のカーブを描き始め、なんとか毎月の営業利益が出始めたというのに、今度はそれをファンファンの赤字が全て飲み込んで、溶かしていってしまうようになっていたのだ。

この事態に、オンデーズの幹部陣の中には、自分たちが血の滲むような努力をして産み出している収益が、湯水のようにファンファンに注ぎ込まれている状況を面白く思わないといった空気が次第に流れ始め、毎週月曜日の定例幹部会議も、紛糾することが多くなっていった。

その結果、ファンファン事業のスタッフだけでなく、オンデーズの幹部陣をも巻き込んで、本社に漂う空気は日増しに重苦しくなっていく一方だった。

2008年12月下旬

関西地区のファンファンの店長会議が終わった後「ワタミ」の宴会場で開催されていた懇親会の席で、溝口が僕の隣にそっとやってきて耳打ちをした。

「社長、今ちょっとお時間いいですか？　できれば二人きりで、少しお話がしたいんですが……」

大阪は難波にある心斎橋の商店街。関西随一の歓楽街で、派手なネオンが所狭しとギラついた自己主張を繰り返し、派手で個性的なファッションに身を包んだ大勢の若者たちが時間を忘れて行き交い、喧騒に包まれている。ビルとビルの間に挟まれた路地裏に、溝口は僕を連れて行くと、まるで麻薬の密売取引でも始めるかのように、キョロキョロと周囲の気配を気にしながら何かを言いたそうにした。

「どうしたんだよ？　こんなとこに連れ出して」

「…………」

溝口は、下を向いたまま思い詰めた表情で沈黙している。

僕は今まで見たこともない溝口の雰囲気に、何かただならぬ事態が起こっているのを察知し、緊張して唾を飲み込むと、溝口が言葉を発するのを黙って待った。

しばらくすると、溝口は僕の目を静かに見つめて、意を決したかのように重たい口を開いた。

「お願いです。悪いことは言いません。社長、もうファンファンからは手を引いてください」

「手を引けって、売却しろってこと?」

「はい。ファンファンに関わるだけ時間の無駄です。オンデーズにとっては、何も良いことはありません」

「イマイチ意味が解らねぇよ。何が言いたいんだよ? 何か知ってるなら、もうちょっとハッキリと言えよ!」

まわりくどく、奥歯にものが挟まったような物言いの溝口に、僕は少しイラついて声を荒らげて問いただした。

「その……全部、中沢さんなんです」

「中沢さんって、前社長の中沢部長のこと?」

「はい。ですから……、中沢さんのせいなんです……。業者さんからの突き上げも、スタッフがまとまらないのも……」

「はあ? どういうこと?」

「ですから、業者さんたちや周囲に『オンデーズが倒産寸前で危ないから気をつけろ』と情報を流してるのは、全部、中沢さんたちなんですよ!! ファンファンの部長たち自らが、噂を立てているんですよ!!」

「なんだよそれ……どういうこと？　意味がわかんねーよ」

「業者さんたちには、オンデーズの財務内容を必要以上に悪く伝えて危機感を煽り、店長たちには『田中社長はロクでもない奴で、ただの馬鹿なボンボンだ。社長はファンファンをバラバラにして売り飛ばすつもりだから皆んなで抵抗しろ』って悪い噂を流して、社長に皆んながついていかないように妨害をしているんです。この前の店長会議だって、実は全部、中沢さんが書いた台本が事前に皆んなに配られていて、店長たちは皆んなその台本通りに社長に反対していただけなんですよ！」

（中沢部長の台本……陰で噂を流す……？）

溝口から告げられた、まるでドラマのワンシーンのような告白に、僕の頭は靄で覆われたようになり、上手く思考が整理できない。

「はあ、何言ってんだお前？　台本て、いくら何でもそれはないだろ。溝口、頭は大丈夫か？変な妄想にでも取り憑かれてんじゃないのか？」

溝口は、思い切って腫物《はれもの》を切開して膿を出すように大声で言った。

「本当なんですよ！　妄想なんかじゃありません！　あの店長会議の時に、私が社長に対して『なぜファンファンでもフランチャイズ展開を始めようとしてるんですか？』って質問をして、社長に『もっとフランチャイズのことを勉強してから質問をしろ！』と一喝されたのを覚えてますか？」

「ああ、覚えてるよ」

「あの後、三好田店長が急に泣き出したじゃないですか？」

「覚えてるよ。なんか感極まって『私たちのファンファンをバラバラにしないで！』とか言いながら、急に泣き出しちゃった女の子だろ」

「はい。実はあれも中沢さんに、指示された台本通りなんです。事前に『溝口がフランチャイズに関して質問、続けて三好田が泣く』って指示が書かれてあったんですよ」

「あのやりとりが全部、演技だったってこと？　うーん……お前ちょっと酒飲みすぎなんじゃないの？　店長会議の前に台本が配られてたなんて、本気で言ってんの？　それに、なんで中沢部長が、そんなことをする必要があるんだよ？　ファンファンの再生が上手くいかなければ、一番に困るのはあの人たちだろう？」

ファンファンの元幹部たちは、オンデーズへのグループ化に伴い、全員ファンファン事業部の各セクションの要職にそのまま就いていた。

それぞれ肩書きが取締役から部長に変わったり、決裁権が狭められたりはしたものの、給与や業務内容には大きな変化はないように十分に配慮をしていた。しかし溝口の話によると、その中沢部長を中心にしたファンファンの元幹部たちが、意図的に僕やオンデーズの「悪い噂」を多方面に流しているというのだ。

「それが、困らないんです。オンデーズに再生を失敗させて、社長にファンファン事業を手放させるのが目的なんですから。そして自分たちが懇意にしている投資家を頼り、もう一度ファンファンを買ってもらって、自分たちの手にファンファンを経営する実権を取り戻す。多分それが中沢さんの狙いなんです」

「そういうことか……」

僕は溝口から告げられた、思いもよらない告白に激しい虚脱感に襲われた。

まるで血液が全身の毛穴から滴《したた》り落ち、地面がぬかるみに変わり足元から沈んでいく。そんな感覚だ。

再生プランを夜通し語り合い、信じていたはずの中沢部長は、オンデーズと共に歩む再生など本気で望んでいなくて、全部が演技だったというのだ。

「実は、ファンファンはオンデーズに買収される直前まで、大阪に本社を置く大手の雑貨会社に買収が決まりかけていたんです。事務所をまた借りする具体的な計画まで決まっていて、かなり話は進んでいました。しかし、理由はよくわかりませんが、その会社は突然ファンファンの買収を諦めて話を反故《ほご》にしてきました。おそらく中沢さんたち、経営陣との最終調整で話が割れたのでしょう。そして、中沢部長たちはこれ以上は資金繰りに耐えられないと判断してオンデーズをスポンサーにする方向に仕方なく舵を切った。たとえて言うならば、戦闘機のガソリンが切れかけていて、もう少しで空母にたどり着くかと思いきや、空母がどこかに行ってしまったようなそんな状況でした。そこで中沢さんたちが考えたのは、一旦は『与《くみ》し易そうな』どこかの会社に買収されて、給油をしてから、体制を整えて、もう一度自分たちの力だけで離陸して飛び立とうという計画なんです」

「つまりその『与し易そうなどこかの会社』が、俺たちオンデーズだったってわけで、中沢部長たちは最初っから、俺たちと一緒にファンファンを再生していこうなんて本気では思ってなかったってことか」

「はい……。最初からかどうかまでは解りませんが、多分、今の中沢さんたちの気持ちは、完全にそうだと思います」

ようやく、点と点が繋がった。噂を流していた黒幕は、やはり確かにいた。

それも僕のデスクのすぐ目の前で、顔を合わせる度に爽やかな笑顔で「一緒にファンファンを盛り上げましょう！」と声を掛け合い、毎日遅くまで熱心に仕事をしていた中沢部長たちだったのだ。

意味不明な店長たちからの反発で会議がことごとく紛糾したのも、取引先が猜疑《さいぎ》心に取り憑かれた異常な態度で、頑なに現金取引を要求してきたのも、全て中沢部長が意図的に創作して垂れ流した内部情報に皆んなが惑わされていた結果だったのだ。

その意図的に流出させられた内部情報は、話の整合性を疑われないように、全てにシナリオがあり、それに沿って誰が誰に何を吹聴するか、それぞれの役割分担までもしっかりと決められていた用意周到なものだった。僕らオンデーズの経営陣たちは、中沢部長とそれに賛同する者たちの手のひらの上で踊らされていたというわけだ。

そして、ファンファンの業績を意図的に悪化させ、僕が再建を諦めたところで、自分の愚意にしている投資家にファンファンを安価で売却するように誘導させるか、もしそれが叶わなければ、より強く社内でファンファン事業をコントロールできる立場に、自分を上手く持っていき、事業の実権を再び全て取り戻そうとしていたのだ。

僕は、ファンファンの幹部全員を要職に留め、共に経営を再建して更に成長を果たしていく明るい未来を信じていた。中沢部長たちも皆んな同様に信じてくれていると思っていた……。いや、確かに彼らも固く信じていた。ファンファンが見事に再生され、立派な会社へと成長できる未来を。

ただ、彼らが信じて思い描いていた未来は、オンデーズと共に歩んでいく道のりではなく「自分たちが経営の実権を握っていて」こそ初めて成し遂げられるものだったというわけだ。

僕のような若造にファンファンの経営の舵取りを任せておいては、必ずファンファンはダメになる。繋ぎで必要な金だけを引き出して、一日も早く僕の手から離れていき、ちゃんとした経営者のもとにいくこと、もしくは自分たちが全て経営をコントロールすることが、ファンファンに関わる人たちにとって最善の形であり、『彼らの思い描く明るい未来』だったというわけだ。

中沢部長には中沢部長の考える「正義」があり、その信念に沿って行動していただけなのだろうが、僕はこの時、中沢部長に同調していた者も含めて、彼らの裏切りを知り、頭に血がのぼり、この世界の全てに嫌気がさした。

理由はどうであれ、平気で人の善意を踏みにじりながら、あっさりと裏切っていく人たちの存在にも、そして容易に人を信じて裏切られる自分の甘さ加減にも、全てに対してやり場のない感情の落とし所を見つけることができないでいた。

同じ目的に向かっているようでも、人によっては見る角度が変わり、角度が変わると見える景色は、まるで違うものになる。そして、そのズレは時に予想もしない程、醜い軋轢《あつれき》を産み落とす。

「そうか。わかったよ。全部理解できた。企業を健全に成長させていく為に一番大事なことは、事業計画でも資金繰りでもなくて、まずは関わる人たちの目指すべき方向をちゃんと一つにすることだったということか。ハハハ。なんでそんな簡単なことに気がつかなかったんだろうな」

溝口から予想もしていなかった事実を告げられ、自分の置かれた状況が次第に把握できてくると、肌を刺すような夜風が吹き込むミナミの繁華街の路地裏で、何かしらの言葉を口に出すのも、息をするのすらも全て億劫《おっくう》になるくらい、僕は屈辱と苛立ちと怒りが全て入り混じった複雑な気持ちになっていった。

僕はふと、溝口に聞いてみた。

「溝口がもし、俺の立場だったら、これからファンファンをどうしていく？」

「……ですから、私ならもうすぐに売ってしまいます」

「え？　そうなの？　未練はないの？」

「今のファンファンだったら私は何の未練もありませんよ。理由はどうあれ、中沢さんやそれに同調している連中のやり方は絶対に間違ってます。自分のエゴの為にオンデーズを混乱に陥れ、あわよくば踏み台にして、一時凌ぎの金を引っ張る為だけに利用しようとしているのは、まぎれもない事実です。しかも多くのスタッフは、そんな人たちの言いなりになって、どれほど恥ずかしい行為をしているか気づいてすらいない。私はファンファンを日本一の雑貨屋にするのが夢でした。でも、もうそんな状態の会社では日本一の夢なんて、とてもじゃないけど見れそうにありません」

「中沢部長たちは、全員解雇して入れ替えればいいじゃないか。店舗のスタッフは皆んな真実を知らないで踊らされてるだけなんだろう？　きちんと話せば皆んな何が自分たちにとって、正解なのか解ってくれるはずだよ」

「雑貨はメガネと違って利益率も低いし、付加価値を産み出しているのは、店舗や商品力など人以外のものに依存してる部分がかなり大きいんです。良い立地に出店すること。ブランディングのよくできた店づくりをすること。これらが売上を大きく左右しています。そういう業態は一度ブランドが崩れてしまったら、人を入れ替えたり、現場のやる気を引き出しただけでは、簡単に再生するのは難しいと思います。入れ替えるといっても長い時間がかかりますし、その間にもファンファンのブランド価値はどんどん下がり続けていくでしょうから、時間が経てば経つ程、再生の可能性は低くなっていくと思います」

「なるほど。溝口の言いたいことはよく解った。よし、とりあえず溝口はオンデーズ事業にすぐに移れよ。オンデーズも日本一のメガネ屋になる為に皆んな頑張っている。溝口の目標も日本一なら、これからはオンデーズに移ってその夢を叶えたらいい。今度は俺たちと一緒にオンデーズを日本一にする夢、いや夢じゃなく目標に向けて一緒に人生を懸けたらいい」

「え？　私がオンデーズに移るんですか？　そんな急に言われても、メガネについては全くの素人ですよ。私にできる仕事なんてありますか？」

「そんなの知らないよ。できそうな仕事は自分で探せよ。まあ、大丈夫。俺だって半年前はズブのメガネの素人だったけど、一生懸命勉強して、スタッフの皆んなに色々教えてもらった結果、何とかまともな指示ができるまでにはなったんだ。だから溝口も大丈夫だよ。まあ頑張ってみなよ」

（こういう人材を発掘できただけでもファンファンを買収した価値が、少しはあったのかも知れないな）

僕は内心そう思った。

こうして、オンデーズを取り巻くドス黒い影の正体が明るみになって以降、僕は大急ぎでファンファンの実務にもっと深く手を突っ込み、様々な経営改革を強制的に次々と断行していった。

その後、改めてファンファンの内情を調べてみて僕は呆れ果てた。中沢部長と行動を共にしていた、吉野という商品の担当者が行っていた無計画な仕入れも大量に見つかった。例えば冬場だというのに「扇子」を大量に仕入れ、そのまま倉庫に眠らせていたり。それらの費用は数千万円に及び、資金繰りをかなり悪化させていたし、こうして仕入れられた大量の不良在庫は、売り切るのに何年かかるのか、まるで想像もできないような酷い状態だった。

安易に人を信じ、各事業部の細かな発注や、仕事の中身に口出しすることを控えて、各責任者の自主性に任せていたのが、結局は全て裏目に出ていたのだ。

僕は「任せる」ことと「ほったらかす」ことを完全に履き違えていただけだった。

しかし、中沢部長や吉野たちから実務の決裁権をいっぺんに取り上げて、自分で業務を全部見ることにしたのは良いが、やはりメガネと雑貨では、似て非なるもの。様々なところで勝手があまりにも違いすぎた。

雑貨業界には雑貨業界の商慣習はもとより、発注する品目数もメガネの比ではない程多い。その一つ一つに細かい目利きやディレクションが必要になる。ビジネスの指標となる様々な数字もメガネとはまるで違っている部分も多く、何を基準にしたら良いかが上手く見えてこない。しかし手探りで全てを一から勉強しながら、向き合って片付けていくには、あまりにも時間がなさすぎる。

会議室に一人で籠り、雑貨に関する資料と格闘し頭を抱えていると、オンデーズのフランチャイズ加盟候補の社長と商談を終えた小松原が様子を窺いに入って来た。

「お疲れ様です！　先ほどの方、豊嶋さんというのですが、私の前職で取引があって、大変お世話になっていた方なんです。それで、オンデーズと社長のことを説明をさせて頂いたら、二つ返事で大阪でフランチャイズの加盟をしてくれることになりましたよ。すぐに、社長との面談もセッティングしますので、最後の詰めをお願いしますね！」

「それは良かった。なんだかいい雰囲気で、凄く盛り上がってたね。ここまで会話が全部筒抜けだったよ」

「ハハハ。それは失礼しました。体も大きいですけど声も大きい方でしたからね。勢いのある社長さんはとにかく、皆さん声が大きい方が多い。ところで、どうですか、ファンファンのほうは。なんとかなりそうですか？」

「いや、それがさあ『俺が自分で実務を取り仕切る！』と大見得切ってみたはいいんだけど、こりゃ想像以上に難しいね。何から手をつけていくべきなんだか。オンデーズはまだ各セクションの部長たちが、不満を言いながらも、仕事自体は一緒にしっかりと動いてくれているからなんとか上手く進み始めてるけど、やっぱりファンファンを早期に立て直すためには、俺一人では到底難しい。雑貨ビジネスに精通したプロフェッショナルの存在が必要不可欠だよ。それも実力と実績があって、尚且つ俺たちを裏切らない信頼の置けるプロフェッショナルがね。でもそんな良い人が、簡単に見つかったら苦労なんてしないんだけどね。ハハハ」

「ところが、丁度そういう人が、いるかもしれませんよ」

「え？」

小松原は『我に策あり』とばかりに、ニヤリと笑った。

第12話　遅すぎた決断の果てに

2009年1月中旬

年が明け、早くもオンデーズを買収してから1年が経とうとしていた。

肌を刺すような冷たさが街全体を覆い尽くし、暖房の利いたオフィスの窓は全て白く曇っている。さっきから降り出した雨が、僕のデスクの後ろにある窓を小さく叩いていた。

(この様子だと、今夜あたりは雪になりそうだな)

窓をあけて、小雨の降る明治通りを眺めている僕のところへ、笑顔を見せながら小松原がやってきた。

「社長、ファンファンの再生にちょうどマッチしそうな企業がありました。先方とお会いになりませんか?」

小松原は、この当時、フランテァノズ加盟企業の開拓と同時に、ファンファンの事業をサポートしてくれそうな支援先を探し求めて、様々なツテを辿って各方面をあたっていた。

「どうせまた、怪しいブローカーや胡散臭い投資家とかじゃないの？」

この頃、僕のもとには、オンデーズの資金難をどこで聞きつけたのか、会社の窮地にうまく付け込み、何かしらの利益を毟《むし》り取ろうとしてくる有象無象の、いわゆる「怪しい連中」からのアプローチが、毎日山のようにきていた。

M&A仲介の大手上場企業や、大小のベンチャーキャピタルなどの営業マンは、最初は何か良いディールにできないものかと、調子の良いことを言って会社を訪問してくるが、決算書を見ると皆判で押したように尻尾《しっぽ》を巻いて逃げ出していった。

決算書を見ても、物怖《ものお》じせずに話を進めようとしてくるのは、胡散臭い連中ばかり。

中国の政府系資金を運用していて日本企業の買収をしているという会社。

発展途上国で政府系の開発利権に食い込み莫大な資産を手にしたという謎の個人資産家、ホームページすら出てこない得体の知れないブローカーに、反社会的勢力の影をチラつかせる不良まがいの連中まで……。

まさに漫画『ナニワ金融道』にでも登場してくるような「ビジネス界の胡散臭い登場人物オールスターズ」と言っても過言ではないくらいの怪しい連中たち。

その姿はまるで、弱った獲物に群がり、息絶えるのが待ちきれず、さっさと止《とど》めを刺して死肉を貪り喰ってやろうと目を光らせているハイエナのようだった。

（本当にこんな連中っているんだな……）

僕は漫画や小説の中でしか見たことのないような人たちを、胡散臭いと危ぶみながらも、それでも一縷《いちる》の望みをかけて会いに出かけていく。

ひょっとしたら、ひょっとするんじゃないか……？

しかし結局は皆、やはりただのハイエナか詐欺師たちで、足元を見られて闇金並みの条件で融資を持ちかけられるか、犯罪スレスレの詐欺まがいの儲け話を持ちかけられるのが関の山で、そのやりとりに辟易した僕は、すっかり人間不信の塊のようになってしまっていた。

訝《いぶか》しげな表情で聞く僕に、小松原は笑顔で続けた。

「そんなに心配しないでください。実際に雑貨のビジネスをしっかりと手がけている社長さんで、資金提供に加えて有能な人材も用意できると、紹介して頂いた方からは聞いています。かなりちゃんとした方で、どうやら間違いなさそうですよ」

「へぇ、そうなんだ。今は信用できる雑貨のエキスパートがいなくて困っているから、その話が本当で、人材も同時に確保できるというのなら、まさに願ったり叶ったりなんだけどね。まあとにかくダメもとで、会うだけ会ってみようか」

数日後、僕と奥野さんと小松原の３人は「ヴィーダ」という会社を訪問した。

ヴィーダは、雑貨ショップ向けのデザイン家電や、生活雑貨の企画製造を一手に手がける会社で、誰もが知る超大手雑貨チェーンの取引先を何社も抱えていた。

桜田通り沿いから一本脇道に入った閑静な五反田の住宅街に立つ、6階建ての瀟洒《しょうしゃ》な自社ビルと思しき建物に入ると、受付のインターフォンの受話器を取り、「社長室」と書かれたボタンを押した。

何度かコール音が鳴ると、少しぶっきらぼうな調子の女性が出て、最上階の社長室へ上がってくるようにと指示された。

「失礼します。オンデーズの田中と申しますが……」

「あーはいはい。社長の畠山です。わざわざどうも。話は聞いてるよ。まあ入りなさい」

畠山社長は、50歳前後。小柄で細身。人のよさそうな柔和な笑顔を見せながら僕らを出迎えた。

僕たちは、社長室の中央に置かれた、応接セットのソファに座るように促されて腰を落ち着けると、出されたお茶に申し訳程度、軽く口をつけて、自己紹介と当たり障りのない世間話を少しの間、探るように交わした。

そして、雰囲気がほぐれたところで、資金調達用に奥野さんが作成した分厚い財務資料を手渡すと、話の本題を僕の方から切り出した。

畠山社長は、興味深そうにペラペラとページをめくり始める。

僕は、ファンファンが置かれている現状を簡潔に説明した。説明が終わると、いくつか畠山社長から財務状況に関して質問を返された。僕も淀みなくその質問の全てに率直に答える。

小一時間程の意見交換を終えた後、畠山社長は、しばらく宙を見つめると、今度は腕を組み、目を閉じて眉間に皺を寄せて考え込んでしまった。

しばらくの間、沈黙が流れる。

（やっぱりこの人もダメかな……まあそう簡単に数億単位のリスクを即決できる人などいないか……）

僕はそう思うと、「時間を置いて熟考していただいた後に、また御返事を聞かせてください」と告げて、その場を立ち去ろうとした。

すると、畠山社長は、立ち去ろうとする僕の気配を察したのか、おもむろに口を開いた。

「実は私が懇意にしている男たちがベルズにいてね。あそこで最近まで商品部長をしていた人物と、今も現役の取締役で、もうすぐ独立を考えている二人なんだけど、実はこの話をもらった時に、前もってその二人にも相談はしていて、前向きな回答を得てはいたんだよ。

うん。まあ、この数字なら再生できるかもしれないな。新しいブランドをゼロから立ち上げるのではなく、ファンファンの再生に舵を切るのも悪くない。

よし、必要な資金は私が提供するから、オンデーズからファンファンを切り離して一緒に共同で再建するっていうのはどうだ？　そして数年後には新生ファンファンを上場させようじゃないか！」

それを聞いた僕は、興奮して身体じゅうの細胞が掻き回されるような昂ぶりを覚えた。

「ベルズ」と言えば、おしゃれでかわいいインテリア雑貨に定評があり、屈指の人気を誇る雑貨ショップを展開する雑貨業界のリーディングカンパニーだ。そこの役員と商品部長の二人がファンファンの再生メンバーに加わってくれるなんて、それに必要な資金も付いてくるとは、まさに願ったり叶ったりだ。これぞ思い描いていた通りの展開じゃないか！

（僕のアイデアと、彼らのノウハウや人脈、畠山社長からの資金。この3つが結びつけば、ファンファンは世の中を騒がすような、画期的な雑貨ショップに生まれ変われるぞ。もう中沢たちの思惑どおりにはさせねぇからな！　裏切り者たちの鼻を必ず明かしてやる！）

僕は二つ返事で、畠山社長からの提案を快諾すると、がっちりと固い握手を交わしてヴィーダの本社を後にした。

２００９年1月下旬

畠山社長の提案どおりベルズの役員の下平氏がオンデーズに来社した。

来社した下平氏に、社内を軽く案内すると、僕たちは会議室へと入り、早速、再生プロジェクトの打合せを始めていった。

下平氏は、事前にかなり詳しく資料を読み込んでいたようで、大胆なリストラを含めた再生プランを指示してきた。

「奥野さん、ファンファンの店舗数は現在39店舗ですね？　ざっと資料を見たけど、7割以上の店が赤字のようだ。まずは早期に店舗を半分ぐらいまで絞って、赤字の垂れ流しを止めましょう。そうしないと、店舗コンセプトや商品の再構築の効果が出る前に死んでしまいます」

「承知しました。リストラは田中が最も嫌がるところですが、幸いファンファンは殆どがアルバイトスタッフなので、ちゃんとした手順を踏めばそこまでは難航しないでしょう。すぐに閉店にかかるコストを算出して、計画をまとめていきます」

「宜しくお願いしますよ。来週には、ベルズの商品部長だった土屋君も合流してくる予定なので、商品の見直しの方は、彼を中心に進めていきます」

奥野さんは大急ぎで、ファンファンの赤字店舗の撤退に関するコストを弾き出し、2月以降のスケジュールと役割を定めた詳細なプランを作成した。

約半年をかけて、18店舗を閉店する計画で、関係各所との交渉担当には中沢部長をアサインした。中沢部長にとってみれば、自分の謀略に巻き込んだスタッフたちに対し、自らがリストラを通告する。そんな皮肉な役回りを課せられることとなった。

2009年2月

商品仕入れのエキスパートである土屋氏もオンデーズに商品部長として入社し、ファンファン商品の再構築を担うこととなった。

裏切り者の中沢一派で背任行為まがいの仕入れを行っていた商品担当者の吉野は土屋氏の管理下に置いた。するとやはり居づらくなったのか、吉野はすぐに転職活動を開始したようで、知人のツテを辿り同業の雑貨チェーンに転職が決まると、引き継ぎもロクにせずに、そそくさと退職していってしまった。

奥野さんは、ヴィーダの畠山社長と摺り合せた条件交渉の結果を踏まえ、再生プランをリニューアルすると、すぐに全ての取引銀行へと提出した。

この頃の銀行の状況といえば、計画が二転三転し、状況が目まぐるしく変化するオンデーズの再生計画に戸惑いながらも、様子見の姿勢を一応はとってくれるようになり、比較的大人しくなり始めてはいた。

ただし、オンデーズの経営を評価してくれたという訳でもなく、この頃、時を同じくしてリーマンショックが世界全土を席巻し、未曽有の大不況をもたらし始めていたので、オンデーズよりも酷い不良債権が噴出し、その対応に追われ、オンデーズに構っているどころではなかったというのが正直なところだったのだろう。

その証拠に、返済の猶予は渋々受けてくれたものの、どんなに頼み込んでも新規の融資に応じてくれる銀行は一切なかった。

いずれにせよ、この頃には、銀行とのリスケ交渉も半年以上をかけて、ようやく落ち着きを見せ始めており、相変わらず数万円単位での細かい資金繰りのコントロールは必要ではあったものの、総力を挙げてファンファンの再生に集中することができる環境は整っていった。

こうしてようやく、起死回生のファンファン再生プロジェクトがスタートした！

……かのように見えたが、翌月の3月、僕らを待っていたのは最悪の展開だった。

「社長……、畠山社長から、その……」

うずたかく積まれたファンファンに関する資料に埋もれながらPCと睨み合っていた僕の所に、顔面蒼白の小松原が大慌てでやってきた。まるで今さっき、恐ろしい亡霊でも見てきたかのようだ。

「何、何、どうしたのよ？　そんな泣きそうな顔して？」

「その、あの、降りると言われました……」

小松原は、よほどショックを受けているのか、明らかに冷静さを欠き、唇が震え、動揺を隠せないでいる。

「降りるって何が？　どこから？」

「畠山社長です。さっき電話があって、その……『やっぱり今回の話からは降りる』と言われました」

「はぁ？　嘘だろ？」

「『下平からの報告を聞いて、自信がなくなったから悪いけど私は降りる。資金も出さないから、アテにしないでくれ』と言われて、プツンと電話を切られました」

あれほど大見得をきっていた畠山社長だが、下平氏、土屋氏の二人から「ファンファンの窮状は想定以上だ」という報告を受けて、1億円の融資に応じる直前に怖れをなして、身を引く決断をしたというのだ。

（嘘だろ……）

氷柱《つらら》で撫でられたような悪寒が背筋に走った。

全身の血が冷えわたって、動悸が高まるのがわかる。慌てた僕は、震える手を押さえながら畠山社長へすぐに電話を入れた。


「もしもし畠山だが」

「オンデーズの田中です！　再生計画は予定通りに進み始めています。数字は最初から見て頂いてたじゃないですか！　今更『怖くなった』の一言で手を引かれても困りますよ！　お願いします。身を引くのは、せめて数ヶ月間様子を見てからにして頂けませんでしょうか？」

僕は、思いつく限りの言葉を並べて懇願した。しかし、畠山社長は今までの柔和な物腰とは打って変わって、まるで別の人間にでもなってしまったかのような態度で、吐き捨てるように言った。

「私はねえ、君たちの冒険に億単位の金はやっぱり出せないよ」

そう冷たい声で吐き捨てるように言い放つと、一方的に電話を切ってしまった。

そして、その後は何度電話をかけても、もう二度と僕からの電話に出てくれることはなかった。

青天の霹靂とはまさにこのことか……。

あてにしていた資金は、もう1円も入ってこない。オンデーズは確実に資金ショートだ。

それも1億近く……。

畠山社長の気が変わり、ファンファン再生からの撤退を指示されると、下平氏、土屋氏の二人も息を潜めるようにデスクの上を片付け始め、逃げ出すようにそそくさと、会社から立ち去って行ってしまった。

その様子は、まるで沈みゆく船から自分たちだけ、救命ボートに乗り込んで逃げ出していくかのようだった。

いや、最初から僕たちの船に乗り込んでくれてすらいなかった。沈みゆくオンデーズ号にカッコよく救助に駆けつけて来たはいいが、いざ船に近づいてみて、危なそうだと判断するや、沈没の渦に巻き込まれまいとさっさと引き返す。そんな感じだった。

そして、最後に残されたのは「1億円近い資金ショート」という無残な現実だけだった。


「社長、お願いです。もうファンファンをどこかに売却してください！　売却金額は1円でも構いません。このままではオンデーズも一緒に破綻します！」

畠山社長と援軍二人が逃げ出した後の幹部会議。

居並んだ幹部陣全員が口を揃えて僕を説得した。

みんなの覚悟は本気だった。僕が首を縦に振るまで、この部屋からは一歩たりとも出させない。そんな決心で満ちている。

「わかったよ……。もう売ろう……」

ここまできて、僕はようやくオンデーズの置かれている現状を直視し、ファンファンの再生を完全に諦めて、売却先を探すことに同意をした。

ブランド価値も下がり、営業赤字も出続けている。支える資金的な余裕は、もう一円たりとも残されていない。このままでは、早晩オンデーズもファンファンに引きずられて倒産してしまうのは火を見るよりも明らかだった。

悔しかった。ただただ悔しかった。

自分の無力さを恨みながら、今すぐにでも走り出して会社から逃げ出してしまいたいほどの恥ずかしさを背負いながら、遅すぎた末にようやく下した苦渋の決断だった。

ただ、ブランド価値が毀損し始め、売上も大幅に落としているファンファンは、もうそんな簡単に引き受け先が見つかるような状態にはなく、譲渡先の選定も一筋縄では進まなかった。

2009年4月

方々を当たった末、ヴィーダの畠山社長が逃げ出してからおよそ1ヶ月後、事業売却を引き受けてくれる身売り先がなんとか見つかった。

雑貨商品の製造を幅広く手がけ、東海地方を本拠地に業績を急成長させている有力メーカー「ピーターパン」の川上社長が、まさに倒産寸前、すんでのところで、救いの手を差し伸べてくれたのだった。

取引先のメーカー経由で紹介され、ファンファン買収の提案を僕が持ちかけてから、わずか2週間での決断だった。

当面のファンファン仕入れ資金は、ピーターパンからの融資で繋ぎ、その間に手続きを進めて、3ヶ月後の7月を譲渡日として、ファンファン事業部を分社型新設分割し、同時に株式を全て譲渡することに決まった。

そして早速、基本合意書を取り交わした直後に、川上社長から1億円の短期融資を受けることができ、資金ショートは寸前で回避され、オンデーズは首の皮一枚だけを残して、なんとか生き延びることができたのであった。

2009年7月1日

すっかり季節は変わり、梅雨が明けるにはまだもう少しかかりそうな昼下がり。ここのところ何日かは真夏を思わせる暑い日が続いていた。蟬の声が遠慮がちに聞こえてくる東池袋のぬかりやビル2階の会議室。

オンデーズの役員とピーターパンの役員、契約書を作成した会計事務所の担当者が見守る中、ファンファン売却の調印式が和やかな雰囲気の中で執り行われた。

売買契約書に最終的に記された、ファンファン事業の譲渡金額は「200円」だった。

「ありがとうございます。今までお疲れ様でした。これからは、私がファンファンの代表者として、しっかりと舵取りをして再生を手がけさせていただきますのでご安心ください。それでは、これがお約束の買収代金です。お納めください」

そう言うと、川上社長は微笑みながら100円硬貨2枚をポケットから取り出し、契約書の置かれたテーブルの中央へ静かに差し出した。

「あ、ではこれは先ほどの、契約書の印紙代にあてて下さい」

奥野さんは、そう言いながら置かれた100円玉2枚を川上社長の方へとそっと押し戻した。

室内にはドッと笑い声が響き渡った。最後に、事業譲渡の契約書を僕と川上社長が二人で持ち、その周りを幹部陣が囲み、皆んな笑顔で記念写真の撮影をして、長いようで短かった僅か1年足らずのオンデーズによるファンファン買収劇は、ようやくその幕を下ろした。

散々、ファンファンを掻き回し続けた中沢部長は、川上社長から「必要ない」の一言で戦力外通告をされると、一人静かにオンデーズから去っていった。

企業買収という舞台の上で、取り憑かれた野心に人生を振り回された男の最後は、なんとも寂しいものだった。

全ての手続きが終わると、奥野さんはやれやれと胸を撫で下ろした。

僕はようやくホッと一息つくことができた。こんな平穏な気持ちになれたのはいつ以来だろうか。

幸い、ファンファン事業の仕入れにかかる負債の一部も、この売却先の川上社長に事前に肩代わりしてもらっていたので、ファンファンを経営していた1年を通じて流出した赤字も、最後は最小限の出血に抑えることができたが、それでも最初の買収に要した、僕の個人資産を全て整理して作った約2億円はドブに捨てたようなものになってしまった。

新店オープンの惨敗に続いて、あと一歩判断が遅ければオンデーズも全て崩壊しかねない、更に重大な経営判断のミスを、僕はまたしても犯してしまったわけだ。

僕はファンファン買収から売却に至るまでの約1年間にわたる経緯を振り返り、ただ深く猛省した。

一発逆転を狙い、手っ取り早く異業種の買収に走ったのが、そもそもの間違いだった。

さらに、自分の力を過信して調子に乗り、ファンファンの旧経営陣たちをそのまま経営の中心に据えて、好き放題にさせていた結果、事態を最悪の方向へと導いてしまった。

「企業買収」という一見華やかな物語の裏表紙には、決算書や報告書には表れてこない、複雑な人々の欲や感情、利権が、べっとりと血糊のようにこびり付いている。それらを全て綺麗に洗い流し、自ら傷を負う覚悟と、問題を巧みに処理できる経営能力と度量がない者が、容易に企業買収に手を出せば、待ち受けているのは周囲を巻き込んだ大火傷《おおやけど》しかないという事実を、僕は嫌という程思い知らされた。

それでも、大きな収穫もあった。溝口雅次、金子勝巳という二人の人材をファンファンから獲得することができたことだ。

溝口は外交官の息子で、海外での豊富な生活経験もある、いわゆる帰国子女である。日本語、英語、ブラジル語を話し、性格も陽気なラテン系だ。最初こそメガネの素人ということから古株の社員たちから疎まれる場面も多く見られたが、その明るく頼れる性格が次第に若手スタッフたちからも慕われ、瞬く間にリーダーシップを発揮していった。

もう一人の金子勝巳は、店舗開発のベテランで、ファンファンでは出店交渉の殆どを一手に引き受けていた。それまでのオンデーズには、大手デベロッパーの担当者たちと、まともに渡り合えるような店舗開発のプロがいなかったので、ようやくその穴を埋めることができた。

丁度オンデーズのフランチャイズ加盟を希望する会社が増えてきており、この金子さんの合流によって、タイミング良く全国各地の出店候補物件を次々とフランチャイジーに紹介することができ、オンデーズのフランチャイズ事業が力強く動き始める大きな原動力となっていった。

数日後
社員が全員帰った後の静けさに包まれた本社オフィス。

「今回のことで、ほとほと懲りたよ」

僕は、応接室で大好きなカレー味の日清カップヌードルにお湯を注ぎながら、バツが悪そうに奥野さんに弱音を漏らした。

「何に懲りたというのですか？　自分のお人好し加減に？　それとも、経営判断の甘さにですか？」

奥野さんは、冗談とも本気ともつかぬことを言いながら、僕の向かいのソファに静かに腰を下ろした。

僕は自分に言い聞かせるように、出来上がったカップヌードルを口に運びながら、奥野さんに呟いた。

「まぁ、両方かな。経営者としていかに自分は甘く未熟かということを痛感させられたよ。2億円はあまりに高すぎる授業料だったけど、過ぎたことを悔やんでも失ったものは取り戻せない。この失敗は必ず今後に活かして見せる。むしろやる気が余計に出たよ。ところで、財務の方の状況は大丈夫？」

「今回のファンファン売却によって5億円近い特別損失が発生します。これはまあ、前期に計上した『負ののれん』の特別利益とほぼチャラですけど。ちょうど良いタイミングなので、合わせて創業者時代の膿、つまり実体の確認できない資産も全て勘定から落とします」

「そうだね。どうせなら綺麗サッパリ垢を落としたいね」

「これによって10億円前後の繰越損失と債務超過になって、バランスシートだけ見たら、もうゾンビみたいな会社になります。これから数年は、たとえ黒字になったとしても、銀行からの借入は期待できない、というより、もう全く考えないで進んで行く覚悟を決める必要があるでしょうね」

「そうか。銀行融資を全くアテにしないでも、キャッシュフローは回るかな？」

「えぇまぁ、依然ギリギリの状態には変わりませんけど。フランチャイズ事業が思った以上に軌道に乗ってきてはいるので、このままいけば、なんとか危機的状況を脱する道筋が多少は見えてきたような感じですかね。無論、これ以上、無茶なことをやらかさなければですけど」

「ハハハ、きついこと言うなー。でも、まあ俺の手綱を程よく引き締めてくれるのは奥野さんだから、ありがたい存在だと、いつも感謝してますよ」

「その割には私の言うことを滅多に聞いてくれませんけどね。まあ、とにかく今はしばらく基本の営業に専念して、オンデーズの体力が回復するのをじっくり待つべき時だと思います。今やれることを、確実に、そしてちゃんとやりましょう」

「うん、そうだね。それにしても、やっぱり負債ってのは重いねぇ。奥野さんがいつか言っていた『2tトラックの荷台に1・4tの砂利が載っかっているようなものだ』というたとえが、今更になって骨身に沁みて分かってきたよ」

「え、今頃ですか？　こっちはオンデーズにやってきた、最初の瞬間から骨身に沁みていましたよ」

「ハハハ。奥野さんには苦労ばかり掛けて本当に申し訳ないね。ところでさ、俺また閃《ひらめ》いちゃったんだよ！」

「今日はもう帰りますよ。もう何日もまともに家に帰ってない。その閃きとやらは、また明日、時間のある時にでもゆっくり聞かせてください」

奥野さんは、一瞬、ぎくりとした表情をした後に、やれやれといった顔で苦笑いを浮かべると、足早に会社を後にして家路についた。

エアコンの落とされた薄暗いオフィス。カップヌードルを胃袋に流し込み終えた僕は、応接室にこもった熱気を追い出すために窓を開けた。明治通りを包む夕闇は、どこまでも鮮やかな青みを地平線に残している。

気がつけば、オンデーズに来てから約1年半が過ぎ、僕たちのもとには、2度目の夏がやって来ていた。

第13話　ハンデを撥ね飛ばす破天荒な施策

2009年7月
日本有数のターミナル駅「池袋」。その池袋駅の西口駅前ロータリーに面して一際目立つ看板を掲げているお店が、オンデーズの本店、通称「池西店」である。
この頃、僕たちは倉庫として使用していた池西店の2階と3階部分に、本社を移転していた。今まで居を構えていた「ぬかりやビル」を経費削減で引き払い、だいぶ狭くはなるがスペースを余らせていた池西店の上層階を有効活用することにしたのだ。

就任1年後から本格的に開始したオンデーズのフランチャイズ展開は順調に成果を挙げ、本部の主要な部署もそれなりに機能し始めたことで、オンデーズは毎月連続で増収・増益を果たしなんとか成長軌道に乗り始めていた。

僕は、もうこの頃には銀行や、弱みに付け込む高利貸しなどとの交渉に疲れ果て、金融機関全般からの支援を完全に諦めて、自分たちの産み出すキャッシュフローのみで「成長」を実現していくことこそ、巨額の負債を撥《は》ね退《の》け、オンデーズを浮かび上がらせる唯一の方法だと肚を括《くく》り、店舗数の拡大と売上高の向上だけに集中し脇目も振らずに邁進していた。

しかし、そこにはまだまだ乗り越えなければいけない、大きな問題が立ちはだかっていた。

それは「決定的な知名度不足」である。

この時点で店舗数は、日本全国に65店舗。店舗の数だけ見れば「スリープライスメガネ」と呼ばれるカテゴリーのチェーン店では、業界3位のポジションにはいたのだが、いかんせん出店立地の殆どが地方の小・中規模の商業施設に偏って点在しており、東京や大阪、福岡などの大都市圏の中心部や「イオンモール」「ららぽーと」などの有名大規模商業施設には、ほとんど店舗を展開できていなかったことから、「ＯＷＮＤＡＹＳ」の認知度は一向に上がってはいなかった。

特に新しい地方に進出する時には、自分たちの知名度不足によるハンデを何度も痛感させられた。

消費者にとっては「知らない＝不安」であり、安心や信用が大きく売上を左右するメガネの商売において、知名度不足は相当なハンディキャップであった。

この調子では、いつまで経っても「ＯＷＮＤＡＹＳ」を強い成長軌道に乗せていくことができない。僕は、コストをかけずに「知名度不足」という大きなハンディキャップを撥ね飛ばす、何か良いアイデアはないものかと日々模索し続けていた。

間近に迫った新店舗のオープン販促会議の席上で、僕は生ぬるい空気に切り込むような気負いを見せながら言い放った。

「もういっそのこと、全品半額にしちゃえよ！」

「え、店の商品を全品半額にして販売するというんですか？」

「そう。オープンセールは店内の商品を全品半額にして、２５００円からメガネをレンズ込みで売るんだよ。これなら話題性は抜群だろ。知名度なんかなくたって、お店を新しくオープンする時に『店内商品全品半額！　メガネ一式２５００円から！』って派手に打ち出せば、さすがに行列ができるんじゃないか？」

（またなんか変なこと言い出したよ……この人……破天荒にも程があるだろ……）

明石を筆頭に営業部の面々は、僕から不意に発せられた「全品半額セール」という提案を聞くと、しばらく言葉に詰まり、呆然と呆れ果てていたようだった。

しかし僕は空気を読まずに語気を強めて話を続けた。

「今やってる20％ＯＦＦとか、中途半端なんだよ。あれじゃあ話題にもならないし、現に売上だって全然取れてないじゃん。せっかくオープンセールをやるんだったら、もっと派手にお祭り騒ぎをやらなきゃダメだ。どうせならオープンの広告宣伝費と割り切って、いっそのこと0円にしちゃえよ！　うん、それくらいでもいいな。半額でも生ぬるい。よしっ！　先着５００名様は全員無料でいこうぜ!!」

「いやいや、ちょっと待ってください、いくらなんでも無料はちょっと……。せめて半額で一回やってみましょうよ」

　新店舗オープンの販促企画会議での、この半額セールの提案は営業部だけでなく他の部署の部長たちからも反対の嵐だった。

「半額なんかで売ってしまって大丈夫ですか？　５千円の今だってギリギリですよ。それを２５００円にまで下げて売ったら大赤字になりませんか？」

　何事にも慎重派な長津君が不安気に質問した。僕は自分でシミュレーションした数字を見せながら説き伏せるように答えた。

「大丈夫。これを見てみろ。利益は出る。シミュレーションしてみると、フレームの仕入れ単価が同じだとしても現在の3倍の本数が売れれば、利益率は下がるけど『利益額』はしっかりと確保できる計算だ。全体の販売本数が増えれば、仕入れ単価をさらに落とすことも可能だろうし。それにもし利益が出なかったとしても、赤字にならないのであれば、やる価値は絶対にある。話題になって広告宣伝をしたと思えば、獲得した知名度の分だけ得したことになるだろ。

どうせやるなら、極端な、どこもやっていないこと、突き抜けたことをしなきゃダメなんだよ！」

「はあ……。理屈は解りますけど、突然3倍ものお客様が、もし押し寄せたとしたら、スタッフは対応できませんよ」

「店舗を見てていつも思うんだけど、スタッフはまだキャパを持て余してる。仮に新店舗のオープンセールに現在の3倍のお客様が一時的に殺到したとしても、セール品は即日でのお渡しをやめて、レンズの加工業務を他店に回せば、対応する余力は十分あるでしょ」

各管理職たちは、皆、僕が言い出したこの半額セールに関して懸念点を出してくる。僕も自分自身と対話するかのように、一つ一つ管理職たちの不安に対して答えながら、論点を整理していく。

「レンズ加工は他店に回すとしても、お客様が3倍にもなったら、ほとんどまともな接客なんて、できるはずがないですよ。検査には必ず一定の時間がかかりますし」

「いや、むしろそれで、いいんだよ。お客様が殺到するような状況に自分たちを追い込めば、全員が仕事の効率を追求せざるを得なくなるだろ？　必然的に『無駄な作業』が、あちこちからあぶり出されるはずだ。そしてセールが終わった後も、その経験を活かせば日々の店舗業務の効率化が進む。だから2500円という、どこよりも安い価格を期間限定で打ち出して、通常の何倍ものお客様を呼び込む。そして店舗のオペレーションの限界がどこにあるのかを見極めてみるべきだ」

僕はとにかく皆んなが一丸となるようなことに挑戦をして、今度こそ成功を収めて、スタッフ皆んなの心に何か爪痕を残したい。そんな気持ちに駆り立てられて、この全品半額セールの実施を強く推し進めた。

するると、皆んなのやりとりをしばらく黙って聞いていた奥野さんが、メガネのブリッジを人差し指で押し上げながら、議論を遮るようにして口を開いた。

「私は、半額セールをやってもいいと思いますよ。とりあえずやるだけやって、駄目なら次回やめればいいじゃないですか？」

いつもは慎重な奥野さんが、珍しく攻めの発言をしたので、各管理職たちは意外そうな目で奥野さんを見つめている。

「業界最安値の価格破壊をオンデーズがやるという価値は極めて大きいと思いますよ。幸い、財務内容は少しずつですが着実に改善に向かいつつあります。以前は集中治療室で死にかけていたけど、ようやく最近は一般病棟に移り、普通の病院食を食べられる程度までには回復したという感じですかね。これからは、ただ安静にしているだけでなく、退院に向けてリハビリを始めて、体力回復に努めなければならない段階に入ったと思います。その第一歩にこの半額セールを位置づけて、全社を挙げて成功させたらいいじゃないですか。そろそろ新生オンデーズが狼煙を上げる時かもしれません。社長の言う通りやってみて、業界に一波乱巻き起こせたら面白いじゃないですか」

た。

「よし！」

「やるか！」

誰かが発した勇ましい声をキッカケに、無言の決意に満ちた同意が会議室の空気を支配した。

僕がオンデーズの社長に就任して以来、ここまで覇気に満ちた前向きな沈黙の時間が会議室に流れたことはなかった。僕は幹部陣が一枚岩になった感覚を受け止めて、全身に鳥肌が立った。

こうしてまず最初に、沖縄県に初めてオープンする「ＯＷＮＤＡＹＳ名護店」のオープンセールで「全品半額」を実行することが決まった。

この「ＯＷＮＤＡＹＳ名護店」は沖縄県内では誰もが知る地場の有名ディスカウントストアチェーン「ビッグワン」がフランチャイズ加盟店となってオープンさせるＦＣ店で、記念すべき沖縄進出の1号店だ。

そのお店のオープン企画に、まだ実績もなく、果たしてどれくらいの収益が出るのかわからない、場合によっては赤字にすらなり得るこの全品半額セールの提案をビッグワンの玉城社長に相談すると、玉城社長は満面の笑みで賛同してくれた。

「面白いじゃない。うちは沖縄で一番のディスカウントストアだからさぁ丁度良いよ。赤字になってもいいからやってみましょうよ！」

（さすが沖縄では誰もが知る地場の有名企業を経営する社長だな、決断が速い）

僕は、感服したのと同時に、これは絶対に失敗できないぞと、身が引き締まる思いだった。

かくして、名護市という那覇市内から車で2時間程離れた場所、沖縄を南北に貫く国道58号沿いにある「ビッグワン名護店」の店内の一角に作られた、ほんの10坪足らずの小さなお店で、オンデーズは「店内商品全品半額！」という無謀とも言えるオープンセールを引っさげて沖縄初進出を果たすこととなった。

2009年7月19日

日本の中でも特別な場所として人々に親しまれている沖縄。亜熱帯気候特有の豊かな自然と、琉球の伝統文化が今なお色濃く残る沖縄は、訪れる人を惹きつけてやまない。

しかし僕たちは、そんな楽園の島の緩い雰囲気を味わう余裕もなく、ただただ緊張と不安の中、名護店オープンの日の朝を迎えていた。

開店準備がほとんど終わり、スタッフたちがお客様を迎える準備の最終確認を慌ただしく行っている最中、僕は一人でビッグワンの事務所に行き、コピー機を借りると「全品半額」と真っ赤な文字で印刷したA4用紙を大量にコピーした。

そして、両脇に大量のチラシを抱えて店に戻ると、店内の壁を覆い尽くすように一人でベタベタと貼り付けていった。その様子を見ていた明石が戸惑ったような表情で呟いた。

「凄いですね……その、なんというか、これじゃあまるで……」

「ハハハ。下品だろ。これじゃあ、お洒落なメガネ屋もへったくれもあったもんじゃないよな。でもいいんだよ。今はこれで。とにかく下品だろうが何でも良い。まずはお客様が殺到しないと、今の『ＯＷＮＤＡＹＳ』は何も始まらないんだよ」

午前10時

沖縄らしい艶やかな青空が広がり、6月下旬〜7月特有のやや強い南風「夏至南風《カーチベー》」が気持ち良く通り抜け始めた頃。

真っ赤な「全品半額」のベタ張りチラシで埋め尽くされた、「ＯＷＮＤＡＹＳ名護店」はいよいよオープンの時間を迎えた。

店舗の入り口を開けると、早速数名のお客様が小走りに駆け込んできた。

（よし！　これはいけるぞ）

と思ったのも束の間。最初の数名のお客様が購入を終えた後はパッタリと客足が途絶えてしまった。

そして、誰も来なくなった……。

前日までに近隣の住宅街には、折込チラシが数万部以上撒かれていたし、テレビＣＭも流していたのに、オープンと同時に店内に入って来たお客様はたったの3名だけだった。

その後も、パラパラと様子見のお客様が入ってくるものの、殆どがビッグワンの取引先や関係者がお付き合いで買いに訪れてくれるだけだった。

（やばい……これもまた失敗か……）

僕の脳裏には丁度1年前、高田馬場の駅前で味わった、あの苦く重苦しい経験が蘇っていた。明石も汗をかいているが、確実に沖縄の暑さのせいではない。もう何度も何度も味わった、あの嫌な感覚がまた全身を支配していた。氷柱で背中を撫でられるような、あの冷たさだ。

（これだけインパクトのある価格を提示しても何も響かないなんて……。一体どうやればメガネで人気店が作れるというんだよ……）

ガランとした店内は全品半額のチラシがエアコンの風で虚しく揺れている。暇を持て余してメガネを拭いているだけのスタッフ。

その光景を前に、頭を抱えて不安に打ちひしがれているところに、玉城社長がやって来た。開店から間もなく2時間が経とうというのに、まだ売上はわずか1万円程度しかたっていない。このままではオープンセールは確実に大赤字だ。僕は力なくうつむきながら挨拶に行った。

「すいません……その、ご覧の通り、全然お客様が……来てないです」

しかし閑散とした店内をゆっくりと見渡しながら、歩いて回る玉城社長の顔は、僕たちの焦りとは裏腹に、何故かニコニコとして満足気だ。

「うん。いいじゃない。お店もちゃんとできてる。セールの感じも派手でいいじゃないの。大丈夫。大丈夫よ。沖縄はねぇ、こんなもんだからさぁ。社長、それよりお腹減らない？　沖縄そばでも食べに行きましょうよ」

そう言うと、満足気にお店を後にし、僕を車に乗せると、名護市内にある沖縄そばの有名店

「宮里そば」へと僕を連れていった。

お昼時でお客で溢れかえる店内。目の前に、熱々の沖縄そばが運ばれてくる。しかし僕は、お客様の来る気配のない名護店の様子が気になってしまって、とてもじゃないが沖縄そばを堪能する気にはなれない。

しかし、玉城社長は僕の気もよそに一人ご機嫌だ。

「もっと食え、軟骨ソーキと本ソーキの違いを味わえ」と、お肉をどんどん僕のどんぶりに載せてくる。

そして、ひとしきり沖縄そばで腹を満たし終え、玉城社長は腕時計に目をやると、おもむろに立ち上がった。

「そろそろかねぇ。じゃあ戻りましょうね」

(一体、何がそろそろなんだろ……)

不安なまま、車に乗り込む。無言の車内には気まずい空気が流れる。しかし、ほどなくして店に戻ると、そこで僕を待ち受けていたのは、思いもよらない「とんでもない光景」だった。


(え……なんだこの人たち……)


ビッグワンの入り口には長蛇の列ができていた。

僕は慌ててその行列の先を確認しようと人の波を掻き分けて店内へと入っていく。

（ちょっと待って、マジか……これみんな、ひょっとしてウチが目当てなの……？）

なんとその行列の先には「ＯＷＮＤＡＹＳ」があった。そして10坪の狭い店内には、もう人が入りきれず、店の外までロープが張られて、入場制限がされていた。

口をポカンと開けて、イマイチ状況が呑み込めないでいる僕に玉城社長が、まさに想定内といった表情で説明した。

「沖縄の人は朝が遅いからねぇ。朝イチのセールなんて皆んな来ないのよ。これ常識。でもお昼過ぎの今の時間でこれってことは、夜はもう大変なお祭り騒ぎだろうねぇ。ふふふ」

玉城社長の言う通り、午後3時を過ぎた辺りから更に客足は増えていき、夕方を過ぎる頃には、１００台以上収容できるビッグワンの駐車場には車が入りきらなくなり、店の前を通る国道58号は「ＯＷＮＤＡＹＳ」を目的に集まって来たお客様の車列が原因で渋滞を起こすようになっていた。

さらに購入したお客様が、口々に電話やメールで「なんだか、すごく安くメガネを作ってくれるお店ができてるよ！」と、家族や知人に伝え始めた為、夜7時を回る頃には狭い店内は、完全なパニック状態に陥っていた。

押し寄せるお客様、対応に追われ目まぐるしく働くスタッフ、まるで強盗にでもあったかのようにスカスカになった商品棚。そして気が付くと、あっという間に閉店時間を迎えていた。何を一体どうしたのかよく覚えていない。時間の感覚すらない。とにかく目の前に押し寄せてくる波のようなお客様の連続に対応するだけで皆んな精一杯で、気がついたら夜になり一日が終わっていた。そんな感じだった。

深夜0時

通りに面した看板の電灯が落とされ、薄暗くなった駐車場。

店の窓からは明かりが漏れてきている。スタッフは皆、声を嗄らし、満身創痍で、今にも倒れこむ寸前といった様子で閉店作業を行っている。

僕はその様子を外の駐車場の車止めに座り込み、一人で眺めていた。

そこへ明石が、冷えた缶コーヒーとタバコを手に持って近づいてきた。二人で並んで缶コーヒーのプルタブを開けるとグイッと喉を鳴らして同時に飲み込んだ。

その後すぐにタバコを咥《くわ》えると、明石がまるでヤクザ映画の弟分かのように、さっとライターを取り出し、手を添えて僕の口元のタバコに火を付けた。そして二人でタバコをふかしながら、黙ったままお店を眺めていると、しばらくして明石が呟いた。

「ダメだ。私、もう泣きます……」

「ハハハ。なんだそりゃ?」

「社長が最初、オンデーズにやってきた時、正直、私たちみんな終わったって思ったんですよ。ああ、もうウチの会社はダメなんだなぁって。他の仕事探さなきゃなぁって……それが1年ちょっとで、こんなにお客さんが来るようになるなんて。今メチャクチャしんどいですけど、まさかこんな、しんどくなれる程、お客様が来てくれるようになるとは、思いもしませんでした。ほんと、なんか今日は営業中、接客しながら何度も泣きそうになりましたよ」

目に涙を浮かべながら、明石は喜びを顔に湛《たた》えていた。

「まあ、最初はこんなもんだろ。こんなんでイチイチ感動してんなよ。ここからもっといくよ。俺たちは世界一になるんだから」

正直、僕も今にも泣いてしまいそうで、同じ気持ちだったのだが、その気持ちを悟られるのがなんだか気恥ずかしくて、さも「最初から全て俺の計画通りだった」と言わんばかりの態度で偉そうに格好を付けて嘯《うそぶ》いた。

「この調子だと、明日はもっとお客様が来るでしょうね。私もっと頑張ります。社長に置いていかれないように明日から気合入れ直します！」

「セールはまだあと3日間続くからな。明日以降は、さらに口コミが広がって、半端ない数のお客様が来るだろうな。そのあと今度は、できあがったメガネのお渡しも待ってるし。明石、ちょっとこのまま沖縄に残って、しばらくの間、名護店が落ち着くまで手伝っていってくれる？」

「任せてください！」

「さあ、ここからが、始まりだぞ！」

僕は吸い終わったタバコを、手に持っていた空き缶に押し込んで火を消すと、明石の肩を力強く叩いた。

2009年8月
本格的にオープン全品半額セールが大ブレイクを果たしたのは、この名護店の次にオープンした「パークプレイス大分店」だった。

名護店での想像以上の反響で経験した数々の失敗をもとに、選りすぐりのオープニングスタッフを各地から掻き集めてオープンサポートチームを組織して、今度は準備万端に整えて大分県大分市に乗り込んだ。

オープン前日には「メガネ一式2500円から！」と大々的に謳《うた》ったチラシが新聞各紙に折り込まれ、店頭にも「オープン記念、店内商品全品半額！」の赤文字が派手に躍った。

(高田馬場店オープン時の悪夢のような思い出は、これでようやく消せそうだな……)

僕は、オープン前日、まだ開店前で準備中にもかかわらず、店内に入ってこようとする沢山の通行人の反応を見ながら、感慨に浸っていた。

２００９年８月７日

どこか遠くから、ゴッドファーザーのテーマが聞こえてくる。

時刻はまだ朝の7時30分。ゴッドファーザーのテーマを奏でていたのは枕元に置いてあった自分の携帯電話だった。携帯の画面に目をやると「着信：長津」と出ている。電話を掛けてきていたのは長津君だった。

「もしもし！　社長！　す、凄い！　とにかく、す、凄い人、凄い人なんですよっ！」

電話の向こうから長津君の興奮した声が飛び込んできた。今にも電話口から唾が飛びだしてきそうな勢いだ。

「オープンまで、まだ2時間以上もあるというのに、もう30人近くが並んでいるんです！　管理事務所に連絡して、交通整理の要員を寄越してもらおうかと思ってるくらいです。社長も早く来てくださいよ！　行列をバックにみんなで記念撮影しましょうよ！　この写真をブログで全国のスタッフたちに発信したら、みんな絶対盛り上がりますよ！」

僕は急いで身支度を済ますとタクシーに飛び乗った。

20分後。パークプレイス大分店に到着すると、長津君からの報告通り、「ＯＷＮＤＡＹＳ」の店舗に面した入り口には、オープンを今か今かと待ちわびる大行列ができていた。

（よっしゃー！！！）

僕は、深い喜びを噛み締めて一人ガッツポーズをして飛び跳ねた。

そして開店直前の店内に飛び込むと、スタッフ一人一人の労をねぎらい、皆んなを店の中央に集めた。

「皆んなで円陣を組んで気合を入れるぞ！」

「どんな掛け声がいいですか？」

長津君が聞いた。

「そうだな……『えいえいおー！』とか？」

「えー、えいえいおーですか？　なんかダサくないですか？」

「うーん……じゃあ、えい！　えい！　オンデーズ！　は？」

「もっとダセー」

皆んながドッと笑う。

「もうなんでもいいんで、早く開けましょう！」

皆んなで笑いながら円陣を組み「えいっ！　えいっ！　オンデーズ！」と大声を出し、拳を揃えて力強く突き上げて気合を入れた。

「それでは、只今よりオープン致します！」

明石が大きな掛け声を発すると、並んでいたお客様がオープンと同時に、一気に店内へと雪崩れ込んできた。

集団心理なのだろうか、我先にと商品を摑み、カウンターに押し寄せ、次々と視力測定の受付へと吸い込まれるように並んでいく。スタッフは、今までとは比較にならないスピードでお客様への対応を余儀なくされた。

「お陰様で、検眼機を使わなくても眼球を見れば度数がわかるようになりましたよ」

明石や長津君を筆頭にオープンサポートチームの面々は、そんな冗談を飛ばしては、疲れも見せずに連日100人にも及ぶお客様の視力測定をやってのけていった。

そして、このパークプレイス大分店のオープンセール大成功の一報は、日本中のスタッフの間にも駆け巡り、幹部陣だけでなく全国の社員たちにも大いなる自信と闘志をもたらした。

その後は全国各地で次々と新店舗がオープンし、同様に全品半額セールが打ち出され、いずれもセール期間中は数百人から多い時では1千人以上ものお客様が押し寄せるようになっていった。

各店、目標の売上も軽々とクリアし、オープン時の売上予算は毎回上積みされていき、予想を上回るハイペースで会社全体の売上高も急伸していった。

「これは凄いことになってきましたね！」

オープンラッシュを終えて、久々に本社に戻った僕を、奥野さんが笑顔で出迎えた。

「お祭りだね。スタッフたちもまるで別人のようにイキイキと接客している。体は皆んなかなりキツイけど、精神的には充実感でいっぱいって感じだ。スタッフ同士の一体感も強くなってきたし、以前のオンデーズからじゃ想像もつかないよ。俺が、あの時変えたかった会社の姿に、ちょっとだけ近づけたような気がする」

僕は、感慨深げに話すと、皺くちゃになったジャケットを脱ぎ、どかっと会議室のソファに腰を下ろした。奥野さんも向かい合って腰を下ろした。

「でも、本当にどの新店のオープンもとにかく凄い反響ですね。嬉しい悲鳴ですけど、何がそこまでお客様にウケてるのか正直、成功要因がいまいち正確に掴みきれなくて戸惑ってます」

「ブレイクポイントを突いたんじゃないかな？」

「ブレイクポイントですか……」

「そう。商売には『この価格を下回ると皆んなが飛びつく』というような、市場の常識を変えるブレイクポイントがあるんだと思うんだよね。元々持っていたイメージを壊す点みたいな。メガネの場合、数年前は1万円を切るぐらいがこのブレイクポイントだったんだけど、今ではその位の値段は当たり前になってしまった。でも流石に『メガネ一式2500円』は誰も見たこともない金額だった。それで導火線に火がついた。そんな感じだろうね」

「なるほど」

「でもまあ、所詮はゲリラ作戦。小手先だけの安売りはいつまでも続かないよ。セールの収益ってのに、あくまでもその場凌ぎの麻薬みたいなもんでしかないから、中毒患者になる前に、この勢いを上手く利用して、きちんと売上と利益の出る健全な状態に持っていかないと、必ずどこかで行き詰まるだろうね」

第14話　圧倒的な同業他社の戦略

２００９年10月

全品半額セールは全国各地で大成功を呼んでいた。各銀行から「破綻懸念先」にまで容赦なく格付けを落とされ、融資が一切受けられず資金繰りに苦しんでいたオンデーズにとって、この「全品半額セール」は新店舗のオープニングセールの域を超えて、あらゆる面でプラスの効果をもたらし、まさに起死回生の大ヒット企画となっていた。

オープン1週間の売り上げは、５００万、1千万とうなぎのぼりで増えていき、全くお金がないオンデーズにとって重要な「現金収入の機会」を産み出した。各地で連日、派手な行列を作るオンデーズは、メガネ業界の中でも話題に上がることも多く、マスコミの取材も少しずつ増え始め、「新社長率いるオンデーズが凄い勢いで急成長している！」と周囲からも、にわかに注目を集めるようになってきていた。

（これでようやくスタートラインに立てる。このペースでいけば、まずは、スリープライスメガネの業界で日本一の店舗数になれる日がもうすぐやってくるかもしれないぞ！）

オンデーズの社員たちの間にはイケイケムードが漂い始め、以前までの「どうせ俺たちなんて倒産寸前のオンデーズだし……」といった負け犬根性も、次第に捨て去ることができ始めていた。

しかし、各地で繰り返される全品半額セール「メガネ一式2500円」の実態は所詮、無茶苦茶な安売り商法にしか過ぎず、確かに大きな現金収入は得ていたものの、薄利多売に狂奔・狂騒しているだけで、冷静に数字だけを見れば収益性はさほど改善されてはおらず、まさに漕ぐのをやめたら倒れてしまうような自転車操業状態は、落ち着くどころか一層酷さを増してしまっていた。

店舗数が急速に増えていったのも、裏を返せば新店効果でなんとかキャッシュを回し、無理やりに息を長らえようとしていた苦肉の策の結果でもあった。

このまま半額セールで大量に集客して毎回多額のキャッシュを集め続けられればいいが、消費者に飽きられてしまって、セールでまともな売上が立てられないようになったら、1年も持たずに崩壊する。

まるで深い谷に架かる平均台の上を、ギリギリのバランスで歩いてるような感じで、一歩足を踏み外せば奈落の底に真っ逆さま。周囲の期待とは裏腹に、この頃のオンデーズの実態はまだまだ、そんなハリボテのような状態だった。

しかし僕は、そんなギリギリの状態に置かれていることをスタッフに悟られないように、全国各地で毎週のように開催されていた新店舗オープン前夜の決起集会で、居酒屋に集まったスタッフたちを前にしては、威勢の良いセリフを吐き、やる気を鼓舞し続けていた。

「明日からの目標は1週間で1千万！　そして100店舗達成を目指すぞ。日本一のメガネ屋に俺たちは絶対になる。皆んな、気合入れていくぞー！」

「うぉぉーーー!!　カンパーイ!!」

しかし、強気で晴れやかな表情の裏側では、

（こんな無茶なセール、絶対にいつまでも続かないよな……）

と、メッキが剝がれ落ちることをひどく恐れ、会社も何もかも放り出して逃げ出してしまいたくなる程のプレッシャーに連日押し潰されそうになっていた。

そして、そんな綱渡りな資金繰りをひた隠しにしながら、オンデーズを狂走させ続けていた僕らを、ある日突然もの凄い勢いの台風が容赦なく襲ってきた。


「ええ!?　薄型レンズの追加料金を全部0円にするだって……これ本気でしょうか？」

ある日、本社の一角で、甲賀さんはネットで見つけた「ジェイムズの新価格システムの発表」の記事に目を白黒させていた。

スリープライスメガネ業界で第1位の規模を誇る「ジェイムズ」が、5千円という最低価格は崩さないまま、薄型レンズの追加料金を全てなくして無料で提供することを決めたと発表し

たのだ。

この「とんでもない発表」は、メガネ業界全体を震撼させた。

眼鏡レンズの形状というのは「球面」と「非球面」に大別される。球面レンズというのは、名称の通り球面の形状をしていて、その厚みから視野の周辺部の歪みが大きくなる。また度数が強くなるとレンズの厚みが増し、フレームの形状によっては上手く装着できないこともある。

その点、非球面レンズは、こうした球面レンズの欠点を補うべく開発されたもので、これを用いると視野の周辺部の歪みが小さいため、自然な視界で見えやすくなるだけでなく、度数が強い場合に起こる顔の輪郭のズレも小さくできるという優れものだ。

そして、全てのメガネ販売店では、この高額な薄型非球面レンズの追加を後出しジャンケン的に提案する商法で利益率を上げ、高収益のビジネスモデルを成り立たせることが常識になっていた。

ジェイムズによる「薄型レンズ追加料金0円」は、ここに思いっきり風穴を開けるようなものので、一晩にしてメガネ業界全体は蜂の巣をつついたような大騒ぎになった。

無論、オンデーズの社内にも激震が走り、毎週の定例幹部会議では、必ずと言っていいほど、このジェイムズの「薄型レンズ追加料金0円」に関する話題が挙がり、侃々諤々《かんかんがくがく》の議論が繰り返されることになった。

この頃、オンデーズが全品半額セールで収益を成り立たせていた背景には、薄型非球面レンズによる追加料金で客単価を押し上げて収益をギリギリ確保しているという側面があった。最低販売価格が5千円のメガネを更に半額にし、2500円と激安で提供することで、ふらりと立ち寄ったお客様が思わず衝動買いをする。さらに予算に余裕がある分、薄型非球面レンズのオプション提案を受け入れてもらいやすく、その追加料金で収益をなんとか確保していたのだ。まさにここが、全品半額という驚きのセールをオンデーズが成立させていた「生命線」だったのだ。

しかし、このジェイムズによる「薄型レンズ追加料金0円」は、オンデーズの生命線を根底から全て吹き飛ばしてしまう程の破壊力を秘めたものであった。

長津君が幹部会議の席上でジェイムズの戦略について懐疑的な見解を述べた。

「しかし社長、薄型レンズの追加料金が生命線なのは、いくらウチより圧倒的に販売数量が多いとはいえ、ジェイムズさんだって同じじゃないんでしょうかね？　それを、自ら放棄するようなことをしては、自殺行為なんじゃないでしょうか。確かにPR効果は抜群で、沢山のお客様が詰めかけているそうですが、こんなやり方、一体いつまでも続くものか？　いくらなんでも無謀だと思うんですが」

しかし、僕自身もメガネ業界の外からやってきて、この業界独特の不透明な価格システムには、以前から強い違和感を抱いていた。

「うーん……。でも確かに、メガネ業界全体は旧態依然としていて、客数を伸ばすことに注力せず、なるべく利益率を高く保とうという習慣から抜け出ることができないでいる。お客様に最初に価格を提示しておいて、視力を測った後から『お客様の度数なら、レンズがこんなに厚くなっちゃいますよ。あと何千円プラスすれば』と後出しジャンケン的に価格を釣り上げる今のやり方は確かに不透明だと俺も思う。シンプルに、お客様にもっと解りやすい価格を追求するのは、商売人としてあるべき姿だろうし、ジェイムズのこのやり方は、たぶん間違ってないんだと思うよ」

しかし、薄型レンズの追加料金で高い利益率を確保するというやり方をバッサリ捨ててしまうという決断は、確かに理想的ではあるが、この時の僕たちには、オンデーズの財務状況を考えると、とてもじゃないが恐ろしくて簡単には踏み切れない決断であった。

「どうあれ、このままでは、オンデーズも追加料金0円を打ち出して追随していかないと、いつか太刀打ちできなくなりませんか？」

明石は、すぐにオンデーズも追随することを検討すべきだと主張した。

レンズの調達を担当していた商品部の高橋部長は、ビシッと仕上げたオールバックに合わせた丸眼鏡の奥から、鋭い眼光を発し、睨みつけるような表情で慎重な意見を述べた。

「明石君の言うことは解るよ。でも、今の私たちにはまず無理だね。何よりも原価が全く合わない。中途半端に手を出して失敗すれば、それこそ倒産してしまいかねない」

更に長津君も、高橋部長の意見を肯定するように続けて言う。

「私も高橋部長の意見に賛成ですね。それに全てのお客様が、必ずしも薄型レンズの提案を嫌がっているというわけではありません。薄いレンズは原価が高いということを理解して頂いた上で『追加料金がかかっても良いものを求めて購入したい』というお客様が多いのも事実です。メガネは毎日使うものですから、少々高くとも納得して良いものを買いたいと言われる方も沢山いらっしゃいますよ」

「よし、まず薄型レンズ０円を追随した場合のデメリットから考えてみようか！」

僕は、オンデーズが薄型レンズ０円を実行した場合と実行しなかった場合、それぞれのデメリットを、ホワイトボードの前に立ち、要点を箇条書きにしながら大きく書き殴っていった。

「仮に俺たちも薄型レンズ０円に追随するとすれば、当然、今の半額セールは立ち行かなくなる。それに仕入れ原価が直営店より高いＦＣ店からすれば利益率の低下はより深刻な問題だ。ＦＣ事業も同時に立ち行かなくなる恐れがある。ＦＣ店舗の拡大が今のオンデーズの成長エンジンになっていることを考えると、これは死活問題に直結する。さらに販売本数の伸びが中途半端に終わってしまった場合、利益率が大幅に低下することは明らかだ。その場合、営業赤字に転落する恐れもかなり大きい。経営再建中のオンデーズにとって、これは死を意味する。

一方で、薄型レンズ０円に追随しなかった場合のデメリットだ。このままでは、ジェイムズの独走を許すことになるだろう。ジェイムズの影がようやく少しだけ見えてきたような気がしたというのに、再び引き離される。販売数量に桁違いの差が生じ、バイイングパワーで圧倒され、価格ではもう到底太刀打ちできなくなるかもしれない」

ホワイトボードに書かれたデメリットの数々を見つめ、幹部たちは皆、沈痛な面持ちで嘆息した。交わす言葉も凍りつくような重苦しい空気が会議室を支配する。

「こうしてみると、薄型レンズ0円に追随した場合は『即死』、追随しなかった場合はゆっくり『衰弱死』するようなものですな」

高橋さんが苦りきった声で吐き捨てるように小さく呟いた。

「まさに、行くも地獄、引くも地獄ですね」

明石も重たい空気を更に重くするように言った。

「オンデーズは経営再建中の身で銀行借り入れもできなければ内部留保だって一切ない。とてもじゃないけど、ジェイムズと同じ土俵に上がって戦うような体力は、ハッキリ言って今のオンデーズには一ミリもないですよ」

奥野さんもまた、観念したように腕を組みながら、天井を見上げた。

「そういう意味ではこのジェイムズの戦略は、敵ながら見事としか言いようがありませんね。目の前で『OWNDAYS』がオープンして半額セールで行列を作っていても、彼らは安売りで被せてくることは一切しなかった。そのあまりの静けさに私は不気味さを感じていたほどでした。そして満を持して打ち出してきたのが、この薄型レンズの追加料金0円。これができるのは売上規模と、優れた財務内容、そして過去の成功体験を全て捨てることのできる決断力、この全てを兼ね備えた企業のみです。さすがはジェイムズですね……他のメガネチェーンとはひと味もふた味も違う、群を抜いていると認めざるを得ません」

甲賀さんは、感心しきった表情で言った。

「よし、わかった。俺の結論を、とりあえず言おう」

ここで、いつまでも議論を重ねていても、いたずらに時間が過ぎるばかりだ。まずはオンデーズとして「今からどう行動するのか?」これをハッキリ決めないことには事態が好転するわけもないし、前に進むこともない。

「しばらく様子見に徹することにする」

「様子見ですか……?」

「ああ。この時点でしっかり計画も立てずに事を急いでジタバタしてもしかたないだろう。まずは様子見だ。しかし、様子見と言ってもいつまでも静観するわけにはいかない。そうだな……期限は1年だ。1年後、ジェイムズの売上と利益がどうなるかを慎重に見極めよう。幸いジェイムズは上場企業だ。決算の内容は全て公開されている。1年経っても彼らの売上、利益率が落ちないようであれば、その時はオンデーズも覚悟を決めて即追随だ。それまでは、今のところ軌道に乗っている全品半額セールで当面のキャッシュを稼ぎつつ、FC展開で店舗数と販売本数を増やしていき、財務を立て直していくことに専念しよう」

かなり歯切れの悪い結論だったが、この時は現状を打開できるだけのアイデアもなかった。それに半額セールは連日超満員のお客様で溢れかえっていた為、変に現状を変える勇気が僕になかったのも確かだ。そのことを幹部たちも、肌で感じていたのか、皆、ただ無言で頷くだけしかできなかった。

2010年9月

ジェイムズの追加料金0円がスタートしてから1年が過ぎようとしていた。

高橋さんと明石は複数のメーカーから聞き取った情報とジェイムズの有価証券報告書を持って、僕の前に現れてこう告げた。

「社長、ジェイムズの業績は、どうやら、絶好調のようですよ……」

「そうか。まあ、そりゃそうだろうね。連日、大変な数のお客さんが各地のジェイムズのお店に殺到しているようだからなぁ」

僕はうなだれるように会議室のソファに力なく座り、天井を見上げて、ぷかりぷかりとタバコの煙で輪を作っている。

「はい、売上、利益ともに目標額をかなり大きく上回っていますね。中国のフレームメーカー各社も、追加発注の連続でかなり戸惑っている様子でした」

「そう。で、店舗の評判はどうなの？　例えばスタッフの様子とかは？」

「はい。むしろ忙しくなって生き生きと働いているように感じました。活気があって、どこのお店もとても良い雰囲気です」

報告を聞いて、僕は敗北を痛感した。

遥か前方、ぼんやりと雲の切れ間からジェイムズの影が見えかけてきたかと思ったのに、あっという間に、超高性能なジェット機に乗り換えられて一気に見えなくなるほど遠くに飛び去って行かれたような感覚だ。

薄型レンズ0円は、利益率が下がる分、販売数量を飛躍的に拡大しなければ成り立たない。販売数量の拡大は、現場の仕事量を増大させるため、それが店舗スタッフのサービスにどう影響するかが、この新価格システムを成功させる重要なポイントだと僕は考えていた。しかし、ジェイムズは見事に販売数量を伸ばしつつ、それでいてオペレーションの効率化も徹底的に図っており、顧客満足度を下げることなく、大幅な売上UPを鮮やかに実現してみせていたのだ。


この現実に僕はどうしようもない焦りを感じていた。

知名度、販売本数、財務内容、とにかく全てにおいてオンデーズとは比較にならないほど優良企業のジェイムズが、勢い、話題性でもオンデーズを圧倒してしまっていたのである。

しかも、社員も生き生きと働いている。ゲリラ的な販売戦略と話題性、そして社員のやる気ではオンデーズはどこにも負けないと自負していた僕の自信は、足元からガラガラと崩れ去っていってしまった。


僕は苛立ちを抑えきれずに言った。

「このままではジェイムズの独走をどんどん許してしまう。やはりウチもすぐに薄型レンズ0

円に追随することにしよう。どれくらいで準備はできそう？」

「社長……、それがダメなんです……」

明石が、やりきれないといった表情で目に苛立ちを浮かべて、吐き捨てるように言った。

「実は社長にそう言われると思って、既に取引先であるレンズメーカー各社と、薄型非球面レンズの価格交渉を水面下で繰り返していたんですが、今のウチの販売数量では、納入単価を追加料金0円が成立する水準にまで大幅に下げることはできないそうです」

「そうか……。ウチの規模だと、今はまだ追随して挑戦することすらできないというのか……」

「はい。すいません……せめて今の2倍以上は売らなくては無理だと、メーカーさんに断言されてしまいました」

「薄型レンズ0円を敢行することで販売数量を2倍にするから、それを見越して値段を先に下げてもらうことはできないの？」

「はい。それもお願いしてみたのですが、山東レンズさんからは『話題性はあるが、将来性もまだハッキリ見えないオンデーズの為に、リスクをとってまで応援など絶対にしない』と断言されてしまい、現時点での仕入れ単価の大幅な値下げはキッパリと断られてしまいました。すいません」

こうして、僕たちはジェイムズの薄型レンズ0円に1年経っても追随できないまま、安売りセールの連続とFC店舗の拡大でなんとかキャッシュフローを回し、ギリギリの中、いつ破裂するかわからない風船に怯えながら空気を送り込み続けるかのように、全国に店舗数を増やし続けていった。

２０１１年３月

ジェイムズの薄型レンズ０円旋風におされながらも、ＦＣ店を中心になんとか出店拡大を続けたオンデーズは、遂に九州最大のターミナル駅である博多駅に隣接する「アミュエスト博多」の１階に記念すべき１００店舗目をオープンさせられるまでに成長していた。

オンデーズの社長に就任した時、壁に張り出した目標がいよいよ現実のものになる時が来たのだ。

しかし成功の歓喜に酔いしれたのも束の間。その直後に、誰もが予想だにしていなかった、あの〝未曽有の大災害〟が日本を襲うことになる。

僕たちは再び、それも全く思いもよらない形で地獄の釜のどん底へとあっという間に叩き落とされることになる。

それも今までとは比較にならない程、絶望的な状況へと。

第15話　東日本大震災発生

２０１１年3月11日

もう3月も中旬になり、暦は確実に春を迎え入れようとしているのに、まるで春の訪れを拒むかのように、東京都内はいつ雪が降り出してもおかしくないような寒い日が、ここのところ連日にわたって続いていた。

僕は、池西店の2階にある会議室で、中途社員の採用面接をしていた。

グラッ……。

グラッ……。

「おお……地震だなぁ」

目の前に広げた履歴書の上に、天井からパラパラと埃《ほこり》が落ちてきて、揺れが起きていることに気がついた。程なくしてガタガタと細かく上下に動く強い振動が始まり、背後にあるスチール製の書類棚の上から、書類の束がバラバラと音を立てて落ちてくる。

面接に来ていた女性は、中国の出身で、日本に来るまで一度も地震を経験したことがなかったらしく、生まれて初めて体験する地震に彼女の顔は恐怖に満ちて引きつっていた。僕はテーブルの上のお茶が溢れないように茶碗を手で掴みながら言った。

「ハハハ。大丈夫ですよ。すぐに収まるから、まあ日本では地震なんていつものことで、これくらいの揺れは普通だから」

「そうなんですか……」

面接者の女性の不安を和らげようと、言葉をかけたその瞬間。

ドォーーーンーーー！

「きゃあぁぁぁあっ！」

大きな衝撃とともに、揺れは収まるどころか更に激しさを増し、会議室全体が大きくグラグラと揺れ始めた。池袋駅に面した大きな窓ガラスはギイッ……ギイッ……と、まるでビル自体が生命を持っていて悲鳴をあげているかのように、不気味な唸り声をあげている。

いくら地震には慣れっこな日本人とはいえ、正直僕も、今まで経験したこともないような大きく長い、不気味な揺れに恐怖を感じ始めていた。

東日本大震災発生の瞬間である。

築40年の老朽化したビルは揺れに合わせて、全体が激しく軋《きし》み、不気味な音が壁全体から聞こえてくる。まるで悪魔の歌声のようだ。キャスターの付いたキャビネットやコピー機が右へ左へと暴走し、書類がバラバラと床に落ちてくる。内ポケットに入れた携帯電話からは地震を知らせる緊急警報のあの嫌なメロディが、けたたましく鳴り響き、上階のオフィスからは女子社員の悲鳴があがり、社内は騒然となった。

「……ワタシ。チョと怖いです……」

初めて地震を経験したという彼女は恐怖に慄《おのの》き、足がガクガクと震えていて、もうとても面接を続けられるような状態ではなくなっていた。

「うん。ちょっと、この地震は酷いね。今日はもう面接どころじゃなさそうだから、また日を改めることにしましょう。気をつけて帰ってください」

僕は、彼女の不安を煽らないように、平静を装い続けながら声をかけ面接を途中で終わりにした。

数分後、揺れが収まると、面接者の女性を見送りがてら1階の池西店の様子を確認しようとビルの階段を降りた。

外に出て、池袋西口駅前のロータリーに目をやると、既にものすごい数の人たちが犇《ひし》めいていた。学生風のカップルは手を繋ぎ不安そうだ。隣のビジネスマンは携帯で必死に仕事先に連絡をとろうとしている。家族や恋人の安否を気遣い電話をかけている人も沢山いる。

駅前の横断歩道を反対側に渡ってもう少し周囲の様子を確認しようとしたが、車道にまで大群衆がせり出してきていて、人混みに遮られ思うようになかなか前に進めない。

この日の東京はとてもよく晴れていた。

空を見上げると、綺麗な白い雲が地上で起きている大騒動なんて、まるで気にもとめていないといった様子で、高層ビルの間を優雅に漂っていたのが、やけに印象的だった。

その時、人混みのどこからか「震源地は仙台らしいよ」という声が聞こえてきた。

（仙台から、これだけ離れている東京で、こんなに大きく揺れているということは、震源地の方は一体どうなっているんだ……）

その瞬間、僕の脳裏をなんとも言い難い恐怖心が支配しようとしていたが、すぐに気を取り直して、人混みをかき分けて池西店に戻ると、3階のオフィスまで一気に階段を駆け上がった。

オフィス内も騒然としていた。

間仕切り壁には何本か亀裂が入り、壁の一部が欠け落ちており、揺れの激しさを物語っていた。書類の入った大きな棚は全て壁に固定されていたのでほとんど被害はなかったが、中に入れられていた書類やファイルはあちこちへと吐き出され、床に散乱していた。

幸い、停電や断水はしておらず、インターネットも普通に繋がっていたので、揺れが激しかった割には、そこまで被害は大きくないようだ。

しばらくして、テレビのニュースでようやく事態の概要が少しだけ見えてきた。震源地は三陸沖。マグニチュードは9・0。阪神・淡路大震災を超える規模とのことだ。

しかし、この時点でテレビから繰り返し流れて来る仙台市内の様子は、ビルや看板が大きく揺れているだけで、阪神・淡路大震災のような大規模火災や大型建築物の倒壊などもなく、事態はそこまで逼迫した巨大災害のようには感じられなかった。

「なんか、結構、地震凄かったですね……震源地仙台の方みたいですよ」

秘書の坂部マサルが興奮気味に話してきた。この頃、最初の秘書だった長尾貴之はオープンサポートチームを率いて全国を駆け回っていた為、10年前から個人的に可愛がっていた後輩の坂部をオンデーズへと引き入れ、長尾の後任として秘書業務をしてもらっていた。

「ああ、みたいだな。東北のお店とは連絡取れたの？」

「いやダメですね、さっぱりです。全く繋がりません」

「まあ、テレビを見てる感じだと、そこまで酷いことにはなってなさそうだけど、店内とかは結構めちゃくちゃかもね」

この東日本大震災が発生した直後は、まだ津波も来ておらず〝そこまでの歴史的な大災害〟になると認識していない人も多かった。

しかし数時間後、日本全土は未曽有の恐怖とパニックに包まれていった。

テレビからは目を疑うような津波被害のニュースが続々と飛び込んでくる。東北から千葉県にかけての沿岸部が次々と壊滅的な打撃を受けている。まるでＳＦ映画のごとく街が丸ごと津波に呑み込まれて消滅していく。


地震発生から一夜明けた翌日の午後。

全国各地で、大きな余震が断続的に続き、人々は不安と恐怖に呑み込まれ、都内では食料の買い占めが起こったり、いたずらに人々の不安を煽るような噂も錯綜したりして、関東と東北を中心に、まさに「パニック」と呼べるような状態が続いていた。

「ＯＷＮＤＡＹＳ」の運営でも東北だけでなく関東一円にまで、実に半数近くの店舗に大きな支障が出ていた。交通網があちこちで大混乱を起こし、どこのお店がまともに営業できるのか、誰がいつ出勤することができるのか正確にわからない。

損傷のない店舗であっても、「出勤したがオープン時間直前にモール側が休業を決めた」「オープンしたものの午後は休業になった」等、店舗に行ってみないと、その日の営業状態が分からない状況が頻発し、混乱に拍車をかけていた。

２０１１年3月14日

地震発生から3日後。

「……ダメだ。マズイ……」

緊急招集した幹部会議の席上で営業部からの各店舗の営業状況報告を一通り聞き終わると、奥野さんは呻《うめ》くような声をあげながら頭を抱えて、テーブルに突っ伏してしまった。しばらく無言の沈黙が会議室を支配する。

「ダメです。この売上が続けば、確実にまた資金ショートします」

「そんなにマズイの？」

「東北の10店舗が営業できないだけならまだしも、停電の影響がシャレになりません。政府は原発を止めて、夏までしばらく大規模な計画停電をする可能性が高いとも言っています。今日現在も停電の影響をモロに受けて全体の4割近い店舗がまともな売上を出せていません。しかもそれらの店舗の売上が、半分以下になったとしても、家賃や給与の支払い、経費はほとんど何も減りません。この状況があと半年も続くとなったら……」

「この調子でいくと、資金ショートの額はいくらくらいになりそうなの？」

「最悪の場合は恐らく1億円近く足りません……場合によってはそれ以上かも……」


震災の影響は、銀行融資を受けられないオンデーズの資金繰りを、一気に奈落の底にまで叩き落とそうとしていた。東北地区にあった10店舗は全て被災して完全に営業停止、福島県にあった「郡山フェスタ店」は、施設ごと崩れ落ち壊滅。更に関東地方を中心に「計画停電」が断行されたことによって、事態はより一層悪い方向へと進んでいった。

関東・東北の商業施設は計画停電の影響を受けて、短時間営業や節電省エネで最低限の電気だけを使用しての営業を余儀なくされたのだ。

アパレルや食品などは電気が点かず薄暗い店内でも販売することはできる。しかしメガネの場合は薄暗い店内では正確な視力検査ができず、店を開けていてもほとんど売れなくなってしまっていたのだ。その為、控えめに見積もっても4割近い店舗が1ヶ月以上、まともに営業ができない事態に陥っていた。

さらにタイミングの悪いことに震災の直前までは、オンデーズの業績が急回復していたため、融資は受けられないのにもかかわらず各銀行への返済額だけは増額されてしまっていたのだ。

僕は、たまらなく不安だった。

もう資金ショートは確実だ。しかもこの状況がいつまで続くかもわからない。もっと酷くなるのかもしれない。給与がある日突然払えなくなったら、社員の皆んなはどうするのだろうか？　しかもこんな大災害の直後で不安定な社会情勢の中、入ってくるはずの給料が支払われなければ、皆んな文字通り路頭に迷うことになってしまう。

（しかし、こういう時に社長の自分が不安な心境をそのまま見せてしまったら、社員は益々不安になるだけだ。社長の自分が恐れパニックに陥ったとしたら、船長のいないオンデーズを待ち受けている運命はただ一つ。深い海の底への「沈没」だ）

僕はそんなことを考えながら、テーブルの下で震える足を両手で押さえつけ、平静を装い語気を強めて言った。

「奥野さん、もう銀行への返済、全部一斉に止めよう」

奥野さんもメガネのブリッジを人差し指で押し上げ、深く頷きながら言った。

「そうですね。私も今それを言おうとしてました。とにかくキャッシュを確保しましょう。まず打つべき手は、銀行返済の再リスケですね。元金返済をゼロにすれば、半年で1億円を作ることができます。合わせて年金事務所にも窮状を訴えます」

「じゃあ銀行関係は奥野さんお願い。後は取引先だな。申し訳ないけど、取引先にも支払いを待ってもらうように、全てをありのまま話してお願いしよう。皆んな今はどこも大変だろうけど、ウチもなりふり構ってなんかいられない。必要なら俺がオデコから血が出るまで土下座でも何でもするから、とにかく取引先への支払いは、できる限り、一円でも多く待ってもらうようにお願いしよう。そしてまずは従業員の給与が最低3ヶ月は遅延なく支払える状態を確保する。オンデーズがこの危機を乗り越える為には、社員皆んなの力に頼るしかないし、こういう社会が不安定な状態でも、きちんと給与が支払われる状態を維持し続けることは、俺たち経営陣の一番大きな責任だから」

奥野さんはこの会議の後、すぐに各銀行へ「今回の震災が、どの程度、業績に影響を与えるか測りかねる為、当月末からの元金返済をゼロとし、その後の返済計画は要相談としたい」という旨のリスケ要請書を送った。

すると、ほぼ全ての銀行から想像以上に温かい反応が返ってきた。御見舞の言葉と共に「すぐに対応します！」と連絡が入り、それから2週間以内で全ての銀行が返済条件の変更に応じ、必要な手続を完了させてくれた。

それが、大災害対応の特例なのかは定かでないが、ペーパー1枚と試算表のみであっさりと承認がおりた事実は、2008年にあれだけ苦しみ長期化したリスケ交渉の忌まわしい記憶がまだ鮮明であった僕たちにとっては、些《いささ》か拍子抜けしたとともに、日本社会を覆う事態の深刻さを再認識することにもなった。

商品部の高橋部長は、フレームやレンズメーカー各社へオンデーズの資金繰りの窮状を説明し、支払い遅延のお願いに連日奔走した。設計施工部の民谷も工事会社各社に先月までの新店舗の内装工事費の支払いを待ってもらえるように同じく奔走した。

このお願いに、取引先各社で資金繰りに比較的余裕のあった先は、支払いの延長を快く了承してくれた。中小の取引先も「全額は応じられないが、一部ならこういう緊急事態なので……」と、できる限りの協力を引き受けてくれた。

これにより合計で1億円以上の資金を月末までに確保することができ、オンデーズはなんとかまた首の皮一枚、いや、今度はそれよりももっとギリギリ、まさに地獄の釜の縁の上で、煮え滾《たぎ》る釜の底になんとか落下せずに済んだ。そんな感じだった。

第16話　被災地メガネ店での出会い

２０１１年3月16日

震災から5日後のこと。

震災による混乱は未だ収束の兆しも見られず、東京都内は大混乱しており、さらに電力供給不足という大問題が勃発して、事態の深刻度はより一層拍車をかけて進んでいた。

オンデーズの社内でも、この混乱の中、日々刻々と変化していく状況に現場は右往左往し、僕たち経営陣は連日深夜まで対応に追われていた。

神経の擦り減るような対策会議の席上、明石が大企業各社が表明し始めている被災地支援についても触れた。

「凄いですね。ユニクロの柳井社長は10億円を寄付するらしいですよ、それに他の大企業も、どこもこぞって寄付を表明し始めていますね」

「うん。まあ良いことだよね。売名行為だと揶揄《やゆ》する連中も沢山いるけど、売名行為だろうがなんだろうが、何も行動しないよりは何百倍もマシだよな」

大企業各社が義援金の支援を表明する中「売名行為だ」「寄付するのなら匿名でやれ！」などといった批判的な声もネット上に多く上がっていたが、僕はそんな、的外れな批判を冷ややかな目で見ていた。

そして僕の脳裏には、震災の当日、テレビから流れてきた東北の惨状がこびりついて離れないでいた。

（あの時、あの場所にいた人たちはいったい今どんな状況にあるのだろうか……仙台地区にいる社員の三浦、谷田部、若生も、避難所暮らしを強いられているらしい。彼らの生活は大丈夫なんだろうか……）

そんなことを考えては、できることなら僕も、いくばくかのお金でもいいから被災地で困っている人たちに支援をしたいな……そう強く感じていた。

しかし、この時のオンデーズは人の生活まで心配できるような状況には程遠く、明日の資金繰りすら見通せないような最悪の状態だった。

「俺だって義援金を送れるものなら送りたいけどね……でもまあ、送るお金なんてウチには余ってないんだけどさ」

少し自虐的に僕は言った。

「そりゃそうですよ、ウチだって内部留保が潤沢にあるのならば、すぐにでも義援金を送るべきだと思いますけどね。でも残念ながらオンデーズはその前に、自分たちの社員の給料を確保するだけで精一杯だ」

奥野さんも肩をすくめながら、やるせないといった顔をして力なく呟いた。

「そうですね。まずは人の心配より明日の我が身……」

明石がそう言おうとした時、

「あっ！」

長津君が〝閃いた！〟といった表情で大きな声をあげた。

「自分たちはメガネ屋です。メガネやコンタクトがなくて困っている人が被災地には大勢いるはずだから、それを解決してあげませんか？」

「は？　どういうこと？　そんなこと言ったって被災地のお店はどこも閉まってて、営業なんてできるような状況じゃないじゃん」

「お店が開けられないのなら、こちらから出張すればいいじゃないですか！」

「そうか！　その手がありますね！」

明石が納得のいった表情で深く頷いた。

「どういうこと？」

僕は長津君と明石の言ってる意味が上手く呑み込めないでいた。

「ですから、避難所でメガネ屋をやるんですよ！　東北地区の店舗はどこも休業中ですが、検眼機や加工機は故障せずにほとんど使える状態で眠っています。発電機を持っていけば、野外でも検眼機や加工機は動かせます。フレームだってレンズだってお店に在庫が沢山あるじゃないですか。どうせお店が開けられないんですから、いっそのこと、それらの機械類と商品をワゴン車に載せて被災地を回って、避難所でメガネをなくして困ってる方たちに無料でメガネを作ってプレゼントして回るんですよ！」

僕は思わずバンッ！　とテーブルを両手で叩くと声を張り上げ身を乗り出した。

「おおお！　それだよ!!」

続いて、長尾が勢い良く手を挙げて名乗りを上げた。

「いいですね！　それならお金もほとんどかからない！　いつになったらお店が再開できるかだってどうせわからないんだし、仙台地区の店舗にあるメガネを全部無料で配っちゃいましょうよ！　移動メガネ店か。はい！　俺が行ってきます！」

その場に居合わせた幹部陣の顔は明るくなり、皆んな我先にと被災地入りに名乗りを上げた。

「俺も行きます！」

「いや、こういう時は経営陣が率先して行くもんだろ！　俺が行くよ」

「いやいや、これは現場の仕事ですから僕が行きますよ！」

この時のオンデーズは明日の資金繰りすら見通せないような最悪の状態だった。かといって企業としても、また個人としても、大変な状況にあるこの国のために、何かできることはないのだろうか？　自分にできることがあるのならば少しでも良いから貢献したい。一人の日本人として、いてもたってもいられない。そんな湧き上がるような強い思いと、何もできない歯痒さを、この時会議に出席していた全員が感じていたのだろう。

そんな中で浮かんできた「避難所での出張メガネ店」というアイデアは、まさしく「オンデーズらしかった」。

自分たちはお金がない。でもお金がないのなら、自分たちは仕事を通じて被災地に貢献すればいい。これ以上のことはないじゃないか！　そんな思いが皆んなを一つにし、この被災地支援プロジェクトは満場一致ですぐに決定した。

早速、会議の終了後にボランティア希望のスタッフを募ると、全国からも多くのスタッフが手を挙げてくれた。皆、自発的に休暇を使い、手弁当で集まり被災地へと乗り込んでくれるという。

被災していた金谷一義たち、現地の社員には「被災して大変な状況なのだから、自分の生活を立て直すことに専念しているように」と通達していたのだが、彼らも「どうせ、避難所にいたって暇です。それに自分たちだってオンデーズです。せっかくメガネで皆んなの助けができるのなら、むしろ被災した自分たちを中心にそのボランティア活動をやらせてください！」と力強くボランティアチームへの参加を表明してくれた。

震災直後は、支援物資やボランティア希望者が殺到しており、現地での混乱を防ぐ為に被災地へと乗り入れできる車両は厳しく制限されていた。通行を許可されていたのは、警察・消防・救急、その他、生活必需品の輸送とインフラ回復に必要な車両のみだった。

オンデーズの避難所へのメガネ配布支援は「メガネ」が生活に必要不可欠な緊急支援対象に該当するとされ、池袋警察署へ申請を出すと、すぐに被災地への乗り入れの許可を得ることができた。

こうしてオンデーズによる、避難所での出張メガネ店は宮城県の多賀城市文化センター避難所を1回目として3月25日からスタートすることになった。

2011年3月25日

「おはよう」

「曇りですね。雨、降らないといいですね」

「そうだな」

早朝5時。東京都内はどんよりと曇り、今にも雨が降り出しそうな灰色の朝だった。被災地は土砂や瓦礫の山だ。雨が降ると移動は相当困難なものになることが容易に想像できる。

被災地支援第1陣のメンバーは、僕と長津君とマサルを中心にした有志12名。業務用ハイエースをレンタカーで3台借り、曇天の中、雨雲と先を争うように東京を出発し宮城県へと、東北自動車道を一路北に向けて出発した。

最初は、意気揚々とテンション高く口数も多かった面々だったが、通行止めになっていた東北自動車道の宇都宮ICを越え、自衛隊による進入禁止のゲートを「支援車両」と書かれた通行証を見せて通過した辺りから一気に緊張感に包まれた。

そして、しばらく走っていると、すぐに異変に気づき皆んなの口数はすっかり減っていった。

異変は一目見て明らかだった。道路は歪んで大きくウネっている。さらに郡山を通過した辺りからは急に道路がデコボコし始め、陥没した大きな穴もあちこちに目立つようになってきた。

「凄いですね……まるでミサイルで攻撃でもされたみたいだ……」

ハンドルを握るマサルが驚嘆して呟く。

東京を出発してから10時間、僕たちは午後3時頃にようやく被災地へと到着した。

津波に呑まれた街の中へと車を進めて行く。

街はまだ、津波被害の傷跡が生々しく残ったままで、緊急車両や支援車両が通れるように、必要最低限の道路が自衛隊によって整備されていただけで、道路の両脇はまだどこまでも瓦礫の山だった。

僕たちは道なき道を行きながら、とりあえず機材を確保する為に「OWNDAYSイオンモール利府店」へと向かった。

途中で仙台幸町店の店長だった金谷が合流した。

「お疲れ様です!!」

「おーー、元気だったか！」

「はい！　おかげさまで無事です。なんとかしぶとく生きております！」

久しぶりに再会した金谷店長の元気な姿を確認すると皆んなで喜んで抱き合った。金谷は少しやつれていたが、以前と変わらぬ笑顔で僕らを出迎えてくれた。

金谷を乗せ利府店に向かう途中、道路脇に放置された無数の車には白やピンク、黒、赤と車の塗装に合わせて目立つようにバツ印がスプレーで大きく書かれていた。

「金谷、あのバツ印は何？」

「どうやら遺体を発見した印のようです。遺体が未回収の場合は、それに合わせて赤旗などがつけられている場合があるようです……」

僕たちは言葉に詰まった。

被災地はただひたすら破壊が連続しているおぞましい世界だった。

車で数分進む度に破壊された家屋や商店の跡が生々しく目に飛び込んでくる。何mも頭上のビルの上に船や車が載っかっていたり、ありえない光景が当たり前のように連なっていた。

僕たちはテレビで見た光景の中にやってきて、テレビには映らない現実を目の当たりにした。そこには世界中の全ての不幸を、一つ残らずかき集めて敷き詰めたような無残な世界が広がっていて、時間の流れすらも遅くなっていて、言い表しようのない空虚感が全てを支配していた。

現地に到着した僕たちは、まず最初に比較的道路事情が良い場所にあった「多賀城市文化センター」に設けられた避難所からメガネ配布のボランティア活動を開始した。

一つの避難所を本部にしてそこに機材を設置して眼鏡製作の拠点を作ると、そこから更に複数のチームに分かれ奥地にある小さな避難所へと、スタッフを派遣し視力測定をして、フレームを選んでもらいメガネ製作に必要なデータを持ち帰ると、メガネを作って再び配布に戻る。この流れを繰り返していく計画だ。

各自が、自分のできることを精一杯やる。

そんな感じで避難所でのメガネの配布活動を続けていく中で、ある時、見渡す限り、何もかも流されてなくなってしまった街の中で、1棟だけひっそりと、なんとか形を留めることのできた小学校を利用した避難所へと僕たちは辿り着いた。

その避難所は、震災からもう2週間以上が経とうとしているというのに、電気は未だに復旧されておらず、そこに向かう道路もほとんどが分断されてしまっていた為、満足に支援物資も届かず、自衛隊と少数のボランティア団体が一生懸命にサポート活動をしているだけだった。

この当時、避難所への支援物資の配給に大きな偏りが出るという問題があちこちで起きていた。交通事情が良く、マスコミに取り上げられた避難所には、全国から支援物資が届き、物が溢れて、食べきれない食料が腐ってしまうような状況が起きている一方で、この避難所のように道路事情が極端に悪く、輸送が困難で、避難している人数自体も少ない場所では、支援が行き届かずに、満足に人数分の食事すら届かないといった不公平な事態も沢山起きてしまっていたのだ。

僕らがこの時到着したのは、まさにそんな「後回しにされてしまっていた」小さな避難所だった。

　1階部分は全て津波で浸水したらしく、水が引いた後もヘドロと魚の腐臭で酷い悪臭に包まれていて、まともに使えるような状態にはなく、人々は皆、2階と3階部分で劣悪な環境の下、苦しい生活を強いられていた。

　到着するやいなや、僕たちは作業を開始した。まだ電気がない為、館内放送は使えないので、チラシを持って大声を出して学校内をくまなく回った。

「メガネ、コンタクトがなくてお困りの方はいらっしゃいますかー？」

「メガネを作りに来ましたー！　必要な方がいたら教えてくださーい！」

　そして丸2日間かけて、必要な方全員のメガネを製作し、この避難所での作業もなんとか無事に完了した。

　全ての作業を終え、まだ電気が復旧していないので、暗くなる前にと、急いで機材を片付けて撤収作業をしていた時、一人のお婆ちゃんが、パンやお菓子を両手にたくさん抱えて僕らのもとにやってきた。

　そのお婆ちゃんは、その日の朝、一番最初にメガネを作ってあげた方だった。

　作ってもらったメガネのお礼がしたくて、差し入れを持って来てくれたのだという。

「わぁ　差し入れですかぁ。ありがとうございます！……でも気持ちだけで良いですよ。僕らは宿に帰ればお腹いっぱい食べれますから。お気持ちだけで十分ですので、これは皆さんで召し上がってください」

このボランティアチームのリーダーをしていた長津君が申し訳なさそうにそう断ると、お婆ちゃんは長津君の手を取り、おにぎりや果物を強引に持たせながら言った。

「それじゃあ、私の気が済まないのよ。せめて何かお礼をね、させて欲しいの。こんなものしかなくて申し訳ないんだけど、どうか受け取ってくださいよ」

「いやいやいや、本当にいいですよ。僕らは来たくて来ているだけですから、本当にお気持ちだけで十分ですから」

長津くんは、なんだかこちらの方が申し訳ないといった顔で、差し入れを丁重にお断りするのだが、このお婆ちゃんはそれでも「どうしても受け取って欲しい」と言って頑としてきこうとしない。


お婆ちゃんは、困惑する僕たちにむかって嬉しそうに話を始めた。

「ちょっと聞いてくれる？　私は、あの地震のあった日、着の身着のまま、命からがら津波から逃げてここへ避難してきたのよ。でも携帯電話も何も持ってないもんだから誰とも連絡がとれなくて。私には息子夫婦と二人の孫がいるんだけど、あの子たちは助かったのかしら……どこにいるのかしら……生きてるのか、死んでるのかも分からなくて、ここにきてからの間、ずっと毎晩、不安に押しつぶされそうになりながら過ごしていたの……それでね、ちょっとあそこを見て」

お婆ちゃんの指差した先には無数の細かな文字で埋め尽くされた大きな掲示板があった。

「ほら、あそこの掲示板にね、毎日、他の避難所にいる人の名前や、身元の確認が取れた御遺体の名前がね、張り出されていくのよ。私は目がとても悪いでしょう、それなのに逃げてる最中にメガネをどこかに落としてしまったもんだから、今まで薄暗い中、私にはあの小さい文字がよく読めなくて、今日まで全部確認することができなかったのよ。誰かに読んでもらおうかとも考えたけど、人様の口から現実を知る勇気がなくて、どんな現実であれ、自分の目で見て確かめたい、そう思ってね、今までずっと見れなかったの。

そんな時、あなたたちがやって来て私にメガネを作ってくれたでしょ。

私それで、さっき作ってもらったばかりの、このメガネを掛けて、恐る恐る掲示板の前に行ったの。もう心臓が張り裂けそうな程、とても怖かったわ。でも必死に感情を押し殺して、こう文字を一つ一つね、追いかけたの。

そしたらね、別の避難所にいる避難者名簿の中から、家族全員の名前が、私の目に飛び込んできてくれたのよ！　家族の無事をこの目でね、確認することができたの。あなたたちのおかげで、私は家族に会えるのよ！　明日になればすぐに会いに行くことができるのよ！

あぁ見えるということはなんて素晴らしいんだろうって、目がよく見えることのありがたさを、これほどまでに感じたことはなかったわ。だからこんなものしかなくて本当に申し訳ないんだけど、この差し入れをね、せめて受け取って欲しいのよ。今日はね、来てくれて本当にありがとう、本当にありがとう。本当にありがとう」

そう言うと、お婆ちゃんは大粒の涙をボロボロとこぼしながら、僕たちに何度も頭を下げ、一人ずつ握手をした。

「そうなんですか。それは良かった！　本当に良かった！　じゃあこの差し入れは遠慮なく頂きます！」

「そうよ、あなたたち、朝からほとんど何も食べていないんでしょう？　遠慮しないで全部食べちゃってちょうだい」

「ヤッター！　超腹減ってたんだよね。いただきまーす！」

「うめぇ！　今までの人生で食べたおにぎりの中で一番うめぇ！」

「もう1個頂きます！　おかわり！」


僕は、皆んなとお婆ちゃんのこのやりとりを見ていて、なんとも上手く言えないが、まさに「救われたような気持ち」になった。

このボランティア活動を始めて以来、何もかも失い、絶望の淵にある被災者と、何でも持っている自分たちとの違いすぎる境遇に、うしろめたさのようなものをずっと感じていた。ともすればこのボランティアは、その差を埋めるだけの、ただの自己満足なんじゃないか……。そんな風に思うことすらあった。

しかし、それは考え過ぎだったのかもしれない。被災された方の中には、こうして自分たちを必要としてくれている人がいる。偽善だろうが売名行為だろうが、自分たちの届けたメガネで幸せになれた人がいる。そういう人が一人いただけでも、ここに来た甲斐があったじゃないか。

そう実感できたことで、僕の心はどこまでも軽くなり、そして救われた。助けてもらったのは僕らの方だったのかもしれない。

そして、このお婆ちゃんとの出会いを通じて、僕はとても大切なことに気付かされた。

（メガネを掛けないと、目は見えない。目が見えないということは、時に人からかけがえのない大切なものを奪ってしまうこともある。自分たちは視力という、人々の生活に欠かせない、とても重要なものを扱う仕事をしているのだ）

そんなメガネ屋にとって「当たり前のこと」に改めて気付かされたのだ。

オンデーズを買収してからの僕は、メガネをビジネスの為の一つの道具として捉えていた。お客様に選ばれ、ライバル企業に打ち勝つにはどうしたらいいか？　ただそればかりを考えていた。話題性や、ファッション性ばかりに目をやり、他社の追随を許さぬ低価格を実現して事業展開をすればよい。企業を大きくして利益を出せばよい。それが経営者としての一番大切な仕事であって使命だ。そう考えていた。

しかし、この避難所でのボランティア活動を通じて、メガネ屋にとっては、専門家としての技術や知識を用いて、人々の視界を快適にしてあげることが何よりも一番重要なのだと、この時はっきりと気づかされたのだった。

まさに頭に雷が落ちた。そんな表現がピッタリくるほどの衝撃だった。

オンデーズがお客様に本当に売らなければいけないのは、安いメガネでもお洒落なメガネでもなく「メガネをかけて見えるようになった素晴らしい世界」だったのだ。

「メガネ屋として知識と技術の向上に対する意識の低さ」

これが、オンデーズが抱えていた問題の、最も大きな本質の一つだったのだろう。

僕は、ボランティア活動から戻ると、早速、長津君を責任者にして、改めて「技能研修室」という部署を本格的に立ち上げ、社員研修の内容からプロセスまで根本から全てを見直すことにした。

今まで各店でバラバラだった視力測定の方法や加工の仕方を統一するのはもちろん、独自の社内資格制度も作った。この資格制度を基準に全社員のメガネ屋としてのスキルの「見える化」を徹底して行うようにしたのだ。

長津君は、技能研修室が本格的に立ち上がると、水を得た魚のように活き活きと、毎晩遅くまで日本中を駆け回り、全国のスタッフたちの教育に没頭するようになっていった。

そして今もこのオンデーズの「メガネの配布活動」は続いている。

世界には、発展途上国を中心に「近くに眼科検診を受ける施設がない」「経済的余裕がない」などの理由から、視力に問題があるにもかかわらず、必要な措置をとることができずにいる方がまだ数億人以上も存在している。

オンデーズでは、そんな方たちを支援する為に「OWNDAYS Eye Camp」というプロジェクトを立ち上げて、収益の一部を使い貧困地域や被災地での、メガネの無料配布を各地のNGO団体と連携して定期的に行っている。

被災地でのメガネ配布支援活動は、僕に「メガネ屋が存在することの意味」を気付かせてくれて、オンデーズを生まれ変わらせてくれた。そしてこの時をキッカケに知識や技術力の向上に全社を挙げて取り組んできた結果、オンデーズが今日まで業績を向上させ続けることができたといっても過言ではない。

常にこの原点を忘れないように「OWNDAYS Eye Camp」の活動を、もっともっと大きなものへと育てて行き、この体験を一人でも多くの人に伝えていくことが、東日本大震災という未曽有の大災害を経験したオンデーズが出した一つの答えであり、犠牲者の方々への追悼として僕らができることであり、そして何よりも、この時に食べさせてもらった、おにぎりへの恩返しだと考えている。

第17話　ひと目で恋に落ちて……

２０１１年９月

「え？　まだ5万円しか売れてないのか……大幅な予算未達だぞ。この調子だと、オープンセールの売上で回収する予定だった初期投資の回収すらもおぼつかないじゃないか」

金沢随一のファッションストリート「片町商店街」の入り口に大きくオープンした路面店でのオープンセール。

９月も半ばを過ぎ、街路樹が少しずつ葉を落とし始めているが、真夏が一日だけ戻ってきたような蒸し暑い夕暮れに包まれながら、僕と明石は途方に暮れていた。

いつもなら全品半額で長蛇の列ができているはずの「ＯＷＮＤＡＹＳ」の真新しい店内には寂しく閑古鳥が鳴き、ガランとした救いようのない静けさに包まれていた。まるで3年前の高田馬場店の悪夢が再来したかのようだ。

この頃になってくると、やはり心配していた通りオンデーズのカンフル剤だった「全品半額、安売りセール」の勢いは明らかに失速し、オープンセールの予算が大幅な未達成に終わる店舗が続出し始めてきていた。

僕たちは、誰からもその存在を無視されてしまったかのように、寂しく佇む金沢店の前で、静けさに抵抗するように必死に声を張り上げチラシ配りを続けているスタッフたちを見つめながら言葉に詰まっていた。

「やはり、メガネ一式2500円というう価格に対するインパクトはもう全国的になくなってきていますね。セールの集客は、ご覧の通り明らかに落ちてきています。初期の客数が伸びないので、その後の通常営業の売上も予想より落としている店舗が各地でも続出してきています」

明石は、営業の責任者として、目の前のセールの失敗に責任を感じているのか、がっくりと肩を落とし、僕とは目を合わせないまま、「何か答えをくれ」と哀願するかのような表情で呟いた。

「まずハッキリしているのは、これ以上、上辺《うわべ》だけの低価格を続けていても、先はないということだろうな。キチンと高い付加価値の商品、どうしても『OWNDAYS』で買いたいと思わせるような尖《とが》った商品を置くことができれば、まだ事業を伸ばしていく勝算は十分にあると思う。やっぱり、もう一度オンデーズのブランディングを根本から見直さないとダメだろうな」

「そうですね。解ってはいましたけど、単なる安売りにはやはり限界がありますね」

ここまで話すと僕は意を決したように、以前から温めていた「あるアイデア」を明石に告げた。

「俺、ずっと考えてたんだけど、今のスリープライス、あれはもうやめよう」

「え？　スリープライスをやめるんですか？」

「そう。もうスリープライスはやめる。俺はオンデーズに来た当初から、薄型レンズの追加料金と同じくらい、5千円、7千円、9千円という今のスリープライスで商品を分けて展示する売り方に、ずっと大きな違和感を覚えてたんだ」

この「スリープライス」は業界のパイオニア的存在であったＺＡＰＰが最初に始め大ブレイクを果たし、その後に多くの会社がこの価格帯に合わせて追随したところから、低価格メガネ業界のスタンダードな価格システムになっており、ＺＡＰＰ・ジェイムズ・オンデーズの3社は「スリープライスメガネチェーン」として一括りにされて語られることも多かった。

「この均一価格を『売り』にする姿勢では、単なるメガネの安売り屋というイメージを持たれるばかりだ。これからのオンデーズは単なるメガネのディスカウンターから脱却していかなければ将来はない。震災以降の教育改革で技術や接客のレベルは他社にひけをとらないくらい、確実に上がってきている自負はある。だから、この辺で、単なるディスカウンターと誤解されかねないスリープライスとは、完全に決別したいんだ」

「確かに今の打ち出し方だと、値段の安さばかりが前面に出ていて、本来オンデーズが表現していきたいはずのクオリティやサービスは殆ど訴求できてはいないですね」

「それに特定の価格に固定されたビジネスモデルで突き進むのは、あまり賢い選択とは言えないと思う。世の中の環境は常に変化していくんだ。売価を自由に変えることができない状況に身を置いたままでいるってことは、まるで自分で自分の手足を縛っているようなもんだろ？そういう意味でも、スリープライスを廃止して、もっと弾力性のある価格でビジネスモデルを構築していく必要があると思うんだよね」

「そうですね。私も社長の考えに賛成です。今となってはスリープライスに固執する理由は何もないですし、むしろ弊害の方が大きいかもしれませんね。原価に応じて、もっと自由な価格設定ができれば、店頭に置ける商品の幅も一気に広げることができると思います」

「更にもう一つやりたいことがあるんだ」

「なんですか？」

「ハウスブランドを一気に複数立ち上げる」

「ハウス……ブランドですか？」

「そう。カテゴリーや、デザインの傾向に合わせて、それぞれにハウスブランドを作ってブランドごとに商品展開をするんだよ。今のオンデーズの売り場は、メタルフレームも、セルフレームも、ビジネスマン向けも女性向けも、全部５千円、７千円、９千円というスリープライスで十把《じっぱ》一絡《ひとから》げにされて置かれているだろ？

　そんな売り方をしていたら単価は下がるに決まってる。カジュアルなデザイン、フォーマルなデザイン、それぞれカテゴリーごとに展示してあり、その中で商品の品質やデザインごとに様々なプライスがあるというのが普通だし、常識だと思うんだよね」

「ということは、オンデーズのメガネも価格ではなく、デザインや目的別にカテゴリーを分けて展示しようということですか？　そしてそのカテゴリーごとの見せ方を表現するのがハウスブランドだと」

「そう。その通り。特定のデザインやコンセプトを持たせたハウスブランドをオンデーズの中に複数立ち上げて、その中に様々なタイプのメガネをラインナップして行く。こうすることで、お客様は自分の好みや目的に合ったブランドの中で様々なタイプのメガネをよりスムーズに選べるようになると思うんだ」

「確かに、デザインのテイスト別にカテゴライズされていた方がお客様は選びやすいし、固定価格の縛りがない分、デザインの幅や新しい素材にだってどんどん挑戦できます。私は大賛成です。やりましょう！」

こうして、オンデーズは目先だけの安売り路線とは大きく決別して、スリープライスのビジネスモデルを撤廃し、新たに立ち上げた様々なハウスブランド別の展示へと、売り場を大きく変貌させていくことで活路を見出していくことになった。

２０１１年9月下旬

東京臨海副都心にある、日本最大規模の国際展示場「東京ビッグサイト」。

25万平米に及ぶ広さの展示会場では、「コミックマーケット」「東京モーターショー」等々、日々さまざまな「見本市」が行なわれ、ありとあらゆる業界団体が、新商品の発表、新規受注開拓の為の大規模なイベントを開催している。

この日、僕と商品部の高橋部長は、そんな東京ビッグサイトで開催されていた年に一度の日本最大級のメガネ展示会の会場にいた。

「おおおお！　これ！　かっこいい！　すげーかっこいい！　こんなフレームをウチも置きた

いなぁ……」

国内だけでなく広く海外からも集まってきていたメガネ業界関係者でごった返す黒山の人だかりの中で、僕は「グラステック社」と書かれた小さなブースに足を止めて、そこに飾られた数点のフレームたちに魅入られていた。

その商品は、今まで見たことのないような攻撃的で自己主張の強い強烈なフォルムや、極太肉厚な黒縁のセルフレームで、何百社とフレームメーカーが出展する展示会場の中で、一際独特の個性を眩《まばゆ》いばかりに放っていた。

「確かにかっこいいですけど、これは難しいですね。絶対一般ウケしないし、カーブもキツすぎてレンズ加工の技術がないスタッフでは上手く作れない。こういうフレームはマニアックなセレクトショップ向きで、ウチみたいなチェーン店には絶対に合わないし、売れもしません。はい。さあ次行きますよ！　次！」

高橋部長は（やれやれ。また社長が面倒くさそうなところに興味持っちゃったぞ……）といった感じで、僕が手にしたフレームを取り上げ、勝手に棚へと戻すと、他のブースへ移動するように腕を掴んで促した。

「ちょっと待って。もうちょっと見るから。これだよ……。こういう強烈なヤツが欲しいんだよなぁ……」

僕は自分が思い描いていた理想どおりの、まさに「尖った」フレームたちを前に興奮して、その場から離れられなくなっていた。

そこに飾られていた商品たちは、まるで最初から「ＯＷＮＤＡＹＳ」に置かれる為に用意されていたのではないかと錯覚してしまうような感覚だった。

オモチャ売り場の前から動こうとしない少年が駄々をこねるかのように、高橋部長の手を振り払うと、僕は時間を忘れて食い入るように、そのフレームたちを見続けていた。

「どうですか！　このフレーム凄いでしょう？　こんなに肉厚のセルで、尚且つこんなに美しいカーブのラインを出せるのはウチだけですよ！」

不意に、背中越しに声が聞こえた。

振り返ると、特徴的なパーマ頭で独特のファッションに身を包んだ中年の男性が、和やかな笑顔で立っていた。

「初めまして。グラステックの中畑です。その様子だと、こちらのフレームがどうやら気になったようですね？」

特徴的なパーマ頭の中年男性は、少し自慢気な顔をしながら、「代表取締役　社長　中畑　健太郎」と書かれた名刺を僕に差し出した。

「はい。気に入ったというか、その、なんていうか……最高ですね」

差し出された名刺を受け取ると、僕も慌てて手早くジーパンのポケットから名刺ケースを取り出した。

「初めまして。オンデーズの田中と申します」

「ん？……」

受け取った僕の名刺を見た途端、中畑社長はそれまでの柔和で穏やかな顔を一変させると、眉を顰《ひそ》めて、明らかに不快そうな顔をした。

「……オンデーズ……あぁ……オンデーズの方ですか……」

「ご存知ですか？」

「ご存知もなにもねぇ、以前、オタクには散々な目に遭わされてますから！　立ち上げの時から一生懸命に協力してきたのに、どんどん無茶な要求を突きつけられて、終《しま》いには、きちんと指定どおりに納品したフレームに、納得のいかないクレームを強引につけられて代金も踏み倒されて取引は終わりましたよ。アンタねぇ、そういうの何も聞いてないんですか？」

中畑社長は、僕の名刺をまるで、おみくじで大凶でも引き当ててしまったかのように扱いながら、声を荒らげた。

「あ……、そうだったんですか。それは知りませんでした。それは、その……すいませんでした……」

「ん？　この名刺『代表取締役』って書いてあるけど、あぁ、あなたが噂の新しい若い社長さんね。はいはい。噂は最近よく耳にしますよ。まあ頑張ってください。ウチは取引しないんで関係ありませんけどね。それじゃあ私はこれで！」

「あの、ちょっと待ってください！　僕は全然関係ないんです！　再生でオンデーズの経営を引き受けていて、創業者やその頃の経営陣とは何の関わり合いもないですし」

この展示会に行く前に、創業者の時代から在籍していた商品部の数名から「社長、展示会に行くんだったら気をつけてくださいよ。過去にウチは結構あちこちで取引を巡ってトラブルを起こしてますから、オンデーズに対してかなり不満を持っている会社さんがいたりしますんで、変に話すとやぶ蛇になる場合がありますからね」と忠告されていたことを思い出した。

焦りながら僕は、必死に弁明をした。

しかもよりによって自分がビビっときて、「ここと組んで自社のフレームを作りたい！」と直感的に思ったメーカーが、まさかその「過去におもいっきりトラブっていた取引先」だったとは、なんという不運な巡り合わせだろうか。

しかし、僕は一瞬の間で、このグラステック社が展示していた数点のフレームにすっかり魅入られてしまっていた。

ひと目惚れして恋に落ちたと言っても過言ではないだろう。どうしてもこの会社と組みたいと思った僕は、ここで、すごすごと引き返す気にはなれず、立ち去ろうとした中畑社長の腕を強く摑んで引き止めた。

「ちょっと待ってください！　お願いします。本当に自分は以前の創業者とは関係がないんです。当時の経営陣も誰ももうオンデーズには残っていません。僕らはその……名前が同じなだけで、今はもう完全に別の会社なんです！」

「そうですか。でも、ウチでは安売りのオタクとは価格も合わないし、ウチのブランドをオンデーズさんの店頭に置くなんてことも絶対にありえませんから、話すだけお互い時間の無駄ですね。すいませんけど。じゃあこれで」

「いや、ちょっと待ってください！　とにかく一度、話だけでも聞いて頂けませんか、お願いします！　オンデーズは今、生まれ変わろうとしてるんです。安売り屋からも卒業して、ブランドになりたいんです。そして新しい『ＯＷＮＤＡＹＳ』の店頭には、まさにこんな個性的でクオリティの高いフレームを置きたいと思っていたところなんです。ダメもとでもいいんで、お話だけでも、もう少し聞いて頂くことはできませんか？」

僕は、まくし立てるように話し、とにかく一生懸命に想いを伝えた。

「……わかりましたよ。そしたら、まあ展示会が終わったら一度、鯖江にでも遊びに来てください。時間は作りますから」

そう言うと、中畑社長は、これ以上忙しい展示会の貴重な時間を奪われては堪らないといった感じで、取引をするとまでは言わなかったが、厄介払いをするように渋々と次回のアポイントの約束をしてくれた。

それから2週間後。

職人の技が息づくメガネの聖地。福井県鯖江市。

僕と、商品部の高橋部長は、このメガネの聖地、鯖江市の片隅にあるグラステック社のオフィスを訪れていた。

グラステック社は、メガネの産地として有名な福井県の鯖江市に本社を置く独立系のメガネメーカーで、有名ブランドのＯＥＭ製造を請け負いつつ、自社でも独自のブランドを展開して全国のセレクトショップなどと取引をしている社員20名程の中堅フレームメーカーだった。

グラステック社のショールームに飾られていたフレームは、まさに僕にとって宝の山。探し求めていた宝刀のようにキラキラと眩いばかりに光り輝いていた。なによりも抜群にクオリティとデザイン性が高い。

（これを……このクオリティや尖ったデザインのフレームを「ＯＷＮＤＡＹＳ」の店頭に並べることができるようになれば、もういたずらに価格競争に付き合わなくて済むぞ。それにこのクオリティのフレームを1万円前後の、手の届きやすい価格で提供できる全国チェーンなど何処にもいやしない。こういう商品なら、オンデーズ全体のブランドを尖らせることができる）

僕は興奮していた。

しかし、当然ながら「良いものは高い」のである。

中畑社長には時間をかけて懇切丁寧に企業再生に至った経緯を説明し、なんとか過去のオンデーズに対する不信感は拭い去ってもらうことができ、取引を開始することを了承してもらえたが、僕の思い描く品質のフレームをＯＥＭ製造してもらうのに、概算で提示された見積もり金額は、どれもオンデーズの仕入れ予算では到底採算の合わない「バカ高い」金額ばかりだった。

「田中さんたちが過去のオンデーズとはまるで別物だっていうのは理解したし、やる気があるのもわかりましたよ。取引するのもまあ、条件さえちゃんと守ってくれれば良いでしょう。でもこのクオリティのフレームを、田中社長が言う金額内に収めるのは、まず無理ですよ。原材料費からして、まるで合わない。もっと、オンデーズさんの支払える予算に合わせた、低価格のフレームを考えますから、それを一緒に作りましょうよ」

そう言うと、僕が欲しいクオリティやデザインでのフレーム製造を請け負うことに、頑として中畑社長は首を縦には振ろうとしなかった。

「無茶な注文をしているのはよく解っています。でもよくある低価格のフレームを作る為に僕たちは中畑社長にお会いしに来たんじゃないんです。今までになかった常識を覆すクオリティやデザインの商品群を店頭に並べたくて、そういうフレームを一緒に作って頂きたくて、ここに来たんです」

「まあ言うのは簡単ですけどね、やるのはそう簡単じゃないんですから。それに漠然と、今までにないデザインって言われても、どんなものを作れば良いのかもわからない。とにかくこれじゃあ話になりませんよ」

中畑社長はやれやれといった感じで首をすくめた。

「確かにそうですね。仰る通りです。僕も勢いだけで来てしまってすいません。今日のところは一旦帰ります。でも誤解を解いて頂けただけでも来た甲斐がありました。次回はもっとしっかりと考えをまとめてきますので、もう一度、お時間を頂けますか？」

「まあ、こっちもビジネスなんで別に何度でも時間は作りますけど、でもリスクを抱えてまで、無茶な原価の商品は絶対に作りませんからね。別にアナタたちを疑うわけじゃないが『無理して作らせたは良いが、売れませんでした。そんで代金は払えません』なんてことをされたら、ウチみたいな小さな会社はスグにでも倒産しちゃうかもしれないんだ。そこんとこをよく考えてから、次は話を持ってきてくださいよね」

「大丈夫です……。ちゃんと売れる企画を持ってきます」

本社に戻ると、翌日から僕は秘書のマサルと共に、連日深夜まで「新しい『OWNDAYS』のハウスブランド案」についてアイデアをまとめていった。

イメージをデザイン画に起こし、雰囲気の近い写真を集めて、壁一面に張り出していき、コンセプトを言葉にして資料にまとめる。

普通じゃつまらない。

特別なメガネ屋。

僕の頭に思い浮かぶのは、どこか尖っていて危険な香りも纏《まと》いつつ、しかしどこかジェントルで、気高く洗練されたスマートな存在……。そんな漠然としたイメージをマサルに話しながら、少しずつ手分けして資料に落とし込んでいき、他の誰にでもしっかりと解るように具現化していく作業に、連日連夜、時間を忘れて僕らは没頭していった。

そして、2週間後。

「安売りのオンデーズ」が「ブランドとしての『OWNDAYS』」に生まれ変わる為のブランドコンセプトの概要書が遂に出来上がった。

クラシックでモダンなラインは「John Dillinger」(ジョン・デリンジャー)。

攻撃的で先鋭的なラインが特徴の「BUTTERFLY EFFECT」(バタフライ・エフェクト)。

「John Dillinger」は、1930年代前半のアメリカ中西部に思いを馳せたネオクラシックコレクション。それぞれのフレームにはモチーフとなった著名人の名前が刻印されている。

「BUTTERFLY EFFECT」は「アマゾンで蝶が羽ばたいたらその小さな風は地球の裏側では台風になる……」というその言葉のように、まさにちょっとしたこと、メガネを替えたことがキッカケで、その人の人生が大きく変わり始めていくような、エッジの利いた非日常的でワイルドなデザイン。

この2つのブランドを中心にしつつ、女性向けの可愛くてポップな「FUWA CELLU」(フワセル)や、日本製のセルロイドを使用し鯖江の職人による熟練された手作業で丁寧に仕上げられた「千一作」。

更に、一番の目玉は、グラステック社で見つけた新素材「ウルテム樹脂」だ。

デリケートな素材で成形が格段に難しく、まだメガネの素材としてはほとんど採用されていなかった、宇宙船にも使われている弾力性のある特殊素材「ウルテム樹脂」。

このウルテム樹脂を採用してフレームを作り、掛けている感じがしない程の僅か9・4gの超軽量を実現しつつ、曲げても折れない柔軟性・火をつけても燃えない難燃性を実現させた「AIR Ultem」。

今に続く「ＯＷＮＤＡＹＳ」の店頭を彩る個性豊かなブランドラインの基本コンセプトはこの時に、ほぼ全て誕生した。

そして再び、僕たちは福井県鯖江市にあるグラステックの本社を訪れた。

「早いなぁ。もう来たんですか。しかし社長もフットワーク軽いなぁ」

「はい！　お金も規模もないオンデーズは、スピード感だけが売りですから！　それよりも、早速ですけど、これをご覧いただけますか？　前回お話しさせて頂いた、新しいハウスブランドのコンセプトをまとめたものです。ここに書かれているものは、まだ実現する方法も何も見当のつかない、本当に夢物語ばかりですけど」

中畑社長に再会すると、雑談もそこそこにカバンからグラステック社の為に作ってきた、独自のハウスブランドのイメージを綴った分厚いプレゼン資料を手渡した。全てのブランドのコンセプト・世界観のビジュアルイメージから、店頭での展開方法、スタッフが販売時にセールスするポイントまで、誰にでも解るように、詳細にまとめあげた渾身の資料だ。

僕は、中畑社長が資料を興味深げに手に取ったことを確認すると、意気揚々とプレゼンを始めた。

「オンデーズは消費者の好みに合わせた特徴的なハウスブランドを複数同時に立ち上げます。

そして、その中心にグラステック社の製造ノウハウと企画力をふんだんに活かして製作するこの3つのブランドを置こうと思います。まさに新しいオンデーズを代表するような、買う人を選ぶ、尖った独特のフレームたちで、今までになかったブランドとしての『OWNDAYS』を僕たちは目指していきたいんです！」

「なるほど……」

中畑社長は、一枚一枚、ゆっくりと確かめるようにページをめくりながら、しばしの間、沈黙した。

「どうでしょうか……？」

中畑社長は、穴が開くほど資料を凝視して読み終わると、困った顔をして言った。

「どうもなにも……面白い……まいったな。こんなの見せられたら私も作りたくなっちゃうなぁ……」

「はいっ！　是非お願いします！」

「でも、社長、これいくらで作るつもりですか？　特にこのウルテムを使ったフレームとか……」

「そうですね……。一本1500円くらいでどうしょうか？」

中畑社長は目を丸くすると、針でも踏みつけたようにびっくりして声を荒らげた。

「はぁあ？　馬鹿なこと言わないでくださいよ。ウルテム樹脂でフレームを作るなら最低でも3千円はかかりますよ！　それにこの前見せたのはまだ試作段階で、ちゃんと量産ラインに乗せられるような製品にすらなっていないんだ。いくらなんでもそりゃぁ無茶だ。それをいきなり一本１５００円で作れだなんて、冗談も休み休み言ってくださいよ！」

「では、価格が合うだけの本数を発注させて頂きます。それで如何ですか？」

「うーん……１５００円に合わせようと思ったら、最低でも一型３千本。その他、ここに書かれているブランドを全部立ち上げようと思ったら、ざっと見積もっても１億５千万はかかりますよ」

「１……億……５千万ですか……」

僕は思わず唾を飲み込んだ。隣で高橋部長が（絶対にそんな本数の発注するなんて無茶だ）といった顔で眉を顰めて見つめている。

「もちろん、先に代金は全額頂けるんでしょうね？」

「いや……それは……できません。すいません」

「それじゃあ無理だ。それでもどうしても作りたいと言うのなら、銀行から融資でも受けてくればいいじゃないですか？　さすがにウチもこんな金額をいきなり肩代わりして作るほどオンデーズさんの為にリスクはとれないよ」

「その、実を言うと、正直、創業者の時の負債が原因でオンデーズは債務超過の状態にあります。ですから銀行から融資を一円も受けられないんです。でも営業ではしっかりと黒字を出しています。代金を全額先にお支払いすることはできませんが、手付として３千万円くらいなら、かき集めればなんとかなります……。残りは、必ず期間内に売り切ってみせます！　未払いにして踏み倒すようなことは絶対にしません。ですから、どうか僕たちを信用して製造を引き受けて頂くことはできませんか？」

「いや、いや、銀行借り入れができないなんて……そんな話を聞かされたら、なおさら怖くて代金前払いじゃないと作れないですよ」

僕は必死になって、額をテーブルに擦《こす》り付けんばかりに懇願した。

「そこをなんとかお願いします！　作って頂いた商品は僕が最後まで責任を持って絶対に全て売り切ってみせますから！」

しかし、中畑社長は頑として首を縦には振ろうとしない。

それはそうだ。なにせ相手は以前にトラブった先だし、今は取引も一切ない。そんな相手の為にいきなり1億円以上のリスクをとって製造に入るなど、まともな経営者なら断って当然だ。

中畑社長は困り果てながらこう提案した。

「それなら、原価を上げれば良いじゃないですか？　そして売価も2万円くらいつけて、最初は300本とかの少ないロットから始めれば何も問題ないでしょう。無理に1万円なんて常識外れの価格で売ろうとするから話が難しくなるわけでしょ？　良いものは高いんだから」

(良いものは高いんだから)

この言葉に僕は反射的に、少し拗《す》ねるように言った。

「良いものだから原価が高い。だから高いものを高い金額で買ってもらえば良いって、そんなの当たり前じゃないですか？　そんなレベルの低い仕事でいいのなら子供だって誰だってできますよ。そうじゃなくて『なんでこんな良い商品が、こんな金額で買えるんだ？』そうやって、消費者を驚かすことができて、初めてプロの仕事と言えるんだと思うんです。僕らがやりたいのは、そういう『単なる安売り』じゃなくて『本当に価値のある商売』がやりたいんです！」

僕のこの一言が癇に障ったのか、プライドに火を付けられたのか、中畑社長は語気を荒らげて言った。

「わかりましたよ！　作りますよ！　やりますよ！　こっちだってプロだ、私はアナタが子供の頃からメガネを作ってきてるんだ。そんな言われ方までされたら頭にくる。いいですよ。田中さんの言う通り1500円で作ってみましょう！　もう一度製造工程を全て見直して、限界まで無駄を省けば、できる余地はまだあるかもしれない」

「ほ、ほんとですか!!　ありがとうございます！」

「でも、その代わり全部で10万本は最低発注してもらいますよ」

「10万本……一度にですか……」

「それだけの啖呵《たんか》を切ったんなら『安くて良いもの』を実現できるだけの本数を売ってくれるってことですからね。支払い条件も期間半年で3回程度の分割払いまでならいいでしょう。その代わり社長が個人で連帯保証のハンコを押してくださいよ。それくらい覚悟を見せるなら、ウチも肚括って、ウルテムフレームや、これらのブランドを1万円以下で売るという業界の価格破壊を、一緒にやってやろうじゃないか！」

こうして中畑社長は、勢い余って、グラステック社の持つクオリティをそのままに、特別にオンデーズ用の商品を全て僕らの希望価格で製作することを了承してくれた。さらにメガネ業界では、ほとんど出回ることのなかった注目の新素材「ウルテム」を使用したフレームを1万円以下で売り出すことにも協力してくれることになったのだ。

ただ仕入れ価格を、ギリギリ合わせる為に最低条件として出された「一度に10万本」という発注本数は、当時のオンデーズの販売力からすると、通常の商品の3倍以上は売らなければならない、前代未聞のチャレンジングな本数だった。しかし、ここで賭けに出て、オンデーズに於ける商品の在り方を根本から全て作り直さないと、もうどのみちオンデーズに将来はない。

「あ、ありがとうございます！　大丈夫です！　必ず売ってみせます！」

僕は覚悟を決めて二つ返事で中畑社長の条件を快諾した。

２０１２年1月

グラステック社との新しい商品づくりの挑戦が始まってから数ヶ月後。

早速、新しいハウスブランドの第1陣が投入される日がやってきた。

僕はいつもよりも早く本社に出社し、朝からそわそわしていた。全国の店頭では、入荷したばかりの今まで見たこともないような個性的なハウスブランドたちが次々とディスプレイされていっているはずだ。

デザインは他のチェーン店ではまず見ない程に特徴的だし尖っている。クオリティも間違いない。

なによりも未だ誰も見たことのない、グニャリと曲がり羽のように軽いウルテムを使ったフレームが1万円を切って、9500円と信じられない価格で並んでいる。それも今回の信じられない価格は、ただの安売りなんかじゃない。高い付加価値がある本物の「信じられない価格」だ。

これで「OWNDAYS」は遂に次の一歩を踏み出せる、必ずお客様は僕たちの用意したこのブランドたちを支持してくれ、次々と飛ぶように売れていくはずだ。

しかし逆に、売り切ることができなければ、その時は、億単位の買い掛け金に押し潰されてしまう……。

僕は期待と緊張感で押し潰されそうになっていた。

「うん……あれ?」

ほとんどのお店がオープンする朝10時を少し回った頃、僕らは商品部チームのデスクに集まり、POS(販売時点情報管理システム)データの画面に10分単位で更新され映し出される在庫の状況と売上の数字を、固唾《かたず》を呑んで注意深く見守っていた。

すると、店頭在庫の振り分けを担当していた森山が、訝しげな表情で、画面に映し出された在庫状況のデータを凝視している。

「うーーーん……おかしいな……」

「どうしたの？　何がおかしいの？」

「はい……。それが……ちょっとここ見てください。今日投入したばかりのブランド、ジョン・デリンジャーのこの品番、これの在庫がもうほとんどなくなってるんですよね……確かこの品番だけで１００本近くは今日投入されてるはずですが、あとほら、ここも見てください。このAIR Ultemのこの数字、これなんかもう8本しか在庫がないことになってます」

「マジで！　すごいじゃないですか！　もうそんな売れたんですか？　俺苦労して色決めしたもんな。やった!!」

AIR Ultemの企画とデザインを担当していた安間健が、苦労が報われたとばかりにガッツポーズをして喜んだ。

「いやいや、それは流石にない。だってまだ各店オープンから30分も経ってないんだから。この短時間で、視力測定して、お会計までを終わらせるなんてのは物理的に不可能だ」

高橋部長が小躍りして喜ぶ安間を制止するように冷静に分析を述べた。安間はぬか喜びの反動でガックリと肩を落とす。

「そうなんです。だからおかしいんです。それに今日は平日です。平日の朝に全国で一斉に１００人以上が同時に買うだなんて……あれ、でも売上もちゃんと立ってるなぁ……どういうことだ？」

「確かにこの数字の動きはおかしいですね。ちょっと確認してみます」

その様子を眺めてた明石と長津君は、ポケットからスマホを取り出すと各地のスーパーバイザー（ＳＶ）に店頭の状況を確認する電話を掛けていった。

「はぁ……あーそういうことね。うん。わかった。はい。伝えときます」

「それで、理由はなんだった？」

「はい。すいません。社員がみんな買ってました……」

この思わぬ報告に、僕は思わず〝ぶちギレた〟。

「はぁ？　なんだよそれ！　『社員に強制的に買わせるな』って前にあれほど厳しく言っただろ！　そんな、社員に無理やり自腹で買わせて作った数字になんて意味はねーんだよ！　何いらない気を勝手に回してんだよ！　今すぐに全員に返品させて金を返させろ！」

「ちょ……いや、待ってください。違います！　違います！」

「何が違うんだよ！」

「誰も管理職は『自分で買え』なんて指示してませんよ！　みんな欲しくて勝手に買ってるんですよ！　『こういうフレームを待ってたんだ』って『こういうのを掛けて俺たちはずっとお店に立ちたかったんだ』って言って」

「え？」

「以前、社長に言われてから、管理職は誰一人として、一度も部下に自分で買うようになんて指示はしてません。今電話したＳＶたちも、皆んな『思わず欲しくなって買っちゃった』と言ってます。どうしましょうか……？　一応、ＳＶたちには、お客様が優先だから欲しくても、ちょっと待つようにとは言ってたんですが。全員一度、返品するように指示しますか？」

「いや、良いよ。そのままで……」

僕は嬉しかった。

以前に、自社の商品を強制的に買わせることを禁止してから、社員たちは皆、自分の好きなメガネを掛けて仕事をするようになっていた。しかし、やはり気に入ったものがオンデーズの店頭にはないのか、進んで先を争うように自社のメガネを買い求めることなんてなかった。

メガネ業界を長年渡り歩いて来たベテラン社員の多い関西地区では、まるで僕に対するアテつけのようにオンデーズのフレームは掛けずに、Ray-Banなどの他社のブランド品を掛けて店頭に立つ者までいた。

それが、今日の朝入荷した新しいハウスブランドたちは、社員の皆んなが先を争うように次々と購入してくれている。

しかも、頑なにオンデーズのフレームを掛けようとしなかった関西地区のベテラン社員たちから率先するように買ってくれているという。

この瞬間、僕はようやく「メガネ屋の社長」として、全国の社員に認めてもらえたような気がした。

（スタッフたちはメガネのプロだ。そのプロたちが欲しいと思って実際に自分のお金で購入し

てしまうようなフレームなら、これなら必ずいける）
僕はようやくスタッフたちが納得してくれるようなフレームを作れたという喜びとともに、自信が確信へと変わっていった。
「よし。新しいハウスブランド。皆んないけるぞ！　絶対にこれはいける！　明石、スタッフの皆んなには『遠慮せずに欲しければ買っていいよ』と伝えてくれ。望んで買うのなら、もちろん売っていいに決まってるだろ!!　メガネ屋で働くメガネのプロたちが自腹でもおもわず購入してしまう程良い商品を、実際に身につけて仕事している。これ以上に最高の宣伝はないじゃないか！」
「はい！　了解しました！」

こうして迎えた新商品投入から最初の週末。

満を持して店頭を飾った僕らの新しいコンセプトのハウスブランド。魅力的なフレームたちは、まさに飛ぶように売れていった。

「ジョン・デリンジャーのJD品番売り切れました！」

「こっちも品薄です！！！」

「バタフライ・エフェクトめっちゃ動いてます！　BE品番、至急の店間移動できますか？」

「池西店、ウルテムが凄い勢いで売れてます！　もう在庫がありませんー！」

商品部と営業部は、予想以上の現場から届く嬉しい悲鳴の数々に慌ただしく対応に追われていた。

僕はその光景を見ていてホッと胸を撫で下ろしていた。社員のテンションが上がると、店舗の売上が伸びるという相関性は以前から感じていたが、これほどまでにしっかりと効果が表れてくることには僕も少々驚いていた。

新しく「ＯＷＮＤＡＹＳ」にしかない魅力的なフレーム「胸を張ってオススメできる商品」が、欠けていたピースを埋めてくれ、誇りとやりがいをもって仕事に専念できる環境がスタッフ皆んなのパフォーマンスを最大限に引き出していったのは間違いなかった。

こうして、震災時のボランティア経験を機に始めた知識・技術の徹底強化に加えて、このブランド戦略、スリープライスの廃止で、オンデーズはそれまでの「ただの安売りチェーン」から確実に脱却を果たし始めていった。

しかし、確実な成長の手応えを掴み始めたものの、オンデーズに襲いかかる激しい向かい風は、自分たちの努力だけで、その全てを撥ね返せる程、甘いものではなかった。

そして、その原因は明らかだった。

「ジェイムズ」だ。

「ジェイムズ」の勢いは留まることを知らず、更に猛威を振るい、全国各地で「OWNDAYS」から物件や集客を奪い続けていた。

僕たちはまるで、ジェイムズという台風が巻き起こす激しい嵐から逃れることができず、荒れ狂う大海原の中を必死で抗《あらが》う小舟のような状態だった。

ただし、2年前とは状況が違う。

準備は整った。

航海図は手に入れた。

船を操る技術も身につけた。

何よりも今のオンデーズに乗っている船員たちの心は完全に一致団結をしている。

必死に舵を取り続けるオンデーズの向かう先には、今までで一番強くて荒れ狂う海が待っている。

もう待ったなしだ。

僕たちオンデーズは、いよいよ社運を懸けた「最大の決断」を下す。

第18話　2年遅れの追随を決断

２０１２年２月初旬

「もう決めたよ。オンデーズもやる」

幹部会議の冒頭で、僕は堰を切ったように開口一番、こう切り出した。

「やる」とは「薄型レンズの追加料金による収益を全て捨てる」という意味だ。

この場に居合わせた幹部陣全員も、その言葉が意味することは十分に解っていた。そして、誰一人として驚く者は、もういなかった。

（やっぱりやるしかないのかな……）

そんな空気が、窓のない薄暗くて狭い会議室に立ち込めていた。

この頃、ジェイムズは、まるで僕たちオンデーズの地道な成長など、視界にすら入れる暇もないといったスピードで、ぶっちぎりの独走態勢に入り、業界No.1の座をほしいままにしていた。

ジェイムズは全国で一斉に「薄型非球面レンズ０円」を大々的に打ち出した後も、それまでのメガネ業界にはなかった革新的な商品を次々と発表し、それに合わせてテレビや雑誌といった大手メディアを中心に強力なＣＭ攻勢を連日続けており、その集客力は凄まじく、まるで大型の台風のようにメガネ業界全体を席巻し、日本中のメガネ屋は混乱し、右往左往し続けていった。

出店攻勢も破竹の勢いで、良い物件への出店は必ずジェイムズと競合するようになり、そしてそのどれもで「ＯＷＮＤＡＹＳ」は「完敗」し、新規出店の物件確保もままならなくなっていた。

なにより店舗で働くスタッフの多くが、お会計の際に、薄型レンズをお薦めすると、お客様からジェイムズの薄型レンズ０円を引き合いに出され、「なぜお前のところはレンズでこんな高い追加料金をとるんだ！」と詰め寄られるケースも頻発しており、スタッフの精神的なプレッシャーも大きくなってきていた。

直接同じショッピングモール内で競合している店舗では、ジェイムズの影響で売上が目に見えて落ち込み苦戦を強いられる場面も全国各地で頻発し始めていた。

せっかく、数々の改革により、ブランドとして着実に成長する手応えを感じ始めてはいたものの、もうこのジェイムズが巻き起こす大きな波に抗うことはできない。ここでオンデーズもシンプルで明朗な価格システムを追求していかなければ、沈没してしまいかねない。僕は強くそう感じていた。

そして、僕が全てを語らずとも、この時、会議室に居合わせた幹部陣も全員が、同じように感じていた。

「しかし、ジェイムズの薄型レンズ0円の流れに、追随するのは避けられないとしても、果たして、どう利益を確保するんですか？　確か、うちの販売枚数ではレンズの仕入れ価格が合わず、逆立ちしても利益が出せないというシミュレーションが出てたはず」

奥野さんが疑問を投げかけた。

すると、明石が、すっくと立ち上がり数字が羅列された資料を全員に配りながら言った。

「それに関しては、私からご説明します。実は、ここにきて事情がかなり変わってきました。ジェイムズの業績好調を受けて、他の大手チェーン各社も薄型非球面レンズを大量に発注し始めており、業界全体の薄型レンズの発注量が飛躍的に伸びたお陰で、各レンズメーカーの納入価格は、今のオンデーズでも一定の購入枚数を保証すれば、なんとか利益がとれるギリギリのラインまで値下げが進んできています。こちらが、先日、各レンズメーカーから提示された新しい納入単価の条件表です」

ジェイムズの薄型レンズ0円がスタートしてから2年あまりが経過していたこの頃、レンズメーカー各社も大手チェーン店各社の価格競争に引きずり込まれる形で、レンズ代金の値下げを余儀なくされる傾向だった。これにより、ようやくオンデーズも薄型レンズ0円に、なんとか追随する環境が整いつつあった。

僕は資料を手にした幹部陣を一瞥すると力強い口調で言った。

「昨日の深夜、明石からこの報告をもらって、俺は決心した。もうこれ以上、後手《ごて》に回っていても今、オンデーズが置かれている状況を劇的に良くすることはできない。オンデーズも薄型レンズを0円にできるのならやる。今の俺の答えはそれだけだ」

奥野さんが重たい空気を切り裂くように口を開いた。

「しかし、いくら採算がギリギリとれるとはいえ、もしこれが失敗して販売本数を飛躍的に伸ばすことができなければ、追加料金をバッサリと捨てた分だけ、利益が大きく落ち込むことは避けられません。そうなった場合、キャッシュフローを直撃して、再び資金ショートに陥る可能性は大です。しかも今度ばかりは『失敗したらやめればいいや』ですみませんよ。そんなことをしたら、利益だけでなく、お客様からの信頼も同時に失ってしまいます。それでも社長、断行しますか？」

僕は強い決意を露わにして言った。

「……やるよ。誰に何を言われてもやる。もう決めたんだ。後から追加料金で値段を釣り上げるようなやり方は、もともとフェアじゃなかったんだ。そんな旧態依然としたやり方をこのまま続けていたら、お客様からそっぽを向かれるだけだ。そんな生ぬるい商売から卒業して、一日も早くお客様の利益をもっとしっかりと考えるべきだったんだ。オンデーズも今ここで何としてでも生まれ変わらないと絶対にダメだと思う」

当初から唯一、この薄型レンズ0円の導入に賛成していた明石がテーブルを叩き熱っぽく語った。

「私もそう思います。値札価格以外にいくらお金がかかるか分からないようでは、決して気軽には買えない。メガネ屋が値札価格以外にお金をとらなくなれば、もっと簡単にメガネを買ってくれるお客様が増えるはずです。下駄箱に沢山の靴が入っているように、メガネもメガネ箱に沢山のメガネを入れておいて、TPOに合わせて毎日かけ替える。そうなれば、メガネの市場規模は何倍にも拡大します。そういう時代を、我々自身が作っていかなければならないんじゃないんでしょうか？」

僕も明石の意見を後押しするように続けた。

「反対意見も勿論あると思うけど、これはもう決めたことなんだ。俺はもう逃げない。それに、今なら単なるジェイムズの猿真似にはならない。俺たちはこの2年ずっと頑張ってきたじゃないか。もう準備は整っているはずだろ？　今のオンデーズにはどこにも負けない商品があってスタッフたちがいる。自信を持って、今こそオンデーズも薄型レンズの追加料金を全てスッパリと捨てるんだよ！」

僕と明石に押し切られるようにして、重苦しかった会議室の空気は次第に変化していった。管理職たちの目にも「やるしかない」という覚悟と、「さあ、またしても業界でひと暴れしてやるぞ！」という気合が次第に漲ってきた。

僕は皆んなの合意を待たずに話を前に進めた。

「よし。明石、追加料金0円への移行、最短でいつできる？」

「そうですね、来月にでもと言いたいところですが、遅くとも全店の切り替えを完了するまでには、どんなに急いでも最低3ヶ月はかかると思います。それでもかなり強引ですが」

「よし。とにかく今から3ヶ月後の4月末。オンデーズも薄型レンズ追加料金0円を大々的に打ち出す。そこで勝負だ！」

「あー、これでまた寝れなくなるなー」

「じゃあ俺は、嫁さんに『またしばらく帰れなくなる』って連絡してきまーす」

居並んだ部長たちは、皆んな時間のなさに半ばやけっぱちともいえるテンションで諦めにも似た顔をしていた。

しかし、どんな無理難題だろうと、やると決めた以上は肚を括って死ぬ気で臨む。この頃のオンデーズの幹部陣には、すっかりそんな体育会系な結束力と力強さが備わっていた。


ジェイムズから遅れること2年あまり。

ようやく追随することを決断した薄型レンズ追加料金0円だったが、しかしその実現には、一筋縄ではいかない大きく分厚い壁が、まだいくつも立ちはだかっていた。

2012年3月
池袋駅から徒歩5分ほどの裏路地に残る西池袋1丁目商店街……居酒屋、立ち飲みスタンド、酒屋、古本屋、テーラーが点在しているが、街灯に吊るされた小さな表示がなければその通りが〝商店街〟であるとは誰も気が付かないだろう。

そんな通りの中心にある蕎麦屋「浅野屋」。

僕と奥野さん、明石の3人はこの日、浅野屋の奥にある小上がりの座敷を陣取って、遅い昼食をとっていた。

「あー若い社長さん、いつもどうもありがとね～」

そば湯を持ってきた浅野屋の女将とはすっかり顔馴染みになっていた。

そば湯をそばちょこに入れながら、僕は明石に聞いた。

「明石、薄型レンズ0円への移行作業は、スムーズに進んでる？」

「かなり難航しています。まあそれも当初の予想通りといった感じなんですが」

明石は、神妙な面持ちで、僕の隣で更科そばをすする手を止めた。

「まず社内での調整ですが、やはりベテラン社員の多くは、反発して受け入れ難いといった人が多いです」

「反発って、薄型レンズを0円にすることに反対してるってこと？」

「はい。早く言えばそうです」

「え、なんで？　絶対にお客様に喜ばれるのに？」

「いや、それがベテラン社員の中には、一番高いレンズを上手く売るのが『自分のスキル』だと思っている人がまだ大勢いるんです。高価なオプションレンズへとアップセルしていく話術には、過去の経験から培った、それぞれのノウハウがあって、このノウハウこそが、自分の財産だと信じてる人が多くいるんです。それに……」

「それに？」

「今まで散々『ちゃんと理由があるから薄いレンズは高いんですよ！』と自信満々に説明していたものを、これからいきなり『全部無料です！』と言うわけですから、リピーターのお客様からすれば、『今まで騙されてたのか？』とベテランスタッフに対して不信感を抱く方が出てもおかしくはありません。それを皆んなとても恐れています」

「そういうことか」

「確かに……。今まで7割近いお客様に、5千円以上する薄型非球面のオプションレンズを追加して買ってもらっていたわけですからね。別に悪いことをするわけじゃなくて、企業努力でサービスを良くするだけなんだけど、それでも急に『やっぱりもう無料でいいですよ！』とはなかなか言いづらいのも、心情的にはうなずけますね」

腕を組みながら奥野さんも神妙な面持ちで深く頷いた。

「若手や社歴の浅いスタッフは、皆んな諸手を挙げて大歓迎しています。アルバイトさんも含めれば数の上では賛成派の方が圧倒的に多いです」

「それはそうだろうな。若手のスタッフにとっては、お会計の時に、いきなり高いレンズの金額を提示して値段を引き上げるという今のやり方は、苦痛以外の何物でもなかっただろうし」

「はい。そうなんです。今後、薄型レンズ0円が導入されたあとは、若手スタッフたちは一層仕事に楽しさとやりがいを持ってくれるようになると思います。これも間違いありません」

「FC加盟店のオーナーはどんな反応？」

「こちらは更に真っ二つです。競合のいないエリアで価格競争に晒されていない店舗のFCオーナーは、案の定、猛反発しています。特に競争もなく一定の粗利が確保できているオーナーは、わざわざ利益率を下げるような改革を支持する必要はないと考えて『言うことを聞かない』と堂々と宣言している方まで出てきています」

「FCオーナーも皆んな経営者だ。本部も自分たちも共に利益が出せればベストだけど、自分たちだけ利益が減る可能性があるというのは許容しがたいんだろうな」

「逆に今、ジェイムズから猛攻を受けていて、激しい競争状態に晒されているFCオーナーからは『一日も早く導入してほしい！』という声が毎日上がってきています。両極端にスタンスの分かれたFCオーナー同士は、どこまで行っても議論は平行線です。もろにお金が絡んでくる問題ですから、全員の理解を得るのに、説得は相当難航することを覚悟しないとダメでしょうね」

「まあしょうがないな。大きな決断をする時には支持する人たちもいれば、必ず反発する人もいる。反対しているFCオーナーについては、とにかく早期に全員の理解を得られるように引き続き、説明にあたっていくしかないな」

「了解しました。厳しい交渉になりそうですが頑張ってみます」

「当初の4月タイムリミットは絶対に遅らせるなよ。そして、やると決めた以上は徹底的にやれ。でないと絶対に失敗する。解っていると思うけど、この新料金体系が失敗したら、文字通りオンデーズに明日はない。とにかく一切の妥協なく、お客様にとってわかりやすい、究極にシンプルな価格体系のお店に『ＯＷＮＤＡＹＳ』を生まれ変わらせるんだ！」

薄型レンズ０円に反対しているオーナーとの交渉は予想通り……いや予想以上に一部のオーナーとの間では難航した。

やはり競合の少ないエリアや、元々売上の好調な店舗のオーナーの数名は露骨に嫌な顔をし、公然と不参加を表明してきた。

「はあ？　急に何言ってんの？　まずはお前ら直営だけでやってデータを出してから言うのが筋ってもんだろ？　そんな、お前らの一か八かの賭けになんて付き合えるか！　とにかくウチの店舗は今はちゃんと利益が出てるんだ、それをみすみすなくすような真似なんてできるか。ウチはとにかく最初は何もしない。まずは直営なり賛同する加盟店だけで勝手にやってくれ。その上で、１年間様子を見て、効果があると判ったらウチの店もやってやってもいい」

「いやそれではダメなんです。同じ『ＯＷＮＤＡＹＳ』なのに『このお店は薄型レンズが０円です。このお店は４千円頂きます』そんなことをしたらお客様が混乱するだけです。ホームページにもなんて記載すれば良いんですか？　直営も加盟店も関係なく、今ここで全店一丸とならないと、この改革は失敗してしまうんですよ！」

「そんなん知らんわ！　それを考えんのがお前ら本部の仕事だろ？　それより、全店一丸となった挙句にウチのお店の利益が減ったらどう責任を取ってくれるんだよ！　ああ？　お前がポケットマネーで穴埋めでもしてくれるっていうんかぁ？」

「それなら、一緒にパートナーとして『ＯＷＮＤＡＹＳ』をやってく必要なんてないじゃないですか？　仲間として一緒に戦えないならフランチャイズなんてやめてくださいよ」

「やめてくださいって、なんだその言い草は！　仲間でも、うちが赤字になったら元も子もないって話をしてんだよ！」

追加料金０円の必要性に迫られていなかった数名のオーナーは、怒声を浴びせて猛反対してきた。

しかし僕たちは、臆することなく粛々と移行を進めていった。とにかくこの新しいシンプルな価格体系への移行は「中途半端」では絶対に成功しないのだ。「この店は薄型レンズが０円です。この店では有料です」、そんなことをしたらお客様の不信感をいたずらに買うだけで、ブランドイメージは極端に毀損する。

全ての「ＯＷＮＤＡＹＳ」が一丸となって「シンプル　プライス」という新しいブランドコンセプトをしっかりと打ち出せないと、失敗に終わるのは目に見えていた。

これに失敗したら、もうオンデーズには後がない。

意見が決裂したＦＣオーナーとの交渉の最後には「新料金体系に速やかに移行するか、フランチャイズを脱退するか、どちらかを選んでください」と冷たく突き放した。

同じ経営者として「目の前の利益を一円でも失いたくない」というＦＣオーナーの気持ちも

痛いほど解ってはいたが、オンデーズ全体のことを考えた時に、皆んなにとって一番最悪なのは、リーダーである自分が、玉虫色の決断をして、方向性を中途半端にバラバラにしてしまうことである。「協調する・円滑に進める」ことと「事なかれ主義」は、同じようで大きく違うのだ。

こうして、薄型レンズの追加料金を0円にすることを決断してから約3ヶ月後。

まさにスピード勝負。飛行機から飛び降り、落下しながらパラシュートを準備する。そんな感覚で、僕たちは追い立てられるようにギリギリのタイミングで日本中の全ての店舗の準備を完了させていき、新価格システムに移行する第1陣の店舗が遂に営業を開始することになった。

2012年4月

「OWNDAYS」の新しいブランドコンセプト「シンプル プライス」。

遂にそのコンセプトを代表する「薄型非球面レンズの追加料金0円」が始まることになった最初の日の朝、僕は大阪に向かっていた。

ベテラン社員の多い関西地区は、薄型レンズ0円に対してスタッフの事前の反応がもっともネガティブだった地域だ。

この薄型レンズ0円、成功の鍵は、全体のブランディングも勿論だが、何よりも「スタッフ」にかかっている。

店頭に立つ全てのスタッフが自信と誇りを持って、今まで大変高価だった薄型レンズを全て0円で提供できることになったその素晴らしさを、しっかりとアピールすることができなければ、それこそお客様には「粗悪品のレンズをただ安くしただけ」とネガティブに受け取られてしまいかねない。

（果たして、スタッフたちは薄型レンズ追加料金0円を、自信を持ってオススメしてくれてるだろうか……。僕の想いや、目指す方向はキチンと皆んなに伝わっているんだろうか……。お客様はみんな喜んでくれるんだろうか……）

押し潰されそうな不安に駆られながら、僕は新幹線に揺られていた。

新大阪駅に降り立ち、地下鉄へと乗り継いで20分。

近鉄大阪阿部野橋駅の改札を出て、左に曲がると、少し先の方から、まるで八百屋のような威勢の良い呼び込みの声が聞こえてきた。

「さあ見てってくださーい！『ＯＷＮＤＡＹＳ』はどんな度数のお客様でも薄型レンズの追加料金が0円ですよぉーーーー！」

（お、やってるな……）

僕は嬉しくなって、声のする方へと小走りに駆け寄っていった。

すると、目に飛び込んできたのは、「薄型レンズ追加料金0円」とデカデカと赤文字で書かれたポスターを両手で持ち上げ、必死に呼び込みをしているスタッフたちの姿だった。

そしてその中で、先頭に立って一番大きな声を張り上げてくれていたのは、4年前、僕が社長に就任して最初の店舗巡回の時に「大声で呼び込みしろとか、八百屋じゃないんやから！」と不満気にしていた、あのベテラン店長だった。

「ハハハ。まるで八百屋だね」

「あ、社長！　せっかくこんなに凄いこと始めたんやから、呼び込みでも何でもして、大勢の人に気づいてもらわんと勿体ないでしょう。店の前でこうやって大声出せば、もっと沢山の人に知ってもらえるでしょう！」

「おお、そのセリフ、いつかどっかで聞いた気がするな。ハハハ」

「え？　そうでしたっけ？　ハハハ」

開始前はネガティブだったベテランスタッフたちも、蓋を開けてみると、すぐにお客様に長いアップセルのセールストークをしなくて済む、このシンプルな価格システムがどれだけ素晴らしいかを実感してくれていた。

むしろメガネ屋経験が長かったベテランスタッフ程、価値観が百八十度ひっくり返り、その反動で、このシンプルな価格システムの素晴らしさを、人一倍深く実感していたようだった。

そして、新価格システムに移行して、1ヶ月が過ぎる頃には、スタッフの誰もが目を輝かせて自信満々に「どんな度数の方でも、最適な薄さの非球面レンズが追加料金0円なんですよ！」と誇らしげにお客様のところへ声をかけにいくようになっていた。
　こうして、今まで重くスタッフにのしかかっていたアップセルへのセールストークの重圧が消し去られたことで、スタッフたちは皆、生き生きと輝き始め、店舗の空気も一段と明るくなり、新料金体系へと移行した店舗から順に、次々と目に見えて客数が増え、販売本数も伸びて行った。

「ＯＷＮＤＡＹＳ」の新しいブランドコンセプト「シンプル　プライス」。

　結果は大成功だった。

　薄型レンズ０円の開始以降、前年対比で売上１２０％超えは当たり前。中には１８０％アップの数字を叩き出す店舗も続出していった。お客様からもスタッフからも支持された手応えを僕は全身で感じ、新料金体系への移行が完全に成功したことを確信した。
　こうして僕たちオンデーズは、薄型レンズ追加料金０円という最大の武器を手に入れると共に、「シンプル　プライス」というブランドコンセプトを改めてしっかりと打ち出して、ジェイムズの猛攻を凌ぎながら、力強い成長軌道へと乗っていったのだった。

第19話 高橋部長「最後の連絡」

２０１２年5月

僕は、本社の喫煙所にいた。

その日は、いつになく完璧な程、気持ちの良い穏やかな昼下がりだった。

僕はベランダの手すりにもたれかかると、いつものように静かにクールメンソールのタバコを1本取り出し、大きく深呼吸をするように煙を胸いっぱいに吸い込む。そしてゆっくりと、上を向くと透き通るような青空に向かって煙を吐き出した。

となりのビルの非常階段には、居心地の良さそうな陽だまりを見つけて、野良猫がスヤスヤと昼寝をしている。僕はその様子を、ぼーっと何も考えずにただずっと眺めていた。

すると、背後から不意に〝ガラガラ〟と音を立てながらガラス戸を開けて、誰か人の入ってくる気配を感じた。

振り向くと、そこには商品部の高橋部長の姿があった。

高橋部長は、オンデーズの社内でも僕に続いて一、二を争うチェーンスモーカーで、この喫煙所に通い詰めている常連の一人だ。

高橋部長は、今日もいつものように少しグレーがかった髪をビシッとオールバックにまとめ、仕立てのよいアイボリーカラーのテーラードジャケットを纏ったアイビーファッションでカチっと決めている。

ただこの日は、トレードマークの丸眼鏡の中から覗く眼差しには、いつもの特徴的な鋭い眼光がなく、なんだかとても不安そうで虚ろな目をしていたのが少しだけ気になった。

「社長、ちょっと今、お時間いいですか……」

高橋さんは僕を見つけると、次の瞬間、少し伏し目がちに抑えつけたような声で、静かに話しかけてきた。

「いいですよ。ちょうど暇だったんで。あれ、高橋さんタバコ吸わないの？」

「はい……。今日は、やめときます」

「おや、珍しい」

「はい、今日はというか……、その……もうタバコはやめることにしました」

「え、なんで？　まさか、今さら健康を気にし始めたとか？」

高橋部長はいつも豪快にタバコの煙をまき散らし、毎晩のように深酒をする。朝はコーヒーをガブ飲みしてカフェインで二日酔いの頭を叩き起こして仕事に猛進する。まさにそんな〝昭和のジャパニーズサラリーマン像〟を、そのまま絵に描いたような人だった。

そして、そんな不摂生な生活を人から注意される度に「酒やタバコ、自分の好きなものを我慢してまで長生きしたって面白くもなんともない！　私は私の好きなようにやっていく。太く短く生きるのが信条だ！」と口癖のように嘯いていた。

高橋部長は少し口ごもりながら言った。

「それが……、まあちょっと病気になりまして……」

僕は冗談混じりに茶化すようにこたえる。

「まさか病気って、なんか人に大きな声で言えないような恥ずかしい病気にでもかかったんじゃないでしょうね?」

「ハハハ。それならいいんですけどね……」

「そっち系じゃないってことは、一体どこを悪くしたの?」

高橋部長は、頭をポリポリと掻きながら(参ったなぁ)といった感じでボソリと呟くように言った。

「実は……、膀胱に腫瘍が見つかりました。悪性です」


時間が止まった。


ベランダには、息がつまるような重たい沈黙が流れ、乾いた風鈴の音と、前の通りを歩く学生たちの喧騒が虚しく響き渡る。

一体、どれくらいの時間、沈黙が流れただろう。

多分時間にすれば、ほんの数秒か数分だったのだろうけど、不意に告げられた「癌」という言葉から、次の言葉が交わされるまでの、その一瞬は、とても重苦しく、そしてどこまでも長かった。

気まずい空気に耐えかねたのか、沈黙を破るように、高橋部長は（やれやれ）といった表情で苦笑いを浮かべながら明るいテンションで話し始めた。

「まあ、癌って言っても末期じゃなくて、ステージⅢです。ですから手術や治療でなんとかなるみたいですよ」

「そうなんだ。でもステージⅢって結構、深刻じゃないの？」

「まあ癌の種類やそのステージの中にもいくつもの段階があるものなんで、一概には言えないらしいですね。私の場合は、どうやら、そこまで深刻な状態ではないみたいですから、そんなに心配しないでください」

「そうなんだ……」

「でも、医者の奴にハッキリと言われましたよ『タバコとコーヒーをやってなければ、かなり結果は変わっていただろうな』って。実は私、子供が生まれた20年前に一度タバコをやめたことがあったんですけどね。なんであのままやめておかなかったんだろうって、ほんと、今となっては毎日心から後悔していますよ。まあ今更、悔やんだところで、どうしようもないんですけどね。ハハハ」

「そうなんだ……」

「太く短く生きられればいいさ！　と格好つけて嘯いていても、人間いざ本当に病気になったら、見苦しいくらい後悔の塊になるもんですね。ハハハ」

それがどのくらいの状態なのか？　今後の生存率はどれくらいなのか？　手術は今すぐにでもするべきなのか？　聞きたいことは雪崩のように頭を駆け巡るが、明るい表情の中から覗く、当惑して焦点の定まらない高橋部長の瞳に、状況の重大さを察してしまうと、僕は上手く話し出すきっかけを逸してしまい、適当に相槌を打ちながら、気まずさを隠すように指先のタバコから立ち上る煙を、ただ見つめていることしかできなかった。

酒に酔うととても饒舌だが、普段は寡黙で、「とっつきにくいオッサンだなぁ。何考えてるか解んないし……」というのが高橋部長に対する最初の僕の印象だった。

そんな高橋部長は、僕が社長に就任して２ヶ月が経過した頃、「私にオンデーズの商品を全て任せて下さい！」と直談判してきて、商品部の部長に就任した。

商品部の部長に就任してもらってからは、八面六臂の活躍を見せて、高橋部長はオンデーズの商品の質をみるみる向上させていった。

高橋部長は売上不振にあえいでいたオンデーズを、品質の面で引き上げる役割をしっかりと担い、鯖江や韓国、中国の工場を毎月のように僕と一緒に駆け巡った。

そして、4年が経ち、ようやくオンデーズが確実な成長の可能性の芽を育て始め「さあ、これから！」という、まさにそんな時に、高橋部長の口から告げられたのは、「膀胱癌で余命は判らない」という、底なし沼に引きずりこまれるような重たく暗い「事実」だった。

「ということで、しばらく治療とかあるんで、まとまったお休みをちょこちょこと頂くと思いますけど、引き継ぎなんかはちゃんとやっとくんで、諸々よろしくお願いしますね」

咄嗟《とっさ》に言葉を紡ぎ出せず沈黙してしまっている僕を見かねて、高橋さんはまるで「バカンスに出かけるから、留守の間は宜しく頼むよ」とでもいった感じの軽い雰囲気で、明るく言った。

「何言ってるんですか！　仕事なんてどうでもいいから、今後は全て治療優先の生活をしてくださいよ」

「ありがとうございます。まあでも、そんなに心配しないでも大丈夫ですって。今すぐ死ぬわけじゃないですし。それに手術すれば、かなりの確率で助かるみたいなんで安心してください。治療に専念するって言っても、今はこの通りピンピンして元気ですし、やることがなくなって暇になっても余計に体調が悪くなりそうなんで、仕事は今まで通り、思い切りやらせてもらいます。せっかく薄型レンズ0円も軌道に乗ってきたところだし、まだまだこんな所で死ねませんよ」

互いの気まずさを打ち消すように、努めて強く明るく振舞ってくれる高橋部長を見て、僕も明るさを少しだけ取り戻した。

「こんな時に死なれたら本当に迷惑だし。マジで勘弁してくださいよ」

「ハハハ、大丈夫です。ご心配お掛けしてすみませんね。それと他の人たちには、まだ何も言わないで下さい。変に気を使われてもやりづらいだけなんで。言わなければいけない時が来たら、その時は私の口から皆んなには伝えますんで」

「わかりました。とにかく癌なんて絶対にやっつけましょう！　会社としてもできる限りのサポートはするので、生活のことは心配しないで」

「ありがとうございます。それと社長、一つだけ私からのお願いを聞いて頂いてもいいですか？」

「良いですよ。俺にできることならなんでもしますから、遠慮しないで言ってください」

「今吸ってるそのタバコ。それで最後の一本にしてください。健康な体は、本当に大切です」

僕は持っていたタバコの箱を全てポケットから取り出すと、強く握り潰し、高橋さんの目の前でゴミ箱に放り込んだ。

そして最後の一本をゆっくりと時間を掛けて吸いながら、決まり悪げに空を見上げながら言った。

「これが人生で最後のタバコの味かー……よく覚えておこう」

「ハハハ、まさに、私の命懸けのお願いですからね。どうぞ、最後の一本をゆっくりと味わってください」

「あんま、美味しくないなぁ……」

この日から高橋部長はオンデーズの再生と共に、自身の体に巣食った悪魔との闘いにも並行して挑んでいくことになった。

僕は高橋部長との約束通り、それまで一日4箱は吸っていたタバコを、この時の一本を最後にピタリと止めた。

2014年7月

梅雨も明け、途端に猛暑になった頃。高橋さんが闘病生活を始めてから約2年が過ぎていた。いつもと変わらぬ通勤風景。駅から少し離れている本社に向かって、僕は一人先を急ぐように歩いていた。

しばらくすると、自分の少し前方を歩く高橋部長の後ろ姿が視界に入ってきた。

炎天下、ビシッとダブルのスーツを着て、理想のチョイ悪オヤジ風。まるで雑誌の『レオン』からそのまま抜け出して来たような、お洒落な中年男性スタイルはいつもの通りだ。

ただ右手には、今まで持つことのなかった杖が握られていた。

僕はこの半年間、出店ラッシュで各地への出張が立て込んでいて、東京には週に2日程度しか帰ってきておらず、この時、高橋部長の顔を見たのは数ヶ月振りのことだった。

闘病生活が凄まじいという報告を聞いてはいたが、久々に会った高橋部長の後ろ姿は、ビジネスマンの戦闘服であるスーツを、ビシッと格好良く着こなし、その様子を微塵も感じさせてはいなかった。

高橋部長には定期的に治療の進行状況を尋ねてはいたのだが、本人曰く「癌は大きくもなく小さくもなく、進行は止まっていて、自覚症状は全然ないですよー」と笑って報告してくれていたので、僕はその報告を信じて（まだあと10年くらいは一緒に働けるかな）などと漠然と考えていた。

しかしやはり闘病の影響は隠せず、体力がかなり衰えているようで、その足取りはまるで、鉄の鎖を両足首に付けられているかのように重たく、定時の出社に間に合うように少しずつ、一歩一歩を確かめるように本社へとゆっくり向かっていた。

アポの予定に遅れそうで、先を急いでいた僕は、そんな高橋さんを足早に追い抜いた。そして追い抜きざまに軽く会釈をした。「おはようございます」の挨拶は特に声に出してしなかった。

この時のことを、僕は今でも後悔している。

なぜならこれが、僕が見た高橋部長の最後の姿だったからだ。

何故あの時「おはようございます」の声を明るくかけてあげられなかったのだろう。

何故あの時、高橋部長と一緒に歩幅を合わせて、遅刻しても良いからゆっくりと歩いて、今までのことや、これからのことを語りながら歩かなかったのだろう。

僕にはいくらでも、その時間があったのに。

自分にはいつも通り訪れる、遅刻しそうな毎日の朝の時間だったけど、高橋部長にとっての「あの朝の、あの時間」は、残された僅かな人生を噛みしめる為の貴重な時間だったのだ。

なんでその時間を、僕は一緒に歩いてあげられなかったんだろう……。


そしてこの朝から3週間後。

癌の告知から約2年が経過した、2014年8月19日。

高橋部長は、その早すぎる生涯に終止符を打った。


「先程、高橋部長の奥様からご連絡がありました。高橋部長が亡くなられたそうです」

出張先から羽田に戻り、飛行機を降りて携帯の電源を入れると、最初に飛び込んできたのが高橋部長の訃報を伝える人事部の田中部長からの短いLINEだった。

数日前に高橋部長から「体調が芳しくないので、しばらく療養しますが、必ず治して会社に復帰します」と僕のもとに短いメールが送られてきていた。そのメールを見て、高橋部長の容態がふと気になった僕は、（戻ったら、スケジュールを無理にでも空けてお見舞いに行こう）そう思っていた。

まさにその直後の報告だった。

喫煙所で「膀胱に悪性の腫瘍が見つかった」という報告を高橋部長から受けたあの日から、僅か2年3ヶ月後のことだった。

大変な闘病生活になるということは覚悟した上で、仕事も辞めることなくできる限り癌とも戦っていきたいと、固い決意を強い眼差しで話してくれていたのが、まるで昨日のことのようだった。

でも病魔は、あの日以降も留まることなく、高橋部長の体を蝕む手を休めてはくれていなかった。


そして、お通夜の席で、高橋部長の奥様から告げられたのは、僕たちの知らない「もう一人の高橋部長」の姿だった。

実は「最初に癌が発見された時点で、もう既に骨にまで転移が進んでおり、完治することはまず絶望的な状況だと、本人は十分に理解していた」というのだ。

高橋部長は余命があと少しと短いことを、最後まで社長の自分を含めて、本部の人間に誰にも話してはいなかった。

僕たち本部スタッフにとって青天の霹靂のごとき「突然の訃報」は、高橋部長の心の中では、予定されていた「最後の連絡」だったというのだ。

その証拠に全ての仕事の引き継ぎは、亡くなる直前までに滞りなく完璧に終えられていて、高橋部長のデスクやロッカーは、人知れず、いつの間にか全てが綺麗に片付けられていた。


癌が発見されて以降も最初の1年はいつもと変わらずに会社に出社し、いつものように仕事に向かうその姿は、抗ガン剤の影響で髪の毛がなくなっていくことを除けば、大変な闘病生活をしながら過ごしている人のようにはまるで見えなかった。

しかし1年が過ぎた辺りから、治療の為に会社を休む頻度が多くなり、見るからに体重も落ちて行く様子に少し心配にはなっていた。

それでも出社してくると淡々と仕事をこなし、時にはメーカーの担当者と大喧嘩もしたり、鯖江や中国、韓国など海外の工場を飛び回り、品質管理やコストダウンに厳しい目を向け続けていた。

資金繰りが苦しくてメーカーへの支払いが予定通りできない事態も何度もあった。

特に震災以降の1年間は、本当に苦しい時期の連続だった。

しかしそんな時「社長は会社の顔なんだから、簡単に頭を下げさせたらダメだ!」と言って、高橋部長は僕の知らないところで先回りをして、メーカーさんのもとを回り、何度も頭を下げて、次々と支払いサイトの延長を取り付けてくれ、会社の危機を救ってくれた。

他にも中国出張の時、極寒の北京で夜倒れるまで白酒を飲んだこと、商品製造の計画を巡って鯖江の居酒屋で怒鳴り合いの喧嘩をしたこと。

こうして高橋部長との思い出を紡いでいくと、僕の夢に描いたオンデーズの売り場を、実際に形にして実現していったのは、僕ではなく高橋部長だったのだと思う。

棺の中で安らかな顔で眠りにつき、もう何の言葉もかけてくれることのなくなった高橋部長を皆んなで見送る時、サザンオールスターズの「真夏の果実」が会場に流された。

聞けば、高橋部長の一番好きな曲だったという。誰も知らなかった高橋部長の意外な一面だったけど、でも、それもなんだかすごく、高橋部長らしかった。

告別式の最後に奥様が、参列した社員全員に声をかけてくれた。

「主人はオンデーズが大好きでした。最期まで仕事に戻ろうとしていました。必ず世界一になって下さいね」

皆んなで泣いた。

蒸し暑い夏の日。町田の外れにある斎場で、涙と汗でぐちゃぐちゃになりながら皆んなで思い切り泣いた。

第20話　快進撃の最中に訪れたピンチ

２０１２年９月

高橋部長が癌を告知され厳しい闘病生活に突入した頃、オンデーズでは「薄型レンズの追加料金０円」がしっかりと軌道に乗り、慌ただしい毎日が続いていた。

まるでその様子は、四角いリングの上で一進一退の乱打戦を繰り広げているボクシングの試合。終盤、狙いすましたカウンターの左フックが一閃《いっせん》、相手のアゴに決まり、ヨロめいた相手に襲いかかると、渾身の力で激しいパンチの嵐を浴びせてラッシュを一気に仕掛けていく。そんな今まで経験したことのない程の快進撃をオンデーズは続けていた。

売上は右肩上がりで、既存店の売上昨年対比は平均で１５０％を突破。懸念していた利益率も、客数が大幅に増加したことで、ほぼ想定内に収まり、増収増益の階段をテンポよく毎月駆け上がっていた。

しかし、出る杭は打たれるのが世の常。

「オンデーズに、一般的には使われない中国製の酷く粗悪なレンズを使っているから安いんですよ」

「オンデーズは検査がいい加減ですから、あの店でメガネを作ると余計に目が悪くなるから買わない方が良いぞ」

そんな、何の根拠もない誹謗中傷が、同じショッピングモール内に出店するライバル店から、露骨に言いふらされたり、WEB上でも目につくことが多くなっていき、全国のスタッフからも嫌がらせを受けている旨の報告が聞こえてくることが多くなった。


池袋にある本社の応接室で、僕はソファの上に胡坐《あぐら》をかきながら男性に人気の情報誌を見つめたまま、部屋に入ってきた明石に向かって話しかけた。

「おい、これ俺たちやジェイムズのことじゃないか？　なになに『今話題の格安チェーンのレンズは中国製の安物でかなり質が悪い。激安メガネを使用すると頭痛や肩こりの原因になる』だってさ」

明石は、手に持ったコーヒーを飲みながら、ヤレヤレといった感じで、眉間に皺を寄せて不機嫌そうに答えた。

「あぁ、それですね。私もさっき見ました。店舗の方にも、この記事を読まれたお客様から『お前の店のレンズは大丈夫なのか？』と問い合わせが何件もきているみたいです。どんな根拠があって質が悪いって断言してるんですかね？」

「まったくだ。きちんとした証拠なく、こんな記事を書いて、人の商売の邪魔をして他にすることないのかね」

僕はそう言いながら、見ていた週刊誌を明石の方へと放り投げた。

「流石にこれは頭にきますね。ウチが使用しているレンズは大手チェーン店各社が使用しているものと同じちゃんとしたものだし、この記事は全く根拠のない営業妨害ですよ。出版社に抗議の連絡をいれましょうか？」

「まあいいよ。腹はたつけど、とりあえず放っておこう。今の時代、ただの粗悪品を安く売るだけのお客様を騙す詐欺のようなビジネスモデルで、全国チェーンが成長できるなんて考えている人は、ほとんどいないだろう。ユニクロやニトリにダイソー、そういった会社が成長している背景には、低価格を実現する為のしっかりとしたシステムや企業努力があることぐらい、まともな知識のある人なら普通は皆んな知ってるよ。だから大丈夫。俺たちも真面目に、お客様の方を向いて正直に仕事をしていれば、こんな何処の誰が書いたかわからない、くだらない批判になんて負けやしないさ」


ガチャッ!!

そんな会話をしてるところに、突然、蹴破るような勢いでドアが開き、奥野さんが慌てて飛び込んできた。

その表情は、まるで世界中の苦悩を一人で背負ってしまったかのように強張《こわば》って青ざめている。

「社長、ちょっと今お時間いいですか……その……」

奥野さんは深刻な顔をしながらメガネのブリッジを人差し指で押し上げると、明石の方をチラリと見た。

「自分は席外しましょうか？」

明石は、奥野さんの何やらただならぬ空気感を察して、テーブルに散らばっていた書類とパソコンを手早くまとめると、会議室から逃げ出すように退出した。

「どうしたの？　いつになく深刻な顔しているけど？」

会議室のドアが完全に閉まるのをしっかりと見届けると、奥野さんは震えるような声で言った。

「社長……このペースでいくと、また年末には資金が足りません」

「また資金ショートか……」

この時、確かにオンデーズは傍《はた》から見れば絶好調。手堅く営業収益を産み出せる体質に変貌を遂げていた。

しかし売上自体は急速に伸びてはいたものの、創業者時代の膿を全てオープンにして10億円超の債務超過に陥っていたオンデーズのバランスシートはそう簡単には改善されておらず、依然負債は重たくのしかかり、銀行との取引は相変わらず厳しい状態が続いていた。

震災時にリスケを再度行い、半年間、元金の返済をゼロにした後、落ち着きを取り戻してからは、再度半年毎に返済額を増やしてはいたものの、各銀行は短期融資を長期に組み替えてくれることはなく、ただ機械的に淡々と半年毎に到来する返済期日を延長しにくるだけであった。

増収増益でも資金繰りは楽にならない。収支ずれ（売上入金と仕入支払タイミングのずれ）がある限り、売上が増えれば必要な運転資金も比例して増えていく。売上の増加に伴って、運転資金はより一層逼迫し続けるようになっていた。

「商品の回転を速く！　支払サイトを極力長く！」

奥野さんは常に〝増加運転資金の恐怖〟を幹部陣に訴え続け、それに呼応するように各部長たちも、取引先各社との懸命の交渉を続け、支払サイトの延長などに奔走してはいたが、やはりどこまでいっても、一時凌ぎにしかなっていなかった。

増収増益、毎月出店で絶好調の表の顔。金策に奔走し、途中経過と最終結果の報告を聞き安堵する裏の顔。僕はそんな2つの顔をくるくると使い分ける毎日を繰り返していた。

「それで、今回はいくら足りなくなりそうなの？」

「それが……、その……」

気まずい空気が流れる。奥野さんは諦めにも似た表情で吐き出すように呟いた。

「3億です……」

「え……マジで？」

「はい。何度もシミュレーションしてみましたが、このままでは、あと3ヶ月後の仕入に、おそらく3億円がショートします……」

「3億って……そんなに？　いったいどうして……」

奥野さんは苦しそうに汗を拭いながら、報告した。

「はい。それが、商品改革を強力に推し進めた関係で、昨年末から原価の高い高付加価値商品を大量に発注してきましたよね。それが仕入れ金額を極端に増大させているのが、まず第1の理由です。

さらに、既存店の売上増加に伴う販管費も凄いペースで急増しています。いわゆる『増加運転資金』が全然足りていない状態です。銀行借り入れは一切できないので、急成長に伴って営業キャッシュフローをかなり傷めてきていました。

それらが続いて、繰り延べしていた支払いが年末に一気に重なったのも大きいです。取引先も中小企業で資金に余裕のないところが多く『社員のボーナスなど年末資金が必要なので、なんとしても年末までには必ず支払ってもらわないと困る』と強く言ってきています。結果的に3億円、いや下手するとそれ以上の金額が未払いになってしまいそうです……」

これまでも数千万円程度の資金ショートは度々あったが、商品代金の支払いサイトを調整したり、直営店をFC店へ売却するなどして、なんとか綱渡りではあるが、それなりに上手く資金繰りは回していた。

しかし今回は、一気に3億円近く支払い資金が足りないという。それに加えて、残り3ヶ月と猶予がない。今までとは桁違いのピンチだ。下手をすれば未払いが連鎖的に積み重なって黒字倒産にすら直結しかねない。

僕は腕組みをしたまま、じっと天井を見上げた。二人の間に気まずい沈黙が流れていく。もう何度も経験してきた、1分が1時間にも2時間にも感じるような「あの感覚」だ。

しかし、今回は今までで一番絶望的かもしれない。舌が膨らんで、喉の奥を塞いでいるような感覚で、なかなか上手く言葉が出てこない。

「……だけど、今はもう10月に入るところだよ。なんで、もっと早く予測できなかったの？」

奥野さんはやつれた顔で答えた。

「急激な事業の拡大に、今の経理スタッフ二人だけでは対応が追いつかず、毎月の試算表がなかなか上がってこないんですよ。売上はこの4年半で倍近くなっているのに経理スタッフの人員は変わらないんですから……それが原因で、正確なキャッシュフローの予測がリアルタイムで把握しきれていない状態がもう半年以上も続いてしまっています……」

「確かに今の業務量を二人でこなすのには無理があるか。しかし今さら悔やんでも始まらない。経理の人員強化は、至急考えるとしても、今はとにかく目先の資金ショートを回避する手立てをすぐにでも考えないと。とにかく打てる手は、すべて打つ。それしかないよね」

僕は平静を装ってはいたが、内心では「倒産」という文字が浮かんでは消えてグルグルと頭を掻き回すように支配していた。

数千万円から1億というレベルの資金ショートなら今まで何度も経験している。その都度、背中に冷たいものを感じながら、倒産を意識して青ざめたこともあったが、大規模な半額セールをしかけたり、取引先に支払いを繰延べしてもらったり、社会保険料や消費税の納付を延滞したりと、なんとか帳尻を合わせて結局は何とかなってきたし、強引に何とかしてきた。

しかし今回はあと3ヶ月もない間に3億円以上がショートするという。

こうなると、今まで使ってきたような手を全て組み合わせても、今のオンデーズの産み出すキャッシュフローでは到底追いつかないことは明白だ。昨日の今日で急にそんな大金を用意できるアテもない。むろん、今までの銀行のスタンスを考えると融資を受けるなど、夢のまた夢である。

（せっかく業績が上向いてきて、営業ではしっかりと利益が出始めているというのに、このままでは黒字倒産じゃないか）

僕は文字通り、天国から地獄へ奈落の底に突き落とされたような、暗澹たる気分になっていった。

「社長、さすがに3億円という単位になると、もう小手先の資金繰りではどうにもなりません。何か抜本的な別の手を考えないと……」

僕の心中を見透かしたように、奥野さんが切り出した。

「どこかに増資を検討してもらうか、社債を発行して引き受けてもらう。もしくは、できれば手を出したくありませんが、最悪は株式か商品を担保にノンバンク系で金利の高いところから一時的に借りてくるなりしないと、さすがに今回はもう回避できそうにありません」

「増資か社債か……。まあ、その手しかないかな。サラ金みたいな危ない高利貸しからは絶対に借りたくないし。しかし、果たしてオンデーズの現状だけを見て、3億円もの投資をすぐに引き受ける決断ができるところなんてあるのかな……」

「可能性はあると思いますよ。社長がオンデーズに就任して以降、業績は右肩上がりで増収増益を続けています。店舗数も100店舗を超えてますし、営業ではしっかりと利益も出ています。決算書が汚いだけで客観的に見て、今のオンデーズは投資家にとっては、十分に魅力のある案件になってきていると思います。ただ株式のシェアを何%持っていかれるかによりますけど……」

「そうだよね。足元を見られて『過半数をよこせ』と言われたら実質ただの身売りになってしまう。上手く適正な金額で、3億円の増資に応じてくれるところがあればいいけど」

この頃、オンデーズはもう十分に規模も大きくなってきており、メガネ業界ではそれなりにしっかりとしたポジションを築き始めていた。引き受ける会社によっては、金の卵を産む鶏になる可能性も十分にある。食指を動かしてくる投資家や企業は少なくないはずだ。

しかし、資金繰りの悪化を招いたとなれば、社長である自分は経営責任を問われ辞任を要求されるかもしれない。相手によってはギリギリまで交渉を遅らせ、足元を見て最低価格で乗っ取りを画策される可能性もある。

それでなくとも、経営権を譲ることが増資を引き受ける条件だと突きつけてくる可能性はかなり高いし、時価総額も目いっぱいに叩かれ、自分は、すべてを失うことになるかもしれない。

しかし、まずは、今回の資金ショートを回避し、倒産するような事態に陥らせなくすることが、社長の自分が最優先で考えなければいけないことだ。こんなところで保身に走っていてもしょうがない。

「とりあえず、ジタバタしても始まらないし、幹部の皆んなとは、すぐにこの現状を共有しよう」

「そうですね。わかりました。しかし、辛いですね……。資金繰りは本当に辛い……。毎日、胃の中に砂袋を詰められてるような感じですよ」

その日の夜
急遽、招集された幹部会議の席上で、開口一番、奥野さんは、年末に向けての資金繰りの窮状と、それを回避する方法として、増資も検討しなければいけない旨を皆んなに説明した。

「Xデーは12月20日。この日までに3億円強の資金手当ができないと、オンデーズは深刻な資金ショートを起こし、甚大な信用不安を招く可能性があります。そこから一気に黒字倒産へと転がり落ちる最悪の可能性も視野に入れなければいけません。支払いサイトの延長要請や、セールなど、従来通りできる限りの金策はしつつ、増資に応じてもらうことはできないか、手分けして取引先や知り合いの経営者にあたってみてください」

想定外の事実を告げられた幹部たちの間には大きな衝撃が走った。

お店には連日沢山のお客様が来店しているし、スタッフのモチベーションも高い。業績はうなぎのぼりで、増収増益を叩き出していて、自分たちは絶好調だと思っていたところで、いつもの数千万ならともかく、いきなり3億円もの資金ショートを明かされるとは夢にも思わなかったのだろう。

役員や部長たちは、皆一様に頭を抱えていたが、やがて一人、二人と心当たりの経営者や取引先の名を挙げはじめた。僕と奥野さんはすぐさま連絡をとり、面談を申し込むように指示をしていった。

増資の引き受け先を探し始めて数日もすると、何人かの経営者や投資家、複数のベンチャーキャピタル（ＶＣ）が早速、強い興味を示して来た。

数年前の「困り果てているやつを騙して儲けてやろう」という怪しい連中とは違って、今回は純粋に「成長企業に投資して将来のキャピタルゲイン（売却益）を狙おう」とする、真っ当な投資家たちだ。

僕と奥野さんは気合を入れて、大量の資料をカバンに詰めて、片っ端から面談に向かっていった。

「バランスシートは傷んだままなんですが、これは前経営陣の時代の膿出しをしたもので、現在のＰＬ（損益計算書）にはほとんど影響はありません。収益力も確実についてきています。ここから更なる成長が見込めることは、この5年の実績を見て頂ければご理解頂けると思います。なんとか増資に応じて頂くことはできませんか？」

「大丈夫です！　まさにそういった企業の再生をお手伝いするところに我々ベンチャーキャピタルの存在価値があるんです。ぜひぜひ検討させて下さい！」

この頃のオンデーズは傍目には、成長著しい元気溢れる企業だ。どのＶＣの担当者も最初は色よい返事で、意気揚々と事業計画書と決算書一式を持って帰っていった。しかし、結果といえば、全てのＶＣが最後は「残念ですが」とアッサリ検討をストップしてしまった。

「増資の目論見書が、あまりに楽観的ではないですか？　こんなに好調ならなぜそんなに慌てて資本を必要としているのか？　本当はこの売上の数字は粉飾されているのではないですか？その辺を慎重に調べてからでないと、悪いが簡単には手は出せない」

「増資して資金を集めても、この債務超過では、またすぐに資金難に陥って、結局は倒産や民事再生も近いのではないのか？」

　そんな指摘や疑問を次々と浴びせかけられた。その都度、僕と奥野さんは精一杯説明し、相手の疑念を振り払うことに全力を懸けたが、それでも３ヶ月という超短期間で、適正な金額で増資や社債を引き受け、支援に応じてくれるＶＣや金融機関は、結局一つとして現れることはなかった。

「なんで、誰も理解してくれないんだ。ウチは、そんなに危ない企業なのか？　俺に現金があって、こんな会社があれば絶対に３億くらいスグにでも投資するのに。売上は絶好調、品質も良い。社員のモチベーションも高い。そんなの店舗を見れば一目瞭然だ。毎回、問題にされる債務超過だって、俺たちが作ったものじゃないし、創業者時代に計上されていた実体のない資産をキチンと落として正しく会計処理をした結果じゃないか。今の俺たちの営業の収益にはほとんど何にも影響はない。それなのに……」

「本当ですね。ＶＣや投資家は皆んな口では『銀行とは違って我々は事業の可能性や人に投資します！』とか言ってるクセに、結局は決算書ばっかり見て、少しでも危なそうならできる限りリスクは取ろうとしない。銀行と大して変わりませんよ」

「それとも成長できると思って信じてるのは俺たちだけで、ここまで全ての金融機関や投資家から軒並み相手にされないってことは、本当はやっぱりオンデーズはダメな会社なのかな……」

「そんなことないです！　私は前職で沢山の再生案件を手掛けてきましたが、今のオンデーズみたいな会社は一つもありませんでした。全く利益の出てない完全にマイナスの状態から、一円も融資を受けず、返済は続け、さらに4年半で売上も店舗数も倍にして利益も出して、こんな再生案件見たことがない。もし私が担当者なら絶対に『積極投資可』の判断を出しています！　専門家が言うんですから間違いないですよ！」

「なんか、奥野さんに、そう言われると自信が出てきたよ。そうだね、やっぱり投資できない向こうの目が曇っているってことで間違いないね」

「そうです。間違いないです。社長はもっと自信を持ってください。もしここがアメリカや中国だったら、すぐにでも100億近い資金が、今の社長とオンデーズには集まりますよ。私は本気でそう思っています」

「よし　やる気出てきた。どこかに、ちゃんとした目を持っている投資家がいるはずだ。諦めずに最後の最後まで粘って探そう！」

２０１２年11月

しかし、努力の甲斐も虚しく、この２ヶ月の間で十数社と交渉をしてきたが、結局全ては徒労に終わり、３億円の資金ショートまで１ヶ月を切り、もはや万策尽きて僕と奥野さんは、いよいよ窮地に追い込まれていた。

そんな時、突如、知人の経営者から僕のもとに一本の電話が入った。

「オンデーズさんが増資の引き受け先を探していることを話したら、同じように全国のショッピングモールに多数の店舗を展開している有名上場企業の社長が『前からオンデーズのことは知っていた。かなり具体的に支援に乗り出せる可能性がある』と言ってきていますが、一度会ってみますか？」

「えっ！　本当ですか！　すぐにご紹介してください。よろしくお願いします！」

捨てる神あれば、拾う神あり。もう残された時間は僅かしかない。まさに藁をも摑むような最後の希望を持って、僕たちはこの上場企業社長との面談に最後の望みをかけることにした。

翌日

夜の空気が肌を突き刺すようになり、冬の始まりを感じさせるような、シンシンと冷たい夜。僕と奥野さんは、少し小雨混じりの天気の中、その上場企業の社長の秘書と名乗る人物から指定された、赤坂の路地裏にひっそりと佇む料亭の暖簾《のれん》をくぐった。

「田中と申しますが」

「いらっしゃいませ。お待ちしておりました。コチラへどうぞ」

入り口で靴を脱ぐと、着物を着た女将さんとおぼしき女性に導かれて、僕らは細長い廊下の突き当たりにある、一室へと案内された。

「お連れ様がご到着されました」

「おう」

襖を開けると、4人が座るには少し広すぎる座敷の上座には、でっぷりと太った恰幅の良い男性が座っていた。年の頃は50代後半くらい。人の心を射貫くような鋭い目つき。海千山千の修羅場をくぐり抜けてきた企業経営者独特の威圧的なオーラを放っている。

そして、その隣には色白でメガネをかけたダークグレーのスーツを折り目正しく着込んだ秘書らしき細身の男性が無表情で座っている。

僕たちは指定された19時よりも10分以上前には到着していたつもりだったが、その社長はそれよりも更に早く来て、僕らをまるで品定めするかのように待ち構えていた。

「初めまして。オンデーズの田中と申します。今日はお時間頂きありがとうございます。失礼します」

僕は軽く一礼すると、正面の席に座り、名刺交換と挨拶もそこそこに、持参した分厚い資料を手渡し、オンデーズが置かれている状況について説明を始めた。

「まあ、そんなに焦るな。とりあえずビールでも飲めよ」

その社長は、僕の勇み足を牽制するかのように話を遮ると、グラスを持つように促し、なみなみとビールを注いだ。


その後、出された料理を遠慮がちに口に運びつつ、雑談も交えながら、オンデーズの再生を開始してから今に至るまでの経緯、今後の事業計画を一生懸命に説明した。

そして1時間程が過ぎ、ひとしきりの説明も済み、出されたいくつかの質問への回答も終わると、その社長は〆のデザートに出されたメロンを頬張り、クチャクチャと下品な音を立てながら僕に吐き捨てるようにこう言った。

「わかった。とりあえず3億すぐに用意してやる。それを当座の資金繰りに使い、お前はさっさとウチの人間に引き継ぎをしてオンデーズから出て行け。あとは全部こっちでやってやるから。それでオンデーズは助かるし、お前個人につけられている融資の連帯保証も全部とってやる。社員の生活も全員守られるし、それで何も文句はないだろう。ウチの資金でバランスシートを綺麗にして、ここから先の再生はやってやる。それに万が一上手くいかないようなら、同業他社に売却しても投資した金額くらいは簡単に回収できるだろう。ハハハ。お互いにとって良い話じゃないか」

この社長は、さも上から「助けてやるんだから有難く思え」と言わんばかりの傲慢な態度と不遜な顔つきで、僕を見下すように言った。

更に、こちらの窮状を見透かしきったような、高飛車な物言いをした挙句に「上手く再生できなければ、どこか他へ転売して儲ける」とまで言い放った。

僕は悔しさと腹立たしさで血が滲むほど奥歯を噛み締めた。

しかし、タイムリミットは差し迫っている。

今ここで、この提案を呑まず、万策尽きて突如年末に3億円近い未払いを起こしてしまえば、オンデーズの置かれた状況は一気に奈落の底へと落ちていきかねない。今はこの社長の提案を呑むしか、他に現実的な解決策は見出せそうもない。

しかし、せっかく皆んなの努力が実を結んでようやく全ての歯車が噛み合い始めて、明るい将来が見え始めてきた「まさにこれから」という時に、こんな形で、こんな男にアッサリとオンデーズを奪われてしまうなんて、どうしても納得することができない。

今まで数え切れないほどの困難や試練を、皆んなで乗り越えてきた日々は一体なんだったというのだ?

この目の前にいる、まるで漫画に出てくる悪役そのもののような、如何にも金の亡者といった奴を儲けさせる為に、これまで何度も皆んなで必死に頑張ってきたというのか。

今まで皆んなで乗り越えてきた試練の日々が走馬灯のように頭をよぎると、どうにもやりきれない気持ちでいっぱいになり、目に涙が溢れてきた。

「いい大人が泣いたって一円にもならないぞ」

答えに窮し、うつむいていると、更に吐き捨てるように言葉を浴びせられた。

流れた沈黙はおそらく2、3分程度だったろうが、僕には1時間にも2時間にも感じられた。情けなさと悔しさと苛立ちが身体中にうごめいて、その場から逃げ出したくなった。しかしこの社長の言う通り、どれだけ黙り込んでもこの状況が解決されることはない。ただいたずらに時間を消費していくだけだ。

（もう、いいじゃないか。オンデーズの社長ではいられなくなるが、オンデーズ自体は上場企業の傘下に入るわけだし、社員たちの雇用は守られる。オンデーズはこれを機に更に発展するかもしれない。

全国のスタッフたちは皆んな、「上場企業の社員」という肩書きも手に入る。俺にこのままオンデーズの社長でいて欲しいと願っているのは、ひょっとして俺だけであって、社員からすれば、俺が社長の不安定なオンデーズでこのまま働くより、上場企業の社員になれた方が余程嬉しいんじゃないんだろうか……）

自分で自分にそう言い聞かせていると、だんだんと諦めがついてきた。

「わかりました……前向きに検討させて頂きますので……よろしくお願いします……」

「もう時間がないんだろ。俺の気が変わって手遅れにならないうちに、すぐに答えを出せよ」

「わかりました。あと数日だけお時間をください……」

挨拶もそこそこに、逃げ出すように足早に料亭を後にすると、僕と奥野さんは地下鉄の入り口に向かって二人で歩きだした。

寒空の下を歩いていたら、こんな時に限って大粒の雨が降ってくる。まるで安っぽいドラマの演出みたいだ。

歩いて数分がたつと、雨に混じってなんだかショッパイものが唇を濡らしてきた。自分では気が付かないうちに、泣いているという実感もなしに、涙が後から後から溢れて止まらなかった。

通りを行き交う人々の楽しそうな話し声も、煌々と輝くネオンの灯りも、全てが妬ましく思えてしょうがない。

いっそのこと、戦争でも起きて世の中の全てが大混乱してしまえばいいのに……。目に見える全ての世界が歪んで見えてくる。

(なんで、こんなに頑張っているのに、誰よりも努力してるのに、肝心なところで上手くいかないんだよ……)

そう考えると、息が詰まって呼吸が上手くできなくなる。必死に冷たい風を吸い込んでみても、酸素が上手く肺に入ってこないように感じて会計に苦しくなっていく。

「悔しいです……」

隣で押し黙ったまま歩いていた奥野さんが、力なく息に近い声で小さく呟いた。

捨てる神あれば、拾う神あり。

ただ、この時、僕たちの前に現れたのは「死神」だった。

第21話　男に二言はない！

「3億入れてオンデーズは助けてやるから、お前はさっさと出て行け」

捨てる神あれば拾う神あり！　そんな気持ちで喜び勇んでノコノコと馳せ参じた僕らの前に現れたのは、傲慢で強欲な死神だった。僕の喉元に容赦なく突きつけられたのは、鈍色に輝く死神の鎌。

覚悟を決めて静かに掻き切られるか……それとも命が尽きるまで抗うべきか……。

会食の後、どの道を通って、どうやって自宅まで帰ってきたのかハッキリとよく覚えていない。家のドアを開けると、そのままベッドに力なく崩れ落ちるように倒れこみ、天井を見つめていた。

つい数時間前に浴びせかけられた上場企業社長の言葉が、頭の中をグルグルと駆け巡っていく。もうどうすることが正解なのかもわからず、全てを放り出して、いっそのこと逃げ出してしまいたい。

（このプレッシャーから解放されたらどんなに楽だろうか……）

窓を見ると衝動的に飛び降りてしまいそうで、怖くて窓のある方に目をやることができない。多分、この日の夜が、僕の今までの人生の中で、一番、追い詰められていた夜だったと思う。

翌日

いつ眠りについたのか覚えていないが、時計の針が9時を少しまわった頃、家の前を通るけたたましい街宣車のガナリ声に叩き起こされた。

どんなに苦しくて辛くても、朝はいつもと変わらず無情にやってくる。

窓を開けて外の景色に目をやると、昨日の雨は通り過ぎ、僕の気持ちとは裏腹に、晴れやかに澄んだ秋晴れの綺麗な青空が、雲一つなくどこまでも広がっていた。

（もういいか。諦めよう。俺が会社を失おうが、絶望して自殺しようが、別にこの世界は何も変わりはしない。明日も同じ景色が続いていくだけか。それなら、ここでジタバタと見苦しく足掻《あが》いて、オンデーズを危機的な状況に晒し、みんなを大変な目に遭わせるよりも、さっさと、あの上場企業にオンデーズを託してもう終わりにしよう。その方が皆んなにとっても、きっと幸せだろう。俺はまだ34歳だ。何もかも手放して、またゼロからやり直したとしても、十分な

時間が俺にはあるじゃないか。それにこの約5年間、凄い経験が沢山できただけでも儲けもんだったよな）

一晩寝て、澄み渡った晴れやかな空を見上げて深呼吸をすると、不思議と僕は少しポジティブな気持ちになっていた。睡眠は神様がくれた特効薬なのかもしれない。

僕はスマホを取り出すと、例の社長の秘書に宛てて短いＬＩＮＥを送った。

「ご提案頂いた内容で進めさせて頂きたいと思います。よろしくお願いします」

数分後、まるで僕から観念した返事が届くのを事前にわかっていたかのように、すぐさま返信がきた。

「かしこまりました。それでは早速、下記の財務資料をご用意ください。取り急ぎ3億円は貸付金にして、その後デューデリに問題が無ければ、そのまま出資金に振り替えさせて頂きます」

（これでオンデーズが潰れることはなくなったか……）

先方からの返信を確認すると全身から力が抜けていった。

こうして某上場企業社長との間で本格的な増資の条件交渉をスタートさせた後、僕は身支度を整えてから東京ビッグサイトへと向かった。

この日は「国際メガネ展示会」へ行く予定になっていたからだ。

前回、グラステック社の中畑社長と出会い、オンデーズの商品を劇的に変化させるキッカケにもなった、あの展示会だ。

（中畑さんも来ているって言ってたな。増資してオンデーズを手放すことにした件、報告しなきゃ。中畑さんも、さぞかし失望するだろうな……）

会場をぶらつきながら、取引先のフレームメーカーや機械メーカーのブースを順番に訪問し、担当者の人たちと他愛もない社交辞令的な雑談を交わしていく。最初に来た時は、どの出展ブースでも相手にすらされなかったのに、今回は沢山のブースで、皆んなが僕を温かく迎えてくれる。

（この数年、頑張ってきた甲斐があったな）

そんなことを考えながら、少し感慨深げに会場をブラつき、中畑社長のいるグラステック社のブースの位置を確認しようと、会場の案内図に目をやっていると、不意に背後から一人の男性に声を掛けられた。

「あんれー、田中社長じゃないですか！　ご無沙汰してます。お変わりないですか？」

振り返ると、そこに立っていたのは「藤田光学」の藤田社長だった。

藤田光学は福井県鯖江市に本社を置く老舗フレームメーカーで、数年前から多少の付き合いがあった。

しかし取引があったといっても、月々の額は微々たるもので、数十万円から、多くても200万円程度、試験的にいくつか良いフレームがあれば、少し仕入れてみる。その程度の付き合いでしかなかった。

「あー、藤田社長。ご無沙汰してます。いつ東京に？」

藤田社長は、いつものように少し背中を丸め、無邪気に目尻にたくさんの笑い皺を作りながら、柔和な笑顔で言った。

「昨日遅くに着きました。田中社長もお元気そうで何よりです。相変わらず絶好調ってお顔してますねぇ！　オンデーズさん調子良いみたいじゃないですか、アチコチで噂になってますよー」

「ハハハ。いやぁ、その逆ですよ」

「またまた、謙遜して」

「いや、たしかにお陰様で店舗の業績は結構良いんですけど、債務超過がネックで銀行も投資家も誰も再生に全然協力してくれなくて、いよいよ資金繰りが限界にきてしまったんで、もうオンデーズは売却することにしたんですよ。それで、肚を括ったら、一挙に肩の荷が下りたって感じで、気持ちが軽くなっちゃったんですよ。それで晴れやかな顔してるんですかねぇ……。ハハハ」

藤田社長は、僕の口からこぼれた予想外の答えに目を丸くしながら、驚いた様子で言った。

「ええ？　オンデーズを手放すんですか？　それは勿体ないですよ！　絶対勿体ない！」

「はい。まあ自分でも勿体ないとは思うんですけど、このまま資金繰りをショートさせてグチャグチャになってしまうくらいなら潔く身を引いた方が男らしいかなと思って。もう少し頑張りたかったってのが本音ですけど」

なんとなくきまりの悪い気持ちになってその場を立ち去ろうとすると、藤田社長は少し真剣な眼差しになって、僕の袖を摑んだ。

「ちょっと待ってください。その話、もう少し詳しく聞かせてくれませんか？」

そう言うと、藤田社長は僕を会場の外へと連れ出した。

会場の外へ出ると、天気は晴れやかだが、もう季節は11月の終わり。通り過ぎる風は頰を刺すように冷たかった。

藤田社長は、休憩用のベンチに腰を掛けるように促すと「ちょっと待ってて下さい」と言って、自動販売機の方へと小走りに走っていき、温かい缶コーヒーを買って来てくれた。

「あ、すいません。頂きます」

差し出された缶コーヒーを二人で飲みながら、僕は特に隠すこともなく今までの経緯と現状を簡単に説明した。

僕が少し自虐的に会社売却の意思を固めるまでの経緯を話すと、ひとしきり真剣な眼差しで聞いていた藤田社長は、静かにこう告げた。

「なるほどぉ。分かりました。それなら、ウチにも協力させてもらえませんか？　お金なら多少出せますから」

にっこりと笑ってそう言い出した藤田社長に、僕は少し面食らってしまった。

（どうせ、せいぜい数千万円の話だと思っているんだろうな。恥をかかせてしまっても申し訳ないので、はっきり打ち明けた方がいいな）そう思った。

「それで、当座の資金はいくらぐらい足りないんですか？」

人のよさそうな笑顔で問いかける藤田社長に、一瞬、躊躇したが、意を決して僕は答えた。

「最低3億近くは必要なんですよ。それもあと20日間以内に」

（さすがにそれはキツイな……）

そんな表情を見せるのだろうと思っていると、藤田社長は眉一つ動かすことなくこう言った。

「そうですか。全額は無理でも、1億くらいなら、ウチで出しますよ。今は時間がないので、今晩、ゆっくりどこかでもう少し詳しく話を聞かせてもらえませんか？」

「そうですよね。無理ですよねー……ん？　あれ？　え？　今なんて、言われました？」

「ウチも1億程度ならスグに融通できますんで、オンデーズをここで手放すのは、もう少し待ってみませんか。まだ他に手があるかもしれない」

「はあ……」

そう言うと、手帳を開いてその夜のスケジュールを決めると、藤田社長はぺこりとお辞儀をしてビッグサイトの人混みの中へと消えて行った。僕はその後ろ姿を、ただ茫然と見送った。

早速その日の晩、僕と藤田社長は、六本木のミッドタウンから少し歩いたところにある瀟洒な焼肉屋「綾小路」の個室で再会した。

「とりあえずビールでいいですか？　喉がカラカラでしょう。まずは乾杯といきましょう！

よし、この特選和牛のセットを二人前と、えーっと……これと、この盛り合わせも」

僕は、一旦会社に戻り、慌てて用意してきた詳しい資料を山のように抱えていたが、藤田社長は気負って余裕のない僕とは対照的に、のんびりと注文をしていく。

しばらくの間、雑談を交わしていると、ほどなくしてドカドカと大量の美味しそうなサシの入った和牛がテーブルを埋め尽くすように並んでいった。

「お腹すいたでしょ？　さあ、食べて食べて。腹が減っては戦はできませんから。ハハハ」

僕は大好物の焼肉を促されるままに口に運びながら、これまでの経緯を説明していった。しかし、藤田社長はニコニコと適当に相槌を打つのみで、真剣に話を聞いている様子はあまりない。

それよりも、「いや～、このお肉美味しいですね。やっぱり六本木は美味しいお店が多いですねぇ。ほら、田中社長もお話もいいですが、さあ食べて食べて！」と、僕の話よりも、このお店のお肉の質の高さに感動しているようだった。

僕は不安になってきていた。

（昼間のビッグサイトでの話は、単なる社交辞令で、結局は本気で出資する気など毛頭なく、窮地に陥っているオンデーズの内情を野次馬根性で詳しく情報収集したかっただけか。ただでさえ時間がなく会社がピンチに陥っていて一秒でも無駄にしたくない時だというのに、とんだピエロを演じてしまったのかもな……）

頭の片隅をそんな後悔がよぎった。

一通り、僕の話が終わり、テーブルに並べられたお皿が片付けられた頃、藤田社長はビアジョッキに3分の1ほど残ったビールを一気に飲み干してこう言った。

「わかりました。とにかく、資金が足りない分は私もできる限りの協力はさせて頂きますから、もう少し頑張ってみてはいかがですか？　他の鯖江のメーカーさんたちにも声をかけてみましょうよ。きっと協力してくれる先がまだあるはずです。そんな、オンデーズをただの金儲けの道具にしか見ていないような社長のところに渡すのは勿体なさすぎます。

私たちも、もちろん株式は当然頂きたいですが、きちんと時価総額に応じた割合だけで結構です。それよりも私たちはメーカーですので、基本的には商品の製造をもっと協力させてもらえればいいですよ。オンデーズは田中社長が続けるべきです。いや田中社長がやらなければいけない。私たちはメーカーとして、一緒に夢を見させてもらえれば、それだけで十分ですから。だから、もう少し最後まで粘ってみましょう」


（こんなうまい話があるのか？）

僕は、何かキナ臭いカラクリが隠されているのではないかと身構えて、藤田社長の言葉をすぐに本気にすることはできないでいた。

（この人も何か裏で画策していて、俺を罠《わな》に嵌《は》めようとしているんじゃないのか……）

でも目の前の藤田社長からは、とてもそんな邪気は感じられない。

（いや、あのヴィーダの畠山社長も最初は調子良く「任せておけ」と言っときながら、すぐに手のひらを返して逃げ出したじゃないか……この人もやっぱり……）

僕は正座をして姿勢を正すと、疑念を振り払うように正面から思っていることをそのままぶつけてみた。

「しかし、教えてください。藤田社長は、なぜそんな簡単に大して取引もないオンデーズに、1億も出資すると言ってくれるのですか？」

「え？　それは、あなたを経営者として評価したからですよ」

「はあ、この僕を、評価していると……」

「はい。世間ではあなたを若いチャラけたボンボン社長とか揶揄する人もいますけど、それはまあメガネ業界は狭い世界ですから、ただのやっかみですよ。あなたみたいな面白い経営者を私は知りません。

あなたに任せておけば、ひょっとしたらオンデーズさんは業界No.1に躍り出るかもしれない。もっと何かこの業界に面白いことを巻き起こしてくれるのではないかと、漠然とですけど私はそう感じています。

そうなれば、出資した私どもの株の価値は何百倍にも膨れ上がるでしょうし、更にメーカーとしての取引も増えていきます。こんなにオイシイ話はないと思いませんか？　何も私たちも慈善事業で出資する気はありませんので、純粋に利益が出ると思うから投資するに過ぎないですよ」

「そ、それは少し買い被りすぎですよ……」

僕は顔から火が出る思いだった。この5年近くの間、人から罵《のの し》られたり、嫌味を言われたりすることには慣れてきたけど、面と向かって褒められた経験はあまりない。お尻のあたりがくすぐったくなってくるような感じだった。

「当社はメガネの企画製造販売から大きくなってきた会社です。しかし、近年の大手メガネ販売チェーンの競争激化によって、主導権がメーカーから販売店に移り、消費者の嗜好を販売店が汲み取り、メーカーに製造を発注するSPAという業態が中心になってきて業界の流れは大きく変わってきています。いわゆる『マーケットイン』の時代へと変わったわけです。これからの時代、私たちメーカーが生き残っていくには、SPA業態で成長する小売企業と密接に連携をしていくことは極めて重要であり、その意味ではメガネのSPA業界の風雲児であるオンデーズさんへ資本参加できる可能性を頂けるというのは、当社にとっても、またとないチャンスだと真面目に考えていますよ」

(なるほど、メガネ業界のパラダイムシフトが進む中で、オンデーズのようなSPAブランドと強力に連携していくというのはメーカーにとっても生命線になるということか。それも、単に下請けとしてではなく、資本参加という形で対等な立場を築くことは、大きな意味を持つ。そう考えて、オンデーズへの資本参加を決断したのだとすれば、確かに経営的にも合理性はあるな。ここまで言ってもらえるなら、ダメもとでお願いしてみようかな。このままじっとしていても、あの死神に取って喰われるだけだしな)

「わかりました。そこまで仰っていただけるのであれば、藤田さんにおすがりしてみたいと思います。今後はどのように進めれば良いでしょうか？」

「さすがに3億全部をいきなりというのは、出せないことはないですが時間的にも、かなり無理があります。現実的ではないですね。他のメーカーさんにも出資を募るなり、支払いサイトをもう一度見直してもらうなり、田中社長も諦めずに手を尽くしてください。それでも足りない分は、私の方で支援できるように頑張ってみます。勿論、会社としても所定の手続きを取る必要があるので、増資の株価算定書を頂かないといけません。来週中に正式なものを頂くことは可能ですか？」

「わかりました。1週間後に精緻な資料をお持ちします」

翌日、僕は奥野さんへ事態の急展開を話し、1週間で新たな資料を揃えるように要請した。

そして「数千万なら協力しても良い」と返答をもらっていたが、資金ショートを回避できる額にはとても到達しなそうだったので断りを入れていた数社のメーカーへ再度連絡を取り「事情が変わってなんとかなるかもしれないので、1千万でも2千万でも良いので出資を再度検討してほしい」とお願いしていった。すると5社の取引先が支援をしてくれるという返答をくれた。

僕はこの結果を、すぐに藤田社長に電話で報告した。

「5社で合計1億2千万ほど出資して頂けることになりました。あとは藤田社長に1億円を出資して頂ければ、支払いサイトの延長をいくつか組み合わせることで、なんとか今回の資金ショートは回避できそうです。ギリギリですがオンデーズは助かります」

「おお、それは素晴らしい。わかりました。1億なら大丈夫です。すぐに正式な資料をお願いします！」

「はい！　ありがとうございます！」


資金ショートのXデーまで残された猶予はわずか3週間。

しかし、時間がないが故、増資に必要な資料を揃えるのには時間があまりにもなさすぎた。

数日後、憔悴しきった奥野さんが進捗を報告してきた。

「田中社長の支配権の過半数を維持しながら2億2千万の増資を受けようとすると、今まで田中社長が個人で会社に貸し付けていた分を株式に振り替える、いわゆるDESをしなければいけません。ただ、その件を会計事務所と司法書士に相談したら『時間がないから無理』と一発で拒絶されました」

「マジか……どうしよう？」

「全て自分でやるしかないです」

「奥野さんやったことある？」

「ないですよ！　書類作成や登記手続きといった実務は、そのための専門家がいるくらいですから！　だけど専門家の方たちとはスケジュール感覚が違いすぎて無理みたいです。それに加えて、銀行が年末の資金繰りを気にして、盛んにヒアリングしてくるようになりました。『今期の業績予測を出せ！』とか『資金繰りの予定をアップデートして寄越せ！』とか……。『今それどころじゃない！』と返しても引き下がりません。行内の報告期限が迫って焦っているんでしょうけど、こちらの事情など全くお構いなしです……。でも文句を言っていてもしょうがないので、私が一から作ります。社長、鯖江のメーカーさんたちのところにいくのはいつでしたっけ？」

「予定は明後日。朝の8時頃には品川を出ないと間に合わないかな」

「あと2日……。なんとかします」

奥野さんからLINEに「目論見書が完成しました」と連絡が入ったのは、増資のお願いに鯖江へと向かう約束の日の朝6時頃だった。

7時過ぎに薄暗い本社に入ると、応接室のテーブルに奥野さんが突っ伏していた。

「奥野さん、生きてる？」

顔を上げた奥野さんは、書類袋を僕に手渡して言った。

「なんとか完成しました……。よろしくお願いします。必要があれば補足説明にも伺いますとお伝え下さい」

「わかった。勝負してくる！」

僕は、その足で品川駅へ向かい、新幹線へと飛び乗ると福井県の鯖江市へと一路向かっていった。

12月に入り、うっすらと雪の積もり始めた鯖江の街にはお昼前に到着した。到着するなりすぐにタクシーに乗り込み、事前に増資の申し出に応じてくれる旨の返答をくれていた5社のメーカーを順番に訪問していった。

しかし、そこで待っていたのは思いもよらない反応だった。


「ごめんねぇ、やっぱり銀行に強硬に反対されちゃってオンデーズさんにはお金を出すことができなくなっちゃったよ」

「債務超過が酷すぎると会計士に止められてね、ウチもそんな資金に余裕があるわけじゃないから、やっぱり今回の話はなかったことにしてもらっていいかな」

「オンデーズの資金調達は相当難航している」。そんな噂が狭い鯖江のメガネ業界内で回ってしまっていたのか、当初は2千万から3千万程度なら増資に応じられると快諾してくれていたはずの頼みの綱のメーカーさんたちは、急に申し訳なさそうに、手のひらを返し拒絶したのだ。

「え、ちょっと、待ってください。いきなりこの段階でやっぱり出せないなんて言われても……。お願いします！　1億の資金調達のアテは既についているんです。ここで降りられてしまっては全てが水の泡になってしまいます。お願いします。なんとか協力して頂けませんか？お願いします！」

僕はすがるように懇願した。

「本当にごめんね。オンデーズさんにはお世話になってるし応援してあげたい気持ちはやまやまなんだけど、ウチもそんなに余裕があるわけじゃないからさ、さすがに今回はやっぱり勘弁してもらえないかなぁ……」

結局、当初増資に応じる姿勢を見せてくれていた5社のうち4社から直前になって手のひらを返されてしまった。

どうにかグラステック社の中畑社長だけが3200万円の増資に応じてくれることにはなったが、もちろんこれでは藤田社長が1億円を出してくれたとしても、まだ1億円以上も足りない。

僕は絶望的な気持ちになりながら藤田社長へ電話を入れた。

「すいません、増資に応じると言って頂いてた5社のうち4社に直前で断られてしまいました。このままでは藤田光学さんに予定通り1億円を出資して頂いたとしても、資金ショートは免れません。すいません。私の力不足でした」

「………」

しばらくの間、沈黙が流れた。

「でも、ありがとうございました。なんか限界まで努力したら、今度こそハッキリと諦めがつきました。やっぱり当初の予定通り、あの上場企業へオンデーズを売却する方向で話を進めようと思います」

「田中社長、今どちらですか？　まだ鯖江にいますか？」

「はい。ちょうど今、鯖江の駅に着いたところです」

「私も、今ちょうど福井に着いたところですから、ちょっと待っててください！　まだ帰らないで！」


30分後、一人でプリウスを運転して藤田社長は鯖江駅のロータリーへと現れた。出張先の中国から小松空港に着きそのまま駆けつけてくれたようだった。

車を降り僕の姿を見つけると、心配そうな顔をしながら藤田社長は僕のところへ息を切らしながら全速力で駆け寄ってきた。

「みんなに断られたって……本当ですか？」

「はい。やっぱり皆さんそれぞれに事情があるみたいで……時間もないですし……なかなかうまくいきませんね。でもまあ、大丈夫です。なんだかここまで皆さんに心配して頂いて、逆に感謝しかないです。別に倒産するわけでもないですし、自分がいなくなるだけで、オンデーズはきっと更にこれからも発展しますから、今後ともオンデーズを宜しくお願いしますね」

開き直って明るく振る舞う僕の話が一段落すると、しばらく黙って聞いていた藤田社長は、まるで諦めようとしている僕の気持ちに釘を打ち込むように、力強い口調で言った。

「私が出します！」

「私が出しますって……、ですから、その、お気持ちは有り難いんですが、せっかく1億円を出して頂いても、資金ショートを回避するにはまだ、もう1億円以上足りないんです。お気持ちだけ有り難く受け取っておきます」

「だから私が、皆んなから断られたもう1億も加えて2億を出すと言ってるんだ！」

「え？」

「足りない分は私がなんとかすると、前に焼肉屋で約束したでしょう。男に二言はありません。だから田中社長も私を信じてください！　何の為に今まで皆んなで頑張ってきたんですか？　アナタはまだ、こんなところでオンデーズを諦めちゃ絶対にダメなんだ！」

そう言いながら、僕の手を強く握ると、

「私は今から会社に戻って、すぐに経理と話をつけてきます。田中社長は、その上場企業の社長にキッパリと断りの電話を入れておいてください！」

そう言い残し、藤田社長はプリウスに乗り込むと、猛スピードで再び雪景色の鯖江の街へと走り去っていった。

僕はまだ、藤田社長の言葉が、いまいち信じられず、これでオンデーズが助かったのかどうか実感もわかず、なんだか狐につままれたような感じだった。

それから1週間後、福井県鯖江市にある藤田光学本社の会議室に、僕と奥野さんは座っていた。藤田光学側は、藤田社長に財務担当の山口常務、顧問の会計士の3人がその対面に座っていた。

交渉は条件面をめぐり意見が衝突することもなく、穏やかなミーティングの末、増資金額と株式のシェアは、僕がオーナー経営者として引き続き経営にあたれるように配慮してもらい、過半数以上の株式の保有を僕個人が維持しつつ、藤田光学サイドは、重要事項への拒否権を持てるギリギリ34％の株式を資金ショートを回避するのに必要な2億円で引き受けるという形で落ち着いた。

増資の契約に加えて、オンデーズの販売する商品を藤田光学と共同で製造していくという内容も合意の条件として加えられた。

僕は以前から、急成長するオンデーズの商品製造の計画の見通しや、急増する発注量に比例して工場側に納めるデポジット（前払金）の増加などに、頭を悩ませていたので、このタイミングでメーカー大手の藤田光学が全面的に商品製造に関してバックアップしてくれることになったのは、増資以上に心強かった。

この時の増資の条件は全て、オンデーズにとってはこれ以上ないといっても良い程、完璧な内容だった。

「ありがとうございました。本当になんとお礼を言って良いか……。とにかくこのご恩は必ず結果でお返し致します」

出口で見送ってくれる藤田光学の役員の方たちに深々と何度もお辞儀を繰り返しながら藤田光学の本社をあとにした後、財務の山口常務が、車で僕と奥野さんを鯖江駅まで送ってくれた。

安堵して上機嫌な僕と奥野さんとは対照的に、ハンドルを握る山口常務の顔は少し憮然としていて、あまり言葉を交わそうとしてくれない。

エンジン音と、なんとも重苦しい沈黙が車中を支配していた。

しばらくすると、堪りかねたような様子で山口常務が口を開いた。

「田中社長、ちょっとよろしいですか？」

「はい。なんでしょうか……」

山口常務は路肩に車を停車させると、少し憤った表情をしながら、ずっと溜まっていたほこりを払うかのように真剣な眼差しを僕に向けて言った。

「正直、いくら仕入れ取引が増えるとは言っても、10億という巨額の債務超過に陥っている今のオンデーズへの今回の増資の引き受けは、社内では全く歓迎されていません。役員会でも『危険すぎる』と藤田以外の全員の者が強硬に反対をしました。

それにあの増資の計画書だって稚拙で杜撰《ずさん》だし、まるでなってない。あれじゃあまるで、ただウチから2億を引っ張る為だけに付け焼き刃で作られた資料のようにすら見えてくる。

しかし、それでも藤田は『俺が信用したのだからオンデーズは絶対に伸びる。もしその判断が間違いだったとしても、後で出資しなかったことを後悔するよりも、失望を抱えたまま生きていく方がまだマシだ』と、一人の判断で全員の反対を押し切り、ろくなデューデリジェンスも行わないまま、今回の2億の増資受け入れを決定させました。これはハッキリ言って藤田光学にとって、かなり大きな『リスク』です」

（そりゃそうだよな……藤田光学の社員の人たちからしたら、自分たちが苦労して稼いできたお金を、こんな何処の馬の骨ともわからない若造にポンと2億円も出資するというんだからな……。頭にきて当然だよな……）

僕は山口常務から伝えられた真実に、ズシッと全身に食い込むようなプレッシャーと気まずさを、強烈な電気のように感じながら、うわずった声で謝罪した。

「そうでしたか……それは、その……なんと言って良いか……すいません」

すると、次の瞬間、山口常務は目尻の皺を縮めながら、包み込むように優しい顔でニコッと笑って言った。

「でも、藤田が信じたのなら私たちも信じます。必ず藤田を男にしてやってください」

僕は、その山口常務の笑顔に、息苦しい程、胸がいっぱいになった。


そして、その合意の翌週。

資金ショートを起こすXデーのわずか3日前の12月17日。

契約通り、2億円がオンデーズの口座に振り込まれた。

こうしてオンデーズは、最大とも言える危機を、藤田社長との出会いで奇跡的に乗り切り、死の淵から生還することができたのだった。

そしてオンデーズはＳＰＡで一番大切な商品製造において、鯖江の老舗メーカーである藤田光学とタッグを組むことで、品質・生産管理部門の強化が一層促進され、更なる成長へと一気に弾みがついていった。

その翌日、僕の携帯電話に一本の電話が入った。

着信画面に映し出されたのは、最初に話を進めていた、上場企業社長の名前だった。

「おい、秘書から聞いたぞ。お前ウチからの増資の話は断るだって？」

「はい。すいませんが、僕たちが経営するオンデーズの可能性を信じてくださるところを見つけることができましたので」

「今更、俺との話を反故にするなんて、わかってんだろうな？　お前も良い度胸しているな。もう二度と連絡してくるなよ」

「大丈夫です。自分も結構、良い度胸しているつもりなんで」

捨てる神あれば拾う神はちゃんといる。

第22話　オンデーズ海を越える

２０１３年1月

最大のピンチとも言える年末の資金ショートの危機を、藤田社長からの支援で乗り切ることができ、オンデーズは地獄の釜の縁ギリギリのところで踏ん張り、奈落の底へと落ちることなく、どうにか無事に新しい一年を迎えることができていた。

僕は、いつものように、応接室に一人で籠ってスマホの画面と睨めっこをしていた。

震災後、オンデーズでは、社内の連絡網を全てＬＩＮＥに移行させていた。僕はこの日も次々と出現してくる全国の社員たちからの雪崩のようなＬＩＮＥメッセージに対してテニスのラリーのごとく返信をテンポよく打ち返していた。

すると、奥野さんが応接室へ入ってきた。

「社長、明けましておめでとうございます。正月セールもまた売上記録を更新しましたね」

「ああ。新しいシンプル　プライスもしっかりとお客様から支持されて、客数も落ちることなくまだ伸び続けてる。藤田さんのお陰でとりあえず資金ショートも切り抜けた。これで、ようやくスタートラインには立てたような気はしてるんだけど……」

「どうしたんですか？　何か浮かない顔していますけど？」

「いや、それが正直、俺最近、行き詰まっているんだよね……」

「ジェイムズ……ですか？」

奥野さんは怪訝そうな顔で僕を覗き込んだ。

「ああ。その通り。売上利益は順調に伸びてはいるものの、店舗数を増やし拡大路線に踏みきろうにも、ジェイムズに行く先々で先回りされて出店場所を押さえられてしまう。それどころか、イオンモールなどに入居している既存の利益店も、今年に入っていくつかジェイムズにひっくり返されてシェアを奪われてしまった。このままだとジェイムズに追いつくどころか、逆に潰されてしまいかねない。何かもっと、強力な成長エンジンを探し当てないと、いずれジリ貧だ……」

「確かに。100店舗以上あるといっても利益の大半を一部の優良店が産み出しているのが実態ですからね。この一部の優良店舗をジェイムズにピンポイントで狙い撃ちされたら、ひとたまりもないでしょうね」

「そうなんだよね……」

2013年1月中旬
寒空の下、朝から僕は、横浜の「みなとみらい駅」に降り立った。パシフィコ横浜で開催されていた「SCビジネスフェア」に参加するためだ。
この「SCビジネスフェア」とは、イオンや、ららぽーと、JR、東急不動産など、全国の商業施設の運営会社や関係者が一堂に会する大規模な展示会で、オンデーズのようなチェーン店を運営している企業の店舗開発担当者たちが、居並ぶ大手デベロッパー各社に少しでも自分たちのブランドの良さをアピールして、どこか良い出店区画の提示を貰うチャンスを得ようと、アンテナを張り巡らせながら、大挙して集まってきているイベントだ。

この毎年恒例のSCフェアには、毎回、店舗開発チームの金子さんと溝口が訪れて、プレゼンにまわったり、コネクション作りに勤《いそ》しんでいた。

しかしこの頃、オンデーズは猛烈な出店攻勢をかけていたジェイムズの勢いに押され、新規の出店物件が全くといっていい程、確保できない状況に追い込まれていたので、僕は居ても立ってもいられず、店舗開発の二人に同行してSCフェアを訪れ、トップ営業をかけて少しでも良い物件がとれるように陣頭指揮をしようと、朝から会場に乗り込んできていたのだった。

受付を済ませ、入場ゲートをくぐると、既に会場の中は大勢の人混みで熱気に満ち溢れていた。

僕は、日本を代表する大手デベロッパー各社による華やかなブースと、魅力的な新しい商業施設の開発計画に目を奪われながら会場内を歩いていた。すると、ほどなくしてあまり人気がなく、少し寂しいブースの前を通りかかった。

「シンガポール……」

そのブースの看板には「シンガポール」という単語と共に、赤地に浮かぶ白い三日月と五つの星が特徴的なシンガポールの国旗が大きく掲げられていた。

僕は何故かその「シンガポール」という文字に惹かれ、まるで吸い寄せられるようにフラフラと中へ入っていった。

ブースの壁面には、シンガポールを中心に描かれた東南アジアの巨大な地図と、立派なモールの写真がたくさん貼ってあった。その資料をボーッと眺めていると、さもキャリアウーマン然とした感じの女性が明るく声を掛けて来た。

「どうですか？　シンガポールへのご出店に興味はありませんか？」

織部と名乗るその女性は、名刺を片手で出しながら人懐こい笑顔でフレンドリーに話しかけて来た。

「え、あ、はい、すごい興味あります！」

僕は、反射的に間髪を容れず答えた。

僕はこの1年ほど前にシンガポールを訪れていたことがあった。

初めて訪れ、この目で見たシンガポールからは、なんと言って良いか、頭を後ろからハンマーで殴られたような衝撃を受けた。

街並みは綺麗で整然としていて、緑が街中に溢れ、日本では滅多に見ない高級車が行き交い、目も眩《くら》むような先進的なデザインの高層ビルが立ち並び、まるでSF映画のワンシーンを切り取ったようだった。

かと思えば、その一方ではヨーロッパ風の古い建築物がたくさん残されており、中国・インド・マレーシア……ローカルの街並みに入り混じる文化は、今までどの国でも見たことのないくらいの多様性を持ち、独特の混沌とした空気を醸し出していた。

そして、中心部のオーチャードロードには、世界中から集まった高級ブランドの煌びやかな店舗が軒を連ね、想像を遥かに超える活気に満ち、銀座の並木通り以上の、華やかさと輝きに満ち溢れていた。

僕はその時から漠然と、「いつか必ずシンガポールでも何か仕事がしたい」、そんな強い憧れを抱いていたのである。

僕は聞かれたわけでもないのに、名刺交換もろくにしないままこの織部という女性に、オンデーズのビジネスモデルを一気にまくしたてるように説明した。

彼女は、笑顔を絶やさぬまま、舌を嚙みそうな程にまくしたてる僕の早口の説明を受け止め、ひとしきり説明を聞き終わると、こう言った。

「なるほど。つまり『ＯＷＮＤＡＹＳ』は『メガネ業界のファストファッション』なんですね？」

「はい！　その通りです」

僕は、この織部さんという女性との出会いに、何か運命的なものを感じた。

「そのようなビジネスモデルはシンガポールにはありません。ぜひ進出してくださいよ！　きっとシンガポールでも流行りますよ。良かったら一度ぜひ、シンガポールへ遊びにいらしてください。現地のモールを案内しますから」

「はい！　行きますっ！　すぐに行きますっ！」

僕はカバンから「ＯＷＮＤＡＹＳ」の資料一式を織部さんに手渡すと、その場ですぐに３週間後にシンガポールを訪問して物件視察に連れていってもらう約束を決めて、ブースを後にした。

その日のＳＣフェアでは一日中、心ここにあらずだった。

「シンガポール……」「海外で勝負する……」「日本初……」といった単語がフワフワと頭に浮かんでは消えていった。そして同時に、ある一人の男の顔がずっと思い浮かんでいた。


その男の名前は、海山丈司《たけし》。

海山こと、タケシは大阪にある建設業を営む会社の息子で、この時29歳。独立心が強く父親とは別に、自分自身でも新しいビジネスを立ち上げたいという思いから、子会社を作り、新規事業としてオンデーズのＦＣに加盟していた。

僕は海山が加盟店オーナーの中で数少ない年下経営者だったことと、経営者としての資質に光るものを感じていたので、度々、海外視察に一緒に連れていったり、飲みに誘ったりしては可愛がり、暇をみつけては経営についてのレクチャーをしていた。

そんな海山は、学生時代フランスに留学していたこともあり、「いつか海外で勝負したい」と語っていたことをよく憶えていた。

僕はSCフェアの帰り道、早速、興奮気味に海山に電話をかけた。

「もしもし、タケシさぁ、前から海外で仕事したいって言ってたじゃん。シンガポールで物件紹介してもらえそうなんだけど、一緒にシンガポールで『OWNDAYS』やんない？」

そう藪から棒に言われた海山は、躊躇することなく即答した。

「シンガポールですか！　面白そうですね。いいですね。やります！」

「OK！　じゃあ3週間後、物件を案内してもらいに行くことになったから一緒に行くか。シンガポール行きの飛行機とっとくから、詳しいことが決まったら、また連絡するよ」

「はい。待ってまーす」

短いやりとりだった。いつも通り、飲みに行く予定でも決めるかのような軽いやりとり。

でもこの短いやりとりが、お互いのその後の人生を大きく左右することになる運命の電話だとは、この時は思いもしなかった。

翌日、僕は本社に出勤すると、忙しそうに働く甲賀さんを捕まえて、商品センターエリアの隅の方に連れていき小声で耳打ちをした。

「甲賀さん、今度シンガポールに行くんだけど一緒に来て」

「えっ？　シンガポールですか？　いいですけど、急にまたどうしたんですか？」

「うん、ちょっと昨日のSCフェアでシンガポールのデベロッパーの人と知り合ってさ、シンガポールで出店できる可能性がないか見に行こうかと思って。甲賀さんて昔シンガポールに住んでいたんでしょ？」

「はい。住んでいましたよ。前職の商社時代に5年ほど。シンガポールなら任せてください！」

「OK。じゃあこれその人の名刺だから連絡して段取りしておいてくれる？　あと、この件は他の連中には言わないでおいて。『社長がシンガポールに遊びに行くから付き添いで行かされる』とかなんとか適当に言っといて」

僕は勢いだけで視察を決めたものの、英語が喋れる訳でもないし、海外事業の経験もない。英語が堪能な上、商社出身で海外でのビジネス経験も豊富な甲賀さんが、オンデーズにいたことはまさに僥倖だったように思う。

降って湧いた隠密指令に甲賀さんは、水を得た魚のように嬉々として、オンデーズがシンガポールに進出する為に必要な要件の抽出など、水面下で情報収集を始めていった。

「最近、休んでなかったから、ちょっとシンガポールにでも遊びに行ってくるよ」そう言い残して、僕は、甲賀さんと海山の二人を連れて、シンガポールへと向かうことにした。

2013年2月中旬

冬真っ只中、雪のチラつく極寒の羽田空港を飛び立ち7時間後、僕たち一行はシンガポールのチャンギ国際空港へと降り立った。

空港から一歩外に出ると、常夏の国シンガポールは、2月でも気温は30度を超えている。熱帯地域特有のムシムシとまとわりつくような湿度の高い熱気が全身を包んで出迎えてくれた。

「着いたなー、いやしかし暑いなぁ」

額から吹き出すような汗を拭いながら海山は興奮気味に言った。

「日本が寒い時に、こうやって暑いところに来るとなんだか得した気分になりますよね」

「ハハハ、そうですね。まずは、ホテルにチェックインして荷物を置きましょうか。それじゃあ、私は車を手配してきますんで、お二人はここでお待ちください」

シンガポール在住経験の長かった甲賀さんは空港に着くなり、まるでツアーコンダクターのように、手早く諸々の手配を済ませ、僕らを市内へと連れていってくれた。

「え？　ホテルって、ここっスか……」

「甲賀さん、これってさぁ、日本で言うところのラブホみたいなホテルなんじゃないの？」

「しょうがないじゃないですか！　予算一泊5千円以下で選んだらこんなところしかありませんよ！」

なにかと物価の高いシンガポール。値段重視で甲賀さんが選んだホテルは日本で言うところの、場末のラブホテルにあたるような、お世辞にも綺麗とは言えない安い連れ込み宿だった。

男3人で場違いなホテルの受付へと入っていき、僕たちは少し恥ずかしい思いをしながら、チェックインを済ませると、荷物をカビ臭い部屋へと放り投げ、その足ですぐさま織部さんの会社「シンガランド」へと向かった。

織部さんはシンガポールで最大の商業施設デベロッパーである「シンガランド」唯一の日本人スタッフで、日本企業の誘致を担当していた。織部さんは2泊3日の短いスケジュールの中、シンガポール国内の有力モールや、地元資本のメガネ販売店を複数案内してくれた。

この時、視察で訪れた商業施設のクオリティは、日本と同等、いやむしろ日本を凌ぐほどの豪華さとスケールの大きさで僕たちの想像以上だった。

モール内には平日の昼間にもかかわらず押し寄せるように沢山の人々が行き交っていた。

そんなシンガポールのショッピングモールを案内されながら、一番最初に面喰らったのは「バカ高い家賃」だった。

いくつかのショッピングモールで織部さんから目安となる物件の賃料を教えてもらったのだが、当時絶好調だったシンガポール経済を反映してか、どの商業施設も日本の家賃水準から考えると、とにかく驚くほどに高い。

明朗快活な織部さんから物件の家賃を聞く度に「なるほど。それくらいなんですねぇ」と強がってはみたものの、心の中では「マジか……そんなに高いのか……」と、僕たち3人には動揺と不安感しかなかった。

この時、織部さんは、早速いくつかの候補物件も紹介してくれたのだが、この家賃水準で果たして「OWNDAYS」のビジネスモデルで採算が取れるのだろうか？　そもそも法人設立はスムーズに進むのか？　何も解らずじまいだったので具体的な判断はできず、なんとなくお茶を濁して1回目の視察は全行程を終えた。


慌ただしく駆け抜けた最終日の夜。

帰国する飛行機は、チャンギ国際空港を深夜の1時に出発して、羽田空港に朝早く到着する便だった。

飛行機の搭乗時間まで、まだかなり時間があったので、僕たちはシンガポール川沿いに広がる美しい街並みとハイセンスなレストランで人気の観光地「クラーク・キー」にあるオープンテラスが気持ちの良い「Crossroads Cafe」で時間を潰していた。

しかし、頬を摩《なで》るような気持ちの良い夜風に身を任せてくつろぐような余裕は、この時の僕たちにはなく、まさにそのカフェの名前が表す通り、短いシンガポールの滞在中に感じた、胸が躍るような希望と、気圧《けお》されるような不安とが入り混じる、複雑な気分の交差点の真っ只中で、これから進んで行く方向を決めかねていた。

冷えたペリエにライムを絞り、一口飲みこむと、フライドポテトをつまみながら僕は言った。

「俺は、シンガポールで『OWNDAYS』を、ただのメガネ屋ではなく『ファストファッションアイウェア』という切り口で出店すれば、十分すぎるほど勝算があると思う」

もう夜の22時。さっき「鼎泰豊」で、たらふく小籠包を食べたはずの海山は、いつの間にか注文していた肉厚なリブアイステーキを頬張りながら、口のまわりにソースを付けて興奮気味に言った。

「自分も全く同感です。現地のメガネ店は、いずれも価格はわかりづらいし、接客態度も良くない。言ってみれば、昔の日本のメガネ屋と同じようなレベルです。これだけ経済発展が著しいシンガポールなのに、メガネ業界に限って言えば、日本から10年以上は遅れてる。そんな印象ですね」

「ジェイムズとの厳しい競争の中で鍛え上げられた、『OWNDAYS』のビジネスモデルは、いつの間にか海外市場では、とてつもない競争力を持っていたというわけか。日本というレッドオーシャンを飛び出すと、そこにはとてつもなく広大なブルーオーシャンが横たわっていた。そんな感じがするなぁ」

希望に満ち溢れた僕と海山の気分に冷や水をかけるように、甲賀さんは、氷を入れたタイガービールを、ぐびぐびと美味しそうに飲みながら、険しい表情をして言った。

「でも、そう簡単にはいかないと思いますよ。とにかく一番の問題は『国家資格制度』です。

これは大問題です。シンガポールではメガネ販売に関する資格要件が、かなり厳格で国家資格者でなければ、視力を測定することも、メガネを加工することも一切許されていません。これはかなり厄介ですよ。そんな簡単に国家資格者が大量に雇用できるのかどうかもわかりません。完全に医療に寄ってしまっているこの国のメガネ屋の立ち位置の中で、どうやって『ＯＷＮＤＡＹＳ』の良さを再現しつつ、ビジネスを成立させるか？　これは相当悩ましい」

甲賀さんは、この日の日中に、日本では馴染みのない「メガネ屋開業に必要な国家資格の要件」の詳細をシンガポールの役所で実際に確認してきていて、改めてそのハードルの高さを痛感しており、不安で顔を曇らせていた。

否定的な甲賀さんの意見を、海山がポジティブな視点で分析して切り返す。

「でも、逆にその厳しい国家資格制度があったからこそ、シンガポールのメガネ業界は激しい競争に晒されず、半ば既得権益化していたんじゃないんですかね？　その資格制度をクリアして、『ＯＷＮＤＡＹＳ』が成功することができれば、逆にそのハードルが今度は僕らを守る壁にもなると思います」

甲賀さんは不安感を隠しきれないといった様子で反論する。

「確かに海山さんの言う通りですけど、資格と家賃と人件費……。ある程度は理解していたつもりですが障害は山積みで、想像以上にハードルが高いのは間違いないです。実際にやるとすれば今まで経験したことがないような未体験ゾーンに突っ込んでいく感じになりますよ」

「何よりも、実際にシンガポールに出店するとなれば、またかなりの資金が必要になる。銀行のオンデーズに対する態度は相変わらず最悪だし、今のオンデーズにはシンガポールに出店するだけの資金的な余裕はないに等しいしなぁ……。でも、もしここで挑戦して、勝つことができれば、オンデーズは確実に次のステップにいける気がする。漠然とだけど……」

僕は目の前のペリエの、浮かんでは弾ける泡を見つめながら、しばし考え込んでしまった。

厳しい資金繰りの状況、国内での成長の可能性、本当に自分がやりたいこと。幾人もの自分の分身が、頭の中で侃々諤々と議論を戦わせて、僕の頭の中は高速回転を繰り返す。

（やっぱり、今このタイミングでシンガポールに出店するというのは無謀な賭けでしかないのか？　ただ目の前のジェイムズとの厳しい競争から逃げたいだけなんじゃないか……）

しかし、いくらシンガポール進出をここで踏みとどまるように自分自身を説得しても、目の前に広がる眩いシンガポールの輝きは自分の中でどんどん大きくなっていく。そして気圧されるような不安の闇は、その心に差し込んだ一筋の強力な光に抗うことができないでいる。

（もういいか……失敗した時のことなんて考えずに、とりあえずシンガポールで勝負してみるか……）

そんな僕の結論を透かし見たのか、それとも単なるノリだったのか、本意は定かではないが、海山は明るい声で言った。

「とりあえず二店舗分くらいの資金なら自分の会社で何とかなるんで、自分がやりましょうか？」

僕はニヤっと笑った。

「だな。とりあえず、タケシがＦＣでシンガポールに出店しろよ。商品や、必要な人材のサポートは収益が出るようになるまで本社から無償でバックアップしてやるから。それに足りない資金は俺が個人的に借りてきて出しても良いし」

海山はバンッと手を叩いた。

「よし！　決まりですね。もうやりましょう！」

「だな。やるかっ！」

否定的な意見を繰り返していたはずの甲賀さんも、実のところ内心では僕たちの、この決断を待ちかねていたのだろう。笑みを浮かべながら嬉々として言った。

「やりますかぁ……。そうですか……。なら私は、資格と法律関係に関して、さらに細かく調べます。あと輸入関係もやらなくちゃな……これはまた忙しくなりますよ！　ハハハ」

「失敗した時は、その時にまた考えればいいさ。『倒れる時は前向きに』がオンデーズのカルチャーだろ？　とにかくこの国に会社を作ろう。あれこれと悩むのはそれからだ！」

こうして最初のシンガポール出張の最終日の夜。

僕たち３人は、なんだか得体のしれない高揚感に支配されながら「シンガポールに現地法人を設立する」ということだけを決めて、帰国の途に就いた。

空港に向かう途中の高速道路。

タクシーに揺られながら、流れ行くシンガポールの幻想的な夜景を眺めていると、亡くなった父親に言われた言葉が頭にふとよぎった。

(男なら荒れる海を越えていけ。そして自分を試してみろ。広い大海原で思うがままに舵をとれ。迷子になればまた港に帰ってくればいい。若いうちにしかできないことをやらなきゃダメだ)

空を見上げると曇天模様の雲の隙間からは、薄ぼんやりとした満月が姿を現していた。死んだ父親が天国から声を掛けてくれているような、そんな感じの夜だった。

こうして、誰にも知られることなく、錨《いかり》は勢いよく巻き上げられ、沈没を免れた僕たちの船は、息つく間もなく次なる目的地「シンガポール」へと向かって静かに帆を揚げて出航し始めた。

第23話　出航準備は難航して……

2013年3月
日本に戻った僕と海山、甲賀さんの3人は、早速、本社の会議室で、シンガポール出店に向けて具体的な策を練るべく、ミーティングを開始した。

しかし、出店する物件も何も決まっていない。いったい何から手を付けたら良いものか。

とりあえず決めたのは「シンガポールに会社を設立する」ということだけで、シンガポール出店にあたって一体総額でいくらの費用がかかるのかも、まだ見当すらつかない。

「タケシは今、取り急ぎいくらくらいなら用意できる？」

「そうですね……頑張って2千万てとこですかね。それ以上だとちょっと厳しいです」

「じゃあ、1千万をオンデーズの本部から出すことにして、とりあえず資本金3千万で会社を設立することにするか」

「でも、足りないでしょうね……3千万だと」

「足りないだろうな確実に……でもまずは会社を作らないことには、物件契約もクソもないからな。とりあえず物件が正式に決まってから、また足りない分は考えるとするか！」

「しかし、雑ですね-俺たち。ハハハ」

シンガポール法人設立の具体的な内容を決めたところで、僕は、奥野さんを会議室に呼び出すと、ここまでの経緯を説明した。

（オンデーズを更に強い成長軌道に乗せたい）、その想いは共有できているはずだ。渋々だが、奥野さんは、まあしょうがないかと、次の展開へと強引にオンデーズを引っ張ろうとする僕に理解を示してついて来てくれるものだと、簡単に考えていた。

しかし、想像以上に奥野さんの反応は、厳しかった。

「……というわけで、シンガポールには無限の可能性があると思うんだ！　俺はなんとしてもやりたいと思うんだよね」

ひとしきりこれまでの経緯を説明した後、唐突に呼び出されシンガポール進出への計画を聞かされた奥野さんは、押し黙ってしまった。

気まずい空気が会議室を支配する。

しばしの沈黙が流れた後、奥野さんは驚きを吐き出すかのように深いため息をつくと、眉間に皺を寄せ、苦悶の表情をしながら口を開いた。

「それ本気で言ってます？　私は反対ですよ。破天荒にも程がある！　国内でやらなければならないことが、まだ沢山あるはずです。それなのにシンガポールで勝負するなんて、会社全体の業務に混乱を及ぼす可能性も高い。考え直して頂けませんか？」

僕は、間髪を容れずに切り返した。

「いや、その考え方は勿論、理解できるんだけどさ、とは言っても、ものすごい勢いのジェイムズに押されて、国内で新しく優良な出店場所を全くと言っていい程みつけられていない今の状況で、オンデーズを成長させようとしたら、他に方法はないだろう」

「それはそうですけど、だからと言っていきなり海外ってのは、話が飛躍し過ぎだと私は思います。あまりにも無謀です。さすがにリスクが高すぎる。ついこの前、藤田社長からの出資で資金ショートをギリギリ乗り切り、ようやく会社の財務に、なんとか正常化の道筋が見えてきつつあるのに、ここでまた数千万も損失を出してしまったら、今までの苦労は全て水の泡ですよ。ギャンブルみたいな海外出店はやめましょう。

それに『とりあえず1千万だけ』とは言っても、絶対にそれでは収まりませんよ。オープンした後も経費はどんどん出て行くんですよ。それくらいわかってるでしょう？　海外に店を出すとなると、跳ね上がる管理コストは国内の比じゃないことくらい火を見るよりあきらかです。これで失敗して、また資金繰りを窮地に陥らせてしまったら、藤田社長には、なんて説明すれば良いんですか？　出資を仰いだ以上、私たちには株主に対する説明責任というものもあるんですよ」

「奥野さんの言いたいことはわかるよ。でもビジネスはタイミングが全てだ。シンガポールは今でこそブルーオーシャンに見えるけど、1年後はどうなっているか分からない。実際にジェイムズは上海にも進出を果たし、かなり店舗数を増やしてきてる。それに中国資本の同業他社も模倣した同じような業態を次々とオープンさせてきている。このままではいずれシンガポールにも俺たちのような業態のメガネ店がオープンし始めることは間違いない。そうなってから、俺たちが後発で進出したとしても、もう絶対に勝ち目はなくなる。後の祭りだ。やるんならまだ誰もやっていない、今しかないんだよ！」


目指す目的地は一緒でも、どの航路を選択して船を進めていくのかは判断が大きく分かれるところだ。危険な荒波を越えて最短ルートを選ぶのか？　遠回りでも安全なルートを選んで確実に航海を進めるか？　選ぶルートを一つ間違えれば、場合によっては命を落とすことだって十分にありえる。

今までのオンデーズは、嵐の中でも強引に進んでいくしかなかった。しかしいくつかの航路を選択できるようになった今のこのタイミングで、敢えてまた危険な航海に出ることはない。奥野さんの考え方は完全に後者だった。


ピリピリとした電流のようなものが流れる雰囲気の中、海山が重い口を開いた。

「出店はFCで僕の会社が主体となってやります。仮に上手くいかなかったとしても、その後の運転資金は1店舗くらいなら僕の方で責任を持って出していきます。本部には極力迷惑をかけないようにしますんで、奥野さんが心配されるのは重々承知の上で、なんとか協力して頂けませんか？　お願いします」

「海山さんが今経営しているFC店はどうされるんですか？　社長である海山さんが日本にいなくなったら、今度はそっちの数字が落ちませんか？」

（頼むから冷静になって社長の軽はずみなノリに付き合わないでくれ……）

奥野さんが心の中で拝むように叫んでいる声が聞こえてきそうな感じがした。

「タケシの国内の店舗は本部で預かるよ。業務委託で直営店として運営すれば良い」

「できるなら、その方向でお願いします。僕はずっと海外で仕事がしたいと思っていたんです。そのチャンスが頂けるならモノにしたい。お願いします！」

特に事前に打ち合わせていたわけでもないのに、海山も間髪を容れずにこの提案に即座に賛同した。まるであらかじめ話し合っていたかのように。奥野さんの願いもむなしく、僕たちのノリは完全に一緒だった。

「そうですか……。わかりました……。ただし、撤退時期と許容する出血のラインは必ず先に決めてから出店して頂きます。それだけは必ず約束して下さい」

奥野さんは渋々と了承した。ただ財務を預かる身としては（絶対に一定のラインを超えた危険は冒させない）、そんな強い意志を持った顔つきだった。

「わかった。本部からの出血は最小限に抑えるから、やらしてくれ。藤田さんには俺から直接、話しておくから」

こうして、僕たち３人は、奥野さんを半ば強引に説き伏せて、シンガポール進出への同意を得た。


数日後。

僕は藤田さんを食事へと誘った。最初に二人で食事をした思い出の店、六本木の焼肉屋「綾小路」だ。もちろん、和気藹々と美味しい和牛を堪能する為じゃない。シンガポール進出への了解を取り付ける為だ。

日比谷線の六本木駅で電車を降りて店へと向かう道中、僕の足取りは重く憂鬱な気分の中に閉ざされていた。

（あなたたちは一体、何を考えてるんですか！　ウチが出資したおかげで、ようやく資金繰りのピンチをやり過ごしたばかりでしょう！　シンガポールだなんて言ってないで、まずは会社を安定させるのが先でしょう！）

きっとそんな風に言われるんだろうな。こめかみに青い癇癪筋《かんしゃくすじ》を立てて激怒する藤田さんの顔が脳裏に浮かんだ。

まあ当たり前だろう。自分が仮に藤田さんと同じ立場だったとしても、絶対にそう言う。でも、シンガポールで勝負してみたい気持ちはもう自分でも止めようがない。僕は頭の中で、オンデーズがシンガポールへ進出することの正当性を、どの角度から説明するのが良いだろうかと、何度も何度もシミュレーションを繰り返しながら、店の暖簾をくぐった。

「あー社長！　お疲れ様。お先にやらせてもらってますよ。どうですかオンデーズは？　順調ですか？」

藤田さんはすでに到着していて、ビールを飲みながらいつもの柔和な笑顔で僕を迎えてくれた。

しばし、歓談しながら近況を報告しつつ、焼肉に舌鼓を打つ。僕はなかなか本題を切り出せないでいた。藤田さんが上機嫌でいればいるほど、怒らせるのが怖かったからだ。しかし、今日この場で話さないわけにはいかない。ここで主要株主である藤田さんからの了解を得られなければシンガポール進出への道は完全に閉ざされてしまう。

僕は勇気を振り絞り、エイヤッと崖から飛び降りるような心持ちで、胸いっぱいに広がってしまったシンガポール進出の構想を打ち明けた。

「実は、その……シンガポールにこの前行ってきたんですけど、そこで現地を見て、シンガポールに出店しようかと思っているんですが……」

僕は極力、「大したことではない」と思われるような言い回しで、慎重に言葉を選びながらここまでの経緯を説明した。

すると、藤田さんの口から返ってきた言葉は意外なものだった。

「シンガポール！　良いじゃないですか！」

「え……、は？」

「これからは東南アジアの時代が必ずきます。間違ってないですよ」

「え、じゃあ賛成して頂けるんですか？」

「出資の契約の時に『田中社長を信用する』と言ったでしょう。田中社長がシンガポールに勝算があると踏んだのなら、あるんでしょう。思い切りやったらいい」

「あ、ありがとうございます!!」

「それに、私も丁度、田中社長と同じことを考えて、今日まさに提案しようと思っていたところですよ。『海外に出店したらどうか？』ってね。私は生産の関係で一年の大半を中国で過ごしています。ここ最近、中国の国内ではジェイムズを模倣したメガネ店が、まるでアメーバのように急速に増殖してきています。このままではいずれ中国という巨大市場から、とんでもない規模に成長した新興のメガネチェーンがアジア全体を席巻してしまう可能性も大いにあります。中国からモンスターのようなメガネチェーンが出現してしまう前に東南アジアの市場は押さえに行くべき。その判断は間違っていないですよ！」

藤田さんも見ていた景色が同じだったことを知ると、僕はさっきまでの憂鬱が一気に吹き飛んで、たまらなく嬉しくなった。

「ありがとうございます！　頑張ります！　あ、すいません、冷麺も頼んでいいスか！」

僕は大盛りの冷麺にお酢をたっぷりとかけると一気にかきこんだ。嬉しいと嘘のように食が進む。まるで胃袋も一緒にはしゃいでいるようだった。

2013年4月
会社設立のために一人で、シンガポールに渡っていた海山からLINE電話が着信した。

「もしもし、とりあえず予定通り会社を作りにシンガポールに来ました」

「お疲れ様。どう？　法人設立はスムーズにいきそう？」

「それは全然問題ないですね。むしろ日本で会社を作るよりも手続きは簡単で、登記も早いくらいです。多分来月には会社の設立は全て完了していると思いますよ」

こうして、現地法人「OWNDAYS SINGAPORE PTE. LTD.」は設立された。

社長には海山を就任させ、僕と奥野さんは取締役として名前を入れた。シンガポールに渡ってから丁度1ヶ月が過ぎた頃のことである。

翌週

とりあえず、シンガポールに現地法人を作ったのは良いが、肝心の店舗がないと何も始まらない。僕と甲賀さんは、オープンに向けて1号店の物件を獲得すべく、海山の待つシンガポールへと再び渡った。

とにかく何をするにも物価の高いシンガポールだ。出張費もバカにならないし、そんなに毎週のように会社を留守にするわけにもいかない。今回はLCCの格安航空券を使って0泊3日、滞在20時間の強行軍だ。

2度目も織部さんが物件を案内してくれた。僕たちの「余裕のない空気感」を感じ取ったのか、今度は比較的手ごろな区画を提案してくれた。

「ここ……ですか……？」

「はい。そうですね、ご予算に合うところで、今すぐにご提案できるとしたらこの区画くらいですかねえ」

案内されたのはオーチャード・ロードの一番端。シンガポール大統領邸の隣に位置する「プラザ・シンガプーラ」というシンガポールでも草分けといえる大型ショッピングモール。真新しいモールの雰囲気は悪くはないのだが、具体的に提示を受けた区画は、吹き抜けを囲む広いスペースを背の低い仕切り壁で区切っただけの催事店舗のようなチープな印象が拭えない場所だった。

モール自体はAクラスで、全体の集客も凄まじい。しかしこの時に提案された区画はそのなかでも「4等立地」いや、それ以下の立地だった。

（さすがにこの区画は無理だろう……）と僕は思った。

一日も早く1号店の区画を決めてオープンに漕ぎつけたいのはやまやまだが、かと言って、もし最初の一歩で躓《つまず》いてしまうとその後が続かない。

言ってしまえば一発勝負。打席に立って最初の1打で、ホームランとはいかないまでも、せめて一塁に行かないことには、すぐさまそこでゲームセット。このシンガポール進出はそんな一か八かのプロジェクトなのだ。そう考えると、この物件での出店は「完全になし」だった。

そう考えて険しい顔をしていると、海山も同感だったのか、甘そうなタピオカミルクティーを飲みながら言った。

「修治さん、ここはやめましょう。焦ってこの場所で無理に出店するのは控えるべきです。ここは慎重にいきましょう」

「そうだな。すいません、織部さん、ここは厳しいですね。もっと他に良い区画はありませんか？　最初のお店がコケちゃうと、俺たちには後がないんで、1号店は気合を入れて作りたいんですよ」

「そうですか……。ただ有名な大型商業施設だと、良い区画はそう簡単には空きませんよ」

織部さんは申し訳なさそうな顔で続けて言う。

「仮に空いたとしても、実績も知名度もない『OWNDAYS』さんに、いきなりAクラスのモールの良い区画のオファーが入ることは、まず難しいと思ってください」

「無理は承知でなんとかもう少し、ここと同等クラスのモールでもう少し空き区画を当たってみて頂けませんか？　気長に待ちますんで」

「そうですか。わかりました。ただAクラスのモールはウェイティングリストに並んでるブランドさんが山のようにいますから、かなり難しいですよ。期待しないで下さいね」

「わかりました。よろしくお願いします」


織部さんに丁重にお断りをし、別の区画のオファーをお願いしながら別れた後、フライトの時間まで僕らは食事をしながら時間をつぶすことにした。

「結局今回の出張では、残念ながら大きな収穫がなかったですね」

すっかりお気に入りになった「鼎泰豊」で、アツアツのトリュフ入り小籠包を頬張りながら、海山は悔しそうにつぶやいた。

「まあ、仕方ないよ。絶好球がいきなり飛んでくるのは奇跡に近いからな。納得ができる物件が出てくるまで無理せず気長に待つか」

そう僕は涼しい顔で答えた。

しかし――（あなたたちのことなんて、この国では誰も知らない。簡単に良い場所にお店を出せるわけないでしょう）――解ってはいたが、それでも日本で100店舗以上のチェーン店を展開しているという自信は少なからずあったし、もう少しその実績を評価してもらえるものと勝手に想像していただけに、海を渡るだけで、自分たちがこんなにも小さな存在になってしまうものなのかと、織部さんから冷静に突きつけられた事実に、僕のプライドは粉々に砕かれ、悔しさが全身を支配していた。

憂さを晴らすように3人で大皿の料理をいくつも平らげ、会計を済ませてそろそろ空港に行こうと立ち上がった瞬間、海山の携帯電話が、まるで僕たちを引き止めるかのように、けたたましく鳴り響いた。

「はい。……はい。本当ですか。分かりました。出発まであまり時間はないんですが、これからすぐに伺います！」

そう言うと海山は電話を切った。

「修治さん、織部さんが、もう一つ紹介できる区画が見つかったと言ってます！　今ならまだ飛行機には間に合います。急いで見に行きましょう！」

僕らは、慌てて店を出ると、タクシーを拾って、再びプラザ・シンガプーラへと大急ぎで駆け戻った。

にこやかに僕らを再度出迎えた織部さんが紹介してくれたのは、さっき断った区画とは違って、今度はちゃんと独立した店舗用の区画で、間口は広く、面積も十分だった。しかし、フロアは4階で、人影もまばら。絶好の立地とまでは言えない。言うなれば3等立地だ。

ただ悪くはない。勝負できなくもない場所だ。

「ここの家賃はいくらでしょうか？」

「え〜っと面積が……スクエア・フィートですから、だいたい月額2万5千シンガポールドルですね」

「え、ってことは日本円で約２００万オーバー……この区画で……」

織部さんは、ニコニコと言う。

「シンガポール初出店ということなので、ウチもできるだけ賃料は協力させて頂きますよ!!ここはまだ新しい増床エリアなので、今後きっと人通りも増えて良くなると思います」

（Aクラスモールの３等立地なら1号店の場所としては、まだましだろう。というよりもシンガポールの家賃相場を考えると、このラインまでしか今のオンデーズには支払うことができない。もうここは勇気を出して踏み出してみるしかないかな）

そう考えていると、海山と甲賀さんも同意見だったようで、阿吽の呼吸で目を合わせると無言で二人とも頷いた。帰りの飛行機の時間は迫っている。あと10分以内にはここを出ないと飛行機には間に合わない。

「どうしますか？　急遽、出店予定のブランドさんのキャンセルが今入ったところです。ここで良いならすぐに押さえられますけど、ジャッジに時間がかかるようなら流れてしまう可能性もあります」

「やります！　ここでやります！」

自信があるとかないとかは、もう関係ない。条件が整いチャンスがあるのならばやる。やってみないことには結局何もわからない。（倒れる時は前向きにだ！）、そんな心持ちで、僕たち３人はこの場所に出店する意思を無言で確認し合うと「即決」した。

こうして、僅か2度の渡星で、僕たち3人はシンガポールへの具体的な進出を全て決定したのであった。

海外で「OWNDAYS」を成功させることが航海の目的地だとすれば、シンガポールに1号店を出すというのは、港から船を出航させるという感じ。この段階での僕らは、航海に向かう為に必要な荷物をリュックに目一杯詰めこんで家の玄関を開けた。さしずめそんなところだろうか。

しかし、問題はまだまだ山積みだ。船に乗るだけでも一苦労。それは十分にわかっていた。でも、強固な絆で結ばれていたはずの、オンデーズの社内から、その問題が噴出することになるとは、この時の僕らはまだ予想すらしていなかった。

第24話 「言葉の壁」で大喧嘩!?

2013年5月

ここまでの進捗状況は、具体的に業務に影響のある、ごく一部の人間にしか話しておらず、本社の社員たちの間では「社長がシンガポールで何かをしようとしてるらしい」といった憶測が流れている程度でしかなかった。

僕は、1店舗目のオープンが確実なものになったことを確認して、ようやくシンガポールへ進出する計画を、本社の社員たち全員に対して正式にアナウンスすることにした。

週初めに毎週定例で行われている本社の全体朝礼。

各部署の責任者が先週の業務報告と、今週の行動予定を順番に発表していく。そして最後が社長の僕の番。この日は少し緊張した面持ちで、ピンと背筋を張り姿勢を正しながら、意識的にいつもより大きな声を出した。

「皆んなに重要なお知らせです。先日シンガポールに現地法人を設立しました。それに伴ってシンガポールに海外進出1号店をオープンします。オープンは2ヶ月後の7月あたりを予定しています。各担当者には、この後、追って必要な業務の指示を出します。みんな時間がない中、大変だと思うけどしっかりお願いします！」

突然、シンガポールへの進出計画を発表された社員たちは皆んな、明らかに戸惑っていた。

朝礼の場は、一瞬にして不可解な沈黙に覆われた。戸惑いとネガティブな反応が入り混じった、今までに経験したことのないような複雑な沈黙だった。

（また社長が突拍子もないことを始めちゃったよ。面倒なことにならないといいなあ……）

そんな皆んなの心の声が聞こえてくるような気がした。

未だに会社が資金難なのは、皆んな、なんとなく空気で感じている。

それなのに、また新しい挑戦をするという。しかもその挑戦の相手は、シンガポールだと言われたのだから、皆んなが戸惑うのも無理はない。

「あのーすいません、初歩的な質問なんですが、シンガポールって何語ですか？　シンガポール語とかなんでしょうか？」

商品センター長の五十井《いかい》さんが、白髪交じりの髪を伏し目がちにポリポリと掻きながら、恥ずかしそうにボソリと言った。

誰かが少しバカにするように言った。

「何言ってんだよ英語だろ」

「中国語じゃないの？　私この前、旅行でシンガポール行ってきたけど、皆んな中国語喋ってたよ」

シンガポールという国名は聞いたことはある。ただこの時のオンデーズの本社の社員たちが持ち合わせている知識はこの程度だった。

甲賀さんが、学校の先生のように説明した。

「どっちも正解です。公的機関の書類はすべて英語で書かれています。ですから私たちが使用する言語は英語になります。しかしシンガポールの人口の8割弱を占める中華系民族は中国語も同時に話すので、シンガポールは何語と聞かれたら『英語も中国語も通じる』、これが正解です」

「英語か……」

皆んな一様に戸惑っていた。多くの日本人の例に漏れず、本社の社員たちも、ほぼ全員が英語アレルギーを抱えていた。

しかし、社長の僕はシンガポールへの出店を〝正式に決定した〟とハッキリ断言した。新規出店に関連する業務を担当する各部署の部長たちにとって、それはまさに、突然降りかかった災難といった顔つきだった。

「とにかく、もう決めたから、ここから先は一秒でも時間を無駄にしたくない。各自できることから、どんどん仕事を進めていって！」

僕は、半ば強引に準備作業を各部長に割り振り、シンガポール出店への準備を進めるように言い残すと、「パン！」と手を叩き、この日の朝礼を強引に終わりにした。

しかし、「できることから取り掛かれ」とは言われたものの、オンデーズは今まで国内市場しか相手にしたことのない会社である。

いきなりシンガポールへ進出すると言われても、何をどうしたらいいのか皆、見当もつかない。なにせ社長の僕自身が、この時点になってもまだ、何をどうしたら良いのかイマイチよくわかっていないくらいなのだから。

そして、当然だがシンガポール出店の準備に取り掛かるからといっても、従来の通常業務がなくなるわけではない。多忙を極める通常業務の上に、全く未体験ゾーンの仕事を振られたわけだから「できればやりたくない。もう誰か代わりにやってくれ……」というのが皆んなの本音だった。

そんなプレッシャーは、スグに伝染病のように本社全体へと感染していき、皆んなの気持ちを蝕んでいった。


「ギャアアアーっ！」

最初に奇声を上げたのは、店舗の設計を担当する民谷亮だった。

シンガランドから送られてきた、英文でビッシリと埋め尽くされた二十数ページにもわたるプラザ・シンガプーラ内装工事規則書の書類の山を前に頭を抱えていた。

「無理、無理、ちょっと溝口、これの日本語版ってないの？」

書類を届けた溝口は呆れたように答えた。

「海外のモールに日本語版の書類なんてあるわけないじゃないすか」

その冷たく突き放したような言い方に、明らかにムっとした様子の民谷は突っかかるように言った。

「じゃあ、この書類、溝口の方で全部日本語に翻訳してから持ってこいよ。こんなんじゃ、内容が分からないから、図面どころかパースも描けないから！」

溝口はやれやれと言った表情でたしなめるように言った。

「俺はまた明日からシンガポールに行かないといけないんですよ。今はそんな時間ないです。

自分で翻訳ソフトでも使って、なんとかしてみてくださいよ」

「は？　そんな面倒くさいことできるかよ。来週までに基本図面を提出しなきゃならないんだろ？　海外のことは甲賀さんと溝口たちの担当なんだから、そっちで翻訳くらい全部やってから持ってこいよ。こっちは国内の店舗の図面もいくつも抱えているんだから、翻訳しながらやってるような時間なんかない！」

「いやいや、それは違うでしょ！」

溝口が、真っ赤な顔で大声を出した。

「店舗設計は民谷さんの担当でしょう！　各部署の担当業務は、各部署が責任持って進めないとオープンできないのは国内だって海外だって同じですよ！　やれるところまで、まずは自分でやってみてくださいよ！　そんないきなりサジ投げないでください！」

「あー分かったよ。やればいいんだろ！　やれば！　とりあえず期日までに図面描いて、こっちは目をつぶって出すからな。もし図面の中に規則違反が見つかっても知らないからな！」

「そんな言い方ないでしょう！」

一事が万事、全ての部署がこんな感じだった。そしてとどめとばかりに、本社の一番奥のデスクで、情報システムの近藤大介が大噴火を起こした。

「あーもう、ふざけんなよ。急に今月中に全部、英語でセッティングしろだなんて言われたってできるわけないだろう！」

ＰＯＳシステムを担当していた近藤大介は巨体を揺らしながら、デスクをバンッ！　と叩くと同時に本社の窓ガラスを揺らす程に大きな怒声をあげた。

（あーあ……また近藤さんキレちゃった……）

社内にそんな空気が漂う中、今度は甲賀さんが重苦しく静まり返るオフィスの中で近藤に向かって突っかかっていった。

「文句ばっか言ってないでやれよ！　できなくてもやるしかないだろう！」

「はあ？　そんなこと言うなら甲賀さんがやってくださいよ！」

「俺はシステムのことなんて解らないんだからお前がやるしかないだろう！」

「こっちはねぇ甲賀さんたちと違って通常業務もあれば、日本の新店の準備だってあるんですよ！　じゃあ日本のオープンを遅らせてもいいんですね。既存店のトラブルなんて全部無視しますよ！　それでいいならやりますよ！」

「なんだよその言い方！」

「なんだよも何も言ったままですよ！　甲賀さんたちは海外の担当になったんでしょ？　海外の仕事しかしてないんだから、手の空いてるそっちでやってくれって意味ですよ。俺たちは日本のお店の準備もしないといけないから忙しいの！　あの日本語解ってます？」

「もう知らない！　勝手にしろ！」

こうして日を追うごとに本社のあちこちでは言い合いや、トラブルが頻発していくようになり、僕の抱いていた明るい希望とは裏腹に、社内の空気はどんどん険悪になっていってしまった。

これではシンガポールに向かって出航する前に船に穴が開いて沈没だ。

「社長ちょっといいですか?」

そんなやりとりを見て、デスクで頭を抱えていると、隣の席に座っていた秘書のマサルが、僕を会議室へと連れて行き心配そうに言った。

「見てわかるとおり、もう社内の空気が最悪です。甲賀さんたち『英語ができる組』が完全に孤立してしまっています。もう一度、きちんと社長が何を考えてるのか、皆んなに納得いくまで説明して理解を得た方がいいんじゃないですか? このままでは皆んながバラバラになってしまって海外進出どころの騒ぎじゃなくなってしまいますよ」

「皆んなもういい年齢なんだから、たかが英語くらいで戸惑わないで、つべこべ言わずにやることやってくれよ……」

僕は暗澹とした気持ちをため息にして吐き出した。

皆んなの為、オンデーズを次のステージに引っ張り上げる為に決断したシンガポール進出が原因で、せっかく一つにまとまっていた本社は、内部分裂を起こし始めてしまっている。まるでギスギスと錆びついた歯車が嫌な音を立てて軋み、車輪が上手く回っていかない、そんな感じだった。

僕は、近藤、民谷たちを筆頭に、特にシンガポール進出に関する業務に対して反抗的になってしまっている社員たちを全員会議室に集めると、改めて話をすることにした。

会議室にならんだ面々は、皆、腕を組みムスッとして、さも面白くないといった声が顔から出てくるようだった。

僕は少し呆れたような口調で言った。

「あのさぁ、もうちょっと皆んなで協力してできないわけ？」

近藤は口を尖らせながら、腹の虫がとてもおさまらないといった感じで答えた。

「いや別に、俺たちはシンガポールへの進出に反対してるわけじゃないんだよ。ただ、甲賀さんたちが、さも『英語がわかるのが当然だ』みたいな態度で言ってくるのが鼻持ちならないだけ。そんなに英語が喋れるのが偉いのかよ？　あんな言われ方されるんなら、もうやってらんねぇよ」

ほかの面々も深く頷いて同調した。

「俺も同感。やることはやりますよ。ただ進め方が気にくわない」

「俺も」

（もうこうなっちゃうと、この手の議論には付き合うだけ無駄だな……）

僕は冷たく言い放った。

「とにかく7月には予定通りシンガポールに1号店を開ける。皆んな大変なのは十分わかってる。ただ、資金的に余裕のないウチの会社は、そんなに長く準備にも時間をかけられないからこれがギリギリのタイミングなんだよ。これは俺が決めたことだし、後戻りする気もない。俺はこのシンガポール進出が上手くいかなければオンデーズに次のステージはないと思ってる。

だからシンガポール進出に関することは、不満があろうがなんだろうが、甲賀さんたちの指示通りに文句を言わずにしっかりやってくれ。それが嫌だ、反対だと言うのなら、もう会社から去っていってくれたって構わない。とにかく英語のできる組と、できない組のどっちが正しいとか、どっちの味方をするとか、そういう次元の低い揉め事の裁判官をする気は俺にはないから」

僕も苛立ちがピークにきて感情的になっていた。「時間がないんだから、つべこべ言わずにプロならやれ!」そう強く言うだけだった。

経営者という職業は、社内の様々な声に耳を傾けながら慎重に調整しつつ、ゆっくりと物事を進めていけば「決断力・リーダーシップがない」と言われ、言うことを聞かずにどんどん進めていけば「独裁でワンマン経営だ」と、どっちに転んでも批判される。

こういう風に社内がまとまらない時は「どっちでもいい、結果を出せば良いだけ」と開き直り、自分の決めた決断が上手くいくように全力を尽くすだけだ。

「わかりました……」

納得がいったわけでは決してない。ただ従うしかない。「わかったよ、やればいいんだろやれば……」そんな声が聞こえて来そうな雰囲気を背中越しに漂わせながら、肩を怒らせて一同は会議室から出て行った。

2013年5月中旬

オープンの予定日まで2ヶ月を切ろうかという頃。さらにオンデーズのシンガポール進出を阻《はば》む最大の難関が、容赦なく僕たちの前に大きく立ちはだかった。

それは「オプティシャン制度」だった。

シンガポールでは「オプティシャン」と呼ばれる国家資格を持つ者でなければ、視力測定やレンズの加工ができない。したがって、メガネ店を開業するためには、まずオプティシャンを採用しなければ話にならない。僕たちはシンガポール現地の人材会社数社と契約して、オプティシャンの紹介を依頼していた。

(果たして日本から来た、得体の知れない新参者の会社に、応募してくる国家資格者などいるのだろうか?)

僕たちが事前に感じていた、そんな不安は、不幸なことに見事に的中してしまっていた。オープンの予定日まで2ヶ月を切ったというのに、オプティシャンの採用が、ほとんどまともに進んでいなかったのだ。

甲賀さんが重苦しい表情で報告しにきた。

「社長ちょっといいですか……」

「どうしたの?」

「現地でのオプティシャンの採用ですが、上手くいきません……というか応募自体がほとんどありません……」

「全く？」

「はい。全く箸にも棒にもかからないといった感じです……」

「えっなんで？　あんなに他のメガネ屋さんでは暇そうにしてるオプティシャンがいて、ウチが提示してる給与の額面も結構、高めに設定してるのに……」

「やはり皆んな国家資格者ですから、プライドもあるし、仕事に必要以上に困ることもないのでしょう。そんな状況ですから、名前も知らない、まだ店すらもない新参者のメガネ店に冒険心だけで応募してくる人は一人もいないって感じですかね……」

「困ったな……。なんか抜け道はない？　例えばオプティシャンが現地で見つかるまで、日本のスタッフにこっそり視力測定や加工をやらせちゃうとか？」

「できなくはないですが、まあバレたら一発で営業停止でしょうね。それに一度、法律を破って営業してしまうと目をつけられて、その後の営業は、さらに困難なものになるでしょうね。日本のスタッフもそんなことしたら違法就労で確実にやられます」

「何か他に手はないの？」

「とりあえず開設したFacebookにメッセージでも載せてみますか。どれくらい効果があるかわかりませんけど、特にお金もかからないし」

「そうだね。とりあえずやれることは全部やってみよう」

このままオプティシャンが見つからなければ、7月のオープンはまず絶望的だ。それどころか下手をするとオプティシャンが見つかるまで毎月２００万円以上の空家賃を払い続けなければいけない。

その日の夜、僕たちは開設したばかりのOWNDAYS Singaporeの公式Facebookページに、藁にもすがるような思いで、こんなメッセージをアップした。

「私たちは新しいメガネ屋をシンガポールで開業しようとしています。消費者のことをどこまでも考えた、今までになかった素晴らしいメガネ屋を。その想いに共感して一緒にベンチャーを立ち上げてくれるオプティシャンの仲間を探しています！」

そしてFacebookに投稿してから数日後。投稿していたことすらも忘れかけていたある日、甲賀さんはパソコンを開くと、本社中に響き渡るような大声をあげて喜んだ。

「メッセージが来てる！　社長！　メッセージ来てますよ！」

なんと僕たちの投稿を見たオプティシャン数名からメッセージが来ていたのだ。

「『ＯＷＮＤＡＹＳ』の皆様、Facebookの投稿を拝見し、あなたたちの理念に共感しました。私もオープニングメンバーの一員に加えて頂けませんか？」

「やったー!!」

僕と甲賀さんは思わず飛び上がって喜んだ。ギスギスとした重たい空気の中で、久しぶりに届いた明るいニュースに、僕たちは小躍りして喜んだ。

Facebookへの数行の投稿によって、また一つ運命の糸を手繰り寄せた。

こうして僕たちはシンガポール1号店の営業ができるギリギリの最低人数3人のオプティシャン（ケルビン・フローラ・スティーブン）を、オープンの1ヶ月半前に滑り込みで採用することに、どうにか成功した。

まさに徒手空拳。同じような規模のメガネ屋で日本からシンガポールに展開している会社なんて勿論ない。参考にできるような事例もないまま、手探りでモグラ叩きのように降っては湧いてくる問題を解決していき、半ばノイローゼになりつつも、僕たちはどうにか予定通りの7月初旬にシンガポール1号店をオープンさせられる目処を立てていったのだった。

2013年7月2日

熱気と活気に溢れるシンガポールの玄関口、チャンギ国際空港。僕は到着するやいなや、タクシーに飛び乗ると、その足でプラザ・シンガプーラへと赴いた。

「OWNDAYS」の大きなロゴが貼られた仮囲いの隅にあるドアをあけ、店舗の中に入ると、オープンの準備は大詰めを迎えていた。

うずたかく積まれ、組み上げられるのを待つ什器《じゅうき》たち。

天井に目をやるとインド人の電器屋が配線をし、その下でフィリピン人らしき女性が床を掃除している。チャイニーズの職人は英語で怒鳴りながらペンキを塗っている。

すると、奥の方から聞き覚えのある声で、まくしたてるように喋る日本語が耳に飛び込んで来た。

「違う違う！　そうじゃない！　ここに穴開けないと配線できないでしょ！　プリーズ、ディグ、アホール！　ここに穴開けるの！　ほれ！　おーけー？」

そこには、外国人の職人たちに囲まれ、一人で悪戦苦闘する民谷の姿があった。

「あとアンタも！　そこの仕上げ、ペイントじゃなくて漆喰《しっくい》塗り！　えっとー。へい！　ディス、スペース、イズノットペイント！」

その光景を少し微笑ましく見ていると、完全に現場モードに入っている民谷が僕を見つけ、大きく手を振り怒鳴るように叫んだ。

「あー。社長！　いいところに来た。こっち！　こっち！　人手が足りないから、社長もそこの什器すぐに組み立てて！　ドライバーそこら辺にあるから！」

僕は腕をまくり、言われるがまま、とりあえずドライバーを手に取った。

「どれから組み立てたらいいの？」

「封開けてないやつならどれからでもいいから！　あ、甲賀さんはそこのダンボールにゴミまとめて！」

「そういえば、近藤は？　俺より早い便だったからもう着いてるはずでしょ？」

店舗の営業に必要なＰＯＳシステムを設定するため、近藤もこの日にプラザ・シンガプーラ店に現場入りしてるはずだったが、予定の時間を大幅に過ぎているというのに彼は姿を見せていない。

「ああ、やっと見つかったぁ……」

予定していた到着時間から遅れること5時間、辺りが夕闇に沈み始めた頃にようやく近藤が店舗へと現れた。

「タクシーの運転手に全然、行き先が伝わってなくて、まるで反対方面の全く別のモールに連れていかれて、半日近く市内を彷徨《さまよ》ってたよ。っていうか、俺英語喋れないんだから、せめて誰か迎えに来てくれたっていいじゃねーか……」

近藤は、ぶつぶつ文句を言いながらヘナヘナと座り込むと、その巨体とイカツイ風貌に似合わず、迷子になっていた子供が、ようやく親を見つけて安堵した時のように、泣きそうな表情を浮かべていた。

しかし全く英語が話せないはずの彼の右手には、どこで、どうやって入手したのか大量のハンバーガーが抱え込まれていたのを僕は見逃さなかった。

「ハンバーガーは買えるんだね……」

「うん！　それは大丈夫」

2013年7月4日
予定通りのオープンが危ぶまれた程の内装工事の遅れも、どうにかこの日までに取り戻し、時計の針が夜10時を回る頃、ようやく全ての準備を終えることができた。
店舗オペレーションを最終確認した僕らは、シンガポール1号店のオープンを目前にした高揚感と、予定通りに準備を完了できた安堵感が入り混じった心地よい疲れに包まれていた。

「よし！　まだ間に合うな！　みんなで決起集会やるぞ！」

僕は、皆んなを、「クラーク・キー」へと連れていった。

シンガポールのナイトシーンをリードするこの地区は、バーやクラブなどのエンターテインメントが充実していて、リバーサイドでは、逆バンジージャンプの巨大マシンが閃光を放ちながら動き、宝石箱をひっくり返したような煌びやかなネオンが連なっている。まるでこの一帯が一つのテーマパークのような場所だ。

僕と海山、甲賀さんの3人は、最初にシンガポールを訪れた時に見た、この場所から見える幻想的な夜景と、様々な人種が入り交じった多様性の渦から溢れだす熱気に魅せられ、シンガポール進出を決意したと言っても過言ではなかった。

だから、どうしてもシンガポール1号店の決起集会はこの場所で行い、そして皆んなにも、僕たち3人が魅せられた、シンガポールのこの空気を、同じように肌で感じて欲しかったのだ。

「それじゃあ、社長！　乾杯の挨拶を！」

クラーク・キーの中央にある「IndoChine Empress Place」。

1階がバーで2階がレストランになっており、エキゾチックな雰囲気の中、中華料理やインドシナ料理などが味わえる人気のお店だ。

シンガポール川沿いにあるこのレストランのオープンテラスを陣取り、僕たちはビールを片手に立ち上がった。

「進出を発表してから、わずか2ヶ月で本当にここまで来られるなんて、なんだか信じられないけど、これは紛れもなく皆んなの頑張りの成果だと思います。明日は遂にオープン。でもここからがようやく本当の勝負。シンガポールの人たちに俺たちの凄さを見せつけてやりましょう！」

「おおお！」

「エイ！　エイ！　オンデーーズ!!」

お酒の勢いも手伝ったのか、シンガポールの夜景が洗い流してくれたのか、それまで日本では険悪だった皆んなの空気は嘘のようにすっかりとどこかへと消え去っていき、グラスを交わし、酒を酌み交わし、この場に居合わせた皆んなは、どこまでもハイテンションだった。

途中大雨が降って、パラソルからその巨体をはみ出させていた近藤は雨に打たれてびしょ濡れになりながらも、ステーキを頬張る。その横で、なぜか噴水に飛び込む民谷。日本から応援に来ていた富澤、濱地、庭山。

英語と日本語をフル回転させて、精も根も尽き果てたといった様子の甲賀さん、海山、溝口。

資金繰りに毎日苦しむ奥野さん。

皆んなが笑顔でオープンを喜び、2ヶ月間の苦労を分かち合い、時計の針が深夜を回っても、誰も帰ろうとせず、楽しい宴は夜遅くまで続いていった。

でも、そんな皆んなを一つにしていた高揚感は、多分、僕を筆頭にして大きな緊張と不安の裏返しでもあったのかもしれない。

（これが失敗すれば、オンデーズは再びピンチに陥るかもしれない……）

薄型レンズ０円を始めた、あの時と同じ感じ。

一か八かの勝負に、自分たちのこれからの未来を全て懸ける。そんな底知れぬ不安を、ここに至るまでの２ヶ月間で、シンガポール進出に関わってきた皆んなは、十二分に感じてしまっていたからだ。

こうして、僕たちはボロボロになりながらも、ようやく「海外で『ＯＷＮＤＡＹＳ』を成功させる」という途方もなく遠い目的地へと向かう、険しい航路の入り口に、やっと船を浮かべることができた。

そして迎えた翌日。

運命のオープン初日。絶対に負けられない一発勝負の最初で最後の１打席目。

僕たち全員を待ち受けていたのは、誰も予想すらしていなかった、オンデーズの歴史の中で、一番想定外の、まさに〝途方もない〟事態だった。

第25話　オープン初日の信じられない数字

２０１３年７月５日

午前９時

誰一人遅刻することなくスタッフ全員が店舗に集まった。そして念入りに最終チェックを行っていく。まだいくつか足りないものもあるが、とりあえず営業には支障なさそうだ。滞りなく営業は開始できるだろう。

全ての準備が完了すると、日本と同じスタイルで朝礼を開始した。明石がオペレーションと役割分担を確認していく。

そして、オープンに関わった全員が順番に一言ずつ挨拶をしていき、最後に甲賀さんが元気よく声をかけた。

「シンガポールで№１のメガネ店になるため、全力をつくしましょう！」

「エイ！　エイ！　オンデーズ！」

皆んなで、拳を思い切り突き上げながら大声を出し、気合を入れて拍手で締めた。

こうして、「ＯＷＮＤＡＹＳ」の歴史にまた一つ新しく刻まれる大きな「挑戦」——海外初進出となるプラザ・シンガプーラ店はオープンした。

しかし、周りのお店はまだどこもオープンしていない。目の前は、高層階のオフィスを目指すビジネスマンたちが、足早に薄暗い通路を歩いているだけ。「ＯＷＮＤＡＹＳ」はその薄暗いモールの中で一軒だけ、少し場違いな光を静かに放っていた。

午前11時

「お客さん、誰も来ませんね……」

お店を開けてから1時間後、特に動きのない寂しい店内で、海山が苦笑いしながら呟いた。

「まあ、そりゃそうだろな。オープン前の広告宣伝は、ほとんどしていないし。オープン用の特別な割引セールをやってるわけでもないから、オープンを待って店内に飛び込んでくるお客さんなんて、誰もいないのは当然だろう」

僕は（何をいまさらわかりきってたことを）といった顔で答えた。

「いや、まあそれはそうなんですけど、いくら広告宣伝をしていないとは言っても、真新しい日本のブランドのオープンだから、物珍しさで入店するお客さんの一人や二人はいるんじゃないかなと、密かに期待してたんですけど完全にそれも裏切られましたね」

「まあな。確かに、いざこうしてお店を開けて、誰一人としてお店に入ってこない所を目の当たりにすると、想定の範囲内とは言え、やっぱり焦るなぁ……」

「はい。自分もめちゃくちゃ焦ってます……」

立地の悪さが響いてか、オープンから1時間程経っても、まだ購入客は誰一人として現れてくれない。というか、店内に入ってくる人すらもいない。

正午

オープンから、約2時間が経過した。お昼時が近づくにつれて、店の前の人通りも少しずつ増えてきたように感じる。しかしその多くは、ランチに向かう人たちなのだろう。真新しく明るい店舗を物珍しそうに覗き込む人はいるものの、足を止め入店し、商品をしっかりと手に取ってくれる人はほとんどいなかった。

次第に、僕の脳裏には、5年前、僕がオンデーズで最初に大失敗させた「高田馬場店」の悪夢がよぎり始めた。

もうすでに、良い思い出になっていたはずの古い傷が、胃の後ろあたりからジクジクと痛みをぶり返すような嫌な感じだ。

いや、もし今回もあの時と同じような大失敗になったとしたら、事態はもっと酷く深刻なことになるかもしれない。

必死に反対する奥野さんたちを強引に説き伏せ、通常業務とはかけ離れた英語での作業を担当社員たち全員に課して強いストレスを与えた上に、無理なスケジュールを組み、連日徹夜続きにさせてまでシンガポール進出の準備を進めてきた。

もし、このお店が大失敗に終わってしまったとしたら、ようやく安定しかけた資金繰りにも、また甚大な影響が出てくるかもしれない。

本社の空気を、険悪な状態に陥れて、無理やり扉をこじ開けるようにオープンさせたシンガポール1号店なのに、そんなことになってしまったとしたら、僕は一体、会社の中で皆んなにどんな顔を見せれば良いのだろう。そう考えると、体の中を震えおののくような寒気が走った。

「やばいな……」

ふと隣を見ると海山と甲賀さんも不安そうにしている。

その顔は、雨に濡れた子犬みたいに心細げな表情だ。きっと二人の背中にも、嫌な感じの冷たい汗が伝い落ちているのだろう。

皆んなが固唾を呑んで見守る少し異様な雰囲気の中、シンガポール人スタッフの3人は、店の前を通る人たちにハンドビラを、笑顔で丁寧に配っていく。

「ハーイ！　今日オープンしました。日本のブランドですよ、ぜひ見ていってくださいね！」

誰が指示したわけでもないのに、笑顔でビラ配りを率先して行ってくれている彼らがいることだけが、今の僕たちの唯一の希望かもしれない。

しかし、通り過ぎる人々の反応は、いまいち芳しくない。昼食時だというのに、僕の胃はなにやら重苦しい鉛のようなもので満たされ、食欲を感じるどころか、ついには吐き気さえこみ上げてきた。

午後1時

ようやく付近のお店も一通り全てオープンし、館内も賑やかになり始めた頃、一組の白人の老夫婦が、フローラのハンドビラを受け取ると、興味深そうに店舗の中へと入ってきた。

「あ、立ち止まった」

僕たちは、緊張して唾をごくりと飲み込む。

「Hi! Welcome to『OWNDAYS』!」

すかさず、フローラが「AIR Ultem」を両手に持ちながら声を掛けると、目の前でフレームの両端をグニャリと曲げて見せ、耐久性や軽さを積極的にプロモーションした。

「WOW……」

目を少し見開いて驚く品の良い夫人。そして「How much?」と尋ねる。

フローラは、自信満々の笑顔で胸を張ると、少し勿体ぶったような顔をしながら「98ドルで買えるのよ！」と誇らしげに伝えた。

「WOW!!」

さらにもう少し大きな声で、老夫婦は揃って驚いた。「それは安いわね！」そんなポジティブな反応だった。傍《はた》で見ていてもそれは伝わって来た。さらに畳み掛けるように、レンズの説明POPを手に取りフローラが伝える。

「この価格はレンズも込みの値段なんですよ！　しかも普通のレンズじゃないわ。クオリティの高い薄型の非球面レンズなの。たぶん今、お客様が掛けている、その素敵な眼鏡のレンズとさほど変わらないものじゃないかしら？」

「ＷＯＷ！　アメイジング！」

お店から少し離れた僕らのところにも届くような、明らかに感嘆の声だった。

僕と海山は居ても立ってもいられず、その老夫婦の隣に忍び寄ると、お客さんのフリをして立ち、フローラと老夫婦のやりとりに全神経を集中させて聞き耳をたてた。

「でも、とても良い商品だけど、私たちはツーリストだから、明日には帰っちゃうの。今日は買えないわ。残念ね」

「大丈夫ですよ。たったの20分もあれば作れますから！　それくらいの時間ならあるでしょう？」

「20分て……それは無理よ。だって私は今、視力の解る処方箋も持ってないのよ」

「それはヨーロッパの話でしょ？　私たちなら、この場ですぐに視力を測って20分で度付きの眼鏡をお作りできますよ！」

「買うわ！」

パンッ！　と手を叩くと、白髪の老婦人はウルテムのフレームを手に取り、気に入ったカラーを探し始めた。さらにその夫人は「この価格なら予備のメガネも入れて３本買ってくわ！」

そう言って、３本のフレームを手に持ち、フローラに促されるままカウンターへと進んでいった。

（よしっ！）

僕と海山は目を合わせると、心の中でガッツポーズをした。

「では視力を測らせて頂きますね。こちらへどうぞ♪」

フローラは踊るようなステップを踏みながら、視力測定のスペースへと夫人を招き入れた。遮光カーテンの隙間から、フローラは、ひょこっと首を出すと、僕らの方を見てチャーミングに軽くウィンクをした。

(フフ。良かったわねボス♪)

そんなフローラの心の声が聞こえてくるようだった。


十数分後。出来上がった眼鏡を丁寧にフィッティングしながらフローラは言った。

「あなたが、このお店の最初のお客様なのよ!」

すると、夫人は優しい笑みを浮かべながら言った。

「フフフ。だから皆んなしてソワソワしながら私たちのことを見ていたのね。でも、それはとっても素敵なことだし、私もあなたたちの最初のお客さんになれて、とても嬉しいわ。あなたたちの成功を祈ってるわよ。頑張ってね!」

その笑顔は、静かな湖にさざなみが広がっていくように、その場に居合わせた全員を幸せな気持ちで包んでくれた。

「ありがとうございましたー!」

満足気な顔をしながら「OWNDAYS」のロゴが入った紙袋を手に持ちお店を後にする老夫婦を、スタッフ皆んなで大きく手を振って見送った。老夫婦の姿が見えなくなった瞬間、隣にいた濱地と庭山が飛び跳ねながら興奮して叫んだ。

「社長！　すごい！　すごい！　メガネ売れた！　売れちゃった！　ヤバイ！　私たちが日本で売っているメガネ、今英語で接客して売れていった！　なんかすごい瞬間に立ち会っちゃった気がする。やばいよ……これ、泣ける」

　僕も同じ気持ちだった。

　この1ヶ月、犬の嚙み合いのような衝突を繰り返していた、近藤、民谷、甲賀さんたちも肩を叩きあって喜んでいた。

「おお、甲賀さん、売れたよ。売れたよ。英語で売ってるし。なんか、すげーなぁ……」

「そりゃシンガポールなんだから英語でしょう。ハハハ」

　涙もろい民谷も、大粒の涙を目に浮かべている。

「よかったぁ。売れたよ。マジで売れたよぉ」

「俺たちスゲーじゃん。売れるんだね。普通に外国でも」

　皆んなが口々に感嘆の声をあげる。日本と同じお店、同じ制服。でも違う言葉、違う人種、違う文化の中で、「ＯＷＮＤＡＹＳ」のメガネが日本と同じように売れていった。その事実を目の前で見た瞬間、今までの苦労が報われたような気がしたのか、あれ程いがみ合っていたはずの面々も、誰ともなく肩を叩きハグし合って喜びを共有していた。

　いつだってビジネスマンである皆んなを、一つにまとめる為の効果的な特効薬は「結果」だ。

　僕はその様子を見て、とりあえずホッと胸を撫でおろした。

あの白人女性はひょっとすると、僕たちの前に舞い降りた商売の天使だったのかもしれない。

そのあと、続けざまに数名が店内へと入ってきた。

「あれ、社長。ちょっと見てください。ホラ、結構お客さん入ってきましたよ。えっと……1、2……5客」

「ほんとだ。入ってきたな」

気づくと、店舗の入り口付近には、今までの静けさとは打って変わって5名ほどのお客様がフレームを興味深く手にとっており、にわかに賑わいを見せ始めていた。その様子を全員で注意深く見ていると、海山が勢いよく叫んだ。

「あ！　あの男性も買うっぽい！　お、あっちの女性もだ！」

瞬く間に数名のお客様がカウンターへと連なり購入し始めた。

2ヶ所ある検査室のカーテンは両方とも閉じられて、ウェイティング用のソファにも数名が座り始め、店内はいつの間にかお客様で活気に溢れ始めていた。

僕はカウンターで受付作業をしている溝口に話しかけた。

「ねぇ……これって、売れてるの？」

「はい。もう今、3客立て続けに購入されました！　たぶん、今商品を見ているあの辺のお客さんたちも皆んな買うっぽいです！」

「うぉおおおおおお!!」

「よっしゃー！」

僕たちは、全員、飛び跳ねると順番に両手でハイタッチを繰り返していった。

さらに喜んでいる間にも、お客さんがお客さんを呼び、その賑わいを見て「何事か？」と通りすぎるお客様がまた、連なるように入ってくる。まるでパチンコ台が大当たりして次から次へと銀色の玉が勢いよく吐きだされて箱に溢れていくようなあの感じ。そう、まさに「確変」だった。

「ぼーっとしてないで！　タケシも手伝って！　手伝って！」

一人売れると、立て続けに売れていく。その連鎖は止まらない。商売を長くやっていると、時にこういう「風を味方につけたような勢い、波のような瞬間」に出くわすことがある。この時もまさにそんな感じだった。

カウンターには注文伝票が散乱し、フレームとレンズを入れた会計済みの加工箱がどんどん加工場の棚に積みあがっていく。

「20分で作れますよ！」

「すいません、検査待ち2名です！」

スタッフの威勢の良い言葉が飛び交い、瞬く間に店内は活気で満ち溢れていった。次から次へと、お客様は商品を手に取りスタッフを呼び止めて購入の意思を示す。全然対応が追いつかない。まるであの半額セールの時のようだ。しかも、今回はセールでもなんでもない。純粋に「ＯＷＮＤＡＹＳ」の商品やサービス、そしてバリューのある価格が、来店したお客様たちを惹きつけてやまないことは、誰の目にも明らかだった。

「一体なんなんだよこれ⁇」

「マジか！　マジか！　マジか！」

「やべーーーーー！　すごい！」

みんな不意に予告もなく目の前に繰り広げられ始めた光景に、口々に驚嘆の声をあげる。なんだかまだ上手く信じられない。古くさい表現だけど「まるで狐にでもつままれているような感覚」とはまさにこんな感じなのかな？　そんな風に思えてしかたなかった。

店頭でのお客様対応は甲賀さんと海山、視力検査と加工はシンガポールのオプティシャン3人で役割分担し、ひたすら作業に追われ続けていく。受け取りのお客様が来ると明石が「ありがとうございました！」と日本語であいさつする。それにつられて僕たちも「ありがとうございました‼」と大声で日本のようにあいさつする。あいさつの連呼は止まらない。

午後5時
想像を上回るような大繁盛の兆しに歓喜していたのも束の間、事態は一変。誰もが想像だにしていなかった「想定の範囲外」の深刻な状態へと店内の様子は転がり始めていき、僕たちの間には暗雲が垂れ込めてきた。
「タケシ、ちょっと……これ……マズくないか？　お客さん来すぎだよ……まるでまともに視力測定も追いついてないし、フィッティングもクソもない。これじゃあ瞬く間にクレームの山になるぞ……」

「ですね……。やばいです。これ、完全に皆んなパニクってます」

夕方になり、館内の人通りが増えるのに比例して、「ＯＷＮＤＡＹＳ」の店内に着火した活気の火は、落ち着くどころかより一層激しさを増して燃え盛っていった。

この時点で、スタッフの数が圧倒的に不足していることは誰の目から見ても明らかだった。店内で戦力として、合法的にしっかりと働けるスタッフは、たったの６人。しかも検査や加工ができるのは、国家資格を持っているオプティシャンの３人だけだ。

この時点で「ＯＷＮＤＡＹＳ」の最大の売りの一つである「20分お渡し」は完全に機能不全に陥っていた。お渡し20分どころか、視力測定の順番待ちの時点で、もう３時間以上もウェイティングが出始めている。

途切れないお客様の列に、オプティシャン３人の表情も次第に険しくなっていく。この忙しさに、何から手をつけて処理していけば良いのか判らずミスを頻発し、見るからにパニックに陥っている。

見兼ねた濱地が心配そうに言った。

「社長、ちょっとこれヤバくないですか？……私たちも手伝いましょうか？」

「いや、それはマズイ。この騒ぎを聞きつけて、さっきから同業らしい人間もチラホラ見にきてる。無資格者の日本人がメガネを作ったり視力測定に入ってるところを見られたら、確実に嫌がらせで、すぐにＯＯＢ（検眼審査委員会）へ通報されるぞ」

「でも、このままじゃ絶対にヤバイですよ！　ほら、あそこのお客さん、めっちゃ怒ってるぽくないすか？　ああ、アレも……あんなフィッティングで帰らせたら絶対クレームになっちゃう！」

僕たちの焦る気持ちなどお構いなしに、一度「確変」に入って購入を求めて殺到し始めたお客さんの流れは、止めようとしても止まらない。まるで大雨で水量の増した河川が激流の勢いで氾濫してしまったかのようだ。

僕は、シンガポール1号店が上手くスタートした喜びから一転、このペースで皆んながパニックに陥ると、お客様対応が酷く不満足なものになり、クレームを多発させ「ＯＷＮＤＡＹＳ」の悪評が一気にシンガポール全体に広がっていってしまうのではないかと、とてつもない恐怖に襲われた。

しかし、ここはシンガポールだ。どれだけ心配でも、僕たちは何もまともに手助けすることができない。オープン準備の応援に来ていた、明石、濱地、庭山、富澤の4人は、勿論全員問題なく視力測定もレンズ加工もこなせるプロなのだが、シンガポールの「国家資格」を持っていない以上、彼らも何も手が出せない。押し寄せるお客様の群れにパニックに陥るスタッフたちを目の前にしながら、どうすることもできないのだ。それはまるで「目の前の川で子供が溺れているのにもかかわらず、ただ傍観するしかない」そんな感じだった。

4人は皆んな、目の前で繰り広げられている光景を前に、何も手が出せない歯痒《はがゆ》さで、地団駄を踏みながら苛立ちを露わにしている。

「とりあえずやれることだけでも全力でやろう！　濱地たち4人は裏で伝票整理やお会計、レンズ加工の補助、あと接客のミスが出ないように口頭で指導するとか、違法就労にならない範囲でサポートできるところだけでもサポートに入ってくれ！　スタッフたちの仕事の負担が、何か一つでも軽減できるように動いて！」

「はい！」

濱地たちが、バックヤードに駆け込んでいくのと入れ替わりで、今度は海山が青ざめた表情で駆け寄って来た。

「やばいっす。ちょっとこれはもうシャレにならないです。この勢いだと逆にクレーム続出で初日で全部コケます。入店を少し制限しながら、オプティシャンの3人に、パートタイムでいいからすぐに手伝える国家資格者の友人がいないか当たらせてみていいですか？」

「そうだな！　すぐに電話させて『時給をはずむ』って言えば誰か来てくれるかもしれない！」

「わかりました！　すぐ聞いてみます！」

視力測定の順番が途切れた瞬間を見計らって、3人のオプティシャンたちに海山が順番に話をしていく。

「友達のオプティシャンで今すぐ誰かヘルプに来られないかな？　すぐにできる限りあたってみてくれ！」

こんな事態は想像だにしていなかったとばかりに、目を白黒させパニック寸前のオプティシャンたちも、一刻も早くこの状況をなんとかしたいと、焦りを露わにしながら、その呼びかけに応えた。

「OK！　何人か今働いていないオプティシャンの友人がいるからパートタイムの臨時バイトでヘルプに来られないか、すぐに聞いてみるよ！」

オプティシャンの3人は、視力測定が一人終わるたびに、合間を縫うようにスマホを手に取り、片っ端から電話をかけていった。

「ボス！　二人見つかったわ！　あと1時間くらいで来られるって！」

「俺も一人捕まえたぜ。夜には来られるそうだ！」

「OK！　じゃあできる限り一秒でも早く応援に来てくれるように頼んで！　今はとにかく猫の手でも借りたい」

幸い、国土の狭いシンガポール。どうにか数時間後にはスタッフの友人のオプティシャンたちが3人、助っ人に来てくれることになった。

午後8時
勢いはさらに加速度を増し、店内には「溢れんばかり」のお客様が詰めかけ続けていた。突然の呼び出しに快く応じて助っ人に来てくれたスタッフの友人のオプティシャンたちも、店舗に到着すると、目の前の光景に「まるで信じられない！」といった様子で戸惑いながらも、視力測定やレンズ加工の応援にすぐさま入ってくれた。
華人系、マレー系、インド系、欧米系、そして日本人。様々な人たちが「OWNDAYS」

のメガネを買って行く。目の前で繰り広げられる状況を眺めながら僕の胸には様々な感情が交錯した。

腹の底が熱く、得体の知れない何かが湧き上がってくるような高揚感。

突然目の前に現れた光景が、実は幻なんじゃないかという猜疑心。

未開の航路の入り口に立つような、爽やかな期待感と拭いきれぬ恐怖感。

これまで何十店舗と新しい店のオープンに立ち会ってきたが、ここまで「魂が激しく揺さぶられる」ような経験をしたのは初めてのことだった。

僕は閉店時間までの間、店内を何百往復もグルグルと歩き回りながら、スタッフたちの動きを見つめ、お客様のやりとりやリアクションに全神経を尖らせながら、自らの感情とも向き合い続けた。

午後10時

まるで戦場と化したオープン初日の営業がようやく終了した。閉店時間の夜10時までお客様は途切れることなく、店内は、まるで強盗にでも入られたかのように商品を並べた棚はスカスカ、カウンターの周りは伝票が散乱、バックヤードはゴミ屋敷のようになっていた。

そして、長い長い売上内容を知らせるレシート、がレジプリンターから吐き出された。

甲賀さんが初日の売上を大声で読み上げた。それは、当初予定していた売上を軽く5倍は超える「驚き」の金額だった。

「うおおおおおおお！　すげーーーー!!」

その「信じられない数字」に自分たちが起こした奇跡を実感した高揚感が皆んなから伝わってくる。

シンガポール人のオプティシャン３人も、満身創痍といった顔をしながら抱き合って喜んだ。全く名前も知らない日本から来た新しいメガネ屋に、オープニングメンバーとして加入することは、３人のオプティシャンたちにとっても、大きな賭けだったのだろう。

「Hi! Boss! Give me ten!!」

「パーーーンッ！」

「俺たちは歴史の証人となったぜ！」とでも言いたいような誇らしげな顔で、ケルビンが両手を掲げて僕にハイタッチを求めてくる。僕らは閉店後の店内に響き渡る大きな音を立てて手のひらをぶつけ合った。オープン初日の結果は、予想を大きく上回り、できすぎな程の大成功だった。

しかし、この嬉しい状況は、同時に深刻な問題を抱えていた。

スタッフは全員、まだオープン最初の１日目が終わったばかりだというのに、全く休むこともできず働き詰めで、精も根も尽き果てて満身創痍といった様子で、ヘナヘナと倒れこむように座り込んでしまっている。

「甲賀さん、これ、明日も同じくらいお客さん来ちゃうかな……」

「もちろん来て欲しいのは山々ですが、まだ最初の１日で、すでにこれですからね……同じようにお客さんが詰めかけたとしたら一体どうなってしまうか、ちょっと想像もつきません」

明日以降もこのペースで売れたら、全く対応が追いつかずに、お店のオペレーションが完全に崩壊するのは明らかだ。

全く売れずに大失敗してしまう事態は、何度も想像しその対策も頭の中でシミュレーションしてきた。でも、お客様が殺到して、商品が売れ過ぎる余り、全てのオペレーションが機能不全に陥ってしまいクレームの山を抱えてしまう恐れが発生する可能性が出てくることなど、まったくの想定外だった。

その上、今日は金曜日。明日からの土曜、日曜は、午前中からどれだけ多くのお客様が来店されるのか、見当もつかない。もし、明日以降もこのペースでお客様が殺到してくるとすれば、一体、僕たちはどうすれば良いんだ……。

日本から応援を呼ぼうにも、国家資格の壁が大きく立ちはだかっている以上、そう簡単に問題が解決できるとは、とても思えない。働けることをシンガポール政府から許されているスタッフは、たったの6人だけしかいないのだ。

オープン初日の大成功を喜びあったのも束の間。

僕たちは、予想だにしていなかった異常事態に直面し、ただ呆然と立ち尽くしていた。

第26話　ハリボテの砦を本物の砦に

２０１３年7月6日

まるで嵐のようなオープンの初日を終えて、迎えた翌日。

この日、オープン2日目は土曜日であることに加えて、昨日購入したお客様たちから口コミが広がったのか、朝こそはスロースタートだったものの、お昼を過ぎる頃には、すぐに店内はお客様でごった返していき、その混雑は初日同様、夜の閉店時間ギリギリまで続いた。

照明が落とされた薄暗い館内で、後片付けがなかなか終わらず、1ヶ所だけ煌々と明かりが灯っている閉店後の「ＯＷＮＤＡＹＳ」の店内。昨日にも増して疲労困憊し、まるで海岸沿いに打ち上げられ絶命した迷いイルカの群れのように、ぐったりと力なく倒れこむスタッフたち。

僕と海山は、その光景を前に頭を抱えていた。

「タケシ、やっぱりこの調子で売れ続けるとマズイな……2日目が終わったばかりだというのに、スタッフ皆んな、こんなに疲れきっちゃってるよ」

予想を大きく裏切って、「ＯＷＮＤＡＹＳ」は「上手くいく」どころか、当たった。大当たりだった。そう表現するのがピッタリくるほど、完璧なまでにシンガポールの人たちに「ＯＷＮＤＡＹＳ」は受け入れられていた。来店されたお客様は、皆んな口々に「こんなメガネ屋は見たことない！」そう言って感嘆の声をあげてくれる。間違いなく最高のスタートは切れている。

しかし、想定以上の業務量に、わずか2日目にしてスタッフたちの疲労は既にピークに達していた。さらに押し寄せるお客様への対応がまるで追いついておらず、本来「ＯＷＮＤＡＹＳ」が定めている水準のサービスレベルが維持できなくなる場面も目立ち、その対応の悪さに不満気な表情で、お店を後にするお客様も続出し始めていた。

シンガポールでは日本よりも遥かにＳＮＳの浸透が進んでいる。その為、新しいお店の印象や口コミが、ＳＮＳを通じて拡散していくスピードも桁違いに速い。今お店に押し寄せている、この最初のお客様たちの口コミが、そのままシンガポール国内における「ＯＷＮＤＡＹＳ」の評価に繋がっていくことは間違いないだろう。

万が一、ここで「接客態度がとても悪い」「度数が合ってない。見え方が最悪で使い物にならない」、そんな悪評が立ってしまったら、せっかくこの手に掴みかけている、全てのチャンスは水の泡だ。

僕は、やり場のない無念さに包まれながら海山に言った。

「仕方ない。明日以降は、一定の来店数を超えたらお客様の入店には制限しよう。こんな状況で無理に売り続けて、スタッフが疲弊して逃げ出してしまったり、お客様の間で悪い噂が一人歩きしてしまうと、取り返しがつかない。これ以上は無理には売らない。目先の売上だけを追い続けて、先の見えない営業をするのはやめよう」

「そうですね。自分も賛成です。しかしこんなことになるのなら、最初からオプティシャンをもっと採用しておけば良かったですね。売れるのに売れないなんて、悔しいっす。今は一円でも現金収入が必要な時なのに」

海山も、唇を噛み締めながら悔しさを滲ませている。

「まあしょうがないさ。あの時点で、まだこの先どうなるかもわからないのに、大勢のオプティシャンを前もって採用しておくなんて判断は、誰にもできなかったさ」

「それはそうですけど……でも、悔しいですね」

「とにかく一人でも多くのオプティシャンを採用するのが急務だな。すぐに動くぞ」


翌日から、早速オプティシャンの面接を開始した。

幸い、スターティングメンバー3人のオプティシャンたちの呼びかけに応じて、多くの資格保持者が応募してきてくれた。さらに、今までのシンガポールのメガネ店では考えられない程、盛況な「ＯＷＮＤＡＹＳ」の店内を見て、面接に訪れたオプティシャンたちは皆んな、計り知れない可能性を感じてくれたようで、僕たちのオファーを快く受けてくれる人が続出した。

結果、オープン前にはあれほど苦労したリクルーティングが嘘のように、今回はスムーズにオプティシャンの採用を進めることができた。

やはりここでも一番に人を惹きつけることができる特効薬は「結果」だ。僕はそう痛感していた。

「皆んな、倒れないでくれよ……」

こうして僕と海山、甲賀さんの3人は、押し寄せるように溢れかえるお客様への対応に忙殺されながら、文字通り、片時も休むことなく働き続けるスタッフたち全員を、祈るような目で見守りつつ、足りないピースを急ピッチで一つずつ埋めていったのだった。

2013年8月下旬

オープンから約2ヶ月が経過しようとしていたが、1号店の客足に陰りが見える気配はなかった。

こんな盛況は、過去に会社を挙げて一丸となって取り組んだ、半額セールの時以来である。しかも、今回は特別なセールなど何も行っていない。オンデーズが日本国内でやっているシステムを、ただそっくりシンガポールに持ち込んだだけだ。オンデーズのビジネスモデルそのものが、純粋にお客様に評価され、爆発的なムーブメントを巻き起こし始めていたのだ。

「鼎泰豊」で、僕と海山、甲賀さんは遅めのランチをとっていた。名物の小籠包を頬張りながら、海山が怒り心頭といった表情で吠えるように言った。

「さっきもぞろぞろと来てましたよ。あれじゃあ営業妨害ですよ！　ホント、頭きますね！

アイツら！」

オープンから数週間が経った頃から、どう見ても現地の同業者といった風体のグループが連日何回も店舗を訪れては、写真をバシャバシャ撮影していくようになっていた。同じメガネ屋として、これほど多くの入店客で溢れかえっているのが信じられなかったのだろう。

さらにはスタッフを捕まえると、「レンズはどこから調達しているのか？」「レンズの原価はいくらなんだ？」など、およそお客様とは思えないような、専門的な質問を繰り返し、露骨に「ＯＷＮＤＡＹＳ」のビジネスモデルの仕組みや秘訣を嗅ぎ出そうとしてきていた。

「まあ、しょうがないさ。言ってみれば俺たちは、この国のメガネ業界から見れば黒船だ。目の敵にされても仕方がないよ。恐らく、すぐにでも『ＯＷＮＤＡＹＳ』のビジネスモデルを真似する奴らが現れてくるだろうな」

甲賀さんは、海老シュウマイを一口で飲み込むように食べると、用心深い顔つきで注意を促すように言った。

「特に中華系企業のパクるスピードは速いですからね。しかも最近はただパクるだけじゃなくて、クオリティもかなり高い。あっという間に同じような店だらけになって、逆にウチが潰されちゃうなんてことも十分に考えられますよ」

苛立ちと共に、僕の胸には一つの思いが募っていた。

今、目の前に繰り広げられている、お客様たちのこの反応が本物なら、これは千載一遇のチャンスだ。ここは間違いなく勝負所じゃないのか？　雨後の筍のようにコピーキャットが乱立する前に、一気にシンガポールの市場を奪《と》りにいきたい。

しかし相変わらず資金繰りは火の車だ。どう見ても足りない資金と、疲弊するスタッフに気をもみながらも、僕は本能的に（攻める手を休めず一気に事業を拡大しなければ）と感じて焦燥に駆られ始めていた。

そんな時、またしても「運命の出会い」が起きた。

店舗には、連日のように新聞・雑誌の取材、取引を希望する様々な業種の営業マンなどが訪れて来ていたのだが、この日、店舗を訪ねてきたグループは少し毛色が変わっていた。

女性ばかり3人のグループで、中に入って商品を見るでもなく、ただ通路の向こう側から長い間、店舗の様子を眺めては何かを話している。同業者というムードではないが、一般的な買い物客でもない。

気になった僕は、溝口に指示して目的を尋ねに行かせた。ひとしきり女性たちと談笑してから戻ってきた溝口の話では、彼女たちはシンガポールの大手デベロッパーの一つ、ランドコマース社のリーシングチームの人たちだった。シンガポールを代表するショッピングストリート、オーチャード・ロードにある「313@サマセット」に誘致するテナント候補として、「OWNDAYS」を検討しているというのだ。

お店の混雑具合と、シンガポールにはなかった、完全に新しいスタイルのメガネ店を見て彼女たちはこう提案してきた。

「313@サマセットに絶好の空き区画があります。実は既に某ブランドと話を進めていたのですが、弊社は是非、この『OWNDAYS』に、出店して頂きたいと考えています。どうですか？　もし出店してくれるのなら、先約のブランドとは私が交渉します」

313@サマセットは、最初にシンガポールに出張に来て、ショッピングモール巡りをした時に見ていたのでよく知っていた。

シンガポールの目抜き通り、オーチャード・ロードの中心にあり、ローカルの若い女性に人気がある有名ショッピングモールだ。

吹き抜けの天井から陽光が射すモール内には、Victoria's Secret、ZARA、Forever21など有名ブランドの数々が軒を連ね、南国ならではの明るい雰囲気に溢れている。

彼女たちは、その中でも超一等地の区画に「OWNDAYS」を出さないかと提案してきたのだ。

「本当ですか！」

この想定外のとんでもないオファーに、僕と海山は小躍りして喜んだ。早速、善は急げとばかりにその足で、彼女たちと共に313@サマセットを訪れた僕らは、オファーされた区画を見て、改めて驚いた。

地下鉄サマセット駅に直結した地下2階の角地にあり、広さも1千スクエアフィートを超える堂々たる区画だ。店前通行量も凄く多い。

（確かに素晴らしい区画だ。でも、家賃は相当高いだろうな……）

僕は、リーシングチームのマネージャーに恐る恐る家賃を尋ねた。

「ちなみに、ここの家賃はいくらですか？」

「最低4万5千シンガポールドル（約350万円）です」

「家賃だけで、年間約4千万円以上……」

答えを聞いて、僕と海山は一瞬、絶句した。

頭の中で計算機をフル回転させて数字を弾き出してみる。超好立地ではあるが今のプラザ・シンガプーラ店の最低でも2倍以上の売上を叩きださないと赤字になる水準の家賃だ。

ただ絶好の出店立地であることは間違いない。もしこれを見送ったとしたら、二度とこんなチャンスは訪れないかもしれない。しかしプラザ・シンガプーラ店は、期待以上の成果を収めることができているとはいえ、それがいつまでも続くという保証はどこにもない。ひょっとしたら明日にも売上は、一時のブームが去って、下降線を辿り始めることだって十分に考えられる。この状況で、もう一つ更に大きな博打を打つのは、あまりにも無謀なのではないか。

ただ、この場所で結果を出せれば一気にシンガポールでメジャーブランドの仲間入りを果たせることは間違いない。この国では「結果」が全てだ。結果さえ出すことができれば、更なる途方もないチャンスを摑むことができるのは間違いない。

体が燃え上がるような興奮を覚えたと思ったら、頭の隙間から（でも、もし失敗してしまったら……）と、過去に犯してきた数々の失敗に直面した時の、重苦しい胃の感覚も蘇る。

このペースで投資を加速するのは流石にリスクが高すぎるか……頭の中は、興奮と不安が竜巻のようにぐるぐると1秒単位で交互に回っていく。

僕は隣にいる海山に聞いた。

「ここ、オープンするとしたらいくらかかると思う？」

海山が苦悶の表情で答える。

「広さはプラザ・シンガプーラ店の倍近いですからね。まず5千万で収まることはないでしょうね……7千万くらいかな、こっちの工事単価も正確にまだ掴めてませんからなんとも言えませんけど、とにかくメチャクチャ金がかかるのは間違いないですね」

海山の頭の中も、僕と同じようなパニック状態になっているのだろう。

「だよな……さらに7千万か……まだ1号店の今後がどうなるかも、まともに見えてすらいないのに、更にこんな金額の投資を決めたなんて言ったら、奥野さん泡吹いて倒れちゃうだろうな」

「確実に倒れるでしょうね」

「タケシの会社はもう金出ないよね？」

「出ませんね。逆さにされて振り回されても。日本の本社からは出せます？」

「出せて半分かな。このペースで売上が上がり続ければ、そのキャッシュでギリギリ支払日には間に合わせられるかどうかってとこだな」

日本語を理解しないシンガポール人のリーシングチームの面々は、僕たちがこんなに切羽詰まった会話をしているとは想像もしていなかっただろう。僕たちは究極に厳しい懐事情を悟られないように、精一杯穏やかな顔付きは崩さずに相談していた。

「どうですか？　出店を検討して頂けますか？　急がせて申し訳ありませんけど、ちょっと予定外の無理なオファーなので数日中に返事を頂けなければ、既に話を進めているブランドさんに契約が決まってしまう可能性もあります」

「そんな急に言われても……」

一瞬、言葉に詰まった。

しかし次の瞬間、何者かが僕の脳裏で「行けっ！」と囁いた気がした。

それはひょっとして天国にいる父親だったのかもしれない。時に人は、「天命」のような、自分の進む道を告げる「声」を聞くことがある。なんとなく目の前に示される「直感」と表現してもいいかもしれない。とにかくこの時、苦悩していた僕の脳内の奥から、何か一筋の光が強烈に射し込み、その反射で思わず体が震えたのは確かだった。

隣に立つ海山を見ると、彼も無言で、同じように覚悟を決めた眼差しで頷いた。次の瞬間、僕の口からは意図したより大きな声が出ていた。

「よし！　やるか！」

次の瞬間、海山もニヤリと笑みを浮かべて答えた。

「ですね。やりましょう！」

こうして、僕たちは1号店の行く末もまだよく見えない段階で、更に追加で、身の丈に合わない投資をすることを、その場で即決してしまった。


そして更にその翌日、運命の嵐は僕たちをより一層大きな波のうねりの中へと、引き摺り込むように呑み込んでいった。


「プラザ・シンガプーラ店絶好調みたいですね！　すごいですね！」

シンガランドの織部さんから海山に一本の電話が入った。

「ありがとうございます！　これも全部、織部さんのお陰です。バタバタですけどなんとか順調な滑り出しで、一安心してます」

「それは良かったぁ。ところで早速なんですけど、今度新しくオープンするショッピングモールがあるんですけど、急遽区画のキャンセルが出たので、そこに出店して頂けませんか？」

「え？」

織部さんの話によると、好調な1号店の滑り出しと、新しいコンセプトのメガネ店を見て、シンガランドの上層部が新しいショッピングモールへの出店をオファーしているという。

「社長、どうしましょう？　織部さんから、また出店のオファーが来てますけど……」

「それは嬉しいけど、サマセットだけでもやり切れるかわからないのに、更にもう1店舗って……」

「現地を案内してくれると言ってくれてるので、まあ、とりあえず見に行くだけ見に行きましょうか？」

「そうだな。とりあえず見るだけならタダだ。行くだけ行こうか」

僕たちは自分たちに強烈に吹き始めている追い風を感じながら、織部さんにイーストコーストに新しくできる「ベドック・モール」という建設途中のモールを案内してもらうことにした。

イーストコーストは海沿いの眺めの良いマンションが多く立ち並び、サイクリングやジョギングを楽しむ人たちも多い郊外の住宅街だ。そこの「ベドック」というMRT（電車）の駅に直結した新しいショッピングモールへと僕たちは案内された。

織部さんに連れられて、意気揚々と安全靴とヘルメットを身につけ、僕たちは工事中の建物の中へと入っていく。

「こちらになります。1階なので好立地だと思いますよ。ちょうどキャンセルが出たので、今なら『OWNDAYS』さんに出店して頂けますよ！」

織部さんは相も変わらず、突き抜けたポジティブさで明るくお薦めをしてくる。

「はあ……ありがとうございます。うーん。これ、どうなんですかね？　いや、正直分かんないなぁ。タケシはどう思う？」

「うーん。どうでしょうね。自分も全く見当がつきません」

海山も僕同様に、歯切れが悪い。

この時、提示された区画はかなり歪《いびつ》な形状で、プラザ・シンガプーラの半分程度のかなり小さな区画だった。そもそもショッピングモール自体の工事もまだ7割程度の出来で、完成したイメージも想像ができない。

全くの新築モールで集客力も想像できないし、そもそも、このベドックという場所がどんなエリアで、どんな人が住んでいる地域なのかも知らない。

つまり、僕らは「まるで何も分かっていなかった」。

出店の可否を決めるために、議論しようにも材料がほとんど何もない。しかし、この物件もサマセット同様に急遽キャンセルの出た区画で、判断を下すまでの時間もない。

ただ不思議なもので、シンガポールでの成功と可能性にすっかり魅せられてしまっていた僕らは、自分たちの思考が、良く言えばポジティブ、悪く言えば楽観的な方へと強く引っ張られていくのを感じていた。

出店しようにも資金が全く足りていないことや、人員不足等の問題点。一つ判断を間違えてしまえば、「ＯＷＮＤＡＹＳ」の海外進出自体が水泡に帰してしまうような綱渡りの状況は重々承知している。

でも、「前に進むべきだ」、そう突き動かされる「何か」を感じて昂ぶる気持ちを鎮めることができないでいる。一つ大きな決断をした後は、もういくつでも大きな決断に躊躇なく踏み込める。タガが外れたような感じだ。

チラッと海山を横目で見ると、同じように吹っ切れた顔をしている。

「これはもう丁半博打ですね。ただこの区画をオープンできれば7月、11月、12月と凄く良いペースでスタートダッシュが切れます」

「そうだな。やるか。ここまできたらもう目をつぶって前に出よう。倒れる時は前向きにだ！」

「っていうか、これで倒れたら、前向きどころか即死ですけどね。ハハハ」

「織部さん。ここ、やります！　とりあえずやります！　進めてください」

「わかりました！　即断即決ですね！　素晴らしい！」

「いやぁ……ハハハ」

僕たちは、自分たちの不安な気持ちを振り払うように、織部さんに向かって出店の意思を力強く伝えた。

こうして僕らは、シンガポール1号店をオープンし、やっとの思いで軌道に乗せた僅か2ヶ月の間に、さらに追加で2店舗。軽く見積もっても合計で1億5千万円近く、支払えるアテも不確かな、無謀な投資を行うことを、決断してしまったのだった。

シンガポールのメガネ業界から見れば、僕らは日本から来た黒船であったのかもしれない。しかし、実際のところはペリー提督のような巨大な力を持って乗り込んで来た立派な艦隊からは程遠く、オンボロを纏った海賊の類だった。

海賊は海賊らしく、強引に突破口を切り開き、なりふり構わないスピードで上陸し、強引にでも砦を築いていく必要がある。豊富な資金力と野心を持ったライバルたちが、虎視眈々《こしたんたん》と僕らがシンガポールで見つけた宝箱の中身に狙いを定めつつあることも十二分に感じていた。

恐れを振り払って一歩を踏み出すことで、このハリボテの砦を本物の砦に変える。それしか自分たちに生き残る道はない。次の2店舗を続けて成功させることができれば、確実に「OWNDAYS」は次のステージへと駆け上がることができるはずだ。

ベドック・モールの外に出て、グレーのテントで覆われてそびえ立つ、工事中の巨大な外観を見上げながら、僕は不思議な高揚感と、とんでもない恐怖心の狭間で奥歯に力を入れ、唇を嚙み締めると、自分自身に気合を入れた。

第27話　遠くへ行きたいなら皆んなで行け

2013年9月

シンガポール1号店の順調な滑り出しに勢いづき、無謀にも追加で2店舗、1億5千万円近い投資を決定してしまった僕と海山は、その足でシンガポール航空の深夜便に飛び乗ると、早朝に羽田空港へ到着し、池袋にあるオンデーズの本社へと向かった。

今日は月曜日。定例の週初めの幹部会議が開かれる日だ。

「……というわけで、俺たちはシンガポールという、とてつもなく大きな鉱脈を掘り当てたのかもしれない。この先、まずはシンガポールを完全に制覇する。そしてシンガポール法人を足掛かりに東南アジア市場全体へと打って出ていこうと思う！」

僕を中心にして、会議テーブルを囲む幹部の面々は、まるで閉じた貝のように、口を一文字に固く結んだまま押し黙って聞いている。

「日本国内で激しい競争に晒されながら低成長に甘んじてるくらいなら、一気に海外に目を向けて成長の機会を求めるべきだ。この東南アジアをキッカケに一挙に世界的なブランドへと躍り出ることだって十分可能だと思う。どう皆んな？　凄い可能性が出てきたと思わないか？」

（あー……なんか、すごい社長、盛り上がっちゃってるよ……）

（世界って、まだたった1店舗が、たまたま上手くいっただけじゃないか）

興奮気味に熱弁を振るう僕とは対照的に、役員や幹部たちの反応は鈍かった。

この時、居並んでいた十数名の管理職たちは、海外マーケットそのものにも、さしたる興味や関心を持ち合わせてはおらず、急に熱に浮かされたかのように、海外への可能性を熱弁し出す僕のテンションに、目が点になってしまうのもしょうがなかったのかもしれない。

僕はそんな皆んなの冷めた視線も構わずに話を続けた。

「そこで、一つ決めたことがある。タケシが社長で立ち上げたシンガポール法人なんだけど、本社から更に増資をして過半数を取得し、正式にオンデーズの子会社としてグループに迎え入れることにした。そしてタケシには、シンガポール法人の社長を兼任する形で、本社の役員にも加わってもらい、海外展開全般を担ってもらおうと思う。ということで、タケシからも一言なんか話して」

急に振られて、一瞬戸惑った様子の海山だったが、考えはすぐにまとまったようだった。

「アフリカに『早く行きたいなら一人で行け。遠くへ行きたいならみんなで行け』という諺があります。『OWNDAYS』は遠くへ行けるポテンシャルを持った事業だと僕は強く感じています。僕は目先のお金云々より、とりあえず今は遠くへ行ける可能性に懸けたいと思っています。みなさんと一緒に『OWNDAYS』を世界的なブランドに育てていきたいと考えています。よろしくお願いします」

海山は、代々続く建設会社の跡取りだ。何もわざわざ、その立場を投げ捨ててまで、債務超過で資金繰りに苦しむオンデーズの役員に参画するメリットなど、常識から見れば何もない。しかし、海山は自らオンデーズの経営陣に加わることを望んでいた。

海山も「海を越えることで、初めて見ることができる景色」にすっかり魅せられてしまっていた。いやそれは魅力というよりも魔力というくらい強烈なものだったかもしれない。

「……ということだから、もしも反対の意見がある人がいたら言ってくれ」

僕は半ば儀式的に幹部たちの意見を求めた。

こうしてシンガポール法人は、そのままオンデーズの子会社となり、グループ企業としてオンデーズの持てるリソースを最大限に活用して、さらに2店舗を立て続けに出店し、その勢いでシンガポール制覇へ向けて最短距離で挑戦していくことになった。

「よし、ここからはオンデーズを一気にグローバルに展開していく。本社にも外国人スタッフを積極的に採用していき、世界で戦える多様性を持った企業にオンデーズを変えてくぞ！」

幹部たちは、その言葉に一斉に困ったような顔をしながら苦笑いをした。

その日の夜
僕と海山は、麻布十番の商店街から一本通りを挟んだ鳥居坂下にある、馴染みの鮨屋「秦野よしき」のカウンターに座っていた。

この数ヶ月間、シンガポールにほとんど滞在していたので、久々に一流の職人が握った、丁寧な仕込みで魚の旨みを最大限引き出し、食べた瞬間にぱらりとシャリがほどけて、最高のネタと絡み合う「本物の鮨」を食べたくなったからだった。

スキンヘッドがトレードマークの若い大将が、ダジャレ混じりで握る鮨をつまみながら、生ビールを飲み干すと、海山は物寂しい表情を浮かべながら言った。

「それにしても、本社の幹部の人たち、なんか皆んなテンション低かったですね」

「まあ、そんなもんだよ。みんな実際にシンガポールで沸騰している現場を見ているわけじゃないし、いまいちイメージが湧かないんだと思うよ」

「ですね。でもまあ、いずれ嫌でも海外に目を向けざるをえない時は必ず来るでしょうね。日本の中だけに留まっていたら、これから先はもう成長はできませんし」

「まあ早ければ来年にもみんなの考えは百八十度変わってるさ。これからは、本社にもどんどん外国籍の社員を増やしていくから、会話も英語や中国語が日常的に飛び交うようになっていくだろうし、そうならなければいけない。今はまだ、どれだけ説明しても、皆んな冗談か大袈裟なたとえ話だとしか思わないだろうけど」

僕は、熟成させ、舌全体にネットリと絡みつくような濃厚な旨みが引き出された、漬けマグロに舌鼓をうちながら、諭すように語った。

「そうですね。自分たちが結果さえ出していけば、海外に目を向けることの重要性にはすぐに気付いてくれますよね」

「ああ。まずは今決まってるサマセットとベドック。この2店舗を成功させ、資金繰りもなんとかしないことには、何も始まらない。今日あれだけ皆んなの前で、格好良いことを偉そうに言っておいて、最悪ここでコケたら俺たちは一巻の終わりだ」

「ですね……。ざっと見積もって出店にかかる費用だけで1億5千万」

「そう。さらに売上はプラザ・シンガプーラの2倍ずつ叩き出して、どうにか合格ライン」

「冷静に考えると、相当ハードル高いですね。やっぱり」

「高いな……そして、この勝負に勝てなければ次はない。当面こんな旨い鮨を食べる余裕もなくなっちゃうな」

〆に出された鮫のすり身を丁寧に合わせたカステラを見つめながら、ついこの前、シンガポールで生死を分ける試合開始のゴングを派手に打ち鳴らして来たことを改めて思い出した。僕たちは、再びリングの上に立ってしまったのだ。しかも今までよりも更に強大な相手を2つも前にして。

しかし、不思議と心は晴れやかで、もうキリキリとした胃の痛みを感じることはない。二人とも十分に肚は括れていた。

「もし次の2店舗、失敗したらタケシの建設会社で雇ってくれよな。ハハハ」

「全然、笑えないっすね……」

未来への期待と、足元での課題を細かく確認しながら、旨い鮨の夜はゆっくりと更けていった。

2013年11月
「OWNDAYS」の命運を握る313@サマセット店オープンの日。

僕はいつもより早く、オープン3時間前に店に入ると、ボロボロになった民谷が床にダンボールを敷いて作ったベッドで寝ているのを見つけた。見ようによっては行き倒れているように思えなくもない。

この313@サマセット店は、勢いだけで契約した上に、契約締結から僅か7週間後にグランドオープンという、過去にも類を見ない程のタイトなスケジュールだった。

僕の気配に気づいた民谷が、ムスッとした表情で目を覚ます。ボサボサの髪の毛を掻きながら大きなあくびをする。

「あー、社長……おはよう。店、できたよ。どうにか。でも、こんなスケジュールは、もう本当に無理だからね……。結局、終わったのさっきの朝5時だったんだから、皆んな言葉通じないし……日本と同じことするだけでも倍の時間掛かるし……」

恨めしそうにブツブツと訴えてくる民谷の愚痴を聞き流しながら、僕は気になった細かい修正点を伝えていく。

「うん。お疲れ様。あそこの壁面のグリーンをちょっと修正して。ここのライトの位置も変だからスグに取り付け直して」

「うー。うー。分かりました……」

この辺のやりとりはもう15年来の付き合いからくる阿吽の呼吸みたいなものだが、今回ばかりは僕も少しだけ民谷に申し訳なく思った。だが、脆弱《ぜいじゃく》な資金繰りを続けている僕たちには、オープンの遅れによる空《から》家賃を支払う余裕は全くなく、できる限り最短で店を仕上げてオープンさせる必要がどうしてもあった。

そして、民谷が1ヶ月間、不眠不休の末に作り上げたこのお店は、僕たちの命運を託すのにふさわしく角地に映える美しい仕上がりだった。

午前10時
予定通り313@サマセット店は、あともう少しで無事にオープンの時を迎えようとしている。ここで失敗したら全てが水の泡だ。極度の不安で足が震えて来る。

僕は静かに目を閉じた。

MRTの出口の方から聞こえてくる雑踏の賑わい、店内のBGM、スタッフたちの緊張と不安の入り混じったざわめき……。今回は、オプティシャンも十分に揃えた。日本からの応援メンバーもしっかりスタンバイしている。あとは、人事を尽くして天命を待つのみだ。

大きく深呼吸をすると、覚悟を決めて大きく目を見開いた。

すると磨りガラス製のシャッター越しに、うっすらと人影が見える。どうも、通勤や通学で通り過ぎる人たちではなさそうだ。もう少し、目を凝らしてよく見てみる。

3人……4人……6人……。

「あれ、ひょっとしてお客さんじゃないか……?」

僕は、海山の肩を押すと、小走りにシャッターの方へと近づき、店の外の気配に注意深く目をやった。

すると、角地にあり2面開放された店舗をグルっと取り囲むように、いつの間にか「OWNDAYS」の周りには開店を待つお客様で、黒山の人だかりができていた。

(やっぱり、これ皆んなウチのお客様だ。よし！　イケる！　やっぱりここはイケる！　俺たちの直感は間違ってなかった！)

「おーーい！　もうお客さん並んでるぞ！　皆んな準備はいいか？　開店させるぞー！」

「はーい！　大丈夫です！　開けてくださーい！」

最終確認を終え、十数名のスタッフたちに囲まれた明石が、カウンターの向こうから手を大きく上げ、威勢の良い声で返事をする。

僕と海山は、無言でガッチリと握手を交わすと、二人でハンドルを回してシャッターを一斉に開けた。

シャッターが上にせり上がっていくのに合わせて、スニーカー、パンプス、革靴、色んな人の足元がハッキリと目に飛び込んでくる。それらが何重にも列をなし、シャッターが開ききるのを待たずに店内へと殺到してきた。

「Hi! Welcome to OWNDAYS!!」

瞬く間に店内のありとあらゆるスペースは、お客様で埋め尽くされていった。

僕は一瞬、プラザ・シンガプーラのオープン最初の1週間を思い出し、大混乱でスタッフがパニック状態に陥らないかを心配したが、すぐにそれは杞憂に終わった。十分にオプティシャンを確保し、トレーニングと研修を重ねてきた成果が発揮され、店内はパニックに陥ることなく、健全に「大繁盛」していった。

お客様の興奮と興味がビシビシと全身を刺すように伝わってくる。ふと店の外に目をやると、お客様で溢れかえる店内を見て、寝癖をつけたままの民谷が大粒の涙と鼻水を流していた。僕はそれを見て、仕事の苦しみは成長によって洗い流すしかないのだと実感した。

オープン初日が終了。

蓋を開けてみれば313@サマセット店は、1号店を遥かに凌ぐ程の大反響で、お客さんがひっきりなしにやってくる大繁盛店になっていった。

兎にも角にも、また一つ獲った。

そして僕たちは勝負に勝ち、またしても生き残った。

そしてこの月、「OWNDAYS」全店の売上1位は313@サマセット店、2位がプラザ・シンガプーラ店になり、上位2店舗をシンガポールが独占する結果となった。

2013年12月1日
シンガポール3店舗目となるベドック・モール店は、新しいショッピングモール全体のグランドオープンと同時にオープンすることになっていた。

オープン当日の朝10時。

ゴォオオオオオオン、ゴォオオオオオオン。

銅鑼の音がショッピングモール中に大きく鳴り響いた。

そして、全身を真っ赤に染めた獅子舞が、大きな音を立てながら踊り狂う。

派手で唐突なオープンセレモニーが終わると、入り口で待ち構えていた近隣住民がドッと雪崩れ込んできた。人々の表情は一様に明るい。きっとベドック・モールは、この地域の住民が、長い間待ち望んでいたショッピングモールだったのだろう。

ファッション感度の高い層が多く集まる1号店や2号店の立地とは違い、ベドック・モール店は生活密着型の郊外のショッピングモールにある。当然客層も違う。中高年、ファミリーの多い近隣住民を見て、僕は「ＯＷＮＤＡＹＳ」が受け入れられるのか、オープンまでの3ヶ月間、ずっとハラハラしていた。

注意深く店の前を通る人たちの反応を窺っていると、「ＯＷＮＤＡＹＳ」に対する人々のリアクションは、「驚き」だった。店内に入ってくるお客様の多くが、戸惑い、疑い、探るように店内を歩き回っていたが、徐々に「ＯＷＮＤＡＹＳ」が表現する「新しいメガネ販売のスタイル」を理解すると、商品を手に取り、楽しそうに試着し始め、一人、また一人と財布を開き購入を求める列へと加わっていった。

僕はその光景を見て、「ＯＷＮＤＡＹＳ」のビジネスモデルが、シンガポールでもしっかりと老若男女の幅広い層に支持されることができているという確信を得た。

結果、このベドック店も予想を大幅に上回る驚異的な売上を立てることに成功した。

この月は全店の売上トップ3をシンガポールの3店舗が独占した。資金繰りは依然として厳しいままだったが、サマセット店に続き、シンガポール攻略の為の大きな賭けに、ここでも僕たちは勝つことができたのだった。

お客様で溢れかえる店内で居場所がなくなり店の外に押し出された僕のところに、海山がやってきて吐き出すように呟いた。

「これで3店舗……やれましたね」

「ああ……やれた」

「死なずに済みましたね」

「まあな。そして勝負はこれからだ……」

「ですね」

僕と海山は、お客様で溢れかえるベドック・モール店を見つめながら、ホッと安堵して胸を撫で下ろした。

２０１４年2月
初めてシンガポールを訪れたあの時から、早くも1年が経過しようとしていた。

今、あの時見た眩い光の中に自分たちは確かに存在している。「ＯＷＮＤＡＹＳ」の存在は、今ではシンガポールのメガネ業界では、ちょっとした事件だ。日増しに知名度も高まってきている。

そんな充足感を覚えながらも、同時に「ＯＷＮＤＡＹＳ」が有名になればなるほど、内装や販売システムを模倣した競合店も増え始めており、日本のメガネ業界同様、この地でも血みどろの争いが起きてしまう事態を恐れ、僕は強い危機感を覚えるようになっていった。

そんな折、唐突に溝口からのＬＩＮＥ電話が着信した。

「社長、た……大変です！」

電話口で、溝口は今までにないくらいに興奮している。

「どうした？　落ち着けよ」

「す……すごい物件が取れるかもしれません！　シンガポールの北東にある〝ネックス〟というモールなんですが、このエリアはシンガポールでも最も人口が多くて、モールの混雑具合もハンパないんです！　区画も地下鉄からモールに直結している入り口真正面です！」

「ハハハ。なんだかよくわかんないけど、凄そうだな。まあそれなら後で詳細をＬＩＮＥしといてよ」

「いや今すぐに社長の判断を仰ぎたいんですが、明日、先方との契約条件の詰めに臨みます。もしこの区画が取れるようならフルスイングしていいですか？　１番、２番、３番打者がヒットで塁に出てる状態ですから４番は全力でフルスイングさせてください！　海山さんも、ここは絶対にイケるって言ってます。ホームラン狙いたいです！」

「フルスイングさせろって、その区画の家賃はいくらくらいなの？」

「それが、結構な金額なんです」

「結構っていくらだよ？」

「軽く見積もって５万２千シンガポールドル、オーバーです……」

「５万２千シンガポールドルって、年間６０００万円以上ってこと？　家賃だけで!?」

僕は思わず息を呑んだ。海山と溝口は月の家賃が５００万円以上もする物件で大勝負をさせろという。そんな家賃を支払うような商売なんて、生まれてこの方したことがない。

「流石に重たすぎますかね……やっぱり、手を出すのはやめておきますか……？」

しばらくの間、重たい沈黙が流れた。

耳を澄ますと電話の向こうからは、熱気に溢れるシンガポールの雑踏の音が聞こえてくる。

「やめるわけねーだろ！　その物件、絶対に獲りに行け！　場外ホームラン狙うぞ！」

「はい！」


翌日、宣言通り、海山と溝口はまるで危ないギャンブルにのめり込んでいくかのような条件入札に競り勝ち、出店の契約をもぎ取ってきた。

そして、このシンガポール４店舗目となるネックス店は、海山と溝口の宣言通り、綺麗な放物線を描いて場外へ消えていく程の特大ホームランとなった。

それ以降、４店舗連続で超繁盛店をオープンさせた「ＯＷＮＤＡＹＳ」への出店依頼はたちどころに増えていき、陸続きの東南アジアの近隣諸国でも話題になる程だった。

２０１４年4月
この頃、僕は本社を港区の南麻布に移転させた。海外進出を本格的に加速させるためにはもっともっと「優秀な人材」が必要だ。外国人もしくは、英語や中国語に堪能である人材が必須だ。そこで、日本で一番、外国人ビジネスマンが集まる街「港区」に本社を移転させることに決めた。
首都高速の天現寺出口からほど近く、明治通り沿いにある堅牢で重厚な赤いレンガで覆われた高層ビル。

新しいオフィスの内装費には1千万円以上をかけた。「債務超過の会社」らしくない、身の丈に合わない投資だ。

「小売サービス業は店舗が全てだ。金を産まない本社に金を掛けるなんてのは、見栄っ張りで馬鹿な経営者のすることだ」そんな考え方を持つ経営者は多い。

でも僕は、オフィスにお金を掛けられる余裕があるのなら、絶対に掛けた方が良い、そしてオフィスの場所は東京の一等地に必ず置くべきだとずっと考えていた。

デザイナー、財務経理、エンジニア、商品企画 etc……企業を強力に成長させていく為には、キラ星の如く突出した才能を持ち、向上心に溢れる一流のスペシャリストたちを一人でも多く集めていく必要がある。

企業は「人」そのものなのだ。優秀な人を惹きつけることができなければ、企業は絶対に経営者の能力以上には成長をしない。

「お金を産まない本社」にお金を掛けるのが間違いなのではなく、「お金を産めない本社」を作ってしまうことが問題の本質なのだ。

だから海外という未体験ゾーンに突入したこのタイミングで、僕は無理をして身の丈に合わない立派なオフィスへ本社を移転させることを決断した。

そして、この移転はやはり正解だった。本社の採用力は急速に向上し、沢山の優秀な人材を獲得することができるようになり、オンデーズの成長スピードは更に急速に上がっていった。

「社長、穂積銀行さんが見えました。応接室にお願いします」

穂積銀行の担当、豊田氏が本社へとやってきた。「近況をヒアリングさせてほしい」という趣旨の来社だった。

幾多の危機的状況を乗り越えてオンデーズは、この頃、既に黒字転換を果たしていた。赤字から脱したことで、強硬な回収や債権売却に強引に動こうとする銀行は流石にいなくなったが、全ての取引銀行は相変わらず、既存の借入に細々と毎月の約定返済をつけながら、半年ごとに契約の更新に応じるだけで、特に新規の融資に応じてくれる気配は一切なく、銀行の担当者たちは、形式的な業況のヒアリングをする為に、半ば儀式的に会社を訪ねてくるだけであった。

(この穂積銀行の担当、豊田氏も、どうせいつも通り、形式だけのヒアリングだろうけど、今回はシンガポールでの成功というビッグニュースがあるぞ。さあ、どれだけ食い付いてくるかな?)

僕と奥野さんは、ワクワクしながらこの面談に臨んでいた。

真新しい本社の応接室。壁一面ガラス張りの向こうには夕陽に溶け込む東京タワーを中心にした美しい景色が、パノラマで眼前に飛び込んでくる。豊田氏は景色に目をやりながら呆れたような顔をして嫌味混じりに言った。

「オフィス立派になりましたねぇ……。こんなところに立派なオフィスを構えるくらいの余裕があるのなら、返済のピッチをもっと速めて頂きたいものですけど。ところで、最近の状況はいかがですか？」

僕は、満面の笑みで得意気に話を始めた。

「早速なんですが、こちらの資料を見て頂けますか！　実は昨年の7月に進出したシンガポールが絶好調なんですよ！　もう既に3店舗になって……」

「いや、ちょっと待って下さい」

豊田氏は突然、僕の話を遮った。そして冷えきった氷のような表情で、こう言い放った。

「その話は結構です」

「えっ？」

「稟議に書かなければいけなくなるので面倒です」

「は……？」

僕と奥野さんは、一瞬耳を疑い、言葉を失った。オンデーズが新たに海外の市場で急成長を遂げようとしている。これは金融機関にとっても朗報で、皆んな喜んでくれるだろうと期待していた僕と奥野さんは、海外事業の報告に拒絶反応をしめす、豊田氏の態度に思わず絶句してしまった。

「すいませんが、シンガポールのキャッシュフローの状況なんて私どもでは確認できませんので、日本の会社の決算の見込みだけ教えてください。債務超過が解消できる見込みは、計画通りに進んでいるんですか？」

「いや、私もそう思ったので、先日、御行のシンガポール支店に口座を開設しに行きました。そしたら受付の電話で『日本の取引営業店を通して下さい』と、門前払いされてしまいました」

冷静に話すが奥野さんの口調はイライラを隠しきれない。

豊田氏は露骨に面倒くさそうに相槌を打った。

「そうですか」

「ご紹介はして頂けますか？」

「検討しておきます」

（それだけか？）

奥野さんの顔が気色ばんだのがわかった。豊田氏は全くの無関心で、本当に海外の話などしたくないようだった。（債務超過の会社が何言ってんだよ）そんな雰囲気が、全身から伝わってきて、僕たちはもうそれ以上の話をするのは諦めた。


穂積銀行の豊田氏を見送った後の応接室。

僕は、天を仰いでソファに沈み込むと、この面談で担当者に渡そうと、昨晩遅くまでかけて奥野さんと二人で作成した分厚い資料を壁に向かって投げつけた。

「何なんだよ！　あの態度！」

「日本の銀行の現場なんてグローバル化とは程遠いのが実情なんでしょうね。格付けや融資の審査は基本的に日本の会社の決算書しか反映されませんし……」

「え？　ちょっと待って。ということは、シンガポール法人が、どんなに成長しても格付けは上がらず新規の融資は期待できないってこと？」

「大企業や上場企業なら当然、重要な参考数値としてしっかり加味されますが、私たちのような中小企業の場合は担当者次第でしょうね。さっきの豊田氏みたいに完全無視は論外としても、英文表記の決算書を読み解くことのできる担当者が他の銀行にも、どれだけいてくれることやら。仮に理解ある担当者に出会えたとしても、今度は審査する本部が前向きに取り組んでくれるかどうか……、あまりに数字が良ければそれはそれで、疑ってかかられて、そう簡単に鵜呑みにはしてくれないでしょうし」

「海外法人を使って粉飾してるんじゃないかって思われちゃうってこと？」

「そういう慎重な見方をされる可能性も十分にあるでしょうね。そのクセ、現地の支店では協力しようともしない。矛盾していますよね。ハハハ。まあ、あれだけバランスシートがゾンビ状態になった会社が、債権カットや法的整理といった『外科的治療』をしなくてここまで回復したケースなど殆ど事例がないんですよ。『前例がないから理解できない』それが銀行の素直な感想でしょうね」

「ってことは、まだ当分は新規借入は無理ってこと……？」

「少なくとも今取引している銀行では、無理でしょうね。連結ではなく、日本の本社の決算が単体で債務超過を脱するまでは、あまり期待しない方が良いと思います」

「海外の事業が膨らめば、その分、日本の本社は販管費が増えるわけだから、このままだと日本の法人単体では逆に収益性が落ちていくのは確実じゃん。それなのに現地での売上や利益は見てくれない。でも日本で増えるコストは審査に影響するって……そんな理不尽なことってあるの？」

「私も想定外でした。ただささっきの担当者の様子を見ていると、どうやらそうなりそうですね」

グローバリズム、海外進出……この数年、盛んに世間で取り沙汰されるようになってきたが、実際のところ中小企業、それも小売業やサービス業が海外に打って出ていき、大きな成功を収めたケースなどほとんどない。

ましてやほんの5年前に倒産寸前だった会社が、急成長を遂げた挙句、更に海外を主軸に企業再生を果たそうとする。前例主義の日本の金融機関にとって、この時のオンデーズの状況は、全てがないないない尽くしの見本市だったのだろう。

せっかくこの手に、かつてない程の成長エンジンを掴んだものの、あくまでも、日本法人単独で債務超過を解消するまでは、融資は一切行われそうにもない。

銀行、リース会社、投資ファンド……金融機関に「債務超過」という名で船底に穴の空いてしまったオンデーズが、沸々と燃え滾るような逞しさで荒波に挑んで行ったとしても、航海を乗り切る為に手を貸そうとしてくれることは一切なかった。

それはまるで「船底に穴の空いてる船は手遅れです。でも、自分たちの力で全て修理することができたら燃料を補給します。それができなければ、さっさと沈没してください」そんな風に言われているかのようだった。


「それでキャッシュは回るの？」

「海山さんからオファーの来ているシンガポールの出店依頼に応じた場合のシミュレーションをしてみたんですが、仮に全てのお店が、今の店舗と同じだけ好調なペースで売上を立てることができればギリギリなんとかなりますが、少しでも計画を下回れば、たちどころに支払いが追いつかずに資金ショートします」

「ということは、出店を一旦、止めて体力を蓄えるか、それとも資金ショートのリスクを覚悟しながら予定通りに出店するかの二択ってこと？」

「そうなりますね」

「悩ましいところだなぁ……。でも今のシンガポールのペースなら、新店を出せば、出した分だけ確実に売上も利益も増えるのは固いだろうし……最悪の場合は、また増資をする必要があるかもしれないってことか……」

「はい。増資なら、藤田さんを筆頭に応じてくれるところが見つかる可能性は高いでしょうけど、そうなると今でも過半数ギリギリの社長個人の持分は、確実に過半数を割りこんで、オーナーシップは喪失してしまうでしょうね」

奥野さんはメガネのブリッジを人差し指で押し上げると、眉間に皺を寄せ、難しい顔をしながら選択を迫ってくる。

「まあいいよ。出店は進める。今ここで、この勢いは絶対に止めたくない。そもそも別に、中小企業の社長を安定的に続けたくてオンデーズの社長をやってるわけじゃないし、世界一を目指せないのなら、社長なんてやってる意味がない。だから成長のペースは絶対に止めない。まあいいさ。資金繰りが回らなければ、その時は、その時でまた考えれば」

「わかりました。社長のことだから、どうせそう言うと思ってましたよ。では私は早速、海山さんと今後の出店にかかる予算を具体的に話して詰めていきます」

「よろしくお願い。とりあえず今は、攻めよう」

「はい。しかし、なかなか楽になりませんね。ハハハ」

「本当。もう最近は資金ショートって言われても、何もうろたえなくなったよ。ハハハ」

乾いた笑いが会議室に響いた。

この頃、相変わらず資金繰りは自転車操業だったが、どこのお店もしっかりと繁盛し、営業でもしっかりと黒字が出ており、急成長に伴う自転車操業だったので、僕たちの気持ちは、以前ほどは追い込まれていなかった。

それよりも「こうなったら石にかじりついてでも、絶対に正常化させてやる。そして、今まで数字だけでしか自分たちを判断せず、支援を断り続けてきた日本の金融機関のやつらを必ず見返してやる！」という決意に、僕たちは心の底から満ち溢れていた。

「ところで、シンガポールの次のことなんだけど……」

僕は、改めてオンデーズを成長させ続ける決意を自分の中で確認すると、奥野さんに向かって、今まで秘めていた「ある作戦」について、静かに打ち明け始めた。

第28話　火事を消すなら爆弾を！

「ところで、シンガポールの次のことなんだけど……」

「次のこと？」

僕は、静かに口を開くと、ある計画について話し始めた。

「次は台湾に出店する」

「はぁぁあああ!?」

奥野さんは、透明のパンチでも食らったかのように後ろに仰《の》け反《ぞ》って驚くと、まるで言っている意味が解らないという表情で目を白黒させながら言葉に詰まった。

「シンガポールのお客様の反応を見ていて、海外でも『ＯＷＮＤＡＹＳ』のビジネスモデルが十二分に受け入れられることは解った。しかし、いくら好調だとはいえ、国土の狭いシンガポールでは、優良ショッピングモールの数を考えると、せいぜい年間に10店舗、最大でも30店舗くらいが出店できる限界だろう。ということは、このペースでいくと、早ければあと2年後にはシンガポールでの成長が止まってしまうことになる。だから、シンガポールの黒字化に目処が立ったのなら、更に新しい〝次の市場〟へと打って出ていかなければダメだ」

僕から想定外の計画を打ち明けられた奥野さんは、ずり落ちたメガネをかけ直しながら、まるで立て籠り犯を説得する刑事のような口調で、もう一度、考え直すように諭した。

「いや、まあ……社長の言ってることは解りますよ。解りますけど、しかし……、冷静になってください。いくらなんでも早すぎますよ。シンガポールの事業は強い成長軌道に乗っているとはいえ、資金繰りが綱渡りなのに変わりはない。この状況で、更に台湾に進出するなんて、それは流石に無謀ですよ。せめてあと2年、いや、あと1年でもいいです。それくらい待ちませんか？　そうすれば、台湾への進出も、かなり落ち着いて取り組めるようになりますから」

奥野さんの主張は正論だった。

売上と利益は日増しに増大していて、このまま堅実に成長させていけば、あと数年で債務超過を脱して正常化できる道筋も見えてきた。それなのに、せっかく摑んだ「蜘蛛の糸」を手離すリスクを取ってまで〝次の賭け〟にでる理由が、どこにあるというのだ？

ただ、最初にシンガポール進出を強引に推し進めた「実行犯の3人」、僕と海山、甲賀さんは全く違う考えだった。

僕は反対する奥野さんを説得し返そうと、語気を強めて言った。

「奥野さんの言ってることは十二分に解るよ。確かに今、次の国へ出るのはリスクが大きい。でも、それじゃダメなんだよ、遅すぎる。逆に成長のスピードを速められない方が更にリスクが増える」

「何故ですか？　何が遅いんですか？　シンガポールだけだって、半年間で4店舗、そしてこの後、更にもう5店舗オープンするんですよ。十分なスピード感じゃないですか？」

「いや、まだ全然足りない。俺たちのシンガポールでの快進撃は、もうとっくにジェイムズをはじめとした日本の主要なメガネチェーン各社にはバレている。それどころか、中国や東南アジアの同業者も、俺たちと同じような業態を続々と作り始めてきている。このままいけば、すぐにでも同時多発的に、アジア各国に『ＯＷＮＤＡＹＳ』を模倣したメガネ店が出てきてシェアを取り始めてしまう。だから、そうなる前に、一日も早く各国の一等地を押さえて、自分たちのブランドの優位性を築いておかなければ、逆に俺たちが、競合チェーンに喰われてしまうかもしれない」

「はあ……。しかし、なんでまた台湾なんですか？　それなら市場の大きな中国に打って出た方が可能性は広がりませんか？」

「いや、中国はダメだ。中国には既に日本からジェイムズも進出を果たしているし、国土も市場の規模もあまりにも大き過ぎる。こんな巨大市場に、今のひ弱な『OWNDAYS』が後発で勝負を挑んだとしても、ボロ負けすることは目に見えて明らかだ。今はまだ中国で勝負を仕掛ける時じゃない」

「なら香港は？」

「香港はシンガポールに状況がとてもよく似ているけど、不動産の需給バランスが悪くて、とにかく家賃が高すぎる。とてもじゃないが、採算ベースに乗りそうな手頃な物件は、そう簡単に見つかりそうにない。結果、いろんな条件を多角的に判断して、成功する可能性が最も高いだろうと判断したのが台湾だったというわけ」

「まあ、確かに台湾は親日で、日本ブランドへの信頼や人気もとても高いですから、むしろシンガポールよりもやり易いかもしれませんね」

「もう一つ、成長を急ぐには理由がある。業界トップのジェイムズは400店舗だ。それに引き換え俺たちはわずか120店舗。仮に1年間に20店舗ずつ新店舗を出せたとしても、追いつくには15年近くかかることになる。でも当然、ジェイムズも店舗数を伸ばしていくだろうから、決してその差は縮まらない。でも、例えば10ヶ国に進出して、それぞれの国で毎年10店舗出していければ、年間100店舗、3年でジェイムズを超えて1位になれる可能性が出てくるだろ。俺は、そこに賭けるべきだと思ってるんだ」

こういう〝モード〟に入ってしまうと、もう僕は止まらない。奥野さんは半ば悟った様子で言った。

「もう、止めても無駄みたいですね。ハハハ。まあいいですよ。やるだけやってください。それで、具体的にはどういう風に進めていくつもりですか？」

「実は、もう最初の3店舗は出店の目星をつけて来てあるんだよね。あとは現地法人を設立して、物件を正式に契約するだけ。ハハハ」

「……。社長が甲賀さんを連れてちょこちょこ台湾に行っているのは知っていましたけど……、もう物件まで決めてきちゃってるんですか……」

「ふふふ。謀《はかりごと》は密なるをもって良しとすってやつだよ」

奥野さんは口元を若干引きつらせた笑顔を見せ、肩をすぼめながら呆れたように言った。

「わかりましたよ！　もう好きにしてください！　どうせ業績は好調でも、日本単体で債務超過が解消されるまで、金融機関の協力は見込めそうにないですしね。それなら、この勢いでシンガポール並みの成長市場をもう一発手にいれて、一気に財務の正常化を早めて銀行を見返してやりましょうか」

「そうこなくっちゃ！　火事を消すには爆弾をだよ！」

「わかりました。付き合いますよ。但し自分たち自身が黒焦げにならないように、くれぐれも気を付けてくださいよね」

「大丈夫。今までだって俺たちは何度も不死鳥のように蘇ってきただろう？　焼け死ぬどころか更に力強く燃え上がってみせるさ。ハハハ」

こうして、僕たちはシンガポール進出からわずか9ヶ月後、次なる航海の目的地を「台湾」へと定めて、再び出航の準備に慌ただしく取り掛かることにした。

2014年5月

沖縄よりさらに南に位置し、東シナ海の南西に浮かぶ台湾は、九州ほどの大きさの島。街は常にアジア特有の熱気と活気に溢れ、目に映る景色は、どこか懐かしく、そして温かく感じる。そんな台湾の首都、台北市は日本の統治時代に整備された街路が通り、賑やかなショッピング街や、近代的な建物が立ち並ぶ人口270万人の大都市だ。

僕と甲賀さんは、台北市内にある「鼎泰豊」の本店で、汗を拭いながら小籠包に舌鼓をうっていた。

「やっぱり『鼎泰豊』は、いつ来ても旨いなぁ。シンガポールでハマって以来、一度台湾の本店に来てみたかったんだよね。1時間並んでまで入った甲斐があったなぁ。また一つ夢が叶ったよ。ハハハ」

「そうですね。しかも、シンガポールで食べるより、値段もだいぶ安いですし。この味で、この値段なら毎日でも来たいですね！」

痛風を気にする甲賀さんは、トリュフ入り小籠包をお代わりするか悩んでいた。

「しかし、会社設立や銀行口座の開設は、シンガポールとは正反対で、アナログな手続きが多くて結構、面倒くさかったんですが、どうにか予定通りに進みそうですね。後は、今決まっている3つの物件の契約締結、ローカルスタッフの採用ですね」

話は少し遡って、シンガポール展開が一段落し始めた3月の後半辺りから、僕と甲賀さんは、次の狙いを台湾へと定めると密かに渡台し、物件の獲得に奔走していた。

一にも二にも「一等地の良い物件」を獲得することができなければ、僕たちのビジネスは何も始まらない。

しかし、台湾全土に展開する有名デパートに何度か通い、プレゼンテーションをしてみたが、「メガネ店は特にこれ以上、増やす予定はない」と、なかなか色好い返事がもらえないでいた。

方々に手を尽くし、最後に訪れたのは「響美」という、超高級百貨店から駅ナカのフードコートまでを扱う新興デベロッパーだ。この響美との最初のアポイントの時に、僕たちは日本人の副総経理・山川氏と出会った。

山川氏は日本人なので、日本の商業施設の最新の事情にも精通しており、「OWNDAYS」が従来のメガネ店とはまるで違う業態だということを理解してくれていて、最初の面談の席でいきなり2つの空き区画への出店をオファーしてくれた。

一つ目は、日本で言うところの東京駅に位置する「台北駅」。そして2つ目は、この年の11

月に新規オープン予定の大型商業施設「響美松高」への出店オファーだった。

しかし、正直言って、このどちらも最初に感じた印象は「微妙……」だった。

台北駅で提示された区画は、商業エリアの一番隅にあり、最も人通りが少ない区画で、薄暗く、売れ残った婦人服が二束三文でワゴンセールで売られているような場所だった。

この場所で、華々しく「ＯＷＮＤＡＹＳ」の台湾進出1号店をオープンして良いものなのか……とてもじゃないが、諸手を挙げてすぐに決断できるような区画ではなかった。しかも占有面積も広く、家賃も日本と変わらないか、それ以上に高い。

もう一つの「響美松高」は、シンガポールの時のベドック・モールと同じで、まるっきり新規のモールなので、いまいちイメージが湧かない。来館者数がどのくらいになるのか？　お店の前の通行量はどれくらいになるのか？　いくら売れるのか？　与えられた情報は新規モールの出店ガイドと図面だけで、想像すらつかない。


「社長、響美さんからのオファーどう返事しましょうか……？」

「どうするも何も、他の大手デベロッパーからは、今のところ今年中に入れそうな区画の提示はなさそうだし、気長に出店交渉を重ねて、良い物件が出るまで待ち続けるか？　それとも今提示されてるこの場所で、思い切ってすぐに勝負にいくか？　この二択しかないよね」

「そうですね。そして勿論、結論は……」

「やるよ。シンガポールの時も3等立地から始めて、周囲が納得する結果を出してその後の成長に繋げた。台湾でも同じことをするだけだ」

「ですね」

さらに、もう1ケ所、日本で言う原宿のような、若い子が集まる歩行者天国の商店街「西門町」の路面店にも出店を決めた。

ここも家賃はバカ高いし、建物はボロボロ。しかも人通りの多い超一等地からも微妙に外れており、内装費だけでなく外装にも相当な投資がかかるのは明らかだった。

しかし、結局はここにも出店することを決断した。

なぜなら、今回はシンガポールに進出した時のような「まず1店舗を出してみて、様子を見て上手くいきそうなら、本気でやればいい」なんて中途半端な気持ちではなかったからだ。「何がなんでも必ず成功させる。ここで台湾進出も成功させて、一気に世界展開を本格化させる。失敗して全てを失っても構わない」という、まさに背水の陣で臨んでいたからだ。

シンガポールで経験したことだが、海外に「OWNDAYS」を展開するなら、最低でも3店舗位はオープンしないと、管理コストが採算にまるで合わない。1店舗出すのも、3店舗出すのも、本部から駐在員を派遣したり、様々なバックオフィス業務を行ったりするコストに大差はないからだ。

こうして僕たちは、駅ナカ、ショッピングモール、繁華街の路面と、ロケーションの全く異なる3ケ所に8月から連続でオープンしていくことに決めた。

初回の投資金額は少なめに見積もっても3億円近くにのぼるだろう。

仮に3店舗全てが失敗に終わったとすれば、死に物狂いで稼ぎ出しているシンガポールでの利益が一瞬で吹っ飛んで行くどころか、またしても資金繰りが危機に陥ることは明白な「酷く危険な賭け」だった。

話を戻して、再び小籠包の名店、「鼎泰豊」の店内。

甲賀さんは、痛風を気にしつつもトリュフ入り小籠包の薫り高い誘惑に抗えず、2皿目を注文し貪るように食べ尽くしていた。

「社長、大事な問題がまだ残ってます。肝心な台湾に赴任させる責任者をそろそろ決めないといけません。いったい誰に担当させるか……これは相当重要な判断になりますよ」

「そうだね。責任者の善し悪しに、この台湾進出の成功が全て懸かっていると言っても過言ではないからな。シンガポールの時は、タケシという、うってつけの人材が最初からいたけど、今回は時間もないので外部から連れてくるわけにもいかないし、社内で誰かを選抜して赴任させることになると思うけど、中国語が話せる管理職なんて、ウチにはいないしなぁ……せめて中国語は話せなくても良いから、自分の全てを懸けて台湾でのオンデーズの成功に全力を尽くせるヤツが欲しいけど、果たしてそんなヤツいるかなぁ……」

「とりあえず、日本に戻ったら、全社員に募集してみましょう」

「そうだね。もし、立候補者の中に適任の担当者が見つからなければ、俺が自ら台湾に乗り込んで責任者をやるよ。それくらいこの台湾進出は本気でやらないと絶対にダメだ」

２０１４年６月

台湾出店が正式に決定した翌月、現地責任者を広く日本中の社員から募集した。

すると、真っ先に名乗りを上げたのは「意外」な女性だった。

その女性とは、シンガポールのオープンの見学に来ていた川崎ダイス店の店長「濱地美紗」だ。

濱地は、昔ながらの老舗企業「メガネマート」に新卒から長く勤めていて、技術や知識をしっかりと習得したものの、会社に蔓延《はびこ》る無意味な古い習慣や、年功序列の窮屈さに幻滅して退職。その後、オンデーズに転職してきていた。

濱地は、とにかく物怖じしない性格で、相手が誰であろうと平気で言いたいことを言う。社長の僕に対する意見も文句も、歯に衣着せず、平気でバンバンぶつけてくる。

日本人には珍しいタイプだが、海外ではこのぐらいの方が、案外上手くやっていけるのではないかな……。

たった二人しか立候補者のなかった募集資料で、彼女の名前を見た時、直感的に僕はそう思っていた。

数日後

台湾の責任者を決める社長面接が会議室で行われた。

「濱地はなんで責任者になりたいの？　今まで『引っ越すのが嫌だから管理職はやらない！』と言ってたじゃん。部下をやたらと可愛がり、プライベートな感情と、ビジネス的な判断を切り分けられない面があるよね？　ここに責任者として不安がある。自分ではどう考えてんの？」

僕は嫌味な質問を敢えて立て続けにぶつけていった。

とにかく新規事業は「責任者が全て」だ。今までの数多くの失敗で学んだ大事な教訓だった。事業は誰がどんな想いで担当するかで全てが決まる。台湾進出はオンデーズにとって絶対に失敗することのできない将来を担う大きな挑戦だ。その挑戦を託すからには、それに値する強い想いがあるかどうかが一番大切だ。

濱地は真剣な顔つきで、自分の想いを語り始めた。

「前に、シンガポールのオープンに連れて行ってもらったじゃないですか。あの時、私は見学に来ていただけだったんですけど、あのオープンの様子を見て、その中心に自分が参加できていなかったのが、ずっと悔しかったんです。だから、今度もし、機会があったら、次こそは自分もあの輪の中心に必ずいたいって、あれからずっとそう想って過ごして来たんです。だから今度は、どうしても私がやるんです！」

「でも濱地は結婚してるでしょ？　旦那さんはどうするの？」

「旦那は日本に置いていきます。もう話をして了承も得てきました。３ヶ月に一回しか帰れないことも伝えてあります。また帰国の期限が決まってないことも伝えてあります。人生一回だけですから、メガネ屋の店長しかやったことがなくて、英語も中国語も喋れない私が、海外で働いて責任者をやれるチャンスなんて今後絶対ないですから、やってみたいんです！　やれる自信なんてないです、でも絶対に全力でやります！　だから私にやらせてください！」

濱地が出て行った後の会議室。しばしの間、静けさが流れ、壁掛け時計の時を刻む音が優しく響く。しばらく熟考したあと、おもむろに僕は口を開いた。

「甲賀さんどう思う？　俺は結構、濱地が適任じゃないかなと思うんだけど」

「そうですね。私も良いと思います。濱地の強みは『解らないことを、解らない』と、堂々と言えるところです。解らないことを海外で解らないまま勝手に進められる方が怖いことが多いですからね」

「そうだね。じゃあ、濱地に決めよう。責任ある仕事ってのは、やれそうな人に任せるより、やりたい人に任せるのが一番大事だ」

「ですね。まあ彼女に任せて、もし何か問題が起こりそうなら、私の方で全力でサポートしますよ」

こうして、濱地は台湾プロジェクトの責任者に就任し、現場での細かい判断は、全て彼女に委ねられることになった。

2014年6月中旬

責任者に決まった濱地の、一番最初の仕事は、現地で採用したスターティングメンバーの「AKI」と「YUNA」、日本で研修する予定のこの二人を成田空港まで迎えに行くことだった。

AKIとYUNAの二人は、楽しそうにお喋りをしながら成田空港の到着口に現れた。その様子は、まるで台湾の女子大生が観光旅行に訪れているような雰囲気だった。

「お疲れ様、台湾の責任者になる濱地です。これからよろしくね」

「はい！　こちらこそよろしくお願いします！　日本に来るの楽しみにしてました。頑張りまーす！」

二人の日本語は濱地の想像以上に上手かった。そして二人は元々仲の良い友達で、最初に採用されたYUNAがAKIにオンデーズで一緒に働くように誘ったということだった。

東京の本社へ到着すると、早速この日から二人にメガネの知識や技術を濱地が直接、叩き込んでいった。

使用するテキストは勿論、全て日本語。メガネの専門用語でびっしりと埋め尽くされたテキストは、日本人でも難しく辟易としてしまうことも多い。

「あーもう、日本語難しい！　こんな難しい日本語知らないよー！」

「大丈夫、メガネ屋さんじゃないとわからない言葉だから、日本人にも難しいよ。言葉は覚えなくていいよ、内容を理解していればOKだから」

濱地は、読み書きが苦手な二人の為に、図を描いてみたり、簡単な日本語に置き換えてみたりしながら、理解し易いように工夫しながら研修を行っていった。

AKIは知識、YUNAは技術と、二人の得意なところを上手く分散し、約2ヶ月をかけて日本語で必要な知識を詰め込んでいった。結果二人は当初の予定よりも速いペースでメガネに関する知識や技術を習得していった。

研修中は、ずっと濱地が付きっきりで教え、昼も夜も一緒にご飯を食べる。仕事のことだけではなく、プライベートなことも、3人はたくさん話をした。

台湾の人がどんな考えを持っているのか？　まだ行ったことのない台湾の生活はどんなものなのか？　台湾の食べ物は美味しいのか？

こうして、日を追うごとに、台湾の成功を託された若い女性3人の結束は、みるみる深まっていったのだった。

2014年7月下旬
日本の店舗での2ヶ月間の研修を終えたAKIとYUNAの二人は、台湾1号店のオープン準備のために台湾へと帰っていった。彼女たちを追いかけるように、濱地も1日遅れで、生まれて初めて台湾の地へと降り立った。

街路樹が美しい通りに高級ホテルや有名ブランドショップが立ち並び、路地に入るとお洒落なカフェや雑貨店が点在している、台北の中山《ジョンシャン》の街。

その街の片隅の雑居ビルに借りた5坪しかない台湾の事務所にAKI、YUNA、そして新たに現地採用された20代前半の3人の女子が集まり、初めての顔合わせが行われた。

台湾1号店「台北駅店」のオープンに向けて、5坪の事務所に検眼機、加工機を突っ込み、肩を寄せ合いながらAKI、YUNAが中心となって研修が始まる。

そして研修と並行して、オープンに向けた細かい準備も濱地がリーダー役になり、進めていった。

「今さぁ、5人しかいないでしょ、これじゃお店回らないからもっとスタッフを採用しないとダメだよね。この後、更に2店舗をオープンしなきゃいけないし、台湾では一体どんなサイトで人を募集するの？」

「無料の求人サイトがあって、それを使って募集してるところが多いよ」

「スグにそれに掲載させることできる？」

「できるよー。それじゃあ今からそれにUPするね。日系企業って書いたら人集まると思うよ！」

彼女たちが提案した、掲示板のようなサイトに募集を載せると面白いように応募が来た。面接の通訳も彼女たちがこなしていく。5坪の事務所をパーテーションで仕切り、半分を研修所、半分を面接会場にして慌ただしく面接を重ねていった。

「イケメンこないねー」

「あ、この子かわいい!」

「なんか話し方が微妙」

面接が終わると、研修しながら様子を窺っていた他の3人も集まり、口々に応募者の感想を話し合う。

そのノリは、まるで女子大のサークルのようだった。

2014年8月15日
オープン前日、僕は台湾進出1号店となる台北駅の店舗に到着した。

日本から送られてきた商品たちは、すでに什器に並べられている。

追加で採用した現地スタッフたちは、AKIを囲み床に座って明日のオープンに向けて接客の研修、YUNAはソファを机がわりに床に座りながら、Facebook広告に寄せられたメッセージに一つずつ対応していた。

そんな様子を見ていたら、濱地が大きな荷物を抱えて店舗に入って来た。

「あ、社長! お疲れ様でーす!」

「濱地、オープンの準備は大丈夫? 問題なく進んでいる?」

「お店の準備は大体大丈夫なんですけど、経験者が一人も採用できなくて、ここにいる全員が、メガネの素人です。AKIとYUNAはみっちり研修してきたけど、日本の店舗でしか働いたことがないので中国語での検査は練習でしかやったことないし……。不安だから皆んなギリギリまで研修させてくれって言ってます」

「なるほど、まあ今できることを全力でやるだけだな」

そんな中、仮囲いの扉が開いた。

「オツカレサマデース」

カタコトの日本語が聞こえてきた。

彼を見た瞬間、濱地が叫んだ。

「わわわわ、スティーブンだー!!」

シンガポールの1号店オープンから働いているスティーブンだった。中国語を話すことができる経験者がいないと聞いた海山が、シンガポールから応援を手配していたのだ。

スティーブンはお店の様子を見るなり、挨拶もそこそこにスーツケースを置きスタッフの研修の輪の中に入っていく。

台湾スタッフにとっては、経験者に中国語で教えてもらうのは初めてなので、スティーブンをいきなり質問攻めにしていった。

研修に熱が入り気がつけば、辺りのお店は全て閉店して館内は暗くなり静寂に包まれていた。

結局、オープンの準備が終わり解散したのは、時計の針が夜の11時を回った頃だった。

台北駅の周りの飲食店は軒並み閉まっている。台湾スタッフを家に帰し、僕らは駅の周りで恒例の決起集会の場所を探していた。

「濱地、どっか空いているところないの？」

「この近くは9時になったらお店ほとんど閉まっちゃうんですよ。もうマックくらいしか空いてないです」

「まあ、しょうがない、お腹も空いたし台湾の決起集会はマックにしよう!!」

台北駅の近くにあるマクドナルドに入ると、それぞれハンバーガーを注文し、紙コップのコーラでみんなで乾杯をした。


「明日、お客さん来るかな……。今更だけど、これコケると、結構ヤバイですよね……」

海山がビッグマックを頬張りながら不安げな表情を浮かべて呟くように言った。

若い女性スタッフが中心となって和気藹々と準備が進んだ為、「これが失敗したら、また自分たちは地獄の釜の縁に立たされる」という薄氷を踏むような恐怖心はいつの間にか和らいでいた。

しかし、不意に海山が発した一言で、僕らは自分たちが置かれた状況を再認識してしまい、重たい沈黙が全員を包んだ。

「濱地、どう思う？　売れるかな？」

「わかりません。日本やシンガポールと違って、台湾には既に3千円で買えるような安いメガネがいくらでもありますし、若い子の平均給与も日本の半分くらいしかありません。『ＯＷＮＤＡＹＳ』の価格だと、現地の人からすれば決して安い買い物にはならないと思います……」

コーラを飲み干すと、甲賀さんが神妙な面持ちで言った。

「日本やシンガポールでは、価格面での優位性が相当ありますけど、台湾だと、その部分は全く機能しないでしょうね。果たして私たちの提示する価格以上のメリットを台湾の人に感じてもらえるかどうかが鍵ですね」

「まあ、シンガポールの時と同じだよ。やれることは全部やった。今更不安になってもしょうがないさ。明日になれば全てわかるよ」

僕は皆んなに諭すように言いながら、自分自身にも言い聞かせた。

全員が決意を確認し合うように無言で頷いた。


僕たちの海賊船は今晩、接岸した。明日は、生死を懸けて台湾に上陸を果たす。

もう逃げるわけにはいかない。後は、シンガポールの時と同じ、一気呵成に砦を築くだけだ。

ひょっとしたらシンガポールでの勝負の余韻を、もう少し長く味わっていても良かったのかもしれない。

何故こんな一か八かの勝負を毎年のように繰り返すのか。今更ながらそんな弱気な思いが頭の中でリフレインしていく。勝負の前はいつだってそうだ。腹の底から震え上がるような不安や恐怖と、それを少しだけ上回る希望が混じり合い、心を引きずるようにして前を向く。

第29話　戦場と化した台湾店

２０１４年8月16日

台湾に於いて旧暦で7月にあたるこの時期は「死者の霊（鬼）がこの世に舞い戻ってきて巷《ちまた》を徘徊する一ヶ月間」とされ「鬼月」と呼ばれている。日本のお盆にも似た習慣だが、日本と違って先祖の霊だけが人間界に戻ってくるわけではなく「鬼月」では地獄の扉も開くため、悪い霊も一緒に戻ってきてしまうとされている。

そんな「鬼月」の真っ只中、僕らもまた「資金ショート」という地獄の扉が開くのを必死に押さえつけながら、台湾進出の1号店、「ＯＷＮＤＡＹＳ台北駅店」を、いよいよオープンさせる日を迎えた。

僕は朝、目を覚ますと予定の時間よりも少し早めにホテルを出た。

流暢な日本語を話すドアマンに見送られながら空を見上げると、真夏の太陽の光は、いきなり目の前で白い爆発を起こしたみたいに明るい。

まるでドライヤーから吹き出されたような熱気を全身で押し分けながら、タクシーに乗り込むと、ドライバーに向かって覚えたての中国語を使ってみた。

「帯我去《ダイウオーチュー》 台北車 站《タイペイツオーチャン》（台北駅まで連れて行って）」

午前9時

台北の中心部に構える台北駅は、台湾各地を結ぶ交通の要であると共に、台湾旅行を支える旅の要衝ともなっている。駅舎の周囲には、長距離バスターミナルもあり、通勤中の人、夏休みに旅行に行く人々が、朝早くから大勢、急ぎ足で駆け抜けていく。

工事中の店舗を覆っていた仮囲いは、昨日の晩のうちに全て綺麗に取り払われ、僕たちが台湾に築いた最初の砦が、静かに、そして誇らしげに、道行く台湾の人たちの前にその姿を現していた。

オープン予定時刻の1時間前、スタッフ全員が揃ったのを確認すると、いよいよオープンに向けた最終の確認作業に入る。

「皆んな準備は大丈夫？　それでは朝礼しましょう！」

濱地が皆んなをカウンターの周りに集めると、朝礼が始まった。スタッフたちは皆んな緊張した面持ちで、静かに濱地が話し始めるのを待つ。

「いよいよ今から、『OWNDAYS』の台湾1号店がオープンします。ここにいる皆んなも、そして私も初めての経験で今日は何が起こるかわかりません。正直言って不安でいっぱいです。でも皆んな、今日まで本当によく頑張ってくれました。ありがとう」

濱地は、オープンまでに沢山の苦労を共にしてきたスタッフたち一人一人の目を見ながら、順番に感謝の言葉を述べていった。濱地の目からは大粒の涙がこぼれ落ちていた。

1年前、遠く離れたシンガポールの地で、初めての海外進出を「部外者」として見学していた時に流していた悔し涙は、同じ大仕事を中心になってやり遂げた、達成感の涙へと変わっていた。

「今日ここからがようやく本当のスタートです。皆んなで必ず台湾で一番のメガネ屋になりましょう！」

「はい！」

「オンデーズでは世界共通の掛け声があります。みんなでそれをやりましょう!!」

「エイ！　エイ！　オンデーズ!!」

泣きながらも最後にはビシッと締め、全員の拳は台湾の空へと向かって天高くどこまでも突き上げられ、いよいよ記念すべき台湾進出1号店「台北駅店」はオープンの時間を迎えた。


「それじゃあオープンします！」

扉が開かれると、すぐに数名のお客様が店内へと駆け込んできた。

今回は事前にFacebook上で「100名限定アンバサダー募集」という企画を行っていた。メガネを無料で提供する代わりにSNS上で宣伝してもらうという趣旨で、この企画に当選した人たちが、オープンと同時に雪崩れ込んできたのだ。

早速、スタッフたちが恐る恐る接客についていく。

しばらくすると、無料招待のお客様で賑わう店内の様子につられて、真新しい店舗のオープンに興味を示した通りがかりの人たちも、続けてチラホラと店内へと入り始めた。

「歡迎來到《ファンインライダオ》『ＯＷＮＤＡＹＳ』!!」

スタッフたちが声を合わせて元気に挨拶をする。

この挨拶は、どんな挨拶が最も「ＯＷＮＤＡＹＳ」らしいか、研修期間中に台湾のスタッフたちが相談しながら決めたもので、日本語で「あなたを歓迎します」という意味が込められている。

「表示されている値段でどんな度数のメガネでも作れますよ。色々とかけて好きに試してみてくださいね！」

おそらくそんなことを言っているのだろう。

言葉は通じなくとも、話している内容は、なんとなく雰囲気で感じとることができる。スタッフたちは皆んなイキイキと接客にあたっている。お客様の反応も、間違いなく良い。シンガポールの時と同じく、価格システムを聞き、20分でメガネが受け取れることに、お客様は一様に驚いている。

そして、2時間後。

お昼を過ぎた頃には、店内は沢山のお客様で埋め尽くされていた。

「お客さん、めっちゃ入って来ましたね……」

濱地が予想外の出足の良さに目を丸くして驚く。僕も、海山も同様に驚く。

「ああ。ちょっと思ったよりも入ってるな。かなり良い。でも……」

次の瞬間、３人の不安な視線は、店内の同じ場所一点に集中していた。

オープンに間に合うように用意できた視力を測定する為の検眼機は、２台しかなかったのだ。

スティーブンとYUNAが懸命に視力測定をこなしているが、既に店内のソファ周辺には視力測定を待つお客様が溢れ返ってしまっている。さらにメガネ無料配布の抽選に当たった人、通りがかりで購入した人たちが、どんどん連なってカウンターに並んでいく。

「甲賀さん、今、検査待ちって何分くらい？」

「多分、軽く2時間以上は出てます」

「マズイな……これ検眼機2台じゃ到底間に合わないよ。なんとか、無理やりにでも今日中にもう1台手配できないかあたってみてくれない？　これまたパニくるぞ」

「そうですね。これじゃあシンガポールの時の二の舞だ。なんとか交渉してみます！」

甲賀さんが早速、医療機器メーカーに電話をかけ、なにやら英語でやりとりを始めた。

「社長、メーカーの倉庫で埃を被っている古い中古の機械でも良いなら、1台だけすぐに動かせる状態の物があるそうです。それでもいいですか!?」

「ちゃんと動くんでしょ？　動くなら、とりあえずなんでも良いよ。今すぐに持ってきてもらって！」

「了解しました。午後に設置してくれることになりました！　それと同時にもう1台追加で購入しますか？」

「買う！　あと2台追加で買うから、もう今この場で発注も出して！」

この時点で、検査員二人だけでは、もうお店が回らないのは明らかだった。

店内はあっという間に押し寄せるお客様への対応でまるで戦場のようになっていった。新人のスタッフたちも目の前のお客様を捌くのに必死だ。

ただ若さなのだろうか、皆んな大変ながらも、想像以上のお客様が来たことに興奮して楽しんでいる様子だったのが唯一の救いだった。

午後3時
「濱地！　検眼機届いたよ。予定より早く持ってきてくれた！　どこに設置する？」

「とりあえずここに置いてください」

検眼機を届けにきたメーカーの担当者も、こんなに大勢のお客様で賑わっているメガネ屋を見たのは初めてだったようで、いたく興奮している様子だった。

追加の検眼機の設置が終わり、ＡＫＩが早速検査に入ろうとしたのだが、届けられた検眼機は、まるで博物館から運ばれてきたような年代物だった。

「これって、一体どうやって使うんですか……？」

狼狽えるＡＫＩを見て、明石が言った。

「懐かしいな。このタイプなら、俺が若い頃に使ってたことがあるから、とりあえず動かせるよ。こうなったら俺が検査に入るから、ＡＫＩは通訳について」

「はい！」

こうして、明石の横にＡＫＩがつき、年代物の検眼機を使いながら通訳と身振り手振りで視力測定をはじめた。

僕は、果たして通訳つきの視力測定なんて上手くいくのだろうかと心配しながらその様子を見守っていたが、さすが親日の台湾。

お客様は「日本人のベテラン検査員に視力測定をしてもらえる」と、僕たちが苦し紛れにとったこの策は意外と好評を博し、「せっかく日本から来たメガネ店なら日本人に視力測定をしてもらいたい」と、濱地や明石を好意的に指名してくるお客様が続出することになった。

これでどうにか、視力測定のスピードはもう一段、ギアを上げられた。

濱地も加工をしつつ、受け取りのお客様に通訳をつけて身振り手振りで対応していく。スタッフ間のやりとりは、日本語を使えるスタッフ、通じないスタッフが交じっていて、日本語、中国語、片言の英語がぐちゃぐちゃに入り乱れている。

「今20分で加工できますか？」

「ＯＫ！　Twenty minutes!」

「視力測定待ち今何人」

「シェンザイチーガレン（今7人です）、セブンセブン！！！！」

「ＯＫ！　好《ハオ》！」

休憩する暇もなく、スタッフたちは昼ご飯を休憩室で床に座って、かき込むように食べると、すぐに戦場と化した店内へと戻っていく。

さらに夕方になると、会社や学校帰りの人たちで台北駅の人通りは一層多くなり、それに合わせて「ＯＷＮＤＡＹＳ」にやってくるお客様も益々増えていった。

午後10時

辺りの人通りもまばらになり、帰宅を急ぐ人たちや、酔っ払いの声が時折、響き渡る頃、台湾1号店初日の営業がようやく終了した。

「結束了《ジエシユーラ》！（終わった！）」

最後のお客様を皆んなで見送りながらシャッターを閉めると、朝から休みなく働き続けたスタッフたちは全員、崩れ落ちるように床へと倒れこんでいった。

まるで激戦を終え、グラウンドに倒れこむサッカー選手のような感じで。

カウンターでは濱地がレジ締めをしている。シンガポールの時と同様に、どこまでも長い売上報告のレシートがプリンターから、どんどん吐き出されてくる。

「終礼やりましょう。皆んな集まって！」

濱地が声を上げ、皆んなを集めた。

「凄いです！　なんと……初日の売上は、予算の３倍、日本円にして１５０万円でした！」

「ヤッターーーー！」

全員が飛び上がって喜び、ハイタッチをしていく。試合終了のホイッスルが鳴り、勝利に沸いた瞬間だった。

「皆んな本当にお疲れさまでした。きっと明日も沢山のお客様が来てくれるはずです。とにかく皆んな今日はすぐに帰ってしっかりと寝て、また明日からの営業に備えてください。明日もよろしくね！」

「はい！　辛苦了《シンクーラ》！（お疲れさま！）」

疲労困憊のスタッフたちを早めに帰宅させ、応援に来ていた日本人スタッフたちが総出で後片付けを終えると、時計の針は既に深夜の1時を回っていた。

「社長、朝から皆んなロクに何も食べてません。さすがにお腹すきました！　明石さんたちも、もう限界でしょ？」

「よし、今日もマック行くか！　ハンバーガーで祝勝会しよう！」

僕たちは、昨日の夜と同じマックの同じ席で、心地よい疲れを感じながらLLサイズのコーラを手に持ち、店中に響き渡る程の大声で乾杯をした。

皆んな疲労はピークに達していたと思うが、それ以上に、自分たちがまた一つ、大きなことをやり遂げられた達成感で興奮していた。

そんな皆んなの楽しげに騒ぐ様子を見つめながら、ビッグマックを飲み込むかのように一気に食べ終えた海山が、安堵した表情で、僕の傍にきて言った。

「どうやら、台湾でもやれたっぽいですね……」

僕も心から安堵しながら言った。

「ああ。多分、やれた。まだこの先に不安は残るけど、でもまたやれた」

台湾進出を決めてからの数ヶ月間「肚は括れた！　後はやるだけだ！」と自分で自分を鼓舞していたものの、やはり僕はずっと怖かった。

半額セールに、追加料金0円、シンガポール進出……ここまでの挑戦は「前に進まなければ、どうせ倒れるだけ」と、ある意味、特攻隊のような気持ちだけでガムシャラに突き進んでこられたが、今回の台湾進出は、今までとは状況が違った。

せっかく摑み掛けた「安定の芽」を全て摘んでしまう可能性を持った上での挑戦が、こんなにも精神を酷く追い詰めるものなのかと、この時の僕は、まるで背中に冷たい鉄の棒でも突っ込まれたような感覚のまま過ごす3ヶ月間を経験して、初めて実感していたのである。

人は新たな希望を逃すよりも、既に手にしているものを失うことの方が、遥かに怖い。

しかし、今日、大勢のお客様で溢れ返る店内と、そこに集う人たちの笑顔を目にすると、その恐怖が、今度は一気に天にも昇るような、とんでもない快感へと変わっていった。

まるで我が身の破滅を賭けた、巨額のポーカーに勝ったような気分とでも言えようか。

とにかく、この日の僕は冷たい海から引きあげられて、毛布にくるまれて温かいベッドに横たえられているような……そんな気分だった。

そしてこの勝負に勝ったことで、また一つ僕たちは世の中に証明することができた。台湾でも「僕たちの『ＯＷＮＤＡＹＳ』」は通用するということを。

清々しい高揚感に包まれながら、マックを出てホテルへと皆んなで歩いて戻る帰り道。ふと夜空を見上げると、このまま眠りについてしまうのが惜しい程、満月が綺麗に輝いていた。

その後も、「ＯＷＮＤＡＹＳ」のビジネスモデルは、熱狂的に台湾の消費者に支持され、客足は順調に伸び続けていった。

そして、息つく間もなく、10月には2店舗目となる西門町にある路面店をオープン。ここは、当初予定していた売上には、少し届かなかったが、まずまずの結果で終わることができた。

さらに12月には3店舗目。新しくオープンしたショッピングモール「響美松高」、ここは台北駅店と同様、当初の売上予算を大幅に超えることができた。

地獄の釜の縁に手を掛けながら挑んだ台湾進出。まずは2勝1分。こうして僕たちは、台湾にも無事上陸を果たし、また新たな砦を築くことに成功したのだった。

第30話　シンジケート・ローンに挑む

２０１４年10月

シンガポールと台湾という２つの新しい市場を手に入れたオンデーズは、怒濤の快進撃を続けていた。シンガポールでは毎月のように新店舗をオープンさせ、台湾でも4店舗目以降の出店計画がどんどん立ち始め、この時点で、店舗数は国内外合計で１２０店舗、売上１００億円が、目前に見えるところまで急成長を遂げていた。

しかし、業績は絶好調でも、依然として、わずかに残った債務超過がネックとなり、新規の融資は受けられず資金繰りは相変わらず綱渡りだったが、ようやくオンデーズに対する金融機関のスタンスにも徐々に変化が表れ始めていた。

前年度の決算では3億円を超える営業利益を叩き出し、それに加えて海外法人も急成長。このままいけば、来期には債務超過が完全に解消される見込みが立ち、その計画と決算書を見た各銀行が色めき立ったのだ。

台湾1号店をオープンさせた後の8月末には、２つのメガバンクの支店長がアポを取って本社に挨拶に現れた。

まず来社したのは富士山銀行の小林支店長。小林支店長は、元銀行員だった奥野さんと同期の入行ということもあって、話が盛り上がり、最後には頭を下げながら言った。

「今までのことは水に流して、前向きな取引をお願いしますよ。ハハハ」

続いて穂積銀行の支店長も来社した。

前の年のシンガポール進出の成功が見えてきた際に、担当者が「海外の話は聞きたくないし資料も見せないでくれ！　稟議に書くのが面倒くさい！」と信じられないような言葉を吐き捨ててきた銀行だ。こちらも富士山銀行同様に「前向きな取引をしたい」という趣旨だった。

奥野さんが、金融機関との面談の後で、今までに見せたことのないような清々しい笑顔で嬉しそうに報告に来た。

「社長、色んな金融機関がアポイントを入れてくるようになってきましたよ。いよいよ本格的に潮目が変わってきましたね！」

「企業の財務が正常化するってこういうことなんだね。ハハハ。しばらく忘れてたよ」

僕と奥野さんは、まさに「手のひらを返した」各金融機関の態度に戸惑いながらも、ようやく暗闇の向こうに一筋の光明を見た気がしていた。

主要取引行が軒並み「前向きな姿勢」を表明したことを受けて、奥野さんは三井住友銀行と、より具体的な今後の計画を相談し始めることにした。

三井住友銀行は、いち早くメイン取引への足場を固めようとするべく、シンガポールへの進出を積極的にサポートするなど、具体的な行動を示し始めてくれていた唯一の銀行だった。

担当も、この7年間に一度しか替わっていなかった為、他の銀行よりもひときわ深く、オンデーズの成長を理解してくれていたのも功を奏していた。

奥野さんが三井住友の現担当者・小山次長に各行の前向きな姿勢を伝えたところ、小山次長は「待ってました！」とばかりに話を切り出してきた。

「実は既に、オンデーズへのシンジケート・ローン（銀行団による協調融資）の組成について本部と協議しています。奥野さん、是非具体的に進めて正常化を早めましょう！」

三井住友銀行の、この申し出を受けて、奥野さんは、一気に銀行取引の正常化を進めるべく、主要取引銀行3行の担当者を集めて、本社でバンクミーティングを開いた。

「3億円×4行＝12億円のシンジケート・ローンの組成を進めていきます。資金使途は、海外展開の拡大に伴う増加運転資金と、現在11の銀行から借りている残高8億円の一括返済です。これにより返済リスケジュール（返済猶予中）の状態を解消して銀行取引を正常化するとともに、取引銀行の数を絞ります」

奥野さんが、資料を配布し業績と今後の展開を説明した。参加した各銀行の担当者の顔を見回すと、各々複雑な表情を見せていた。

「もし参加金額が3億円より低くなったらどうしますか？」

「その場合は、他の銀行にも声をかけます。あまり銀行数を増やしたくはないのですが……」

「うーん。回答期限が3週間ですか……。もう少し時間とれませんかねぇ？」

「いいえ。急成長していて資金が逼迫しており、我々は待ったなしの状況です」

これまでにオンデーズからの開示資料をしっかり受け止め蓄積してきたかどうかで、案件を審査に上げる負担度にかなりの差があるのだろう。支店長の社交辞令だけか、具体的に案件の検討に〝動いていた〟かどうかによって、各銀行の担当者ごとに温度が違うのが、この時はっきりと分かった。

しかし、どの銀行も以前のような「拒絶」の意図はなく、いずれにせよオンデーズが銀行取引の正常化に向けて、遂に大きな一歩を踏み出したのは間違いなかった。

銀行とのミーティングを終えた奥野さんが顔を紅潮させながら報告にやってきた。

「社長、銀行団とのシンジケート・ローンがまとまりそうです。これが上手くいけば新規に4億円の借り入れができます！」

「ということは、シンガポールと台湾への出店、更にアクセルを踏み込んでも大丈夫かな？今こそ勝負時だ。競合他社が海外に打って出てくる前に、できるだけ主要な場所には、出店して市場を押さえてしまいたい。できれば今、誘致に来てるデベロッパーからの提案は全部受けたいくらいなんだよね」

この頃、立て続けに繁盛店を連発する「ＯＷＮＤＡＹＳ」に、シンガポールと台湾では、ひっきりなしに一流商業施設から出店の誘致が来ていた。

しかし、どれも一等地だけに家賃も高ければ保証金も高い。全てのオファーを受けたいくらいだったが、とてもじゃないがそこまでの体力は僕たちにはなかった。泣く泣く断りを入れようとしていた矢先に降って湧いたようなチャンスが到来したのだ。

この前倒しでの銀行取引正常化とシンジケート・ローンの組成ができれば、全ての出店オファーを受けることができる。そして更にオンデーズはもう一段、とんでもなく飛躍することができる。

ただし、この決断はシンジケート・ローンの組成が実現しなかった場合、一転してかつてない程の大規模な資金ショートに陥るのが明白な「酷く危険な賭け」でもあった。


「思い切って勝負を賭けてもいいと思います。日本の銀行だって流石にバカじゃない。もうここまでくれば、誰が見たってオンデーズが自然体でも債務超過を解消できることくらいわかりますから、いい加減きちんとした支援をしてくるはずですよ」

「よし！　すぐに海山と濱地に出店のGOサインを一気に出すよ」

「はい！」

こうして僕と海山はシンガポールと台湾で同時に一気に10店舗以上の新規出店を決め、奥野さんは、アレンジャーの三井住友銀行の担当者たちと共に、資金ショートのタイムリミットと闘いながら、シンジケート・ローンの組成に挑んでいったのだった。

２０１４年12月24日
僕がオンデーズにやってきてから7回目のクリスマス。

夕方過ぎから深々と降り出した雪に彩られ、街はホワイトクリスマスのお祭り騒ぎだ。

誰しもが浮足立ち、想いを馳せる誰かの為に、足早に帰宅を急ぐ。

本社の社員たちも、夜7時を回った頃には、皆んな、そそくさとオフィスを後にしていった。

誰もいなくなり静まり返ったオフィス。

薄暗い会議室に、僕と奥野さんはいた。

壁面の大型モニターには、シンガポールオフィスにいる海山が沈痛な面持ちで映し出されている。

奥野さんは怒気を抑え、言葉を捻り出すようにしながら現状の報告をしている。

僕はまだ、オンデーズに何が起こってしまったのか、うまく理解ができていない。

確か、シンジケート・ローンの組成が上手く進んでいたはずだった……。

全ては上手くいくはずだった……。

オンデーズは、今頃はようやく正常な会社として認められて、一気呵成に海外市場で出店を加速させていく準備が整い、僕は楽しくクリスマスの夜を過ごしている予定だった……。

ガランとした会議室に重たい沈黙が続く。


「メリークリスマス」

しかし、サンタクロースから僕たちに贈られてきたのは、夢でも希望でもなく、3億円以上にものぼる資金ショートが年明けにもやってくるという「絶望」だった。

第31話 絶望のクリスマスは……

僕たちは「過去は水に流して前向きな取引をお願いしたい」という主要取引銀行の申し出を受けて、10月から総額12億円のシンジケート・ローン組成を開始し、一気に銀行取引の正常化を狙うことにした。

そして、それから1ヶ月近くが経過した10月の末。

冬の気配を運ぶ、冷たい秋の風が通り抜ける夕暮れ時。オフィスの窓ガラスが室内の暖気で曇るのを眺めていると、奥野さんが浮かない顔をしながら僕のもとへやってきた。

「どうしたの？　浮かない顔して。また銀行と何かあった？」

「はい。そのとおりです。本来ならそろそろ三井住友銀行から『タームシート』（シンジケート・ローンの貸出等の条件や概要を記した書類）が提示される予定だったのですが、三井住友銀行側の調整が遅れていて、まだ提示にまでは至っていません」

「そうか。でも、各銀行はシンジケート・ローンに前向きなのは間違いないんでしょ？」

「はい……4つの銀行からはシンジケート・ローンに参加する旨の回答は頂きました」

「本当！　良かったじゃん！」

「いえ……それが……各銀行から回答のあった金額は合計で6億円にしかなりませんでした……」

奥野さんは、肩を落とすと力なく吐き捨てるように言った。

「えっ？　6億って……予定してる金額の半分ってこと？　あまりにも少なすぎじゃない？」

「はい。結局、三井住友銀行以外の3行は、今ある残高範囲内、つまり『ニューマネー（新規融資）を追加しての参加はできない』とのことでした。事実上のゼロ回答です。言い出しっぺの三井住友銀行でさえも『現時点では2億円が限界』とのことでした」

僕は力なく肩を落とすと、やりきれずに腹も立たないといった調子で答えた。

「なんだよそれ……。あの支店長たちが『前向きな取引をお願いしたい』って握手してきたのは、ついこの間のことじゃないか!?　それもわざわざ会社まで出向いてきて、あれは一体何だったっていうんだよ！」

「結局、あの支店長たちも、オンデーズとの取引方針の具体的な内容については、特に内部で何のコンセンサスも得ずに、とりあえずウチの業容が良さそうだから、様子を窺いに来てその場の雰囲気で調子の良いことを言っていただけだったようですね。

ああいうミスリードによって、私たちのような中小企業が、浮かれて方向を見誤る……。そこら辺に山のように転がっている話ですよ。そんなことにも気づけないなんて……今回は完全に私の読みが足りなかったです。すいません……」

奥野さんは、悔しさに耐えるように唇を噛みながら、更に吐き捨てるように続けた。

「銀行も、さすがに今のオンデーズの状況をきちんと理解してくれてれば前向きな協力を申し出てくれると期待していたんですが、これが現実なんですね……」

「なんだよ……それ……。それで、次の手はどうする？」

「主要行以外の銀行に対してもシンジケート・ローンへの参加を打診してみます。こうなってくると4行から回答のあった金額だけではシンジケート・ローンの組成自体が成り立ちません。単独アレンジャーに指定した三井住友銀行と共に、急遽その他の金融機関へのアプローチも始めつつ、三井住友銀行には更なる増額も検討してもらいます。まだ望みはあると思います」

「事情は大体分かった。でも、新規出店の計画はどんどん進んじゃってるから、とりあえず考えられる手は全部打ってもっと粘ってみて。とにかく、最後まで諦めずにとことん頑張ってみよう」

「はい。もう後には引けないので、何としてでも道を切り拓いていきます」

2014年12月

結局、三井住友銀行からタームシート案の提示があったのは12月初旬だった。これを受けて、奥野さんは今まで取引のなかった新規の銀行4行と、既存で取引のある地方銀行7行全てに対して正式にシンジケート・ローンへの参加を打診することにした。

しかし、この時点で当初予定していたシンジケート・ローン実行時期の11月末はとっくに過ぎていた。未だシンジケート・ローンの枠組みすら固まらない状況で、年末年始の資金ショートの恐怖はヒタヒタとすぐそこまで迫って来ていたが、今更、出店を取りやめるわけにもいかず、とにかく僕たちは前に突き進むしかなかった。

同じ頃、台湾の現地法人でも、無理な新規出店の計画がたたって日々の資金繰りはより一層、火の車へと突入していた。

一番想定外だったのは、台湾にオープンさせた各店舗の売上金の〝入金サイト〟であった。各店舗とも予想以上の売上をあげてはいたものの、デベロッパーから売上金が振り込まれるのは、毎月の締め日から更に30日後。日本よりも30日以上も長く、実に2ヶ月近くも、売上金が自分たちの手元に入ってこないのが台湾の商業施設では通例になっていた。

唯一の路面店である西門店の売上で、なんとかギリギリの日銭を稼ぐことはできていたが、出店に掛かる諸々の費用、輸入の関税、この先の出店に備えて採用している人員の人件費など、それ以上に日々の支払いは膨らみ続けていた。

台湾法人単独では、ほとんど資金が回っていないため、台湾で必要な資金の不足分は全て、日本とシンガポールで立て替える必要があり、台湾の異常な出店ペースは、オンデーズ全体のキャッシュを、飢えきって痩せた犬が不時の食にありついたかのように、がつがつと食べ尽くしてしまっていた。

2014年12月24日
誰もいなくなり静まり返ったオフィス。

薄暗い会議室で、僕と奥野さんは項垂《うなだ》れていた。

壁面の大型モニターには、シンガポールオフィスにいる海山が沈痛な面持ちで映し出されている。

「結局、シンジケート・ローンの組成は間に合わなかったかぁ……」

「はい……すいません……勿論まだ望みはありますが、この年末年始の資金繰りには到底、間に合いそうもありません……」

この2ヶ月間、奥野さんが力の限り東奔西走してみたものの、煮え切らない各銀行の反応に振り回され、いたずらに時間だけが過ぎていき、遂に資金ショートのリミットとなる年末年始までにシンジケート・ローンの組成がまとまることはなかった。

このため、僕たちは急ピッチで進めたシンガポールと台湾の新規出店に必要な資金の大半を用意することができず、年明けにも再び大規模な資金ショートに陥ってしまうことが確実なものになってしまっていたのだ。

「ハハハ。それにしても、また大ピンチ到来かー。もうこうなってくると漫画だな」

僕は重たい会議室の空気を振り払うように無理に明るく振舞った。

奥野さんも頭に浮かぶ不安をふるい落すかのように両頰をパンッパンッと2度ほど手で叩くと、シャキッと姿勢を正しながら言った。

「こうなったら、各取引先へ支払いを少しでも遅らせてもらえないかすぐに打診しましょう。私の方から各部長たちには状況を説明して、具体的な指示を出しておきます」

「そうだね。後は直営店をフランチャイズに売却する……各国の現金をかき集める……ありとあらゆる手を使ってなんとか乗り切るしかないね」

「はい。それと、藤田社長には、現在の状況を先に話して理解を得ておく必要がありますよね……」

「うん。藤田光学さんにも支払いの繰り延べをお願いしないといけないだろうし。とり急ぎ、俺から今のオンデーズが置かれている財務の状況を詳しく話して、事前に今回の資金繰りの為の諸々の措置に関して理解を得られるようにしておくよ」

「すいませんが、お願いします」

「何て言われるかなぁ……藤田光学さんも年末年始は資金繰りがタイトだろうしな。気が重いなぁ……」

翌日
暮れも押し迫った六本木の夜。
底冷えするような寒さが包みこむ年の瀬の街を行き交う人々は、一様に慌ただしげだ。

僕は、藤田社長と待ち合わせをしている焼肉屋「綾小路」に向かうために、外苑東通りから一本脇道に入った路地裏を歩いていた。

お店へと向かうその足取りは、まるで鉄の鎖でもつけられているかのように重たい。

（急に年末の支払いを全額待ってくれなんて言ったら、どう言われるかな……さすがに今回ばかりは、計画が無謀過ぎると雷を落とされるかな……、それはそれで仕方がない……。まあ言い訳しても資金繰りが好転して年末の支払いができるようになる訳でもないし……）

そんなことを考えながら歩いているうちに、いつの間にかお店の前に辿り着いてしまっていた。

約束の時間にはまだ少しある。藤田社長はまだ来ていない。

今回は、僕の方が先にお店へと到着した。個室に通され、水を飲みながら藤田社長の到着を待つ間、僕はまるで裁判官から判決を下されるのを待つ被告人のように項垂れていた。

「お連れ様がお越しになられました」

しばらくすると、仲居さんの明るい声と共に、藤田社長が大きなスーツケースを引きながら現れた。

藤田社長は部屋に入るなり、重そうなコートを脱いで仲居さんに手渡すと、いつも通りの向日葵《ひまわり》のような笑みを顔一杯に湛えて明るい声で言った。

「どうも！　寒くなりましたねー。社長、体調は大丈夫ですか？　風邪なんてひいたら駄目ですよ。今が大事な時なんだから！」

「ハハハ。ありがとうございます。体はすこぶる元気です。でも……」

「あ、生ビールをお願いします。もう喉がカラカラで」

藤田社長は席に座ると、僕の話を遮るようにビールを注文した。程なくして手早く冷えた生ビールが届けられる。

藤田社長は「待ってました！」とばかりに、ジョッキを抱えると美味しそうにゴクゴクと喉を鳴らして半分程を一気に飲み干すと口元の泡をオシボリで拭いながら言った。

「さてさて、それで、今日はどんな悩みですか？」

「え？」

「ハハハ。田中社長がこのお店に私を呼び出す時は大体何か、悩み苦しんでる時と相場は決まってますからね。今度は何をそんなに悩んでるんですか？　顔が怖いですよ。経営者はしんどい時ほど明るくしてないと！」

「あ、いや、そんなつもりは……、いや……はい……スイマセン。仰る通りピンチに陥ってます……」

「やっぱりね。当たりだ！　ハハハ。どうしますか？　先に食べますか？　それとも先にその厄介そうな問題を話しますか？」

「先にお話しさせてください。こんな気分では、とてもじゃないですけど、楽しく食事できそうもなくて……」

「わかりました。じゃあ先に聞きましょうか」

藤田さんは襟を正すと、深く座り直し、少し真剣な表情をして僕が口を開くのを待った。

僕は意を決して、すぐに話を始めた。勿体ぶるような話でもない。

「実は、その……以前から動いていたシンジケート・ローンの組成ですが、やはり間に合いませんでした。これで年明けにも3億円以上が資金ショートします。それで、藤田光学さんへの年末のお支払いもできる限り遅らせて頂けないかと思いまして」

藤田社長に資金繰りの窮状を説明し、事業計画の甘さを詫びた上で、支払いの繰り延べを願い出た。僕は飼い主に叱られるのを待つ、怯えた猫のように肩をすくめて雷が落ちるのを覚悟した。

藤田社長は、説明を一通り聞き終えると、資金繰りに関する資料に目を通した後、特に何も意に介さないといった表情で、あっけらかんとこう言った。

「はいはい。解りました。いいですよ」

「え？　あ、でも年末は仕入れも膨らんでいますし、藤田光学さんへのお支払いは、軽く1億を超えてしまってますよ……」

「はい。もちろん解ってますよ。それより今は攻め時です。このタイミングを逃さず、一気に攻めましょう！　ウチも株主ですからね。もちろんできる限りの応援はしますから、頑張ってくださいよ」

「は……はい」

「今のオンデマンズの海外での快進撃は本物ですよ。銀行の対応は次の決算が出ればすぐにでもりますから、それまで凌げれば何の問題もないでしょう。ここまできたらウチも運命共同ですから、もう覚悟は決めてますよ」

「ということは……、藤田光学さんへのお支払いは全額繰り延べさせて頂いても大丈夫なんでしょうか？」

「はい。そりゃあまあ正直言ったらウチもかなり苦しいですけど、しょうがないでしょう。なんとかしますよ。大丈夫です！」

藤田社長は鋼《はがね》のように固くしっかりとした表情で胸を叩きながら〝任せておけ〟といった感じで答えた。

「あ、ありがとうございます！」

「でも、それだけじゃ足りないでしょう？　その他の取引先さんへの支払いはどうするんですか？　オンデーズも今では結構、大きな商いになってきてるから、中小のフレームメーカーさんの中には、支払いを急に延ばされちゃうと相当困るところも出てくるんじゃないですか？それに、支払いサイトの延長をあまりアチコチにお願いしてしまうと、オンデーズの信用不安を招く恐れもありますね。メガネ業界は狭いですから。対応を間違えると、倒産の噂が流れて、取引を断られたり、先払いや現金取引を要求されて、余計に資金繰りを悪化させてしまう場合も考えられますよ」

「はい。あまり無理のない範囲で支払いを待ってもらえるところにはお願いしつつ、直営店もいくつか売りに出したいと考えてます。超利益店の売却なら、喜んで即金で買ってくれる加盟店さんもいらっしゃるでしょうから」

「うーん……でもあんまりそれも得策じゃないですね。確かに、直営店を売却すれば多額のキャッシュは得られますが、毎月の収益は減少するし、FC店が増えることで足並みが大きく乱れる可能性もある。以前の追加料金0円を開始した時のように、抜本的な経営方針がFCオーナーの間で嚙み合わずに、経営のスピード感が削がれて大胆な改革がやりにくくなる可能性も大きい」

「はい……。それも仰る通りです……」

「まあ、私の方でも何かできることはないか考えてみます。とりあえず今打てる手は全部打って、この難局を一緒に乗り切りましょう。今向かってる方向は確実に間違いないですから！」

「はい！　ありがとうございます。頑張ります!!」

「よし！　じゃあもう重たい話はこの辺でいいですね。ハハハ。早くお肉食べましょう！　私はこのまま中国に飛ばないといけないんで、あまり時間がないんですよ。今日からまた長い海外出張が続くんで、ここの厚切り牛タンをどうしても先に食べておきたくて、私は今日ここに来たんですから。田中社長には申し訳ないけど、今日の目的はお悩み相談じゃなくて、ここのお肉です！」

そうあっけらかんと言うと、藤田社長は仲居さんを呼び、テキパキと特上肉を注文していっ
、強力な応援団がいてくれたことに、ホッと胸を撫で下ろすと、一心不乱に焼肉をかき

こんだ。もし、今ここに海山がいたなら、嬉しさのあまり店中の特上肉を全て食べ尽くしてしまったことだろう。

藤田社長は美味しそうに厚切り牛タンに舌鼓を打った後、慌ただしく支払いを済ませると、「頑張ってくださいね！」と和やかに言い残し、店を後にして羽田空港へと向かっていった。

藤田社長が乗り込んだタクシーが見えなくなるまで見送った後、僕は家路についた。

六本木の駅に向かって歩く間、暮れの夜空に吹き付ける風は、凍《い》てつくように冷たかったが、背中にのし掛かっていた重荷を一つ下ろせたことがなんとも嬉しくて、その冷たさも、さわやかな風に吹かれているような感じがして、なんだかとても気持ちが良かった。

翌日

本社に出勤し、年の瀬で山積みになっていた仕事を片付けていると、奥野さんが目を白黒させながら、慌てふためき僕のデスクのところへと駆け寄ってきた。

「社長！　社長！　あの……その……」

「どうしたの？」

「藤田光学の山口常務から今さっき電話がありました！」

「あー、支払い繰り延べの件かな。昨日、藤田さんに支払いを待ってもらうようにお願いしたから。ひょっとして……山口さんの方からストップがかかっちゃったとか？」

「いや、違います。支払い繰り延べは問題なく了承頂けました。それより……」

「それより……？」

「足りない資金も、藤田光学さんから全額融資をするから好きに使えと言われました……」

「え！」

「藤田社長から山口常務に連絡があって、その……なんでも……『オンデーズが資金繰りに困ってるようだから、できる限り資金も回して限界まで協力するように』と言い付けられたようで、足りない金額を教えてくれと……」

「え？」

藤田社長は、昨晩、僕から状況説明を聞いた後、そのまま海外出張に出ていたのだが、空港から深夜に山口常務に電話をかけると「オンデーズが困ってるようだから、会社のお金をかき集めて貸せるだけ貸してやってくれ」と指示を出してくれていたのである。

「これ、本当にお借りしちゃって大丈夫ですかね……」

「大丈夫もなにも、借りないことには資金ショートは免れない。ここはありがたくご厚意に甘えてお借りしよう」

「はい。そうですね。でも、ここまでして頂いたら本当にやりきらないと、立つ瀬がないですね」

「ああ。必ずやりきろう。受けた恩は結果で返す。それしかない。よし！　また一つ気が引き締まった！　絶対にやりきるぞ！」

「はい！」

奥野さんは、資金ショートの恐怖から不意に解放されたことがよほど嬉しかったのか、汗を拭くように見せかけながら、始終涙をこすっていた。

山口常務からの思いもよらない電話は、冷たく暗い海で彷徨い漂流していたところを、何隻もの大型船に発見されるも、非情にも見捨てられ、絶望しかかっていた時に、助けに駆けつけてくれた仲間の船の明かりに照らされたような、そんな感じだった。

こうして藤田光学からの緊急融資を受けられたことによって年末年始の資金ショートの危機は、またしても寸前で回避することができたのだった。

最終話　破天荒フェニックスは次なる場所へ

２０１５年1月下旬
成人の日も過ぎ、季節は厳冬へと入り始め、冷え切った空気が街の全てを凍りつかせるかのように包んでいる。

店舗巡回の為に車で移動していると、奥野さんから一本の電話が入った。

（お、シンジケート・ローンに進展があったかな？）

僕は、なんとなくそんな淡い期待を寄せながら着信に応答した。

「もしもし」

「社長、アレンジャーの三井住友銀行から連絡がありました。シンジケート・ローン参加を打診していた全ての銀行から回答が出揃ったとのことです」

「おお、それで結果は？」

「いや……」

奥野さんは少し口ごもった。

「それが、取引のある地方銀行からの回答は『シンジケート・ローンに参加する気は一切ない』という大変厳しいものでした……」

「は……？　マジで？　いや、またまた……冗談でしょ？」

「すいません……本当です。全ての地方銀行が『ゼロ回答』でした。ここまで実績を出しても、オンデーズの銀行取引正常化に協力してくれるところは、ありませんでした」

僕は怒るでも呆れるでもなく、ただ投げやりに応えた。

「ハハハ。そうかー。ダメかぁ……」

奥野さんは、抑えていた苛立ちの堰が切れたのかのように、怒り心頭といった様子で言った。

「まったく何を考えてるんだか。数年前までならいざ知らず、もう今のオンデーズはきちんと利益も出せるようになったし、海外と合わせれば純資産は数億円のプラスになっています。日本法人単体でも、来期には債務超過を解消できるのが確実だし。地獄から自力で這い上がってきた、そんな成長企業を誰も支援しようとしないなんて、こんなんじゃ本当に日本の銀行の未来は明るくないですよ。年商は7年前のおよそ5倍の100億円、銀行借入は当時の半分、たったの7億円ちょっとですよ！　月商にも満たない水準でしかないというのに……」

「ところで、資金繰りは大丈夫なの……？」

「大丈夫じゃないです。このままだと、もってあと2ヶ月がいいところでしょう……」

「っていうことは、3月末にはまた資金ショートするってこと？」

「はい……。今まで騙し騙しやってきましたが、さすがに限界です。シンジケート・ローンの組成が破談したとなると、もう次の3月末は、とても乗り切れそうにありません……」

「参ったな。このままじゃ黒字倒産じゃないか。藤田さんも流石にこれ以上の融資には応じられないだろうし……。あークソ！　こんな所で終わるのかよ……なんでだよ……なんでせっかくここまで上手くいってるというのに」

オンデーズは誰の目から見ても文句の付け所のない程に急成長を遂げていた。

しかし、金融機関はどこも「債務超過」という悪魔の呪文を耳にすると、震え上がって思考停止に陥ってしまい、蛇に睨まれたカエルのように動けなくなってしまう。

あの時、シンガポールの成功で留めておけば……。

いや、台湾の最初の3店舗で出店を一旦止めて、もう少し堅実にやってさえいれば……。

全ては、姿の見えないライバルに必要以上に怯え、成長を急ぎ、銀行取引の正常化を焦るあまりに招いた自業自得の結果でしかないのか……。

そんなことを考えると、自分の経営者としての能力の足りなさが元凶で、藤田さんや大勢の取引先、オンデーズのスタッフたちを大混乱に陥れてしまうんじゃないかという恐怖が頭の中をグルグルと駆け巡り、終わることのない懺悔《ざんげ》と屈辱の泥沼の中に僕は引きずりこまれていくようだった。

２０１５年2月3日
南麻布にあるオンデーズ本社の応接室。

僕と奥野さんは三井住友銀行の小山次長と言葉少なく、静かに向き合っていた。

まるで僕たちの暗い未来に同情して涙を流してくれているかのように、朝から降り続く冷たい冬の雨の気配は、窓を閉めきった部屋の中にも入りこみ、空気を湿らせている。

重苦しい空気が応接室に立ち込めるなか、小山次長は身を震わせながら状況説明を始めた。

「……というわけで大変申し訳ありませんが、2月25日の実行は現実的に難しくなりました。いったん仕切り直しせざるを得ません」

奥野さんは、メガネのブリッジを人差し指で押し上げると、落胆を隠せない表情で小山次長に確認する。

「ディールブレイク（案件がご破算となる）ということですか……？」

「……はい……そういうことになります……申し訳ありません」

小山次長は目を合わせずに小さく謝罪の言葉を述べると、口をつぐんでしまった。

雨の音だけが僕たちの間を漂っていた。どう取り繕うこともできない程に、気まずい沈黙が流れた。

やがて奥野さんが声を絞り出すように口を開いた。

「なんとかならないんですか？　増加運転資金で財務はギリギリのところまで逼迫して来てしまっています。事業自体は何も問題がないですし、銀行さんだって、このピンチを乗り切ってウチが正常化すれば、一気に融資残高を回収できるのは明白じゃないですか？　三井住友銀行さんで、もっと金額を増やしていただくことはできませんか？」

「……はい……奥野さんの仰ることはごもっともで……、その、そうなんですが……それも今は難しい状況でして……」

僕は二人のやりとりをただ呆然と眺めていた。

何と言葉を発したらいいのか、適切な言葉を選ぶことができなかった。

小山次長は、平身低頭で状況説明を行い、シンジケート・ローンの組成が想定通りに進まなかったことを繰り返し詫びると、それ以上は、あまり多くを語らずに、逃げ去るように会社を後にしていった。

「あーもう、やってらんねぇよ!!」

僕は、小山次長を出口まで見送り、応接室へと戻ると、シンジケート・ローンの分厚い計画書を壁に向かって投げつけ、崩れ落ちるようにソファに身を沈めながら、吐き捨てるように叫んだ。

「銀行なんてクソ喰らえだ！　創業者が作った借金をここまで肩代わりして必死で返し続けてきた結果の仕打ちがこれかよ！　もういよいよ大企業に身売りするしかないか？　それとも銀行への仕返しに民事再生でもして残りの借金は全部不良債権にでもしてやろうかな？　ハハハ」

「社長、そんなヤケにならないで下さい。まだ諦めるのは早いです！　それに、三井住友銀行さんは多分、諦めていないですよ！」

「え？　奥野さんだって、さっきの小山次長の態度を見てたでしょ？　謝るだけ謝って、次にどうするかなんて提案すらなかったじゃん。『もう仕方がない』みたいな終戦モードに勝手になっちゃってさ」

「小山次長も、まだ銀行内でコンセンサスを得られていない状況で、話せる内容は限られているのでしょう。でも、私に対しては目で訴えかけていましたよ。『まだ諦めてない。何とかする！』って」

「何それ？　銀行員と、元銀行員同士の阿吽の呼吸ってやつ？」

「まあ、そんな感じです。とにかくまだ諦めずに最後まで頑張りましょう！　私は、すぐにまた三井住友銀行側から、何かしらのアクションがあると踏んでます」

そして、その言葉はすぐに現実のものとなった。

数日後、奥野さんが顔を紅潮させながら、慌てた様子で僕のデスクにやってきた。

「社長！　三井住友銀行の福丸部長が、急遽シンガポールと台湾のオンデーズの店舗を視察に行かれるそうです！　出発前に明日来社されるので、社長もお会いして下さい」


話を少し前に戻そう。

この福丸部長と僕が出会ったのは、この時から遡ること、約半年前。２０１４年の夏のことだった。

三井住友銀行が、オンデーズの債務超過解消に向かっていることをいち早く察知し、メイン行への足場固めを着々と進め始めていた頃、福丸部長はオンデーズの本社へとやってきた。

「社長ちょっといいですか？　今、三井住友銀行から新しい法人営業部の部長さんが来られてるんですが、ちょっと今までの人たちとは様子が違います。社長もとにかくすぐに会ってもらえませんか？」

僕は奥野さんに引き摺られるように応接室へと連れていかれた。

「失礼します」

些か、無愛想に応接室へと入った僕を待ち構えていたのは、黒髪をしっかりとオールバックにまとめあげ、メタルフレームの奥に鋭い眼光を湛えた、少し痩せ型の中年男性だった。

「初めまして！　福丸と申します！」

名刺交換を済ませ、ソファに座ると、すかさず奥野さんが、この福丸部長の紹介を僕に始めた。

「社長、こちらの福丸部長さん、今お話を伺っていたんですが、かなり特殊な経歴をお持ちの方ですよ。香港にも赴任経験があり、事業会社に出向して企業再生にも腕をふるった経験を持たれていますし、企業の事業性評価の分野においてもかなりのエキスパートです。まさに今のオンデーズを理解して、評価して頂く部長さんとしては、これ以上ないくらいに最適な方かもしれません」

「はあ、そうですか……」

すっかり銀行不信に陥っていた僕は、気乗りのしない相槌をうった。

すると福丸部長は、奥野さんの紹介に若干、照れたように謙遜しながらも、底抜けに明るい調子で勢いよく話し始めた。

「いやいや、そんな大したもんじゃないですよ。それより社長！　今までの資料を全てしっかりと見せて頂きましたけど、オンデーズさん凄いですね。いや、本当に大したもんだ。これはもう、こんな帳簿上の債務超過の解消なんて待ってる場合じゃないですし、この勢いは絶対に止めるべきじゃない。そこで、ご提案なんですが、ここから先の正常化までの仕上げを、私どもも三井住友銀行に任せて貰えませんか？」

そう言うと、福丸部長は、気乗りしない僕を挑発するかのように、立て続けにオンデーズの詳しい事業内容に関する質問を浴びせかけてきた。

そしてその質問は、どれもしっかりとオンデーズの事業と、これまでの経緯を理解していなければできないような鋭く的を射たものの連続だった。

まるで千本ノックのように矢継ぎ早に投げかけられる質問に回答しているうちに、次第に僕の中にあった銀行不信も何処かへと飛び去って行き、当初30分程度の予定だったはずの面談も、終わってみれば2時間以上と大幅に延び、僕と福丸部長はオンデーズの今後の事業の可能性について熱く語り合っていた。

この時の出会いを機に、それ以降オンデーズは三井住友銀行と、二人三脚でシンジケート・ローンの組成、銀行取引の早期正常化へと突き進んでいくことになっていったのだ。


しかしあれから半年。

各銀行のオンデーズに対するスタンスを変える作業は、想像以上に難航し、シンジケート・ローンの組成は完全に暗礁に乗り上げてしまっていた。

そこで、業を煮やした福丸部長が、直接指揮を執り再度シンジケート・ローン組成を強力に推し進めようと乗り込んできたのだ。

「こうなったら私が直接、シンガポールと台湾に飛んで、現地のオンデーズの店舗を視察します。そこで現地法人の様子を確認した上で、審査部に掛け合って説得します。各銀行も再度、説得しに行きましょう！」

急遽、来社した福丸部長は、僕たちにそう告げると、すぐに海外のオンデーズの現地調査をアテンドするように依頼し、慌ただしく旅立って行った。

（今度こそ、三度目の正直かもしれない……）

僕と奥野さんは、地平線の先に新たな光が閃き出したような感覚に包まれていた。

２０１５年2月12日

奥野さんと海山は、シンガポールのオーチャード駅の改札前で福丸部長と合流して「ＯＷＮＤＡＹＳ」の店舗を案内して回っていった。

福丸部長は、訪れる店舗の先々で、まずは外から内から舐め回すように店内を観察し写真を撮る。次はローカルのシンガポール人スタッフたちに直接声をかけ話を聞いていく。そして、その好立地のロケーションと、多くのお客様で賑わう「ＯＷＮＤＡＹＳ」の様子に感嘆の声を上げ、盛んに「いいですねー」を繰り返していった。

さらに、同じ商業施設にある現地資本の競合メガネ店へも赴くと、躊躇なくズカズカと店内へ入っていく。そこでも同様に商品を手に取りながら、店員と会話を何度も繰り返していく。さながらその様子は、シンガポールのメガネ業界の実態を、自らの肌で余すところなく全て感じ取ろうとしているかのようだった。

奥野さんと海山は、そんな福丸部長の様子を見ると、顔を見合わせて言った。

「ガチな調査ですね」

「ええ。大企業の部長さんにありがちな〝お気軽な観光半分の視察〟じゃないですね。本気度が伝わってくる……」


シンガポールの店舗調査を2日間びっしりと終えると、福丸部長と奥野さんはその足で台湾へと飛び、桃園空港へと降り立った。

空港に到着するなり、ホテルにチェックインする間もなく濱地と合流し、一行はオンデーズ台北駅店へと向かった。

そして、シンガポール視察と同様に、近隣の店舗と今後の出店予定区画をくまなく視察して回っていった。

既存の店舗を全て回り終わり、最後に台湾でも随一の商業施設にある台湾6号店の、出店予定区画の前に立った時、福丸部長は、深い驚きを吐き出すように、ため息をつきながら言った。

「え？　ここに出すんですか？　すごい人通りだ。さながら東京で言うところの新宿駅地下街の一等地といった感じだ。こんな区画が取れちゃうなんて……そりゃここに出せば、相当売れるだろうなぁ……」

「そうなんです。確実に売れます。ただ、出店資金も相当かかります……このままだと売上と利益も上がりますが、その前に肝心の出店資金で運転資金がショートして、倒産か身売りの危機に陥る可能性が大ですけど。ハハハ」

奥野さんは慢性的な消化不良のような、やりきれない感情を露わにしながら答えた。

「やっぱり百聞は一見に如かずだ。これは見に来ないと絶対に解らない。決算書なんかじゃ伝わりきらないオンデーズさんの持っている勢いと、とんでもない可能性が、改めてよく解りましたよ。なんとしてでも一日も早く銀行取引を正常化させてバックアップする必要がある。これを手掛けなきゃ私もバンカーとして生きている意味がない。日本に戻ったら、すぐにもう一度、強く本部に掛け合いますよ！」

福丸部長はそう言うと奥野さんの手をガッチリと摑んだ。


福丸部長が弾丸の海外視察を終えた2日後。

奥野さんは本社に出勤してくるなり、子供のように顔をほころばせて手を叩きながら僕のもとへと駆けよってきた。

「社長！　やりましたよ！　やりましたよ！」

「どうしたの？」

「三井住友銀行からの融資金額がさらに7千万円増額になりました!!」

「え？　福丸部長が視察を終えてからまだ2日しか経ってないじゃん……本当に増額になったの？」

「はい！　今さっき、朝一番で福丸部長から連絡がありました。オンデーズの資金繰りが完全にショートする3月末まで、もう残された時間がギリギリなのを受けて、かなり行内での調整に奔走して頂けたみたいです」

「でもシンジケート・ローンは流れてしまったんでしょ？」

「前のシンジケート・ローンの参加表明金額に今回の三井住友銀行の増額分を加えて、且つ日本政策金融公庫（日本公庫）と商工中金を、一緒に巻き込むことができれば、合計で10億円になり、既存の借入金の返済と、銀行手数料他をカバーするのに足りる水準に何とかギリギリですが達することができます！」

「ということは、光が見えてきたってこと？」

「はい！　それに福丸部長からは『自分がシンガポールと台湾を視察してきた感想を、日本公庫と商工中金に直接話しに行っても構わない。それで審査が前向きに進むのであれば、いくらでも時間をとって面談に同行する』という申し出も頂いています」

「そこまで言ってくれてるんだ。ありがたい！」

「はい！　さっそく明日、商工中金の副支店長と課長を福丸部長と引き合わせる手はずをとります」

翌日
奥野さんは三井住友銀行の応接室で商工中金の二人を福丸部長に紹介した。
福丸部長は、おもむろに自分の掛けていたメガネを外すと、テーブルの上に置いてみせた。

「これは、オンデーズさんで購入したメガネです。どうですか？　これで幾らすると思われますか？　これで9千円ですよ。素晴らしいでしょう！」

福丸部長は、自腹を切って購入した、「ＯＷＮＤＡＹＳ」のメガネのアピールから始めた。

そして矢継ぎ早にシンガポールと台湾で見てきた現地での様子を、まるで自分の会社のことのように熱心に、且つ丁寧に担当者へ説明していった。

奥野さんは「自分がいると話しにくい内容もあるでしょうから、後は銀行の人だけで……」と、すぐに席を立って退室したが、その後も福丸部長が商工中金に対して、オンデーズの良さと強みを熱心に語って説得してくれていたことは容易に想像ができた。

さらに後日、福丸部長は日本公庫に対しても同様の説明を行ってくれた。

２０１５年2月18日
シンジケート・ローンの破談を告げられてから2週間後。

奥野さんが喜びを顔に湛え、目を輝かせながらやってきた。

「社長、やりました。三井住友銀行の増額に呼応する形で、四葉銀行が3千万円の増額を表明してくれました。これでシンジケート・ローンの参加表明額は4行で合計7億円になりました」

「おお！」

僕は躍り上がるように膝頭を叩きながら、歓声をあげた。

「はい。ただ、あともう一つ報告があります……」

奥野さんは喜びから一転、メガネのブリッジを人差し指で押し上げると、急に暗い顔をして俯き加減に言った。

「え、何……」

いつも良い報《しら》せがある時は、決まって、嫌な報せも同時に届く。それは、まるで幸せの量を神様が調整しているかのように。

喜んだのも束の間、奥野さんの不安そうな表情に、今度は服の隙間から入り込んだ冷気が背中に上ってくるような感じがして寒気がした。

奥野さんは、そんな僕の不安そうな顔を確かめるように見ると、次の瞬間、悪戯っ子のような笑みを浮かべながら一際大きな声で叫ぶように言った。

「更に日本公庫が2億5千万円の劣後ローン、商工中金が1億3千万の長期資金の協調融資を表明してくれました！」

「うぉー！　マジかー!!」

「はい！　やりました！　これで合わせて10億8千万円。リスケ状態の銀行借入が7億円強、藤田光学からのつなぎ融資の2億円、その他を全てカバーできる水準に達しました！　これで3月末の資金ショートは回避できます！　社長、まだ身売りも民事再生もしなくて良いんですよ。まだ私たちは戦えますよ！」

「よっしゃーー！」

僕たちは、生まれて初めて鎖を解かれた犬のようにハシャぎながらハイタッチを繰り返した。喜びが、身体中に染み込むような感覚だった。

「これで、なんとかシンジケート・ローン組成をもう一度スタートさせられます。今度の実行ターゲットは3月末。オンデーズの決算期の2月には間に合いませんが、銀行の決算期末までに実現しないと、銀行の意欲が一気にしぼんでしまう可能性もありますし、再び資金ショートが目前に迫ってきている3月末が私たちにとってもデッドラインです。なんとしてもやりきりましょう！」

（よし！　ここまできたら、どんな窮地に追い込まれたって何度でも蘇ってみせる。絶対に）

奥野さんは、両拳を強く握りしめながら、そんな覚悟を漲らせているようだった。

２０１５年3月26日
資金ショートのXデーまであと3営業日。

南麻布のオンデーズ本社の応接室。

三井住友銀行が持ってきたシンジケート・ローンの分厚い契約書の束を前に、僕と奥野さん、この日の為に急遽シンガポールから駆け付けてきた海山丈司が緊張の面持ちで座っていた。

小山次長から一通りの契約内容の説明を受けた後、僕たち３人は、ひたすらサインと押印を繰り返していった。

全ての書類への押印が済むと、小山次長たちも手続きまでの時間が、ほとんど残されていない為、挨拶もそこそこに慌ただしく、飛び出すように会社を後にしていった。

三井住友銀行の一行を見送り応接室に戻った僕たち3人は、ソファに深く腰掛けると、安堵のため息をついた。

海山が明太子のおにぎりを頬張りながら口を開いた。

「やりましたね」

「ああ、やったな」

安堵してホッとする僕と海山をよそに、奥野さんの表情は依然として厳しいままだった。

「いや、まだまだ気を緩めるのは早いですよ。この先何があるか解りません。資金ショートのXデーまであと3日。残る融資手続きは日本公庫と商工中金です。融資が確実に実行される最後の最後まで気を抜くのはやめましょう。ここが最後の勝負です」

「そうだね」

「はい」

奥野さんの一言で、僕と海山も再び獲物を前にした猟犬のように、鋭い緊張を全身に漲らせたのだった。

2015年3月27日

資金ショートのXデーまであと2営業日。

新宿駅西口を出て、少し歩いた甲州街道沿いにある新宿西口の日本公庫新宿支店の会議室に、僕と奥野さんはいた。

担当者は淡々と、冷静に細かく契約書の内容を読み上げ説明していく。

「2億5千万円を7年間、元本返済なしの劣後ローン」

劣後ローンというのは、企業が倒産等した際に、他の一般の融資よりも支払いの順番が後になる性質の融資のことだ。

融資担当者が、事務的に契約書の内容を読み上げる。

「それでは、契約内容に間違いがなければ、こちらの書類に記入して、捺印してください」

「わかりました」

僕は同意書にサインをしてから、会社の印鑑を奥野さんが、いつもより時間をかけて慎重に、そして力強く押した。

この瞬間、僕の脳裏には、オンデーズの社長に就任してからの記憶が、走馬灯のように溢れ出した。奥野さんと共にもがき苦しんだ日々、過ち、失敗、悔恨の思い、7年間の記憶がいっせいに現われる。今まで一体、何枚の借用書にサインと印鑑を押してきたのか、もう覚えてすらいない。

こんなに押すのが嬉しい印鑑は多分、後にも先にもないだろう。

僕が印鑑を強く押し終えると「それでは確認致しますのでしばらくお待ち下さい」と告げて、担当者の女性は会議室から出て行った。


夕暮れ時、西日の差し込む無機質な会議室。

太陽が穏やかな光を窓ガラス越しに室内へと運び込んでくる。その光は、僕たちの足もとに温かな日だまりを作り出していた。

担当者が戻ってくるのを待つ間、時間はゆっくりと流れていく。

不意に奥野さんが、窓の外に目をやる僕の肩をポンポンと叩いた。

振り返ると、奥野さんは世の中にこれ以上嬉しそうな表情はあるまいと思えるほどの笑顔を見せながら、静かに手を差し出してきた。

僕もその手を固く握り返した。


「やったねぇ……俺たち」

「やりましたねぇ……」

「高橋部長がいたらなんて言うでしょうね……」

「一杯飲ませろ！　って言うんじゃない？」

「ハハハ。今頃、天国で浴びるほど飲んでいますよ」

二人とも緊張を解いたら子供のように大泣きしてしまいそうな、そんな感じだった。借金をして印鑑を押して嬉し涙が出るなんて、変な感じだけど、でもこの時押した、深くて濃い印影はきっと死ぬまで忘れない。

空は青く澄み渡り、穏やかな優しい陽だまりに包まれた春の日の午後。

こうして、オンデーズは遂に長い航海を終え「銀行取引正常化」という目的地へと辿り着くことができたのだった。

2015年5月

三井住友銀行のシンジケート・ローン締結の2ヶ月後。

僕は海山と二人でタイのバンコクにある五つ星ホテル「バンヤンツリー」の最上階にあるレストラン&バー「ヴァーティゴ&ムーンバー」にいた。

落ち着いた雰囲気で360度の夜景を楽しめるルーフトップバーだ。

お洒落で最先端のバーには些か不釣り合いな男二人で、むさ苦しく食事をしていると、奥野さんからのLINE電話が着信した。

「もしもし」

「あ、社長。今どちらですか?」

「今、タケシとバンコクに来てるよ。こっちはもう暑くて暑くて」

「ハハハ。それは良いですね。今まで大変でしたから、刺激的な辛いタイ料理でも味わって、ゆっくり羽を伸ばしてきてください」

「うん。そうするよ。それで、そっちはどう？　順調？」

「はい。ＨＢＯ銀行に続き、東丘銀行さんからも追加で新規融資1億円ずつの稟議がおりました。三井住友銀行さんからは『力強い支援をする』との約束通り、早速オンデーズの成長の為に融資以外にも様々なサポートの提案を頂いてます」

「ということはしばらく、資金繰りの心配はしないで良さそう？」

「そうですね。このまま何事もなければ、今年一年はまず大丈夫でしょう。あ、それと今まで散々、苦しめられてきた、いくつかの銀行の担当者さんたちがやってきて『今までのことは水に流して前向きな取引をお願いします』と言ってきましたが、残った預金口座も全て解約させて頂き、少々大人気《おとなげ》ないですが、本社には出入り禁止にさせてもらいました」

「ハハハ。それはしょうがないね。奥野さんの好きにしていいよ」

僕は、報告を一通り聞き終わった後、奥野さんのこれまでの苦労をねぎらった。

「しかし奥野さん、俺が『オンデーズの再生をしたい』と相談したあの時に『20億の売上しかないのに14億の負債を抱えているということは、２ｔトラックの荷台に１・４ｔの砂利が載っかっているようなもんだ』って言ってたこと覚えてる？」

「ハハハ。そう言えばそんなこと言いましたね」

「ようやくトラックの荷台に満載されていた砂利を、すっかり降ろせたね」

「ですね。1・4tの砂利を降ろしたトラックはだいぶ軽くなりました。途中、何回も事故って死にそうになりましたけどね。ハハハ」

「奥野さん、いつだったか、こうも言っていたよね？　『金の苦労がなくなれば自分なんかいらない。金の苦労があるから自分が必要とされてるんだ！』って」

「はい……。実はそのことで、ちょっとご相談なんですが、これでオンデーズの銀行取引は正常化を果たして、誰が財務経理を見てもとりあえずは大丈夫な状態になりました。この7年、本当に精神的にも肉体的にも辛かったもので、私はちょっとここら辺で……」

「実はさぁ、今回の出張でバンコクとフィリピンに合計で50ヶ所ほど出店できそうな物件を見つけてきちゃったんだよね。だから早速、こっちに現地法人を設立して、海山と甲賀さんには出店交渉を開始するように指示しておいた。ということだから、そうだな……軽く見積もって一店舗4千万はかかるとして、全部で20億は今年中に必要になると思うから、後の資金繰りはよろしくね！」

そう言うと、僕は奥野さんの返事を待たずに、そのまま電話を切った。

聞かなくたって返事は解ってる。

「ハハハハ。しょうがないですね……これはまた、胃が痛くなりそうだ」

きっと奥野さんは、そう言ってくれるに決まっている。

電話を切ってテーブルに置くと、タイ名物のカオマンガイをかきこんでいた海山が、僕の方を見てニヤリと笑った。

「また、でましたね。破天荒フェニックス。ハハハ」

「何それ？」

「皆んながつけている社長のあだ名ですよ」

「えーダサくない？」


7年前、今にも雪に変わりそうな雨がしとしと降る寒い夜。

六本木交差点にあるアマンドの2階の片隅で、全国のスタッフたちがまだ誰も知らないうちに、オンデーズの命運を預かる、新しい社長とCFOはひっそりと誕生し、100人が100人「絶対に倒産する」と言いきっていたオンデーズの航海は静かにその幕を開けた。

当時、ボロボロの船だったオンデーズは、海図はおろかコンパスすらもなく、見てくれはまるで「難破船」——そう呼ぶのにピッタリの船だった。

運命のイタズラで船長になってしまった僕は、航海士に奥野さんを引きずり込んで、荒れる海へと航海に出ることにした。

ただ、船長と航海士が代わっただけでは、ボロボロの船は何も変わらない。

変われるものは唯一「乗組員」だけだった。

ある日、突然やってきた船長と航海士によって漂流する難波船の船員から、海賊にさせられた乗組員たちは皆、最初は戸惑いながらも、大きな声を張り上げ、ギリギリの戦いを続けているうちに、いつしか海賊らしく威勢の良い海の男へと成長していた。

吹き荒れる嵐の中、時折、差し込むかすかな光を頼りに、面舵《おもかじ》を切り、帆を張る。

目印となるかすかな光は、薄曇りの風にさらわれては消え、幾度となく暗闇が周囲を包み込み、その度に僕たちは絶望のどん底へと叩き落とされてきた。

そしてその絶望の底で僕は、いつもこんなことを考えていた。

「この暗闇さえ抜ければ全てが上手くいく。抜けた先が目的地だ。そこまでは頑張ろう」

そして今、ようやく僕たちの船は、荒れ狂う海を越え目的地へと辿りつくことができた。


けれども、その目的地で僕たちを待っていたのは、宝島でも天国でもなかった。

ただ、抜けるような爽快な青空と、挑戦者を迎え入れるような強烈な向かい風。

そこにはまた、新しい大海原への入り口が目の前に広がっていただけだった。


どうやら、今までの長い暗闇は、新しい航海へのプロローグに過ぎなかったようだ。

港に着き、少しだけ体を休めたら、さあ、次は何処を目指そうか？

今度の航海では、何が待っているのだろうか？

明日にも沈没する恐怖からは一旦解き放たれたものの、オンデーズはまだ、お世辞にも立派な船になれたとは言えない。相変わらず海賊船のままだ。

そして、これから先、オンデーズを待ち受けているのは、今まで以上に激しく荒れ狂う、危険な航海の連続かもしれない。

でも、これまでの7年間の航海で、僕が手にした一番の武器は、どんな船でも逞しく乗りこなし、荒波を越える勇気と努力を持った沢山の仲間たちだ。

だから大丈夫。僕はもう何も怖くない。

オンデーズはもっともっと、遠くまでいける。

あとがき

オンデーズという企業の再生に携わる形で過ごした10年間。それは苦痛と苦難と苦労の連続であり、時に人生に絶望しかけることすらあったものの、振り返ってみれば、人生の中で最高にエキサイティングで、且つかけがえのない豊かさを、僕にもたらしてくれることになりました。

本書『破天荒フェニックス』は、僕たちオンデーズが歩んできた、そんな10年間のうちの7年間を切り取り、起こった事実をもとにしながらも、一つのフィクション、パラレルワールドの物語として勝手気ままに書き連ねたものです。

実際のオンデーズという会社の企業再生にあたっては、僕と奥野さんの力は微々たるもので、沢山の社員・アルバイトスタッフたちの並々ならない努力の数々、そして関係者、取引先の方々の甚大なご支援・温かいご協力に支えられた上で、初めて一つの結果を残すことができたという事実を、最大限の感謝の気持ちと共に、ここで伝えさせてください。

また本書の執筆にあたり、当時の記憶を紡ぎ、言葉を選び出す作業に昼夜を問わず協力してくれた制作委員の面々にも重ねて御礼を申し上げたいと思います。

10年後、オンデーズが日本を代表する世界的なブランドへと成長した頃、またパラレルワールドの物語で、再び皆様にお目にかかれる日が来ることを楽しみにしております。

株式会社オンデーズ　代表取締役社長　田中　修治

『破天荒フェニックス』制作委員

田中修治
早坂登（スタジオプラネッツ）
奥野良孝
海山丈司
藤田徳之
甲賀龍哉
濱地美紗
坂部勝
長尾貴之
近藤大介
民谷亮
溝口雅次
田端悠矢

佐渡島庸平（コルク cork agency）
箕輪厚介（幻冬舎）
山口奈緒子（幻冬舎）
佐々木紀彦（NewsPicks）

本書は「note」で連載された小説を改稿したものです。この作品はフィクションであり、実在の人物・団体とは一切関係ありません。

写真　村山良
スタイリング　久修一郎
ヘアメイク　岩下倫之
モデル　中林大樹（スターダストプロモーション）
装丁　トサカデザイン（戸倉巌、小酒保子）
編集　佐渡島庸平（コルク）
箕輪厚介（幻冬舎）
山口奈緒子（幻冬舎）

破天荒フェニックス
オンデーズ再生物語

2018年9月5日　第1刷発行

著者
田中修治
発行者
見城 徹
発行所
株式会社 幻冬舎
〒151-0051 東京都渋谷区千駄ヶ谷4-9-7
電話　03(5411)6211［編集］
　　　03(5411)6222［営業］
振替　00120-8-767643
印刷・製本所
中央精版印刷株式会社

Printed in Japan
ISBN978-4-344-03350-4　C0093
幻冬舎ホームページアドレス
http://www.gentosha.co.jp/

この本に関するご意見・ご感想をメールで
お寄せいただく場合は、
comment@gentosha.co.jpまで。